岩波現代文庫／文芸 273

法服の王国

小説裁判官（上）

黒木 亮

岩波書店

目次

〔下巻目次〕

［登場人物一覧］

村木健吾　司法浪人（中央大学法学部卒）
津崎　守　東大法学部4年生
妹尾猛史　能登出身の浪人生
弓削晃太郎　最高裁民事局長兼行政局長（修習高輪1期）
山口治雄　大阪地裁特例判事補（15期）
緑川壮一　最高裁事務総局刑事局局付（16期）
須藤正文　大阪地裁判事補、村木の同期（22期）
黒沢葉子　東京地裁判事補（23期）
多島洋一　津崎の東大の同級生
西野政和　新橋烏森法律事務所のパートナー弁護士
弓削直美　弓削晃太郎の姪、チェリスト

装幀　多田和博
カバーイラスト　西口司郎

プロローグ

雪はいつ果てるともなく降り続いていた。

霞が関一丁目に聳《そび》える裁判所合同庁舎十七階にある東京高等裁判所長官室の広い窓から右手の眼下彼方に延びる日比谷通りは、雪の乱舞の中にあった。

片側四車線の通りの手前側が神田方面に行く車線で、網膜に染み込むように鮮やかな赤色のテールランプが連なっている。反対車線には、白色のヘッドライトが連なっている。

通りに沿って、茶色や灰色の大手町のビル群が壁のようにそそり立っていた。

夕暮れまでにはまだ少し間がある時刻だった。

(美しい光景だ……)

東京高裁長官・津崎守《つざきまもる》は、銀縁眼鏡の目で、視界いっぱいに花びらのように舞い続ける白い雪と、その彼方の日比谷通りの車の流れをあかず眺めていた。

信号が赤になると、その手前で車は固まりになって停車し、その先の通りはがらがらの空間になる。信号が青に変わると、車の列は息を吹き返したように流れ始める。雪の白と、テールランプの赤に彩られた律動を無心に眺めていると、津崎は時の経つのも忘れた。

左の方角に視線を転じると、馬場先濠を隔てて約二千本の黒松が植えられた皇居外苑が一月下旬の寒気の中に広がり、さらに左手には、こんもりとした森の中に宮殿の青銅色の屋根が垣間見える。

霞が関一丁目の桜田通り沿いに建つ合同庁舎は、地上十九階建てで、一階から八階までが法廷、九階から十四階までが東京地裁の書記官室や裁判官室、十五階から十八階までが東京高裁の書記官室や裁判官室になっている。

高裁長官室は、眼下に皇居と日比谷通りを見下ろす最高のロケーションにある。最高裁長官の部屋よりも広く、奥に執務机があり、書棚、来客用のソファーセットなどがあるが、どちらかというと殺風景な部屋である。書棚には、法律関係の本がずらりと並んでいるが、長官は基本的に裁判をしないので、紐とく回数は少ない。これまでこの部屋の主になれたのは、津崎を含め、東大と京大の出身者だけで、報酬は東大や京大の総長とほぼ同じである。

(そういえば……)

白髪まじりの頭髪を堅い職業らしくきちんと整えた津崎の脳裏に、あることがふと思い浮かんだ。

(日本海原発の一審判決まで、あと二ヶ月か)

日本海原発は、石川県の能登半島にある原子力発電所で、地元住民などが二号機の建設差止めを求め、約六年半前の平成十一年(一九九九年)八月に訴訟を起こした。金沢地方裁判所で、六年以上にわたって審理が行われ、三十回の口頭弁論を経て、昨年十月に結審した。

(村木さんは、どんな判決を下すつもりなのか……?)

金沢地裁で裁判長を務めている村木健吾《むらきけんご》の眼鏡の顔が脳裏によみがえる。身体の芯を正義感が貫き、どんな事件も丹念に調べて判決を下すが、どこか脆《もろ》さを感じさせる男だった。津崎より三歳年長だが、司法修習は二十二期の同期である。

(結審を延ばしたということは、何かを確かめたいか、あるいは判断に揺れているということだろう)

日本海原発二号機はすでに完成し、建設差止め訴訟は運転差止め訴訟に変わっている。訴訟は昨年九月二十九日の第二十九回口頭弁論で結審する予定だった。しかし、裁判長の村木は「耐震設計について、被告の電力会社はさらに説明すべき」として、裁判日程を一回追加する異例の訴訟指揮を行なった。

(本当に動いている原発を差し止める判決を出すのか……?)

動いている原発に対する運転差止め判決は前代未聞である。

そもそも原発訴訟で住民側が勝った例はほとんどない。唯一、三年前の平成十五年一月に名古屋高裁金沢支部が高速増殖炉「もんじゅ」（福井県敦賀《つるが》市）の設置許可処分が無効であることを確認する判決を出したくらいだ。

（だが、「もんじゅ」は平成七年にナトリウム漏れ事故を起こして以来運転を停止している実験用の原子炉で、動いている原発に比べれば、住民勝訴の判決を出しやすい）

その判決も、昨年五月に最高裁によって破棄された。最高裁第一小法廷は、国の安全審査において「見過ごすことのできないミスや欠落はなく、許可は違法でない」、「安全審査の対象になる大枠の基本設計は不合理とはいえない」とし、安全審査における行政の裁量権を広く認め、高速増殖炉を核燃料サイクルの要《かなめ》とする国の政策を追認した。

〈いいか、最高裁は下級審と違って、単なる法律解釈をやっておればすむ場所ではないのだ〉

雪の白と、テールランプの赤に彩られた窓の向こうの景色を見つめる津崎の脳裏に、かつて仕えた元最高裁長官・弓削晃太郎《ゆげこうたろう》の言葉がよみがえる。「司法の巨人」と恐れられ、「裁判所を壟断《ろうだん》した」と批判される毀誉褒貶《きよほうへん》の激しい人物である。

〈最高裁が扱う憲法というのは政治的な法であり、憲法事件を扱う以上、政治問題との対峙は避けられない。その判断が一定の政策形成機能を持つことも当然である。……お前は、そんなことも分からないで調査官をやっているのか!?〉

オールバックの白髪の下の、リムの上部が黒い眼鏡をかけた凄みのある視線と鋭い舌鋒が生々しく思い出され、六十歳の津崎は冷たい刃物に触れたような気持ちがした。

同じ頃――

弁護士の妹尾《せのお》猛史《たけし》は、自ら運転する車で、能登半島を南に下っていた。県北部の輪島市で用事があり、金沢に戻る途中だった。五十九歳の妹尾は、細い金縁の眼鏡をかけ、鼻の下から左右に伸びた口髭が顎の下で交わり、熊のような風貌をしている。

輪島からの国道二四九号は、山中を切り拓いたような道路である。フロントグラスの先に見えるのは、一面の雪原と黒々とした森、能登瓦の黒い屋根に雪が降り積もった疎《まば》らな民家だけである。

吼《ほ》える犬の顔のような形をした能登半島の、犬の耳にあたる海士《あま》崎の手前で、妹尾はハンドルを右に切って国道をそれ、海に沿って延びる県道四九号に入った。

一月下旬の日本海は、降りしきる雪の中で荒々しい波頭を一面につくり、鉛色にうねっていた。

一帯は「能登金剛」と呼ばれる奇岩と断崖が延々三〇キロメートルも続く海岸線で、妹尾にとっては、子どもの頃から見慣れた懐かしい風景である。

やがて車は、「ヤセの断崖」にさしかかった。

海面から三五メートルの高さにスフィンクスの横顔のように張り出した絶壁は、松本清張の小説『ゼロの焦点』の映画の舞台でもある。戦後の混乱期に、生きるために人にいえぬ過去を背負い、それを隠そうとして殺人を犯した女性がラストシーンで冬の能登金剛の海に一人漕ぎ出してゆくという哀しいストーリーである。

(だが……ヤセの断崖は、別の恐怖の象徴だ)

ハンドルを操る妹尾の脳裏を不吉な思いがよぎる。

(いつかこれが地震で崩落する日が来る。必ず来る。そしてその日は……)

胸中で渦巻く不安をまぎらわせようとするかのようにダッシュボードからタバコを取り出し、火を点けた。

雪は止む気配がなかった。

妹尾は海士崎を縁取るように車を走らせ、富来《とぎ》の町を通過した。短いトンネルを二つ潜ると、右手に注連縄《しめなわ》で結ばれた大きな夫婦岩が姿を現した。この「機具岩《はたごいわ》」の彼方の海に夕陽が沈む光景は、もっとも好きな故郷の風景である。

起伏とカーブを繰り返す海岸に沿って車を走らせ、小さな福浦の漁港をすぎると、突然道の幅が広くなった。よく整備され、滑走路のようにまっすぐに延びる道の左右にカラマツ林が続き、やがて左手の高さ二メートルほどの柵の中に、ベージュと水色の美しい二色に塗装された高い二つの煙突と、いくつかの四角い建屋が現れた。

日本海原発の一号機と二号機だった。正門と道をはさんだ海側には使用済み核燃料積出用の桟橋があり、敷地のすぐ外側には、反対派の住民たちが寝泊まりしていた小屋が建っている。小屋の外壁には「原発反対」という赤い大きな文字の看板が取り付けられている。

(村木さんは、どういう判決を下すつもりなのか……?)

タバコをくわえた妹尾の脳裏に村木健吾の細面がよみがえる。

村木とは妹尾が十九歳の浪人時代からの付き合いで、弁護士になったのも、村木に励まされたことがきっかけだった。

その村木と、妹尾が原告弁護団に名前を連ねる日本海原発訴訟で相まみえることになったのは、因縁としかいいようがない。

(あなたはもしかすると、リベラル派を貫くために冷遇に耐えてきた三十五年間を、この判決に託そうとしているのか……?)

タバコの煙がうっすらと漂う運転席でハンドルを操りながら、妹尾は村木の生きざまに想いを馳せた。

村木健吾の裁判官人生はドサ回りが大半で、あと一年半で六十五歳の定年を迎えるが、いまだに地裁の部総括（裁判長）である。それも日本の司法をリードする檜舞台・東京地裁ではなく、金沢というつつましやかな地方都市の地裁である。

東京地裁の部総括であれば、地裁の所長として出るケースが多く、その後、高裁の部総括や最高裁事務総局の幹部となり、一部は八人しかいない高裁長官へと駒を進め、最高裁入りを視野に捉える。

しかし、村木は裁判官人生の大半をそうした華やかなキャリアとは無縁の場所で送ってきた。

彼が生涯を捧げたのは、栄達ではなく、「良心に従ってその職権を行い、憲法および法律のみに拘束される」裁判官人生である。

〈すべて裁判官は、その良心に従ひ独立してその職権を行ひ、この憲法及び法律にのみ拘束される〉（憲法七十六条三項）

（しかし……）

ワイパーが規則正しく雪を除《よ》けるフロントグラスを見すえながらハンドルを操る妹尾の態のような顔を一抹の不安がよぎる。

（村木健吾の精神と肉体は、この試練に耐えられるだろうか？）

村木から突然「話したいことがある」と電話がかかってきたのは、村木が大阪地裁で部総括を務めていた数年前のことだった。

〈妹尾君、僕は、もう裁判官を辞めるよ〉

大阪市内の喫茶店で会った村木は、苦悩を吐き出すようにいった。部総括に昇進し、てっきり張り切って仕事をしているものと思っていた妹尾は、驚いて理由を尋ねた。

〈もう責任を負いきれないし、自信がない。だから辞める〉

具体的に何が問題なのかはいわなかった。しかし、明らかに仕事の重圧に耐えかねていた。

組織で仕事をする検察官と違って、各人が独立して職務を行う裁判官は孤独な職業である。特に単独で事件を取り扱うときや、裁判長として二人の陪席をリードするときは、常に決断を迫られる。

村木の審理は緻密《ちみつ》なことで定評がある。事件記録に丹念に目をとおし、判決文は当事者の誰もが納得できる、論理も文章も明快なものである。

裁判官は一人で二百五十件くらいの事件を担当し、その処理件数が人事評価の大きなウエイトを占める。逃げ場もなく追い立てられる「判決マシン」のような生活を三十五年も続けてきたことが村木の精神と肉体を蝕《むしば》んでいた。もともと緻密で、開き直りのできない誠実な人柄も仇《あだ》になっていた。部総括になれば、部下の面倒も見なくてはならない。

（弓削晃太郎のように、すべてを冷徹に割り切れる性格なら、ああはならないだろうに……）

そのときは妹尾や、村木の同期の須藤正文《すどうまさふみ》裁判官が懸命に励まし、裁判官を辞めて後悔している元裁判官の弁護士を紹介して話をさせたりした結果、村木は辞職を思い留まった。しかしそれは、積極的に望んだことではなく、辞めても弁護士で食べていくのは容易ではないという消極的な理由による翻意で、村木の精神と肉体は相変わらず軋《きし》み続けていた。

（村木さんが判決を担当する裁判長になってくれたのは、本当に幸運だった。……だが、彼の精神と肉体は保《も》ってくれるだろうか？）

六年以上におよぶ日本海原発二号機差止め訴訟の審理の過程で、四人の裁判長が交代した。結審が見えてきた段階で、村木が裁判長になったのは、願ってもない幸運だった。

村木の審理は、期待どおり丁寧なものだった。妹尾は村木が裁判長である限り、勝てる可能性はあると考えている。他の原発訴訟でも地震の危険性は、誰が見ても十分に立証できている。まともな人間なら誰でも設置許可の取消しや運転差止め判決を出すはずだ。裁判所がそれをしないのは、国策に反する判決を出したくないからだ。ただ、村木は明らかに疲弊していた。

(判決まであと二ヶ月、村木さんの定年退官まで、あと一年半か……)

それまで保ってくれよと祈りながら、妹尾は車を走らせ続けた。

同じ頃——

金沢地裁の裁判官室で、村木健吾は、日本海原発の二号機差止め訴訟の判決文の草案に目をとおしていた。

金沢地裁は、市内中心部の金沢城公園の東側に沿って延びる白鳥路《はくちょうろ》と百万石通りの間に建つコンクリートの三階建てのビルである。右隣りに家庭裁判所があり、細い百万石通りをはさんだ斜向《はすむ》かいに、金沢地検や名古屋高検金沢支部が入っている煉瓦造りの金沢法務合同庁舎が建っている。

地裁は、一階に法廷、調停室、簡裁民事の書記官室と裁判官室など、二階に法廷、地裁民事の書記官室と裁判官室、準備手続室、審尋室、三階に地裁総務課、同会計課、小会議室、法廷、高裁事務室、執行官室などがある。

〈平成十八年三月二十四日判決言渡　平成十一年(ワ)第430号、日本海原発二号機建

設差止請求事件〉

村木健吾が目をとおしていた判決書の草案は、完成すると二百ページ近くになるものである。冒頭に主文とその理由が入る予定だが、その部分はまだ書かれていない。

書かれているのは、主文・理由に続く「請求の趣旨と事案の概要」、「原発事故の蓋然《がいぜん》性から見た危険性」に関する原告と被告の主張、「先行ＡＢＷＲ(改良型沸騰水型原子炉)の異常事象から見た危険性」に関する原告と被告の主張、「地震・耐震設計」に関する原告と被告の主張など、安全性に関する双方の主張を網羅的に整理した部分である。

判決は、裁判長である村木と、任官十年あまりの判事の右陪席、任官七年目の女性判事補の左陪席の三人の合議で決せられる。裁判官はそれぞれが独立した存在で、合議は資格や経験年数とは関わりなく一人一票の多数決による。裁判長の村木が主張しても、右陪席と左陪席が反対すれば、彼らの主張がとおる。

途中までの判決文の草案は、合議のための資料に使う目的で村木が左陪席の裁判官に書かせたものだ。今後、これに主文・理由、各争点についての裁判所の判断を書き加え、判決文とする。村木が任官した頃は、判決文の草案は万年筆で書いて裁判長に提出し、それを和文タイプで事務官がタイプしていたが、パソコンの普及で仕事は格段に楽になった。

面長に大きめのフレームの銀縁眼鏡をかけた村木は、判決文草案の「地震・耐震設計」

に関する部分を熱心に読んでいた。

〈被告の本件原子炉の耐震設計が妥当であるといえるためには、本件原子炉施設の運転期間中に大規模な活動をして敷地に影響を及ぼし得る震源断層に対応する地表地震断層をもれなく把握していることと、直下地震の想定が妥当なものであること、松田式、金井式及び大崎スペクトルを主要な理論的支柱とする基準地震動の想定手法（いわゆる大崎の方法）が妥当性を有することが前提となっている。〉

文字を追う村木の顔は青ざめ、目の下に不健康そうな隈ができていた。ここのところ食欲も減退し、睡眠も浅く、朝は理由もなく憂鬱だった。長年の無理に加え、日本海原発二号機訴訟の重圧が重くのしかかっていた。

（運転差止め……そんな判決を本当に出していいのか……？　自分にそんなことができるのか？）

村木は眼鏡を外し、小さなため息を漏らした。日本海原発の設計用限界地震（およそ現実的には起こり得ない地震）として想定した直下地震の規模マグニチュード六・五は、国内の他の多くの原発でも使われており、裁判所がこれを否定すると、大きな波紋を投げかけることになる。

口頭弁論ごとに作成される調書には「報告事件」という黒いゴム印が押されていた。日本海原発二号機訴訟は、経過が逐一最高裁に報告され、永田町と霞が関が、最高裁をつうじて裁判の行方に目を光らせている。

(自分は今、国家という権力と対峙している……)

喉の渇きを覚えて、机の上に置いてある湯呑みに手を伸ばす。

過去にも、国家の行為を違法と断じたり、違憲判決を出すたびに、いいしれぬ重圧を感じた。それは素手で巨大な鉄球に触れるような冷たくて重苦しい感覚だった。

ふと部屋の隅にある裁判官共用の洋服スタンドにかかった法服に視線が止まった。裁判官が法廷で着用する法服は黒一色である。これはどんな色にも染まらない、すなわちどんな意見にも左右されない公正さを象徴している。村木もその精神を信じ、正しいと思うところを貫いてきた。

(それにしても……)

村木は資料を読むたびに、重い疲労感にとらわれる。原発裁判の難しさの一つは、専門技術を理解しなくてはならないことだ。裁判官は法律の専門家だが、原発に関してはまったくの素人で、知識レベルは市井の人々と変わらない。そのため一からこつこつと勉強しなくてはならない。沸騰水型原子炉、投入反応、ウラン２３５、燃料ペレット、炉心シュラウド、サーマル・ショック、ボイド効果の逆転、ＭＯＸ燃料といった原発関連用語に始まり、過去の原発事故の詳細、地震発生の原因、耐震設計の詳細、対数を用いた「金井式」(岩盤上の地震動とマグニチュードおよび震源距離との関係式)など、生まれて初めて接する用語や概念が山ほどある。

事件をつうじて常に勉強ができることに魅力を感じて裁判官になったが、それはまた蜘蛛の糸に搦《から》め捕《と》られてもがき続けるような一生でもある。弁護士と違って裁判官は自分の仕事量をコントロールすることができない。裁判所という象牙の塔の中で、膨大な量の仕事を与えられ、喘ぎながら生きていく。留学、最高裁事務総局、司法研修所教官、地裁所長といった職務を経験しながら出世の階段を上ってゆく「最高裁事務総局組」であれば、その間、事件記録から離れて心と身体を癒すことができる。しかし、村木のような「現場組」は、退官するまで身体を軋《きし》らせ、「判決マシン」として働き続けることを強いられる。

裁判官室のドアが開き、裁判資料を手に持った右陪席の男が法廷を終えて戻ってきた。一流国立大学の法学部在学中に司法試験に合格した三十代後半の判事である。

縁なし眼鏡をかけた中背の右陪席は、資料を村木の斜め前の席に置き、法服を脱いで洋服スタンドにかけた。

〈たった三人の裁判官で、原発推進という国策を変えるような判断をしていいものなんでしょうか。原発を止《と》めて、電気が足りなくなって、産業界に大きな不利益が生じたら、

僕らは責任をとれるのでしょうか〉

これまでの合議で、右陪席は運転差止めに否定的な考えを述べていた。

〈仮にここで差止め判決を出しても、たぶん上級審で覆されるでしょうし、最高裁の判例に逆らってまで、そんなことをあえてやる意味があるのでしょうか〉

右陪席の発言は、自分自身の将来の昇進への思いも、微妙に投影されていた。上級審で「破られる」(覆されるという意味の業界用語)判決を多発すると、能力に疑問符が付けられ、昇進に影響する。また、最高裁の判例は下級審(高裁以下)の裁判官を実質的に拘束している重要な指針で、これに反する判決を出すと、裁判官人事を掌握している最高裁事務総局人事局から目をつけられる。

〈しかし、最高裁を動かす流れをつくるのは下級審の判決だと思うよ。我々が最初の一歩を踏み出さなければ、世の中、何も変わらないいんじゃないだろうか〉

そういって村木は右陪席に反論したが、議論はずっと平行線を辿ったままである。

第一章　司法試験

1

昭和四十年秋――

東京の街がまだ寝静まっている早朝の二時半すぎ、新宿区高田馬場の新聞販売店では、煌々《こうこう》と蛍光灯が点り、板の間で九人の配達員が、それぞれの持ち分の新聞にちらしをはさむ作業をしていた。

石川県の能登から出てきた十九歳の妹尾猛史《せのおたけし》も、自分のまわりに二十種類ほどのちらしをぐるりと置き、指サックをした手で担当分の約四百部に一つ一つはさみ込んでいた。地元の国公立大学に進学するか、地元で就職する以外は許さないという漁家兼農家の父親に反発し、東京に飛び出してきたが、仕送りをしてもらえないため、予備校に通いながら新聞配達をしている。

「ふーん、『11PM』かぁ。その時間寝てる俺たちにゃ、縁がない番組だなあ」

ビールをちびちび飲みながら作業をしていた大学生の男が、自嘲ぎみにつぶやいた。朝刊の最終面に、この年始まった深夜番組「11PM」についての記事が出ていた。大阪の脚本家・藤本義一《ぎいち》らが司会をして性風俗や社会問題を取り上げる娯楽番組で、男性視聴者を惹《ひ》きつける一方、俗悪という批判も絶えない。

「ほらほら、読んでないで、手を動かせよ」

シャッシャッシャッと鮮やかな手つきでちらしをはさみ込みながら沢辺がいった。大学時代からこの店で配達員をし、公認会計士の試験に落ち続けている三十八歳の男で、販売店の経営者である店長と配達員の中間のような存在である。普段はトラックで届けられる新聞の受領や新聞代をため込んだ客からの集金をしているが、休みの人間が出ると、代わりに配達に出る。

配達員は大学生が多く、女子学生も二人いた。一人は早稲田の一文の学生、もう一人は専門学校生である。彼女らも販売店のジャンパーを着て木の床にすわり、黙々と作業をしていた。

彼女たちのそばで、やはり黙々と作業をしている眼鏡の男は村木健吾であった。中央大学法学部を今春卒業し、司法試験を目指している。試験は、択一試験、論文試験、口述試験の三段階があり、択一試験は五月、論文試験は七月、口述試験は十月に行われる。論文試験に合格できるかどうかがポイントで、村木も択一試験は合格したが、論文試験で失敗していた。

「よし、じゃあ行ってくるぞ」

早々と作業を終えた沢辺が新聞を抱えて立ち上がり、店の外に置いてある自転車の大きな籠《かご》と後部の荷台に新聞の束を載せ、まだ真っ暗な通りにこぎ出して行った。

まもなく妹尾らも作業を終え、それぞれの自転車に新聞を積む。

「さあ、頑張ろうや」

隣りで新聞を積み終えた村木が妹尾に明るく声をかけ、自転車をこいで行く。高校まで野球部でピッチャーをしていたという村木は一七七センチの上背があり、遠ざかっていく背中は大きかった。

（しかし村木さん、司法試験なんて受かるのかなあ？）

司法試験は国家試験中の最難関といわれ、一万三千人ほどが受験し、合格するのは五百人前後という狭き門である。東大に入るより難しい試験ともいえ、中堅どころの私大の入試にすら失敗した妹尾にとっては、雲の上のような試験である。

数日後——

東京は強い風雨に見舞われた。

妹尾猛史はいつものように予備校で午後二時まで授業を受け、夕刊の配達をするため販売店に駆け付けた。

その日の夕刊の第一面には、前年勃発したベトナム戦争に反対する米国でのデモの様子が写真つきで報じられていた。

妹尾はちらしをはさみ終えると、カッパを着て、新聞が濡れないようにビニールシートで覆《おお》って自転車にまたがる。

(くっそー、手が冷てえなあ)

ハンドルを握る両手を雨で濡らしながら、歯を食いしばって下落合二丁目の住宅地の道路をこいで行った。雨の日は新聞が濡れないよう、気をつかいながら配達しなくてはいけないので、手間である。

妹尾は一軒一軒の郵便受けやシャッターの下に夕刊を配って歩く。

(次はアパートか……)

木造二階建てのアパートの下の道路脇に自転車を停め、必要な部数を抱えて階段を上がって行った。雨と風が真横から吹きつけてきていた。

「えっ⁉ ぐえぇーっ!」

アパートで新聞を配り終え、自転車まで戻ったとき、妹尾は思わず悲鳴を上げた。

自転車が倒れ、百五十部ほどの新聞が水たまりの中に浸かっていた。辺り一面に、風に吹き飛ばされた新聞が宙で乱舞していた。木や電柱に引っかかったり、民家の塀を越えて飛んで行ったり、水たまりの中で濡れ雑巾のようになったものである。

「ちょっと、あんた！　何やってんのよ！　早く片付けてよ！」

食料品店の女店主が、両目を吊り上げて怒鳴った。

見ると木枠のガラス戸にべたべたと新聞が張り付いていた。

「すっ、すいません！」

そんないい方はないだろうとむかむかしながら、妹尾は急いでショーウィンドーから新聞を引き剝がす。

水に濡れた新聞の大半が駄目になってしまったので、なす術《すべ》がなく、いったん販売店に戻ることにした。

「……何、新聞を濡らして駄目にしただと？　まったく、しょうがねえな！」

店長は妹尾の話を聞いて、苦虫を嚙み潰したような顔になった。

煮ても焼いても食えなさそうな太り肉《じし》の五十男で、趣味はゴルフである。

「どうしたらいいでしょうか？」

妹尾はうなだれて訊いた。濡れて駄目になった部数は、百三十部あまりある。

「あのなあ、お前も知ってのとおり、うちは『押し紙』は受けてないから、部数に余裕がないんだ」

押し紙というのは、販売店が新聞社から余分に押し付けられる新聞のことである。

「はい……」

妹尾は、店長が新聞社にかけあって追加の部数を取り寄せてくれないものかと思う。

「もうさあ、駅前のスタンドに行って、買って配るしかないじゃないか」

「駅前のスタンドで？」

「そうだ、お前が自分の金で買って配るんだよ」

妹尾の耳に店長の声が冷酷に響き、軽いめまいを覚えた。

「ほら、ぼやっとしてないで、早く行け」

店長は、野良犬を追い立てるようにいった。

「妹尾君、僕も手伝うよ」

そばで話を聞いていた村木健吾がいった。「一つのスタンドには二、三十部しかない。手分けして買いに行こう」

妹尾を励まし、玄関の三和土《たたき》で自分の運動靴をはき始めた。

その晩——
村木と手分けして、山手線の目白、高田馬場、新大久保駅、東西線の高田馬場駅などのスタンドから必要な部数を買って配り終えた妹尾は、村木の部屋でビールを飲んだ。

村木のアパートは、販売店から歩いて数分の古い木造家屋で、二階の長い廊下に沿って四畳半の部屋がずらりと並んでいた。トイレは共同で、廊下の端に共同の炊事場兼洗面場があった。

「……ほんとに今日はすいませんでした。手伝って頂いた上に、ビールまでご馳走になってしまって」

折りたたみ式の小さな卓袱台《ちゃぶだい》でビールを飲みながら、妹尾がいった。まだ十九歳だが、ビールの味は東京に出てきてすぐおぼえた。

部屋のガラス窓の向こうで、けばけばしいキャバレーのネオンが点滅し、下の通りから酔っぱらいの話し声が聞こえてくる。

「気にしなくていいよ。僕もちょっと勉強に疲れて、誰かと話したかったところだから」

セーター姿の村木の微笑は、まっすぐな人柄と、どこか脆《もろ》さを感じさせる。

部屋にはテレビはなく、机と書棚と小さな食器棚があるだけだった。窓のそばには、下着など洗濯物が吊るされていた。書棚には、我妻栄《わがつまさかえ》の『民法総則』や團藤重光《だんどうしげみつ》の『刑法綱要総論』をはじめとする法律書や受験参考書が並び、机の上には「ダットサン」と呼ばれる一粒社の小ぶりの民法の教科書が開かれ、大学ノートや六法全書が置かれていた。

机の前の壁には、来年の司法試験受験までの勉強スケジュールが張られ、その周囲に憲法、民法、刑法、商法、民事訴訟法といった受験科目の重要ポイントなどが張られていた。

一文字一文字が、針のように細く、几帳面な文字でしたためられていた。

「司法試験の勉強って、大変なんですよね？」

部屋じゅうに合格しなくてはならないという息苦しいほどの切迫感が充満していた。

「まあ、楽な試験じゃないよね」

「販売店の仕事やってて、大丈夫なんですか？」

販売店の仕事は、朝二時半頃から七時頃までと、午後二時半から五時頃まで拘束される。それ以外に、夕方の配達のあと集金と新規勧誘の仕事もある。夜は九時か遅くとも十時くらいには寝なくてはならない。

「うん、確かにきついよ」

ビールで顔をほんのり赤らめた村木がいった。

「普段は毎日最低でも七～八時間は勉強しなけりゃならないし、試験前なんかは、それこそ起きている時間はすべて勉強して当たり前っていう世界だからね。……僕も近頃は、果たしてこのまま続けてて合格できるのかって不安になるよ」

村木の実家は東京都葛飾区にある小さな料理店である。家が狭くて夜は客の声でうるさく、私立大学の授業料を捻出できる経済的余裕もなかったので、大学入学と同時に家を出て新聞配達の仕事を始めた。給料からアパート代や朝食・昼食代、客が払わない新聞代の一定割合、ビール券や洗剤など「拡材」の費用などを差し引かれると、手元には一万五千円くらいしか残らないが、大学の授業料を払ってもらえるのが大きい。卒業後は、中央大学の有名な司法試験受験サークル「真法会」の答案練習会に参加しながら勉強を続けていた。

「実は今、付き合ってる女性がいてね。もしかすると彼女の世話になるかもしれない」

彼女が都内の企業で事務職をしていて、一緒に暮らさないかといってくれているという。

「まあ、食費くらいは家庭教師のバイトで稼いで、あとは勉強させてもらおうかと思ってるんだ」

「でも、受からなかったら、どうするんですか？　……あ、いや、えー、これはあくまで仮定の話ですが」

余計なことを訊いてしまったと思い、どぎまぎしながら、するめを齧《かじ》る。

「どうするかなあ……。卒業した時点で就職しなかったから、退路は断っちゃったしねえ」

大手企業に就職するには、新卒かつ二浪(または二留)以内というのが一般的な条件である。在学中に司法試験に合格しなかった者は、勤め人になる選択肢を残すため、留年する者も少なくない。

「やっぱり弁護士とか裁判官っていうのは、魅力的な職業なんですかねえ？」

「うん。僕にとっては魅力的だねえ」

熱い想いのこもった眼差しでいった。

「僕は、東京が瓦礫《がれき》の山になった光景が、子ども心なりにまぶたに強烈に焼きついている。食べる物がなくて、大根の葉や芋の蔓《つる》まで食べる生活も知っている」

村木は昭和十七年生まれで、戦後の食糧難を経験した。大人たちが列車で千葉や茨城に食糧を買出しにゆき、一切れのサツマイモを前に、一家全員が餓鬼のように目をらんらんとさせていた暗い時代だった。廃墟と化した街を米兵が我が物顔で歩き、人々が道に落ちた配給の木炭を必死に拾い集めていた。

「ああいう惨禍を二度と引き起こさないため、日本国憲法は三権分立を採用し、裁判所を独立させ、違憲立法審査権を与えた。いわば裁判所がこの国の正義の最後の砦《とりで》になっている。僕はそういう『憲法の番人』の仕事をしてみたい。弁護士がどんなに一生懸命に立証活動をしても、結論を出すのは裁判官だから」

戦前の大日本帝国憲法下では、裁判官人事は行政機関である司法大臣が掌握し、司法はある意味で行政の道具だった。戦後、日本が再び戦争に走らないようにするためには、非軍事化とともに民主化が必要であると考えたGHQ(連合国総司令部)は、裁判所を行政から独立させ、戦前にはなかった違憲立法審査権も与えた。その結果、裁判所は、憲法以外の何物にも支配されない独立王国になった。

「ところで妹尾君はどこの大学の何学部を目指してるの?」

「いやあ、僕は数学が嫌いなんで、文系志望ですけど、経済学部とか法学部とか商学部ですかねえ」

将来何になりたいという希望も今のところないので、とりあえずつぶしのききそうな学部を考えていた。

2

二年後(昭和四十二年十月)——

東京大学法学部四年の津崎守《つざきまもる》は、文京区本郷にある東大本郷キャンパス法文一号館での聴講を終え、ひんやりと薄暗い石の通路をとおって建物の外に出るところだった。

大学正門から安田講堂に向かう途中にある法文一号館は昭和十年に建てられた茶色い煉瓦の四階建てで、出入り口は、オックスフォード大学(英国)などの建物に似たアーチ型アーケードになっている。

キャンパスでは、色づいた銀杏並木がやわらかな秋の日差しを浴びていた。

「よお」

建物を出たところで、同級生の多島洋一《たじまよういち》とばったり遇《あ》った。

多島は父親が東京で弁護士事務所を営んでおり、入学したときから弁護士を目指して勉強していた。すっきりした顔立ちで、屈託のない性格の男である。

「試験、どうだった?」

多島は、司法試験の口述試験の首尾を訊いた。

津崎も多島も「天王山」である七月の論文試験を突破し、先日、口述試験を受験した。憲法、民法、商法、刑法、民事訴訟法か刑事訴訟法のいずれかのほかに、法律選択科目と教養選択科目の計七科目について、一日一科目、土日をはさんで八日間から九日間という長丁場である。試験官は司法研修所の教官を務めている裁判官・検察官・弁護士や学者で、一人の受験生に対して主査と副査の二人が二十分程度、次々と質問を浴びせる。

「うん、民訴(民事訴訟法)で、和解手続についてかなり細かく訊かれて若干不安になったけど、過去問を押さえていたから、何とか乗り切れたと思う。それ以外は、無難にこなせた気がする」

髪をきちんと七・三分けにし、銀縁眼鏡をかけた津崎の顔は、生来の生真面目な性格を表している。視線はまっすぐだが、瞳にはどこか冷たい、人や世間を突き放したような光が宿っていた。表情に変化が少なく、笑うときでもせいぜい口元を歪めるくらいである。

「訴訟法の手続きは鬼門だよなあ」

多島がいった。「俺も刑訴(刑事訴訟法)の起訴前勾留と起訴後勾留で頭が混乱して、試験官から『初めて聞いたよ、そんなこと』とか『ここは、もうちょっとよく整理して理解しておいてほしいねえ』なんて笑われてさあ。まあ、二人とも優しそうな人だったから、助け舟なんかも出してくれたけど」

訴訟法では、論文試験であまり勉強しない手続き面について細かく訊かれることがある。津崎も多島も同じ司法試験の勉強会に所属しており、先輩合格者から、過去の問題をきちんと復習しておけとアドバイスを受けていた。

「まあ、下位の一〇パーセントからは、何とか逃れているとは思うけどねえ」

口述試験の合格率は九〇パーセントと高く、落ちても翌年の口述試験の受験資格が与えられる。

「ところで、今日はもう終わりだろ？　茶でも飲みに行かないか？」

津崎はうなずき、二人は赤門に向かう。

赤門は、旧加賀屋敷の御守殿門で、第十三代藩主前田斉泰《なりやす》が徳川家斉《いえなり》の娘を正室に迎えるにあたって造られ、明治十年に東京大学に移管された。

門を出ると本郷通りの商店街が南北に延びている。学生街らしく、書店、食べ物屋、喫茶店が多い。

二人は本郷通りに面した喫茶店に入った。

店内の新聞・雑誌入れには、去る四月に社会・共産両党に推され、公害問題への取り組みを掲げて東京都知事に当選した美濃部亮吉(前東京教育大学教授)の写真を表紙に大きく載せた週刊誌が入っていた。

「司法試験に合格したら、箱根にでも行って、ゆっくり温泉に浸かりたいねえ」

そういって多島は一杯八十円のコーヒーをすすった。

多島の父親は箱根に別荘を持っており、津崎も何度か勉強会を兼ねて泊めてもらったことがある。

「ところで、津崎は相変わらず検察志望なのか?」

「うん。今のところはな。……まあ、何となくだが」

東大法学部では、三年に進学する前に、第一類(私法コース)、第二類(公法コース)、第三類(政治コース)に分かれる。第一類は、法曹志望、第二類は官僚志望、第三類はその他(民間等)の志望者である。

津崎は、官僚志望の学生たちが政府の政策を声高に論じたり、天下国家を語ったりするのを見て、ああいう野心満々の連中と伍していくのは難しそうに感じ、法曹を志望した。とはいえ、社会の泥にまみれて自力で金を稼いでいかなくてはならない弁護士もなかなか大変そうで、果たして自分に務まるか自信がない。結局、消去法で、裁判官か検察官ということになり、どちらかというと、悪を摘発する正義の象徴である検察の仕事に魅かれていた。

ただ、裁判官にせよ、検察官にせよ、果たして自分は官に採用されるのだろうかと、一つ気がかりなことがあった。

「検察は、裁判官ほどは希望者がいないらしいし、司法試験さえ通ればなれるだろうな」

多島の言葉に津崎はうなずいた。

「ところで、こんな記事が出たらしいぞ」

多島が鞄の中から一冊の雑誌を取り出して開いた。

『全貌』という安っぽいつくりの雑誌の十月号だった。

「『特集、裁判所の共産党員』？　結構、刺激的な見出しだなあ」

記事は冒頭で、砂川事件（東京都北多摩郡砂川町〈現・立川市〉の駐留米軍基地へのデモ隊立ち入り等一連の事件）の一審判決（昭和三十四年三月）で米軍駐留を憲法九条違反とした伊達秋雄裁判長を非難し、「『赤旗』も顔負けの活動方針」、「意識昂揚の会員洗脳工作」、「日中青年大交流で中共礼賛」といった見出しのもとに、青年法律家協会の組織や活動内容を詳細に述べ、同協会は容共（共産主義に理解を示す）団体であると攻撃していた。また、協会に加入している法律家の全氏名も掲載されていた。

「これ、どういう雑誌なんだ？」

「一言でいうと、反共主義の雑誌だ。神楽坂にある個人経営の出版社が出している」

「ふーん……。青法協を槍玉に挙げたわけか」

青年法律家協会は、昭和二十九年四月に、憲法を擁護し、平和・民主主義・基本的人権を護《まも》ることを目的として設立された法律家の団体である。東大の三ヶ月章助教授(民事訴訟法)、同小林直樹助教授(憲法)、東京学芸大の星野安三郎助教授(憲法)、弁護士の小島成一、渡辺卓郎、内谷銀之助らをはじめとする百人あまりの学者や弁護士が設立発起人となった。

その背景には、労働者や国民の権利を抑えてでも、経済復興を優先させようとする政府の動きに対する危機感があった。当時は、昭和二十七年七月に戦後初めての本格的治安立法として破壊活動防止法が成立し、翌二十八年に、戦闘的なストライキを行なっていた電産労と炭労対策の法律としてスト規制法(正式名称は「電気事業及び石炭鉱業における争議行為の方法の規制に関する法律」)が成立した。さらに翌二十九年五月には、公立学校の教員の政治活動やデモを制限する、いわゆる「教育二法」が成立、さらに警察の中央集権化を狙った警察法の改正も行われた。

「しかし、これは単に右翼系の一雑誌が嚙み付いただけのことじゃないのか? あえて気にとめる必要があるのかなあ?」

雑誌のページを繰りながら津崎がいった。

「いや、それがそうでもないらしい」

多島は思案顔でタバコをくわえ、火を点ける。

「親父によると、ほかの雑誌にも青法協とか裁判所を攻撃する記事が出始めているそうだ」

『経済往来』十月号は「戦後裁判の傾向」という特集を組み、労働事件・公安事件についての下級審(高裁以下)の判決は系統的な「偏向判決」であるとし、『日経連タイムズ』九月二十八日号は、青法協は左翼法曹人の養成機関で、そのことが「偏向裁判」につながっているとした。

「要は、全逓東京中郵事件判決みたいなのは、財界や自民党は気に入らないから、やめろってことだろう」

全逓東京中郵事件は、昭和三十三年の春闘の際に、全逓信労働組合(昭和二十一年に結成された郵政省職員の労働組合)の役員八人が、東京中央郵便局の従業員三十八人を勤務時間に食い込む職場集会に参加させた行為が、郵便法七十九条一項の郵便物不取り扱い罪の教唆《きょうさ》罪に当たるとして起訴された事件だ。

裁判は郵便局職員の争議行為禁止規定の合憲性について争われ、昨年(昭和四十一年)十月に、最高裁は、二審で有罪とした東京高裁の判決を破棄した。その理由として、公務員の労働基本権に対する制限は、国民全体の利益を維持増進する必要性との比較考量の上で、合理性の認められる必要最小限に止められなければならないとした。

最高裁の判決は、長年、郵便局・国鉄・電電公社などの公共企業体の職員を抑えてきた

「争議行為の禁止」(公共企業体等労働関係法第十七条)の規定に制限を加えるもので、総評をはじめとする労働団体や革新政党は、「輝かしい勝利」だとして沸き返った。

一方、政府・自民党は、日本の労働組織の中核である官公労の力が強まって政府にストで立ち向かってくることになり、革新勢力の伸張にもつながるという危機感を抱いた。

「ただでさえ、四月の都知事選で、美濃部亮吉が当選して、与党が神経質になっているときだからなあ」

多島の言葉に津崎はうなずく。

「全逓東京中郵以外にも、大阪高裁の破壊活動防止法違反事件の無罪判決(昨年四月)とか、大森簡裁のビラ貼り無罪判決(今年三月)みたいなリベラルな判決が出ているから、この流れを止めようっていう政府・自民党の動きが雑誌の記事になって出てきているってことなんだろう」

昭和三十年の保守合同で誕生した自民党は、衆議院の全議席の五五パーセント、参議院の同五六パーセントを占める安定多数を保ち、日本を高度経済成長に導いた。その一方で、日米安保条約と自衛隊の合憲性問題や、公害問題といった社会問題も数多く噴出してきている。現在の党総裁(首相)は保守でタカ派の佐藤栄作、幹事長は福田赳夫《たけお》(前任は田中角栄)である。

「しかし、それは政治の司法への介入じゃないか。憲法の三権分立の精神に反するじゃないか。そもそも公務員のスト権に刑事罰が付いてるなんていうのは、先進国では日本くらいのもんだろう？」

津崎は、公務員のスト権禁止はＧＨＱによる軍事占領立法で、もはや時代にそぐわないと考えている。

「俺も親父にそういった。そしたら何ていったと思う？」

多島は思わせぶりな視線で津崎を見る。

「『お前はまだ青い。法律の条文と現実の運用は違う。法解釈なんてものは、政治の風向きで変化する。世論の動向でも変化する。お前も、実務をやったら分かるはずだ。俺たち弁護士はそういう泥々した矛盾の中で仕事をしている。裁判官も検察官も同じだ。それを分かっていないと裁判には勝てん』と、こういうんだ」

「……」

「司法試験に受かった先輩たちの中には、憲法を護る理想に燃えて青法協に入った人も多いが……ちょっと様子見したほうが利口かもしれんな」

多島は、達観した大人のような口調でいい、タバコを灰皿でもみ消した。

二週間後(十一月初旬)――

妹尾猛史は、大教室で民法の講義を受けていた。

妹尾は二浪したあと、去る四月に、中央線の市ケ谷駅近くにある私大に入学した。同じ新聞販売店で働いている早稲田の一文の女学生に魅かれていたので、できれば同じ大学に進みたかったが、これ以上浪人暮らしを続けるのは大変なので、合格した中で一番いい大学で手を打った。

学部は法学部法律学科である。将来何になりたいという希望は相変わらずないので、とりあえずつぶしがききそうな学部を選んだ。もしかすると心の底に、同じ販売店で働きながら、司法試験を目指していた村木健吾の影響があったのかもしれない。その村木は販売店を辞め、婚約者と暮らしながら司法試験を目指している。

「……えー、この非嫡出子、すなわち嫡出でない子と嫡出子の相続における取り扱いの違いは……」

数百人が聴講するすり鉢状教室の教壇で、老眼鏡をかけた六十代の民法の教授が、猫背になって教科書を見ながらマイクで講義を続けていた。

嫡出子というのは、法律上の婚姻関係にある男女の間に生まれた子どもで、非嫡出子というのはそうでない子どもである。

「非嫡出子は、その父または母が認知することができ、えー、これが民法七百七十九条に規定されておるわけです。嫡出子には、推定される嫡出子と推定されない嫡出子があり……」

まったく退屈な授業だった。喫茶店にすら行ったことのない能登半島の田舎の高校生から、受験と新聞配達に追われる浪人生になり、大学に入った途端、「嫡出子」とか「非嫡出子」だとかいわれても、実感も興味も湧かない。しかも、単に法律の条文解釈を教えるだけならまだしも、高度な学説までこと細かに論ずるのは、昨日まで自転車に乗っていた人間に、突然、飛行機の操縦をやれというようなものである。

（こんな話を聴くより、家で教科書を読んでいたほうが早いんじゃないか……？）

嫡出子、非嫡出子、推定される嫡出子、推定されない嫡出子といった単語が、早口言葉かお経のように頭の中で絡まりあいながら回転し、眠気をさそう。親が仕送りをしてくれないため、新聞配達の仕事は続けており、昼食のあとの午後一番の授業ではよく睡魔に襲われる。

「……えー、ところで話は変わるんですが、皆さんに知っておいてもらいたいことがあります」

うとうとしかけたとき、マイクの教授の声が大きくなった。

目をこすって視線をやると、教壇の教授は老眼鏡を外し、学生たちを見回していた。

「皆さんもご存じかと思うんですが、最近、右翼系の雑誌に青法協や裁判所を攻撃する記事が頻繁に出ています。これは、労働事件などに関し、リベラルな判決が相次いで出ているため、国内の保守勢力が巻き返しを始めたことを意味しています。こうした動きは、日本の民主主義にとって極めて危険な兆候です」

老教授は、先ほどまでとは打って変わって、厳しい顔つきだった。

「わたしが大学の講師だった戦前は、キャンパス内に張り込んでいる私服の刑事に建物の陰に呼ばれて、『お前の研究室の教授は、天皇制を批判するような発言をしていると聞いたが、どうなんだ?』と訊かれたり、同僚の研究者と共産主義について話したりしたのが密告されて、朝、突然、特高が家にやってきて、警察署にしょっ引かれたりしたものです」

学生たちも、先ほどまでと違って、徐々に緊張した面持ちになる。

「今、日本で起きようとしていることは、戦後、日本国憲法が打ち立てた国民の権利と民主主義に逆行するものです。今後、どのような展開になるのか予断を許しません。皆さんには、法律を学ぶ者として、油断なく状況を注視してもらいたいと思います」


二時に講義が終わると、妹尾は、教科書やノートをバッグに入れ、立ち上がった。夕刊の配達があるので、二時半くらいには販売店に着かないといけない。

(ちぇっ、いいよなー、普通の学生は!)

デートやサークル活動、あるいは次の講義に出る男女学生たちを横目で見ながら、国鉄市ケ谷駅へと急ぐ。新聞配達の仕事を休めるのは、年に六、七日ある休刊日だけで、上京して二年半になるが、予備校と大学以外に行ったのは、東京タワーと皇居くらいしかない。

中央線と山手線を乗り継ぎ、新宿区高田馬場の新聞販売店に到着すると、五十歳すぎの店長が新しく入ってきた配達員に話をしていた。

「……本社でどういう説明を聞いてきたか知らないが、うちは週休はないから」

話を聞いているのは、にきび跡が顔に残っている十八、九の痩せた男だった。いかにも地方から出てきたばかりという感じである。

本社というのは新聞社の本社のことで、学生の配達員は仕事や待遇について、事前説明会に参加してから販売店にやって来る。説明会では、週に一度の「週休」があるという説明を受ける。

「週休がない代わりな、うちは日給が三百円多いから。……じゃあ、そういうことで」

太り肉《じし》の所長は有無をいわせぬ口調で話を切り上げ、若者のほうは反論もできない。

「おい、妹尾君」

妹尾が床に積み上げられた夕刊の山から自分の必要部数をとり、配達の準備をしていると、店長に声をかけられた。

「あのなあ、今週末、また『あすなろ団』が来るから、よろしくな」

「あすなろ団」というのは、新聞の拡張専門員の集団である。配達員は、自分の区域内で契約が切れそうな家や、新たに契約がとれそうな家に案内し、契約獲得の手助けをする。

柄のよくない拡張員や架空の契約をでっち上げる拡張員もいるので油断できないが、仕事が終わると食事をおごってくれたりする。

「分かりました」

「妹尾君よう……」

そばにすわって作業をしていた男が話しかけてきた。池袋にある小さな劇団で俳優兼大道具係をやっている二十代後半の男である。

「村木さん、司法試験、受かったらしいよ」

「えっ、ほんとですか⁉」

村木健吾とは、彼が新聞販売店を辞めて以来連絡が途絶えている。

「うん。さっき、店長のところに挨拶に来てたよ。……すごいよなあ。将来は弁護士先生かねえ」

「そうですか……。ほんと、すごいすねえ」

妹尾もため息が出る。あんな難解な経文のような法律の試験にどうやって合格するのかと思う。

妹尾が通っている大学の司法試験合格者数は毎年十人いるかいないかである。これに対し、村木の中央大学は毎年百五十人前後が合格しており、第二位の東大(百人前後)や三位以下の京大や早大(各三十〜五十人)を引き離している。

「しっ！」

二人のそばにいた上智大学の男が、人差し指を立てて口に当てた。

二階から、沢辺が下りてくるところだった。公認会計士の試験に落ち続けている四十歳の古株である。

翌日――
妹尾は、市谷にある大学のキャンパスのベンチで昼食の握り飯を齧《かじ》りながら、兄の真一から送られてきた手紙を読んでいた。三歳上の兄は金沢大学を卒業し、地元の電力会社に勤めている。

〈……親父も以前はお前に腹を立てていたが、お前が新聞配達をしながら二年間浪人して、自力で大学に入学したことには敬服している。喧嘩別れのような形で上京し、連絡もあまりなくなって、親父とお袋は悲しんでいる。親父は後悔もしている。一度帰ってきて、親父やお袋と話してみたらどうだ。俺が根回しをしておいてやるから……〉

手紙は、便箋五枚にわたって丁寧な文字でしたためられていた。

（一度帰ってきて、話してみたらどうだ、か……。）

故郷の風景が急に思い出され、一瞬胸が締め付けられるような気がした。妹尾自身も喧嘩別れのままでいいとは思っていない。

手紙を封筒に戻し、教科書やノートを入れているスポーツバッグの中にしまう。代わりに、販売店でもらってきた朝刊をとり出した。

一面には、米国側が沖縄を返還する時期を明示しないため、返還交渉が進まないという記事が載っていた。スポーツ面を開くと、春の六大学野球で長嶋茂雄の八本を抜く通算十本塁打の新記録を樹立し、さらに記録を更新中の法政大学三年生・田淵幸一の特集が組まれていた。文化面には、今年の音楽の流行は、ザ・タイガースやザ・スパイダースなどのグループ・サウンズという評論記事。

社会面を読み始めたとき、視線が一つの見出しに強く引きつけられた。

〈日本海原発誘致に反対　石川県漁協視察団が統一見解〉

日本海原発は、北陸地方に電力を供給している北越《ほくえつ》電力が去る七月に建設計画を発表した出力五〇万キロワットの原子力発電所である。その候補地として、能登の富来《とぎ》町、志賀《しか》町、穴水町、内浦町の四つの自治体が挙げられ、立地条件の調査や地元との話し合いが行われている。

〈県の漁協が反対するのか……〉

現在日本では、日本原子力発電株式会社(日本の電力九社と電源開発が主要株主)の東海村原発が運転中で、建設中のものに、同社の敦賀《つるが》原発、東京電力の福島原発、関西電力の美浜原発(福井県)の三つがある。また、中部電力が静岡県で浜岡原発の建設交渉を行なっている。したがって、日本海原発は日本で六番目の原子力発電所になる予定である。

〈日本海原発には、県も地元自治体も賛意を表明していたが……〉

妹尾は原発計画のことを知って以来、ニュースに注目していた。人口一万数千人の小さな町に、巨大な原発ができれば、町の環境や町民の暮らしも一変する。

〈石川県漁業協同組合長協議会は、能登半島に建設計画が進められている北越電力の原子力発電所に対する県内漁業団体の態度を決めるため、先月二十九日から四日間の日程で県外視察団を派遣した結果、「原子力開発の必要性は認めるが、放射性廃棄物の安全性や冷却水の沿岸漁業に及ぼす影響が確認されていない現段階での原発建設は時期尚早である。したがって現時点で県内に原子力施設を誘致することに反対する」との視察団統一見解をまとめ、早急に漁協長協議会総会を開いて、今後の具体的な運動方針を決めることにした。〉

視察団には十七人の漁協長が参加し、中部電力の浜岡原発建設に反対している静岡県榛《はい》原《ばら》郡の漁業組合や水産・海洋学者の意見を聴き、東海村(茨城県)原発の現状を調査したとあった。

静岡県の漁民が原発に反対しているのは、「原子力はまだ実験・研究の段階であり、安全性が確認されていない。『疑わしきは用いず』の一語に尽きる」というのが最大の理由で、「発電所から出される放射性廃液が魚の体内で濃縮されるおそれがあり、また、冷却水が海水の温度を高くするので、プランクトンが死滅する」としていた。また、視察団に対して、東京教育大学の三宅泰雄教授(地球化学)は「原子力事業者は、建設地決定にあたっては、原子力基本法で謳われている『自主、民主、公開』の三原則のもとに、地域漁民と十分な話し合いを行うべきだ。世の中には『放射能を恐れる者は、火を恐れる野獣と同じだ』という暴言を吐く者がいるが、放射能の危険性をよく認識し、十分な対策と注意を払っていくことが大切である」と述べ、立教大学原子力研究所の服部学助教授は「過去、イギリスやアメリカで十指にあまる原発事故が起きているが、事故というものは、予想しない原因から起こるものである。放射能に関する知識もまだまだ不完全で、人類への遺伝的影響やいろいろな放射線障害の因果関係もはっきりつかめないのが現状だ」と述べていた。

三週間後──

東京大学法学部四年の津崎守は、赤坂にある高級ナイトクラブの事務所を訪れた。

「……こんなんでいいかな？　こういうのは、あんまり出したことがないけど、要は、退職したことを証するって書いて、判子があればいいんだよな？」

専務兼店長が、一枚の紙を差し出した。一昔前の二枚目ふうの顔に、長年の水商売で培ったしたたかさが漂う六十すぎの男だった。

「有難うございます。これで結構です」

銀縁眼鏡の津崎は微笑まなくてはいけないと思うが、長年、凍りつかせた顔の皮は、なかなか思ったとおりに動いてくれない。

受け取ったのは、ナイトクラブの退職証明書だった。

先月末に最終結果が発表された司法試験に津崎は合格し、来年四月に司法研修所に入所して、二年間の修習を受けることになった。修習生は、国から給与を受け取る公務員に準ずる身分で、修習専念義務があり、兼職を禁止されている。そのため、アルバイトを含め、勤務先の退職証明書を最高裁事務総局の人事局に提出しなくてはならない。

高級ナイトクラブでのボーイのアルバイトは時給がよく、しかも金持ちの客から多額のチップをもらえるので効率がよかった。英語もある程度できる津崎は、外国人客の対応もこなし、店から重宝がられて大学三年の中ごろまで働いた。

「それから、裁判所からこんなものが来てるよ」

店長は、机の引き出しから一通の封筒を取り出した。

受け取って、中の書類を一瞥した津崎は、ぎくりとなった。

「経歴調査票」という表題が冒頭にあった。


〈下記の者は司法修習生志望者ですが、貴社(庁)在職の事実等を調査したいので、御多忙中お手数ですが、下記事項について調査御記入の上、折り返し御送付下さるようお願いします。なお、秘密は固く守りますから正確に御記入下さい。　最高裁判所人事局調査課(内線――)〉


視線を走らせると、被雇用者(津崎)の氏名、生年月日、性別、在職時期、職名と期間、職務内容、それ以前の経歴などを記入する欄があった。ひときわ大きな二つの欄は、「在職中にみられた本人の人柄」と「勤務の状況とその他参考となる事項」であった。

「こんなものが来るんですねえ」

津崎は内心の不安を押し隠して、封筒を相手に返す。背中と胸のあたりにじっとり汗が滲んでいた。

ナイトクラブの事務所を出て、地下鉄赤坂見附駅の方角へ歩きながら、津崎は嫌な気分にとらわれていた。

（あんな経歴調査までやっているのか……）

銀縁眼鏡の両目に暗い光が宿っていた。

（あのナイトクラブで、自分の実家のことを知っている人間はいない。そもそも東京には、同じ町から来た人間は少ない。……だが、あれ以上の調査をやられているとしたら……）

津崎は高校まで関西で育ち、東京に出てきてからは、郷里の人間と接することもほとんどない。同じ高校から東大に入学したのは、津崎ただ一人である。

（まさか、司法修習を拒否されることはないだろうが……）

すでに司法修習生採用願という、分厚い書類に記入し、戸籍や住民票と一緒に提出していた。

戸籍の母親の欄には黒々とした×印が付され、津崎が高校一年のときに死亡したことが記されている。父親は生きていることになっているが、今は行方知れずである。

建設会社の経理部員だった父親は、出入りの業者から大阪・北新地のクラブで接待を受けたことがきっかけで女にはまり、街の高利貸しから金を借り歩く生活に陥った。挙句の果てに会社の金に手を付け、実刑判決を受けて刑務所に入った。

母親が心労からくる脳溢血で亡くなったのは、それから半年後のことだ。人々の好奇の視線に耐えるため、津崎が能面のような表情をまとったのは、そのころだ。高校を卒業するとき同級生から「津崎はよく空を見ながら歩いていたなあ」といわれた。それは涙をこらえるためと、人と視線を合わせないためだった。

援助してくれる親戚もなかったので、津崎は、大阪市に本社があるハム会社の奨学金や地元自治体の奨学金、日本育英会の奨学金などを受け、足りない分はアルバイトで賄って高校を卒業し、大学生活を送ってきた。

父親とは、刑務所に入ったときから没交渉である。もともと家族に暴力をふるう男で、津崎は嫌悪感を抱いていた。すでに出所しているはずだが、やくざまがいの高利貸しから金を借りていたので、どこかで隠れるように暮らしているか、すでに死んでいるかのどちらかである。

翌年(昭和四十三年)正月——

厚手のジャンパーを着た妹尾猛史は、寒空の能登半島を走るバスに揺られながら、松本清張の小説を読んでいた。

〈福浦町に出たのは、運転手の言葉どおり、三十分後であった。中国が宋といったころから開かれている古い港である。荒い風をさけてか、民家はことごとく戸を閉ざし、防風のために簀子のようなものを表に張りめぐらしていた。
岬に抱かれた港の一部が見えた。冷たい水の上に漁船がかたまっている。そこから見える沖の一部には、白波が立っていた。〉
（松本清張『ゼロの焦点』より）

バスは、能登金剛の海岸に沿って延びる県道を走っていた。道は最近一部が改良され、観光の見所である巌門《がんもん》（浸食で開いた岩の洞門）などを車で訪れる観光客も利用するようになった。しかし、それまでは道路整備の遅れから、開発も進まない能登の空白地帯で、人が住む集落や小さな港以外は、今も原始の面影を留める赤松の林や原野が広がっている。鉛色のしぶきが打ち寄せる磯には、岩海苔を採っている人々の姿がちらほら見える。

進行方向左手に、富来《とぎ》町福浦地区が見えた。能登金剛の海岸沿いの場所で、奈良時代に遣唐使の船が出港し、渤海《ぼっかい》の船が往来した古い港がある。高校時代の日本史の教師は「きみら、渤海の研究をやれば、日本で十指に入れる学者になれるぞ」と力説していた。

福浦地区は、水ノ潤《みずのま》、町波《まちなみ》など四つの集落からなり、二百七十戸、千二百人が住んでいる。住民の大半は漁業関係者で、福浦港は沖合い底引き漁を行う三〇トンクラスの小型漁船三十七隻の基地になっている。磯では、サザエ、岩海苔、ワカメなどの漁も行われている。妹尾の実家がある西海地区とは、富来湾をはさんで八、九キロメートルほど離れている。

妹尾は、兄の勧めに従って、短い帰省をすることにした。正月は二日が新聞休刊日なので、元旦と三日の配達を同僚に代わってもらい、夜行列車とバスを乗り継いで帰ってきた。

バスを降り、妹尾は実家がある西海地区の道を歩く。海の方角から吹きつけてくる寒風の中で、道に積もった雪を踏みしめながら、妹尾は驚きで目を見開いた。

集落の佇《たたず》まいは二年九ヶ月前とあまり変わっていなかった。黒光りする能登瓦の民家約三百戸は、ほぼ一様に二階建てで、木の外壁は焦げ茶色の腐食剤の塗装が施され、漁具を入れる小屋を持っている。富来湾の湾曲と道の上下に合わせて吹き寄せられたように家々が建つ風景は、一瞬、江戸時代かと錯覚させるのも昔のままだ。

しかし、あちらこちらに見慣れないビラや立て看板があった。

〈原発設置絶対反対！〉
〈原子炉の故障で大公害が発生して騒いでもあとの祭り〉
〈海と土地を売って、繁栄は絶対にナイ！〉
〈祖先に感謝し、子孫のためにこのママの姿で残す〉

(……こんなことになっていたのか！)

去る十一月中旬、北越電力が、日本海原発の四つの建設候補地のうち、最終的に、富来《とぎ》町福浦地区と志賀《しか》町赤住《あかすみ》地区(富来町南部に隣接)にまたがる一帯百万坪を用地にすると決定し、今後、地元住民との話し合いや土地買収交渉を進めると発表していた。地盤、送電距離、用地の平坦さ、土地買収の容易さ、漁業等の予想補償額など、さまざまな点を考慮した上での決定だった。

発表に対して、石川県知事や地元の二つの町議会は賛同の意向を表明したが、地元の農民からは「田んぼを全部取られると生活に困る。よそで働くあてもない」と不安の声が上がり、県の漁協も反対の立場を変えていない。

実家の前まで来ると、ビラや立て看板が一段と多く、反対運動のアジトのようになっていた。

(うちの前が、立て看板の設置場所にでも指定されたのかな……？)

「ただいま帰りましたー」

玄関の引き戸を開け、靴を脱いでいると、待ちかねたかのように奥から母親が姿を現した。

「どうも」

妹尾は、少し照れくさい気分で頭を下げた。

五十をすぎた小柄な母親は、妹尾の姿を見て、ぎょっとした顔つきになった。

(あれ？　……髭のせいか？)

妹尾は、大学に入ってから、口のまわりに髭を生やした。最初はドジョウか泥棒のように貧相だったが、今はかなり生えて熊のような顔になっている。

「あ、あんた、どうしたがいね⁉」

セーターに前掛け姿の母親は愕然《がくぜん》とした顔でいった。

(そんなに驚くことか……？)

「なんで、そんなに痩せたがいね⁉　東京でどんな生活をしとるげ⁉」

おろおろした顔をして、前掛けで涙をぬぐう。

「あ、ああ、体重のことか。……そういえば、高校出たときに比べると、七、八キロは減ったかなあ」

高校時代は特に運動もしていなかったが、上京して以来毎日新聞配達をやり、自活しなくてはならないので、食費もなるべく切り詰めていた。

「こんな痩せるまで無理して……早く連絡してくれりゃ、お金を送ったがに。……悪かったねえ」

「いや、そんな……」

　そのとき、奥の居間のほうから、大きな声で話し合っている二人の男の声が聞こえてきた。

「……漁協も役員会で賛成と決めたがなら。あんたら一部の人たちが断固反対したって、みんなが弱るがいね」

　年輩の男の声がいった。

「いや、漁協やって、あんたがた役員がだいたいのことを決めてるけど、ほとんどの組合員は、まだ不安に思っとるわいね」

　聞き覚えのある父親の声であった。

「それに福浦や赤住や西海の漁協だけで決めていいちゅう問題じゃないやろね？　県の漁協は反対しとるし。潮で温度の高い海の水や放射能が流れたら、広い範囲の漁場に影響があるがじゃないかね」

「そんなことはないわいね。政府が厳しい安全基準を定めて、それによって電力会社がやっていることやさけ、間違いはないし。東海村でやって、何の問題もなく動いてるさけ。わしゃこの目で見てきたげさけ」

「お上のやることは何でも信じろっていうのかいね？」

「妹尾さん、原発を受け入れれば、いろいろな交付金が国や電力会社から来るし。土地を売る金をあてにしている人もいるし。みんなの暮らしがよくなるし」

「ふる里を金で売れというのかい？　とにかく、何度いわれても、俺は反対や。あんなわけの分からんものを地元に建てるなんて、絶対に認められんわい」

「ほんとうに……少しは、みんなのことを考えてくれんかなあ」

居間で人が動く気配がして、くすんだ色のセーターを着た初老の男が廊下に現れた。近所に住む西海漁協の役員だった。赤銅《しゃくどう》色の顔に無数の皺《しわ》が刻まれ、潮の飛沫《ひまつ》にさらされた灰色の頭髪はごわごわである。

「そんなら、また来るさけね」

漁協の役員は、居間にいる妹尾の父親に不機嫌そうな声をかけた。

「おう、猛史君か。熊みたいな髭生やして、誰かと思ったわい」

初老の役員は、妹尾に一声かけて、玄関を出ていった。

妹尾が居間に入ると、矩形の低い座卓のそばに、父親と兄が、あぐらをかいていた。五十歳の父親は怒ったようなむっとした顔で、二十代半ばの兄は、困ったような顔つきだった。

「ただ今、帰りました」

セーター姿の妹尾は頭を下げ、仏間の仏壇で手を合わせてから、座卓のそばにすわった。

「なんちゅう瘦せたな、猛史。東京にはいつ帰るがや?」

半農半漁の仕事をしている父親は、妹尾に似た丸みのある顔である。一重瞼《まぶた》の目は頑固そうで、左右の頰に陽に焼けてできた染みがある。身体つきはがっしりした固太りで、イノシシを思わせる。第二次大戦中は、歩兵第七連隊の兵士として満州で従軍し、台湾で終戦を迎えた。

「あさっての朝にはこっちを発つよ。四日の午前三時くらいまでに新聞販売店に着いてないと、朝刊の配達ができないから」

母がビールを持ってきた。

「さあ、一杯いけ。いけるんやろ?」

父親は、ビールを妹尾のグラスにつぐ。口には出さないが、久しぶりに帰ってきた息子と酒を飲めるのが嬉しそうである。

妹尾はビールを一口飲み、タバコを出して火を点けた。それを見て父と兄が少し驚いた顔をしたが、二浪している妹尾はもう二十一歳で、タバコは浪人時代におぼえた。

「ところで、さっきの話は、原発の話?」

青白い煙が立ち昇るタバコを指ではさんだ妹尾が訊いた。

「ああ。……ほんとうに、どうしようもないわい!」

父親は、苦々しげな顔つきで、吐き捨てるようにいった。

「親父が原発反対運動の急先鋒ながや」

銀縁眼鏡をかけた兄の真一が、悩ましげな顔でいった。金沢大学を出て電力会社に勤務しているエリートサラリーマンらしい雰囲気が紺色のセーターを着た姿に漂っていた。

「だから家の前にビラや立て看板が多かったのか……」

「原発の話がふって湧く前は、まわりの者同士みんな仲がよかったけど、この町も今じゃ賛成派と反対派に分かれて、朝の挨拶もせんようになってしもうた」

父親が苦々しげにいった。

「しかも、最近、北越電力は、真一を用地買収の担当者にしたっていうさけ。……まったく連中のやることは！」

「え、兄貴が用地買収の担当者!?」

兄の真一は気まずそうな顔でうなずいた。

第二章　長沼ナイキ事件

1

昭和四十三年四月――

東京は、桜の季節を迎えていた。

千代田区紀尾井町の清水谷公園から平河町の方角に坂道を上った場所にある司法研修所では、新たに五百二十一人の修習生を迎え、第二十二期の司法修習が始まっていた。研修所は古い木造の建物で、庭の緑と時代がかった学び舎の雰囲気が印象的である。

修習の期間は二年間である。まず、四月から七月半ばまで、司法研修所で「前期修習」を受ける。続いて日本各地に散り、地方裁判所、地方検察庁、弁護士事務所で一年四ヶ月の実務修習を受ける。最後に二年目の十一月下旬から翌年三月まで研修所に戻って「後期修習」を受ける。

「……えー、検察官の種類には、上から、検事総長、次長検事、検事長、検事、副検事の五つがあるわけですが、検事総長は当然のことながら検察全体に一人、次長検事も一人、検事長は八つある高等検察庁の長を務める人と、こういうことになっているわけですねえ。いわゆる『認証官』というのは、検事長以上で……」

恰幅のよい身体を背広で包んだ中年教官が、黒板を前に話をしていた。現役の検察官で、声は朗々としたバリトンである。

司法研修所では、一つのクラスに現役の裁判官二名(民事裁判・刑事裁判)、検察官一名、弁護士二名(民事弁護・刑事弁護)の教官がつく。裁判官と検察官は業務の一環として従来と同じような給与をもらいながら教官を務めるからよいが、弁護士の場合は収入が低下し、かつ教官在職中は業務との両立ができず、依頼者との関係も希薄になるという問題がある。業務に復帰してもしばらくの間、仕事の量が減ったままという状態が続き、日弁連と各地の弁護士会は、弁護士教官候補の人選に頭を悩ませている。

「……この『認証官』というのは、その任免にあたって、天皇の認証を受ける高位の官職ですね。内閣でいえば国務大臣、裁判所では高裁長官以上、そのほか宮内庁長官や侍従長、公正取引委員長、特命全権大使、それから特命全権公使、こういう人たちが『認証官』であるわけです」

教官の言葉を、約五十人の修習生たちがノートを取りながら聴いていた。

司法試験合格者の平均年齢は二十八歳前後だが、ぱっと見たところでは二十五、六歳と思しい若い顔ぶれが多い。その中に、三十歳から四十歳くらいの、社会人経験者がまじっている。女性は二人しかいない。どの顔も、長い受験勉強を終えた解放感で明るく輝いていた。

「前期修習」においては、修習生たちは五十人前後のクラスに分けられ、民事裁判、刑事裁判、民事弁護、刑事弁護、検察の五科目の実務について朝から夕方まで、だいたい三コマの授業を受ける。その内容は、事実認定の手法と文書(判決文、準備書面等)の起案(草案作成)が中心である。大半が、教室内での講義やセミナーだが、その間に、裁判傍聴、刑務所見学、自宅研究、ソフトボール大会、歌舞伎鑑賞などが入る。

「えー、この『認証』というのは、どこで行われるか知ってる人いますか？……はい、あなた」

教官は近くにすわっていた修習生をいきなり指名した。

「あ、はい……ええと、皇居の中だと思いますが」

居眠りをしかけていた若い男の研修生は、どぎまぎして答える。

「そりゃそうでしょう。天皇陛下が認証をやりに、わざわざ検察庁や裁判所に出向いたりしませんわな」

検察教官が歯切れよくいって苦笑するのを、津崎守は仲間たちと一緒に聴く。

津崎は、無事司法研修所に入所を許され、法曹への一歩を踏み出した。同級生で弁護士の息子の多島洋一は口述試験で落ち、今秋、再度口述試験を受験する予定である。

「認証官任命式はですねえ、原則として皇居正殿『松の間』で行われます。天皇陛下の面前で任命権者、これはだいたい内閣の場合が多いので具体的には内閣総理大臣ですが、総理が御璽《ぎょじ》、すなわち天皇の印章が押された官記を伝達し、陛下から一人一人に『重任ご苦労と思います』というお言葉がかけられる。このとき認証を受ける者は、『はい、頑張ります』なんていっちゃいけない。直答せずに黙礼する。これが慣例ですなあ」

脱線気味の話を聴く修習生たちの中に、大きめのフレームの眼鏡をかけた村木健吾の落ち着いた顔もあった。先日、晴れて婚約者と結婚式を挙げ、都内のアパートに引っ越したところである。

「えー、わたしも、いつの日か松の間に呼ばれることを夢見て、日夜職務に精励しておるわけですが……」

教官の軽口《かるくち》に、和やかな笑い声が起こった。

夕方――

最後の講義が終わり、教官が退出すると、スーツ姿の村木健吾が教壇に上がった。

「ええと、皆さん。クラス連絡委員の村木です」

村木は、クラスに三名いる連絡委員をかって出ていた。委員の役割は、他のクラスの連絡委員たちと話し合いながら、修習生同士の親睦を深めるためのスポーツ大会や飲み会、討論会などを企画したり、福利厚生などの問題について研修所事務局と交渉したりすることである。

「先般、皆さんから要望がありました、講演会の件ですが、いくつか打診してみたところ、現在、最高裁事務総局で公害問題に取り組んでおられる弓削晃太郎《ゆげこうたろう》民事局長兼行政局長に、ご自身の裁判官人生も含めて、お話をして頂けそうな状況になっておりまして……」

高度経済成長のひずみで、全国的に公害問題が起きており、法律的にどういう論理で被害者を救済すべきかが裁判所でも議論されていた。熊本県水俣湾の水俣病(有機水銀汚染)、新潟県阿賀野川の第二水俣病(同)、富山県神通川流域のイタイイタイ病(カドミウム汚染)、三重県四日市市の四日市喘息《ぜんそく》(大気汚染)が「四大公害病」と呼ばれ、すでにイタイイタイ病と四日市喘息については、富山地裁と津地裁四日市支部で加害企業を相手とした損害賠償や慰謝料請求の訴訟が起こされ、残り二つについても訴訟が提起されるのは確実な状況である。弓削晃太郎はこの問題に関し、裁判所全体の陣頭指揮をとっている。

「それで日時と会場についてご提案したいのですが……」

村木が手元の紙を見ながら説明し、修習生たちは席にすわったまま話を聞く。

憲法の精神を護るという使命感に燃えて修習生になった村木は、青年法律家協会にも加入し、同協会の勉強会などにも積極的に参加している。

五月——

新橋駅近くの三階建てのビルにある新橋烏森《からすもり》法律事務所で、大学二年生になった妹尾猛史は、事件に関係のある判例集と法律書を抱え、狭い階段を上がっているところだった。

三階に上がり、ドアが開けっ放しの部屋に入ると、ぎっしりと本や書類で埋まった書棚に囲まれて、原啓子さんという三十代の女性秘書が仕事をしていた。

「はいはい、ご苦労さん。ここに置いて」

黒髪を短くカットし、目元のきりりとした原さんは立ち上がって、きびきびした動作で、そばにあったテーブルを指差す。

ガラス扉がはまったドアの向こうの部屋では、三十代半ばの男性弁護士が、猛烈な勢いで書類を書きなぐっている。事務所の三人のパートナーのうちもっとも若い西野政和《にしのまさかず》弁護士である。書いているのは、準備書面や各種の申立書など、裁判関係の書類の下書きで、事件ごとに頭をぱっぱっと切り替え、時間を決めて一気呵成《かせい》に鉛筆を走らせる。

「じゃあ、妹尾君、これお願いね」

「分かりました」

妹尾は、原さんから西野がなぐり書きした一束の書類を受け取った。

（ええと……『訴状　昭和四十三年五月二十九日　東京地方裁判所民事部御中』と……）

自分の席にすわり、万年筆で一文字一文字丁寧にしたためてゆく。交通事故に係る損害賠償請求事件の訴状の清書であった。

（『原告訴訟代理人弁護士』……）

妹尾は二ヶ月ほど前に大学の学生課からこの法律事務所を紹介され、週に二、三度アルバイトしている。正月に帰省したとき、痩せた姿を見て驚いた両親が仕送りをしてくれるようになり、新聞配達はする必要がなくなった。

正午になったとき、奥のドアが開いて西野弁護士が出てきた。広い額に長めの頭髪、細い縦縞入りのスーツ姿である。

「昼メシ行こうか？　原さんはどうする？」

「わたしも、ご一緒させて頂きます」

原さんは、弁当を持ってくる日とこない日がある。妹尾は、近所でパンを買って食べることが多いが、弁護士に誘われればご相伴にあずかる。

三人は、新橋駅汐留《しおどめ》口に建つ「新橋駅前ビル」に向かった。駅前周辺に密集していた飲食店を防災の観点から集約するため、二年前に建てられた新しいビルである。

三人は、地下一階にある定食屋で、サラリーマンたちにまじってカウンターにすわった。

店内の一角にある白黒テレビが、先日起きた日本大学の学生ストの模様を報じていた。

「日大全共闘」という文字が入ったヘルメットをかぶり、あごのあたりにタオルを巻いた大勢の学生たちが映し出され、一人がマイクを持って、二十億円の使途不明金を出した古田重二良《じゅうじろう》会頭ら大学当局を糾弾《きゅうだん》する演説を行なっていた。

「今年は、学生運動が激しいなあ」

焼き魚定食に箸をつけて、西野弁護士がいった。

一月に中央大学の自治会が授業料値上げに反対して全学ストに突入したのを皮切りに、同月、東大医学部(登録医制度反対)、二月に東京女子大(授業料値上げ反対)に飛び火し、五月に、二十億円の使途不明金問題が明らかになった日大でストが行われ、日大全共闘が結成された。

「妹尾君は、こういうのに興味はないの?」

「はあ、僕はノンポリ(non-political＝政治に無関心)ですから」

西野はうなずき、焼いた鯖を口に運ぶ。口を動かしながら、頭は早くも仕事のことにいっている顔つきである。

「ところで原さんさあ、今日の午後は、打ち合わせかなんかあったっけ?」

西野が訊いた。

「あ、ええと……三時から四日市関係の打ち合わせが」

原さんが、周囲をはばかるようにいった。

「あ、四日市ね。そうだった、そうだった」

三重県四日市市の大気汚染公害の患者たちが、昨年、加害企業である中部電力、三菱油化、昭和四日市石油など六社に対して損害賠償請求訴訟を起こし、西野弁護士も原告弁護団に加わっていた。


同じ日——

千代田区紀尾井町の司法研修所の一室に、最高裁事務総局民事局長兼行政局長の弓削晃太郎がぬっと現れると、つめかけた修習生たちは一瞬息を呑んだ。弓削の全身から権力のオーラが発し、まるで脂の乗った政治家のようだった。

弓削は大正生まれの四十八歳で、身長が一八一センチもある。京都市で裁判官の家庭に生まれ、京都帝国大学法学部在学中に高文(高等文官試験)司法科に合格。海軍の法務官として軍法会議に携わったあと、戦後、大阪や東京の地裁に勤務し、二十九歳で最高裁事務総局民事局付となってからは途中の数年間を除いて裁判に関わることなく、司法行政に辣《らつ》腕《わん》をふるってきた司法官僚だ。

弓削は自己紹介をし、今日は、半分は自分の裁判官人生について、残り半分で公害訴訟の話をするといって話し始めた。その姿は、「泣く子も黙る」という形容がぴったりの雰囲気だった。

「……それで、京都帝大を卒業すると同時に、海軍に就職したわけです。昭和十八年の九月でした。陸軍が嫌いだったので、海軍を志望したわけです。司法省からも内定はもらったけれど、海軍のほうが決まるのが早かった。身分は見習い尉官で、半年後に法務中尉になり、佐世保鎮守府軍法会議に配属されました」

鎮守府は、艦隊の後方を統括する海軍の根拠地で、横須賀、呉、佐世保、舞鶴、旅順口(現・中国遼寧省大連市内)の五ヶ所に置かれていた。

「皆さんには想像もつかないと思いますが、軍法会議では、裁判所と検事局の区別がないんです。法務官というのは、判事と思って頂ければいいんですが、判事が検察官の仕事もやるわけです。要するに、全部一緒です。ただし、一つの事件で両方やるわけではありません」

微笑をたたえてはいるが、リムの上部が黒縁の眼鏡をかけた視線が、ときおりぎらりとした光を帯びる。

「わたしは終戦まで佐世保におりました。毎日特攻機が出撃していた頃です。わたし自身も、生きては帰れないだろうと思っていました。本州はどうなるか分からないけれども、九州は占領されるだろうから、向こうに帰ることはないだろうと思っていました」

津崎守や村木健吾ら、室内を埋め尽くした修習生たちは水を打ったように静まり返り、弓削の言葉に耳を傾ける。

「そういう状況の中で、明日、出撃する特攻隊員が、前日に重大犯罪を犯したりするわけです。佐世保鎮守府の軍法会議は鹿児島も統括しているので、鹿児島の出水《いずみ》の特攻基地にも行きましたが、そこからたくさん特攻機が出撃しているわけです。航空隊員はみな非常にすさんでいました。民間人と喧嘩して、殺したりしている。それで、犯人の隊員を軍法会議に引き渡すよう求めに行ったんです。そうしたら隊長がなんといったか？『特攻隊員が悪いことをした、人を殺したんだから、軍法会議にかけられるのは仕方がない。けれども、法務官がその男を引っぱっていくんなら、代わりの者を連れてきてくれ』と、こういうわけです」

弓削は苦笑を浮かべる。

「軍から見れば、『その男は、明日、特攻で飛んでいって、国のために命を捨てる人間なんだ。だから、悪いことをしたかもしれないけれども、ここで軍法会議に持っていかれるのは困る』というわけです。そういうとき、軍法会議がその隊員を捕まえて、裁判できるか？　実際は、そんなことできませんね。結局、司法というものは、本来、動いている社会の脇役であって、主役たり得ない。一定のことはできるけれども、法律や裁判で何でもかんでも解決できるわけではないんです」

法律を越えた実質を見るに敏で、人を操る術《すべ》にも長けている弓削は、直近で務めた東京地裁民事部の部総括(裁判長)時代、判決よりも和解で実績を上げた。

「それから、終戦直後にも鹿児島に行って、後始末をやりました。当時、鹿児島の特攻基地は乱れに乱れて滅茶苦茶でした。軍の物資がだいぶあったはずなんですが、そういうものが全部略奪されているんです。兵隊が持って帰って、残りを近所の人が略奪して、その略奪したものをまた近所の人が盗んでと、それはもう滅茶苦茶でした。そういうところへ乗り込んでいって、法律的な始末をつけるわけです」

修習生たちは、弓削が生きてきた修羅場の話を、ただただ呆気にとられて拝聴した。

七月——

太陽がじりじりと照りつけ、司法研修所の近くの清水谷公園では、アブラゼミやミンミンゼミがさかんに鳴く季節になっていた。

「……じゃあ、今日は、みんなでビールでも飲みにいきますか?」

一日の最後のひとコマが終わったとき、裁判官の教官が修習生たちに声をかけると、すぐに数人が弾かれたようにまわりに集まった。多くが裁判官志望の修習生たちだった。

裁判官や検察官の教官は、実質的にリクルーターを兼ねている。過去、裁判官の希望者は任官を拒否されたことはないが、教官から「あなたは裁判官に向いていない」と、事前に否定的な感触を与えられて志望を撤回した例は少なくない。一方、仕事がきついので裁判官や弁護士ほどには人気がない検察は、教官にリクルート用の予算を与えて優秀な人材の確保に躍起になっている。

「津崎君、今日はきみも一緒にどうですか？」

津崎が帰ろうとしていると、裁判教官に声をかけられた。

四谷・荒木町の居酒屋に行ったのは、全部で十人ほどだった。必ずしも全員が裁判官志望者ではなく、教室では聞けない教官の本音や法曹界の話を聞いてみたい者、単に酒が好きな者、他の修習生と駄弁《だべ》ってみたい者などいろいろである。四月頃は緊張していた修習生たちも、この頃になると授業のペースにも慣れ、自主的な研究会への参加、酒、麻雀、競馬、恋愛、家庭サービス(既婚者)、法律事務所訪問(弁護士志望者)等、思い思いに放課後をすごしている。

「津崎君は、裁判官を志望する気はないの？」

飲み会が始まってまもなく、裁判教官がわざわざ隣りの席にやってきて訊いた。

「はあ、今のところは検察官を志望しております」

半袖のワイシャツにネクタイ姿の津崎守はいった。

「そうらしいね。……しかし、あなたは司法試験の成績もなかなかいいし、裁判所に入れば、活躍できると思うんだけどねえ」

そういって四十代半ばの教官は、津崎のコップにビールを注ぐ。司法研修所の教官になる前は、最高裁の調査官として最高裁判事を補佐していたエリートである。

「検察の仕事っていうのは、組織でやるもんだから、なかなかきついよ。検事総長をトップにしたピラミッドの中にがっちり組み込まれて、被疑者を割れ(自白させろ)とか、こういう調書をとれとか、是が非でも有罪を勝ち取れとか、上から常に命令されるよ」

津崎は、あえて反論する必要もないと思い、黙って話を聞く。

「そこへいくと裁判官っていうのは、各人が独立して職務を行うから、とても自由だ。自由に自分の考えを述べ、自由に判決を書ける。合議体に入っても、資格や経験や年齢にかかわらず一人一票だ。のびのび仕事ができるよ」

合議体は三人の裁判官で構成され、地方裁判所が合議体で扱うべきと決めた重要事件や、有罪になれば死刑や無期懲役になる可能性のある刑事事件を審理する。高等裁判所では、原則、すべての事件が合議体で審理される。

「それにね、裁判官のいいところは、ポストが多いところだ。検察は組織がピラミッド型だから、上にいけばいくほどポストがなくなって、優秀な人でも途中で辞めて弁護士になるケースが多い」

津崎はうなずき、焼きなすを箸で口に運ぶ。

「最高裁判事や高裁長官は数が限られているけれど、地裁や家裁の所長とか、高裁や地裁の部長(部総括判事)ポストはそれこそごまんとあるから、普通にやってれば誰でもなれる」

合議体の長である部総括判事は裁判所では「部長」と呼ばれる。

「それに検事だと、刑事しか知らないから、辞めて弁護士になっても、いきおいヤクザや高利貸しや水商売人の顧問や代理人をやることになる。そこへいくと裁判官は、希望さえすれば、刑事も民事も経験できるし、裁判のからくりも知っているから弁護士になっても重宝される」

教官は、津崎を是非裁判官として採用したいようである。

一方で、この教官は、年輩の修習生や女性修習生に対して「あなたの人生経験や人権感覚からいって、弁護士になったほうが力を発揮できると思う」と、任官に否定的なニュアンスを与えている。

「津崎君、あなたのように優秀な人間は裁判官になるべきだよ。弁護士や検察官のいい分を聴いて判決を下し、最終的な国家意思を決めるのは裁判官なんだから」

職業がらか、裁判教官はそれ以上は強くはいわない。津崎は検察教官にしょっちゅう飲みに連れて行かれていたが、相手は酒をぐいぐい飲みながら検察官の素晴らしさを力説し、いつもべろべろに酔っ払って肩を抱き、「なっ、お前、検察に入るよな」、「俺を裏切ったりしないよな」と、強要と泣き落としで迫ってくる。

「ところで、裁判官っていうのは、親が犯罪者でもなれるんですか？」

その言葉に津崎はぎくりとなり、瞬時に、全身に汗がじっとり噴き出してきた。

恐る恐る視線をやると、若い修習生が無邪気な顔を教官に向けていた。普段からどこか調子のいい男で、すでにかなり酔っ払っている様子である。

「そりゃあ、なれるさ」

教官は若い修習生のほうを見ていった。

「裁判官の欠格事由は、裁判所法で定められているでしょ。『他の法律の定めるところにより一般の官吏に任命されることができない者の外、左の各号の一に該当する者は、これを裁判官に任命することができない。一、禁固以上の刑に処せられた者、二、弾劾裁判所の罷免の裁判を受けた者』。だから親が犯罪者かどうかは関係ないよね」

教官はすらすらと条文をそらんじた。

「親が犯罪者でも、裁判官になっている人はいくらでもいるしねえ」

「ええっ⁉」

教官の言葉に修習生たちは驚いた。

「だって、昔はタバコを巻いて売っただけでも、ブタ箱にぶち込まれたんだもの」

「ああ、なるほど……」

終戦直後の食糧難の時代には、拾い集めたタバコをほぐしたり、イタドリの葉をまぜたりしたものを紙で巻き、闇市で売っていた。そうした行為は、物価統制令やたばこ専売法違反だった。

「僕の親父も、戦後に買出しで捕まって、留置場に入って罰金刑をくってるよ」

裁判教官は笑った。

「しかし、たとえば、親が殺人者だったりしたら、どうなんですか？」

若い修習生が訊いた。

「えっ!? まあ、それも基本的には関係ないけれど……。うーん、どうなのかねえ。僕はそういう事例を見聞きしたことがないから、何ともいえないねえ。うーん、どういうことになるんだろうねえ……」

真面目な教官は、腕組みをして考え込んだ。

2

秋――

ある土曜の晩、村木健吾は、妻の明恵と一緒に、三重県桑名市にある老舗はまぐり料理店で夕食をとった。

二十二期の司法修習は、日本各地での実務修習の段階に入り、村木は津市で修習を受けている。住まいは市内の安アパートで、毎日弁護士事務所に通って弁護士修習を受けている。この日は日曜日だったので、桑名まで足を延ばし、妻が子どもを身ごもったお祝いも兼ねて奮発した。

桑名は、鋳物や機械・金属工業がさかんで、町全体が工場のように猥雑である。旧東海道の四十二番目の宿場だった古い歴史とあいまって、独特の雰囲気が漂っている。近くの伊勢湾に木曾川、長良川、揖斐《いび》川の三河川が流れ込んで汽水域をつくり、はまぐりが育つのに適している。

二人が訪れた料理屋は、歌川広重(安藤広重)の東海道五十三次にも描かれた七里の渡しの跡の近くにあった。戦前からの料亭で、門をくぐると露地行灯《あんどん》が置かれた風情のある石畳が玄関まで続く。仲居に案内されて座敷に入ると、座卓の上に鍋の準備がしてあり、大皿にはまぐりが盛られていた。

はまぐり鍋は、昆布とかつお節でとった出汁《だし》のみの味付けで、はまぐりが持つ自然な風味を楽しむ。身は八月の産卵期が一番大きく、この時期は、やや小ぶりだが、ふっくらとやわらかく、噛むとコクのある汁が出てくる。続いて、はまぐりのエキスがしみ出た汁を使った湯豆腐、はまぐりの天ぷら、口直しのくずきり、焼きはまぐりなどで、最後は、はまぐりの濃厚な香りが立つ出汁にご飯と卵を入れる雑炊だった。

「これが本場のはまぐりなのね」

「うん。来てよかったね」

村木は妻と顔を見合わせて微笑んだ。修習生の給与は国家公務員上級職の初任給とだいたい同じで、普段はつつましく暮らしている。

「ちょっとトイレにいってくる」

村木が立ち上がり、座敷から古い木の廊下に出たとき、別室の客とばったり遇《あ》った。

熊のような口髭を生やした、中背の若い男だった。

「あれっ⁉　村木さんじゃないですか！」

「えっ⁉　……きみは、妹尾君⁉　どうしてここに？」

妹尾の髭面を初めて見た村木は驚いた。

「はい、あのう、今、新橋の法律事務所でバイトしてるんですけど、そこの先生が四日市喘息《ぜんそく》の裁判の弁護人をやってて……」

「ああ、津地裁の四日市支部でやってる民事訴訟だね。よく知ってるよ」

村木が津市での実務修習を希望したのも、公害裁判に興味があったからだ。

「今回、証人尋問があったんで、その手伝いでくっついて来たんです」

妹尾の仕事は、書類を運んだり、文書の清書をしたり、記者会見の会場を準備したりといった雑用である。この料亭には、事務所のパートナー・西野政和弁護士に連れられてやって来た。

「懐かしいなあ。明日はいるの？」

「はい。一人でちょっと桑名見物をして、午後の列車で東京に帰ろうと思っています」

翌日は、小春日和の穏やかな一日だった。

妹尾は、村木が運転する中古のいすゞ「ベレット」に乗せてもらい、一緒に桑名を見物して歩いた。初めて会った村木の妻・明恵は、身長が一六〇センチくらいのショートカットの女性で、明るく健康的な雰囲気だった。

「……弁護士修習っていうのは、どんなことをやるんですか？」

秋の木漏れ日がふりそそぐ多度大社の境内を村木夫婦と歩きながら、妹尾が訊いた。

多度大社は、桑名市北西の多度山(標高四〇三メートル)南麓にある神社で、五世紀後半の雄略天皇の御代に創建されたといい伝えられている。毎年五月に境内の急坂を馬に乗った若者が駆け上る「上げ馬神事」が有名である。

「僕がやってることは、妹尾君が今アルバイトでやってることと、だいたい同じだよ」

「そんな、ご謙遜を……」

「いや、ほんと」

村木は微笑した。昔と変わらぬ、ガラスのような透明感と脆《もろ》さを感じさせる微笑だった。

「朝、九時すぎに事務所に出勤して、弁護士の先生から『この事件の訴状を書いて』といわれて訴状を書いたり、準備書面を書いたり、依頼人との打ち合わせに同席させてもらったり、弁護士と一緒に出廷したり」

「法廷にも行くんですか?」

「うん。ただ横にすわってるだけだけど、真剣勝負の場だから、やっぱり緊張するねえ。それから、拘置所にも接見に行ったよ」

「逮捕された人に会いにですか?」

「うん。それが、外国人だったんだよ。中近東かどこかの人だと思うけど、不法滞在で捕まっててね。弁護士さんと通訳の女の人と三人で行ったよ」

妹尾はうなずく。

「京都のお医者さんに、弁護士さんと一緒に会いに行ったこともある。これは医療事故の関係で、その分野が専門のお医者さんに鑑定書を書いてもらおうと思ってお願いに行ったんだ」

「なるほど……」

「今お世話になっている法律事務所は、弁護士会で割り振ってくれたところでね。先生一人にアシスタントと秘書が一人ずつの小さな事務所で、結構いろんなことを自由にやらせてくれるよ。昼休みなんか、先生が『おーい、村木君、キャッチボールやろうかあ』なんていってくるし」

「キャッチボールなんかやってるんですか？」

妹尾は笑った。

「うん。身体を動かすのが結構好きな先生でね。一人で木刀の素振りなんかもやってるよ」

「ところで、村木さんは、前いってたように裁判官志望なんですか？」

「うん。裁判所は正義の最後の砦《とりで》だし、僕も『憲法の番人』として、およばずながら力を尽くしてみたいと思ってる。それに、仕事をつうじて常に勉強して、自分を磨き続けられる点も魅力だね」

昔と変わらぬ、迷いのない口調でいった。

「ところで妹尾君は司法試験は受けないの？」

「いやあ、僕には無理ですよ、あんな合格率四パーセントとかいう難しい試験は」

「そんなことないよ。きちんと勉強すれば、受かる試験だよ。四パーセントっていうのは、ひやかしや駄目もとで受けてる人たちが大勢いるからで、実際は数倍ってところだよ」

「はあ、そうなんですか……」

3

翌年(昭和四十四年)五月——

北海道札幌市は、ようやく雪が解け、土ぼこりが立つ季節になっていた。道が碁盤の目に交差する市街地では、三年後の冬季五輪開催にそなえ、地下鉄工事や地下街建設計画が急ピッチで進んでいる。西の方角には、五輪のジャンプ競技の会場となる大倉山(標高三〇七メートル)が大きな姿をみせ、大通公園の東端で、東京タワーによく似た赤いテレビ塔(高さ一四二メートル)が街を見下ろしている。

札幌地方裁判所は、市内中心部・大通西十一丁目にある。建物は、明治四十五年にできた石と木造の二階建てで、天井が高い洋風建築である。

司法修習生の津崎守は、自分が起案した判決文を指導裁判官に添削してもらっていた。

冬の寒さに耐えるために二重になった裁判官室の窓の向こうに、紫色の花をつけた大通公園のライラックの木々が見えていた。

「……この『金銭に窮して』というのは、書かなくていいんだよ」

札幌地裁の刑事部で右陪席を務める男性裁判官が、津崎が裁判所の縦書き用箋に一行ごとに空けて万年筆でしたためた判決文に、鉛筆でさらさらと書き込みをする。裁判所から派遣されて米国のロースクールで法学修士を修め、札幌地裁に配属された三十代半ばの人物だった。

津崎が起案したのは、弁論が終結、すなわち結審した実際の窃盗事件の判決文だった。

刑事裁判の判決文は、事件番号、事件名、「判決」という表題のあと、被告人を特定するに足る事項(本籍地・氏名・職業等)を記載し、前文、主文、理由、判決書作成年月日の順に記載し、裁判所名を入れ、裁判官が署名押印する。

「窃盗罪の場合、犯罪の動機っていうのは、特別の事情がない限り書かなくていいとされているんだ。このへんは、動機が犯情として重要な意味をもつ暴行・傷害罪なんかと違うところだね」

右陪席の判事は、椅子をかたわらにもってきてすわった津崎に対し、兄が弟に教えるように説明する。添削していたのは、判決文の中の、「罪となるべき事実」についての箇所だった。

「それから、ここの部分は、もうちょっと整理したほうがいいね。いろいろなことが気になるのは分かるんだけど、ポイントとなるべきところを絞って取捨選択しないと、焦点がぼやけた文章になってしまうから」

(この人はエリートなのに、謙虚で、勤勉で、人格円満で……こういう人がいるんだなあ)

説明を聞きながら、津崎はあらためて感心する。

「ここと、ここと、ここを直すと、だいぶすっきりすると思うけど、どうかな？」

津崎は、右陪席が鉛筆で直した箇所を読み直してみる。判決文ががらりと分かりやすくなっていて、驚かされた。

「少し直しただけで、文章ってこんなに変わるもんですねえ」

「じゃあ、これで判決文にしよう」

右陪席の裁判官は、にっこりしていった。

判決文は、下書きを書記官のところに持っていき、和文タイプライターでタイプしてもらう。

「それが終わったら、次は、この賭博事件の記録に目をとおしておいてくれるかな。今週、被告人質問が予定されているから」

そういって、黒い紐で綴られた分厚い事件記録を差し出した。修習生の津崎は、右陪席の裁判官の単独(非合議)審を傍聴し、事実認定や量刑について意見を述べる予定である。

その晩——

津崎は、札幌地裁の裁判官数人に誘われて、薄野《すすきの》で夕食をとった。

大通公園から南に数百メートルいった場所にある薄野は、かつて北海道開拓使が薄野遊郭を置いた場所で、現在は、色とりどりのネオンがまたたく、札幌随一の歓楽街である。

連れて行かれたのは高級感のある割烹《かっぽう》だった。テーブルとテーブルの間隔が広く、渋い色合いの信楽焼の花器に紅色のヤマツツジが活けられていた。

東京から実務修習の視察にやって来た裁判教官が上座にすわり、裁判官たちは、修習の期の順にしたがって、そのまわりにすわる。

「津崎君、裁判研修は順調かい?」

日本酒の猪口を手にした四十代半ばの教官が笑顔で訊いた。

「はい。皆さんに大変親切にして頂いて、勉強させて頂いております」

札幌地裁の裁判官は、留学帰りの若手や、最高裁事務総局から転勤してきた優秀な人々が多く、事件をめぐる議論も率直で活発だった。札幌という街は、ファッションでも東京に続いていち早く流行を取り入れるが、裁判所も東京の直轄地のような雰囲気だった。

津崎は、裁判官たちの腰の低さにも感心した。高裁の長官や地裁の所長というのは、どんなに偉い人かと思って、多少警戒しながら挨拶にいくと、実にきさくで偉ぶったところがないので驚かされた。もちろん、中には嫌な感じの裁判官や、検事や弁護士を馬鹿にする傲慢《ごうまん》な人間もいるが、多くの裁判官は肩書を意識せずに、自然体で仕事をしていた。

「そうか、順調に勉強しているか。それは何よりだね」

きちんと整髪し、眼鏡をかけた教官は笑みをたたえてうなずき、猪口を口に運ぶ。

テーブルの上には、毛蟹、ボタンえび、ウニ、帆立貝の刺身や、姫鱒の焼き物、アワビのバター焼きなどが並べられ、北海道らしい豪華さである。

「休みの日は、何をしているの？　勉強ばっかりしているわけじゃないだろう？」

「夏から秋にかけては、札幌の街を観て歩いたり、小樽や函館に足を延ばしたりしました。冬になってからは、何度かスキーに行きました」

実務修習地に札幌を希望したのは、関西で生まれ育ったので、北海道に憧れのようなものがあったからだ。

「スキーか、いいねえ。……さあ、遠慮しないで食べて」

教官に勧められ、津崎は遠慮がちに刺身に箸をつける。

「ところで、この前は、検察修習だったんだよね？　そっちのほうは、どうだった？」

「はあ、それが……」

銀縁眼鏡をかけた津崎の顔に戸惑いが浮かぶ。

「率直に申し上げまして、疑問を感じることが多々ありました」

「ほう。そうなの？　具体的には、どんなこと？」

津崎を裁判官志望に変えさせたい教官は、興味深げな顔になる。

「たとえば、取調修習のやり方ですが、個室どころか衝立《ついたて》もない大部屋に机を並べて被疑者を呼んで、それぞれの机で修習生に取調べをやらせるのには、ちょっと驚きました」

互いに話は筒抜けで、プライバシーもへったくれもない状態だった。取調べでは、被疑者だけでなく被害者からも調書をとるので、強姦事件の被害女性などは、部屋じゅうから好奇の視線を注がれた上に、事件の状況をこと細かく喋らされるので、たまったものではない。

「ああ、あれねえ。困ったもんだよねえ」

酒で顔をほんのり赤らめた教官は悩ましげ。「一応、被疑者の自由な意思にもとづく承諾や検事の指導監督があれば、修習生が取調べをやってもいいことにはなっているんだけどねえ」

それは昭和三十八年に当時の司法研修所長が示した基準であった。

「ただ、現実にはそうなっていないことも多いようですから、その場合は、刑事訴訟法違反ですね」

札幌地裁の判事がいった。刑事訴訟法百九十八条は、取調べができるのを、検察官、検察事務官、司法警察職員(警察官等)に限っている。

「それから、被疑者を壁に向かって立たせたり、『ヤクザと外国人には人権などない！』と怒鳴ったり、『生意気な被疑者は机の下で向こう脛《ずね》を蹴れ』といったりするのにも驚かされました」

それ以外にも、裁判で無罪判決が出たりすると、「反省会」とか「検討会」と称する飲み会で担当検事を吊し上げたり、上から「こういう調書をとれ」と命じられたりと、組織の重圧が非常に大きい。

「彼らは、有罪をとれないと、国民の信頼を失うと思っているからねえ。……本当は、客観的で公正な仕事をしてこそ、信頼が得られるはずなんだが」

教官は、津崎が検察に失望したのを見てとり、満足そうな口調でいった。

九月中旬——

刑事裁判修習を終えた津崎守は、引き続き札幌地裁で民事裁判修習を受けていた。

札幌地裁では、去る八月二十二日に、自衛隊の合憲性が争われている「長沼ナイキ訴訟」で、住民側が求める執行停止命令が出され、話題を呼んでいた。

「長沼ナイキ訴訟」は、北海道夕張郡長沼町に自衛隊の地対空ミサイル「ナイキ・ハーキュリーズ」基地を建設するために、農林大臣が、同町馬追《まおい》山の国有林の一部三五・一ヘクタールについて保安林(公益のために伐採や開発が制限されている森林)の指定解除の告示を七月七日に行なったことに端を発していた。

これに対して、地元住民ら三百五十九人が、即日、①保安林を解除すると水害が起きる、②解除手続きに違法性がある、③自衛隊は憲法違反の戦力であるから公益性がない、等の理由で、保安林解除処分取消の訴えを札幌地方裁判所に起こし、解除処分の執行停止の申し立ても行なった。

執行停止命令を出した福島重雄《ふくしましげお》裁判長は、自衛隊が憲法九条に違反するか否かは「自衛隊自身の規模、装備、能力などを実態に即して検討し、それが現行憲法全体の精神に反する場合には、憲法第九条にいう『戦力』に該当するとの判断を受けることもありうる」と述べた。

これに対して国側は、処分を不服として札幌高裁に即時抗告を行い、本訴(保安林解除処分取消訴訟)でも争っている。

その日、札幌地裁の裁判官たちは、仕事をしていてもどこかうわの空で、あちらこちらで囁きを交し合う姿も見られた。

「あのう、今日はずいぶん落ち着かない感じなんですけど、何かあるんでしょうか?」

裁判官室に席を与えられている津崎が、近くにすわっている若手判事補に小声で訊いた。

「うん、ちょっとね……」

若手判事補は言葉を濁した。どうやら、話したくない様子である。

正午すぎ、トイレに行くため、津崎が裁判官室の外に出ると、廊下がざわついていた。

見慣れない顔の背広姿の男たちが、何人か外からやって来ていた。

そばをとおりかかった書記官に訊くと、小樽、岩見沢、室蘭の支部の裁判官たちだという。

「裁判官会議でもあるのかな？　なんとなく不穏な雰囲気だけど」

自分の席に戻った津崎は、隣りの席の別の修習生に訊いた。

「『長沼ナイキ訴訟』の関係らしいよ」

津崎と同年輩の男の修習生がいった。黒縁眼鏡をかけた長身の男で、弁護士志望である。

「『長沼ナイキ』の？　どんなこと？」

「いや、僕もよく知らないけれど、結構大きな問題が起きてるらしい」

その日は土曜日で、仕事は半ドンだった。

津崎はなんとなく気になって、課題に与えられた裁判資料を読みながら裁判官室に居残った。

午後一時半頃、三人の裁判官が席から立って、出て行った。裁判官会議に出席するようだ。

裁判官会議は、裁判官全員で司法行政について話し合い、合議制で決める場である。

司法行政とは、裁判官その他の裁判所職員の任免・配置・監督、庁舎の管理、会計経理など裁判所の運営に係る事務全般のことである。ただし、個々の裁判官の裁判権行使に影響を与えることは許されない。なお、単独法廷を持つことが認められた任官五年以上の「特例判事補」以外の判事補(未特例判事補)は、出席や発言はできるが、議決権は与えられていない。

時刻が三時をすぎ、四時をすぎても、三人の裁判官は戻ってこなかった。

「結構、長引いてるな」

隣りの席の修習生の男がいった。やはり居残って、札幌市内で起きた貸金返還請求事件の金員支払いを命じる判決文の起案などをしていた。

「さっき会議室のそばをとおったら、平賀所長が廊下で青ざめた顔をしていたよ」

「平賀所長が廊下に?」

札幌地裁所長、平賀健太は五十六歳。東京帝大法学部を出て、戦前の昭和十一年に司法官試補として採用された人物だ。法務省民事局長などを務め、オランダで開かれた国際私法会議にも出席したエリートである。

「すぐに所長室に引き揚げたから、用事があってちょっと出たんじゃなくて、席を外すよう求められたんじゃないかな」

「席を外すよう求められた? ……ということは、平賀所長自身のことが会議で議論されているってことになるのか?」

「そうだと思う。……しかし、いったい何が起きたんだろうなあ?」

その日、津崎らが裁判所をあとにしたのは、午後六時すぎだった。

正面玄関を出ると、九月中旬の札幌は、はや秋風が吹いていた。地裁の建物を振り返って見ると、会議室の窓には灯りが点り、依然として話し合いが続けられている様子だった。

津崎が事の真相を知ったのは、翌日(日曜日)のことだった。三重県の津市で実務修習をしている同じクラスの村木健吾から電話がかかってきたのだ。

「津崎君、札幌で大変なことが起きたようだね」

長距離電話をかけてきた村木は、深刻な声でいった。

「え、大変なこと?」

「うん。おたくの平賀所長が、長沼ナイキ訴訟に関して、担当の福島重雄裁判長に、国側の主張を認めるよう手紙を送ったんだよ」

「ええっ!?」

津崎は愕然《がくぜん》となった。もし事実だとすれば、憲法で保障された裁判官の独立を侵害する。

「しかし……どうして津にいる村木さんが、知っているんですか?」

「東京にいる裁判官から聞いたんだよ。福島裁判長が、手紙のコピーを東京の知り合いの裁判官に送ったんだ」

（青法協か……）

三十九歳の福島重雄は、任官十一年目で、判事補十年の規定コースを終え、判事になって半年ほどである。京都大学時代に学生運動で逮捕されたことがあり、青年法律家協会のメンバーである。

村木もまた、修習生になると同時に青法協に加入し、勉強会や行事に熱心に参加している。

「津崎君、今回の事件は、裁判官の独立にとって重大な問題だと思う。こちらでも、大阪や名古屋に、若い判事補や修習生が集まって、議論していこうという動きになっている」

「……」

「ただ、昨日の札幌地裁の裁判官会議では、この件については、外部に公表しないと決めたらしい。だから、もし、そちらで何か分かったら教えてほしい。それと、できれば、そちらの修習生仲間でも、この問題について話し合うべきだと思う」

村木は真剣な口調でいった。

「分かりました。何か新たな情報が出てきたときは、お知らせします」

どうやら大変な事件が起きたというのは分かったが、津崎は、自分で何かをしようとまでは思わなかった。村木と違って、憲法を擁護するというような高邁《こうまい》な動機で法曹を志望したわけでもなく、青法協に加入もしていない。

翌日は、敬老の日の休日だった。

北海道大学の近くで、札幌駅北口から歩いて十分ほどの場所に借りているアパートに配達された『北海道新聞』の朝刊を見て、津崎は、あっと声を上げた。

〈札幌地裁の長沼訴訟　所長が異例の〝干渉〟〉
〈決定の八日前、裁判長に書簡『保安林解除は妥当』国側支持促す〉
〈訴追委提訴も　弁護団きょう協議〉
〈あくまでもアドバイス　判断は自由だ　平賀所長語る〉

第一面のほぼ全部に、公表されないはずの事件の内容を報じる見出しが躍っていた。

記事によると、平賀が福島に手紙を送ったのは、長沼町馬追山にある国有林の保安林指定解除処分の執行停止命令を福島が出す八日前の八月十四日の午後で、自宅に届けられた札幌地裁の封筒には、「至急親展」と書かれていたという。

『北海道新聞』の一面には、その手紙の写真と全文も掲載されていた。

〈前文ご免下さい。長途の出張ご苦労に存じます。さて例の事件について、私が考えていることを別紙の通り走り書きしてみました。貴兄の一先輩のアドバイスとして、このような考え方もありうるという程度で結構ですから、一応ごらんのうえ、もし参考になるようでしたら、大兄の判断の一助にして下さい。〉

地裁の便箋に書かれた文は、一先輩の助言として、参考程度に読んでほしいという趣旨で始まっていた。ところが、別紙になると、このやわらかいトーンが一変する。

〈一、本件の保安林の指定解除後行なわるべき立ち木の伐採など、保安林の現況の変更によって『回復の困難な損害』を生ずるといい得るか。

日光太郎杉の事件(注・東照宮近くにある太郎杉という老木を道路拡張工事のための伐採から保護するための行政訴訟)においては、老杉の大木はいわばかけがえのないものであって、杉の立ち木の存在そのものが問題であり、これを伐採すれば、風致破壊による損害の回復は不可能である。これに反し、本件係争保安林にあっては、これを現況のまま存置することとそのことが問題なのではなく、立ち木の伐採その他山林の現況の変更によって生ずるかもしれない水源の枯渇や洪水などの危険が問題なのであって、この危険は社会通念上、引水、かんがいの施設や洪水予防の施設などの代替工事を行なうことによって、十分に防止することができる性質のものと考えられる。

してみれば、保安林の指定解除後行なわれることあるべき山林伐採などによって、回復の困難な損害が生ずるとはいうことができない。もしそうでなく、山林の伐採などによって生ずることあるべき危険、または損害が性質上不可避のものであって、およそいかなる代替工事をもってしても、防止することができない性質のものであるというのであるならば、そのことの疎明の責任は申し立て人側(注・地元反対派町民)にありというべきであろう。〉

手紙は、判決文そのものだった。
平賀はさらに、参照すべき条文も挙げた上で、次の二点を示唆していた。
①国は現に代替工事の計画、予算措置も講じており、山林伐採等の損害を避ける「緊急の必要」があるとはいえない。国の代替工事が不適当で、損害の予防に不十分であるというなら、その疎明の責任は申し立て人側にある。
②農林大臣は、代替工事によって危険を十分に防止できると判断した上で保安林指定解除の決定をしたものと解すべきで、裁判所もその判断を尊重すべきである。
〈所長の権限を考慮すれば、これは確かに干渉だ。こんなことが起きるなんて、前代未

聞だ……）

津崎は、信じられない思いで新聞記事を凝視した。

第一面には、平賀所長と福島判事の顔写真も掲載されていた。

土曜日の裁判官会議は、研修中などの三名を除き、札幌地裁の裁判官全員と支部の裁判官の合計二十八人が出席して、夜中の零時すぎまで続けられたと報じられていた。途中、平賀所長が数時間退出を求められたという。会議では、平賀と福島から事情を聴き、書簡を公開すべきかどうかについて、激しい議論が交わされた。司法権や裁判官の独立という観点から公表すべきという意見と、「一先輩のアドバイス」という断り書きがある以上、私信なので公開すべきではないという意見がぶつかりあい、最終的に多数決で公開しないことに決まった。

一方、市内西寄り・円山公園近くの閑静な住宅街にある所長公宅で新聞記者の取材を受けた平賀は、「単なる助言が、こんなに反響をよぶなんて、予測もしませんでした。アドバイスの書簡をもらったくらいで、自説を曲げるほど、日本の裁判官は弱くありませんよ」と、緊張しながらも、憤懣《ふんまん》やるかたない口調で語っていた。

事件が新聞で報じられたのを受け、その日の午前中、休日で人影もまばらな札幌地裁で、再び緊急の裁判官会議が開かれた。

会議後、議長を務めた広岡得一郎判事(小樽支部長)と渡部保夫札幌地裁判事(所長代理)が記者会見し、地裁所長の監督権を有している裁判官会議は「係属中の事件に関する事実認定および法律適用上の問題について、自己の見解を記載した書簡を交付したことは、裁判権の行使に不当に影響を及ぼすおそれがあり、きわめて遺憾である」として、平賀所長を厳重注意処分とし、処分内容を札幌高裁に報告することを明らかにした。

一方、長沼ナイキ訴訟の弁護団は、平賀所長の行為は、憲法七十六条に規定された裁判官の独立を侵すもので、司法界全体におよぼす影響が大きいとして、裁判官弾劾法にもとづき、裁判官訴追委員会に提訴することを決めた。

「弾劾」は司法権の独立を確保するために強い身分保障を与えられた裁判官の身分を剝《はく》奪《だつ》するための手続きで、国会議員からなる弾劾裁判所によって行われる。そこで検察官役をするのが訴追委員会である。

平賀書簡事件はさらに深刻な展開を見せた。

平賀所長が、福島判事が所属する地裁一部の部総括判事である平田浩判事に、長沼ナイキ訴訟に関する見解を記したメモを渡していたことが明らかになったのだ。この「平賀メモ」では、「私見によれば」と断って「国民の自由および権利に直接に関わることのない憲法第九条の規定の違反の主張については裁判所は判断の機能がないと考えるがどうか」

などと、憲法問題にもふれていた。

平田判事は、三人で構成する合議体には入っていないため、事件の審理には直接関わっていないが、福島裁判長の上席であり、影響がないとはいい難い。

その日、裁判官会議は、午後七時から再び記者会見を開かざるをえなくなった。スポークスマン役の広岡判事とメモを受け取った平田判事は、記者たちから「なぜ『平賀メモ』の存在を知っていながら公表しなかったのか?」と追及され、「裁判官会議は非公開が原則。平賀書簡も公開したわけではなく、漏洩《ろうえい》されたもの」、「自分たちとしては、早く平常の仕事に戻りたい」と弁明に追われた。

九月十七日、札幌地裁の裁判官会議は、事件に関する会議の内容などを盛り込んだ報告書を管轄の札幌高等裁判所に提出した。それを受けて、熊野啓五郎札幌高裁長官は最高裁に報告書を提出し、対応策を協議するため、平賀所長をともなって空路上京した。

九月二十日、最高裁は十五人の裁判官全員で事件について協議し、「『平賀書簡・メモ』は、先輩としての親切心から出たものであるとはいえ、節度を越えるもので、裁判の独立と公正について国民の疑惑を招き、誠に遺憾である。よって、裁判所法八十条の監督権の行使に基づいて『注意処分』にする」との結論を出し、同日午後、石田和外《かずと》最高裁長官が平賀所長を呼び、口頭で注意した。同時に、札幌地裁所長の職を解任して東京高裁の判事に転勤させ、静岡家裁所長を後任にあてる人事異動を発令した。

週末――

津崎守は、一年遅れで司法試験に合格し、修習一年目の東大法学部の同級生、多島洋一が運転する車で札幌郊外を走っていた。

「……もうちょっと早く来たかったんだが、何かと忙しくてなあ。でもまあ、お前が札幌で実務修習をやってるうちに来られてよかったよ」

レンタカーの白いトヨタ・カローラのハンドルを操りながら、薄手のセーター姿の多島がいった。

前方彼方に、夕張山地の芦別岳や夕張岳が青い屛風のように連なっていた。遮るものがないので、かなり高く見える。

「しかし、長沼なんてところは、鉄道も走っていないし、まったく陸の孤島だな。こりゃあ、確かに農業か自衛隊で食ってくしかないわ」

周囲は広大な平野で、水田と畑がどこまでも続き、ところどころに黒々とした林が見える。民家も少なく、北海道開拓時代を彷彿させる風景である。

「長沼は、自衛隊の補助金で財政が潤っているそうだ。自衛隊の運動会や盆踊りには、地元の町民が参加して、農家の娘が隊員と結婚したり、退職した隊員が農家に婿入りするケースも多いらしい」

「なるほど」

週末を利用して、実務修習地の東京からやって来た多島は、平賀書簡問題で話題になった長沼町を後学のために見に行こうと津崎をさそった。札幌から長沼町までは、道道札夕線などを経由して車で五十分ほどである。途中、二人は航空自衛隊の駐屯地で、金網の向こうの兵舎や迷彩色のトラック、戦闘機などを目にした。

「あれが馬追山か。小さい山だな」

多島が、黒っぽい林の向こうの緑の山を目で示した。山というより丘陵地帯のような感じである。

山腹の棚田に黄色くなった稲穂が広がり、そばの畑で農民がじゃがいもを収穫していた。ときおり、千歳空港に向かう旅客機が上空を通過する。

「このあたりは、長年、水害に悩まされていて、農民たちは、水害をふせぐ馬追山の木を『命の木』と呼んでいるそうだ」

助手席にすわった津崎がいった。

「農民が怒ったところに、自衛隊に反対する社会党系の労組が乗っかって、原告団になったわけか。ただの水の問題が、新聞の一面を飾る違憲訴訟になるんだから、恐ろしいもんだな」

そういって多島はタバコをくわえ、火を点ける。窓を少し開けると、冷たい風が入ってきた。

「しかし、平賀所長は何だってあんな手紙を出したのかなあ？」

「うーん……誰かから頼まれたとか、そういうわけではないらしいなあ」

津崎が思案顔でいった。

「ということは、純粋な親切心からか？」

「いや、そうともいえないだろう。福島さんによると、最初は所長室や自宅に呼ばれていたら、『重要な案件だから慎重に』といわれ、嫌なので所長と顔を合わせないようにしていたら、『至急親展』の手紙が来たんだそうだ。しかも、上司の部総括にもメモを渡しているし」

「なるほど。そりゃあ、裁判干渉だなあ」

「裁判官会議で平賀所長は、『執行停止の申立て事件のようなものは、疎明責任の問題につきるのであって、法律的に非常に簡単にわりきれる。申立て容認の決定が出るなんて、およそ想像もできないし、こんな誤りを犯せば、裁判所の信用にも関わると思った』と説明したそうだ」

「ふーん。申立て容認の決定は、想像もできない、か。……そうなのかねえ？」

「大審院時代から裁判官をやってる人は、行政権力に対する従属意識が強いからなあ」

大審院は、大日本帝国憲法下の最高裁判所である。現在の最高裁に比べると地位は格段に低く、違憲立法審査権、司法行政監督権、規則制定権なども持っておらず、行政に従属していた。平賀所長のように、この時代から裁判官をやっている人々は、考え方が行政寄りである。

「ところで、福島判事っていうのは、どんな感じの人なんだ？」

「まあ、真面目で純粋な人じゃないかな。京大時代に民主主義精神に目覚めて、『憲法を護るのは裁判官しかない』っていうんで、裁判官になったらしい」

村木健吾のことが津崎の脳裏をよぎる。村木も「憲法を護るため、裁判官になる」と明言している。

「任官十一年目で三十九歳だっけ？　ちょっと年くってるんだな」

福島が司法試験に合格したのは昭和三十一年で、二十六歳のときである。

「多少の紆余曲折はあったんだろう。学生運動もやってたそうだから」

昭和二十六年はサンフランシスコ講和会議、二十七年はメーデー事件、二十八年は内灘射撃場(米軍による石川県内灘砂丘の砲弾試射場化)反対闘争の激化などがあり、国が揺れた時代だった。

「違憲判決を出すのかねえ？」

「可能性は十分あるだろう。例の保安林解除の執行停止命令文にも、自衛隊について憲法判断しようという意気込みが滲み出ていたから」

福島は、決定文の中で「自衛のために必要かつ相当な限度内であれば、どのような軍事力でも憲法第九条にいう戦力にあたらないとする考え方には、疑問が残る」とし、新聞の取材に対して「本訴では、必要があれば、合・違憲性を判断せざるを得ない」と語っている。

「ただ、福島氏が裁判長とはいえ、合議審だから、二人の陪席のうち最低一人を説得しないと、違憲判決は書けないがね」

「それはまあ、陪席の気骨にもよるだろうな」

そういって多島は、刑事裁判修習で見た、陪席が裁判長の意見に迎合した例について語った。

それは、ある高齢の被告人の放火事件だったという。被告人は、小学校も出ておらず、自分の名前以外はほとんど読み書きができない七十歳近い男で、過去、窃盗で刑務所へ出たり入ったりの人生を送ってきた。しかし、アパートに火をつけたとされる今回の事件では、「自分はやっていない」と頑として犯行を否認した。物的証拠はなく、犯行時刻に「たぶん被告人と思しい人を見た」という弱い目撃証言と自白調書だけをもとに起訴された。

多島は修習生として、三人の裁判官の合議を見ていたが、裁判長は端《はな》から「この男は、前科七犯だろう？　検察がきちんと判断して起訴したんだから、そりゃ、やってるんだろう。自白調書も詳細だ。否認して反省もしていないから、厳しく臨まなくては駄目だ」と強硬だった。右陪席と左陪席は、人事評定もする裁判長に遠慮してろくに意見もいえず、結局、懲役七年の判決になった。

合議が終わり、裁判長が裁判官室から出ていってから、多島は二人の陪席に訊いてみた。

「あの供述調書なんですが、字が読めない人が話したとは到底思えない立派な法律用語を駆使して、犯行時の状況を詳述していますよね。あんな文章、あの人は喋るどころか、聞いても分からないと思うんですけど。しかも、過去の犯行は生活に困っての金や食べ物の窃盗ばかりで、放火の動機となるような怨恨関係や愉快犯的傾向もありません。もう少し丁寧に証拠調べをするべきなんじゃないんでしょうか？」

「あれ？　あの被告人、字が読めないんだっけ？」

右陪席が若い左陪席に訊いた。右陪席は、自分の手持ちの事件で忙しく、ろくに裁判記録を読んでいない。

「ええ、そうです」

左陪席がいいづらそうに答えた。色白の大人しそうな男性で、頭が切れるタイプではない。

合議審では通常、一番下の左陪席が主任裁判官として事件の詳細を調べ、判決を起案する。それを右陪席と裁判長が見て、必要に応じて手直しし、判決文とする。

「ふーん、そうなの。うーん……」

右陪席の判事が考える。「しかしまあ、供述調書は、検事が被告人に読み聞かせた上で捺印させているわけだし、問題はないでしょう」

多島は、読み聞かせてもあの被告の知的水準では意味が理解できず、しかも、検事が書いたとおりに読んだかどうかも分からないと思った。しかし、相手の態度からこれ以上議論しても無駄だと思い、あえて反論しなかった。

「なるほど……。そんなんで七年も獄につながれるんじゃ、たまったもんじゃないなあ」

津崎も、別の修習生から似たような話を聞いたことがある。やくざ同士が日本刀を振り回し、一方が相手に重傷を負わせた事件で、「人通りが多い公道で日本刀を振り回し、無関係の人まで傷つける可能性があったわけだから、量刑を重くするのが当然である」と裁判長がいい、二人の陪席もそれに同意した。しかし、事件が起きたのは深夜の二時すぎで、人通りは皆無だった。そのことを裁判長と右陪席は見落としており、左陪席は合議で説明しなかった。

「裁判官も人によるよ。うちの親父なんか、裁判官の人物カードをつくってるよ」

「カード？」

「裁判官ごとに、学歴や経歴、過去に扱った事件、訴訟指揮の内容、判決なんかを細々《こまごま》と書き込んでる。それにもとづいて、対応を変えるんだ」

「そこまでやるわけか……」

津崎は驚き感心する。

「書面をろくに読まない裁判官には、こちらの主張の要点を分かりやすく簡潔に説明し、審理が緻密《ちみつ》な裁判官には詳細で論理的な立証をし、過去に行政寄りの判決ばかり下している裁判官は忌避《きひ》するとか、いろいろ工夫しているよ」

「箱根や伊豆に別荘を持つような弁護士は、やることが違うなあ」

津崎の言葉に多島はにやりとした。

馬追山は、東側を由仁町、西側を長沼町に挟まれていた。二人は、山の周囲にある牧場、水郷公園、温泉、夕張川など、北海道らしい風景を眺めながらドライブした。フロントグラスの向こうには、室蘭本線を走る蒸気機関車の黒い姿がときおり見えた。

「しかし、北海道っていうのは、やっぱり北にあるんだなあ」

直線の舗装道路を走りながら、多島が実感をこめていった。「東京じゃ、まだ残暑なのに、もう冬の足音が聞こえるみたいだ」

「九月に入ったら秋風が吹いて、十月の終わりには、初雪が降る。札幌地裁の書記官でキノコ採りが趣味の人がいて、秋になるといろんなキノコを採ってきて、おすそ分けしてくれるよ。馬追山でも結構採れるらしくて、このあたりまで遠征するそうだ」

「ほう。キノコねえ」

「素人だと、食べられるキノコと食べられないキノコを見分けるのが難しいから、法律以上に専門知識がいるそうだ」

「法律以上にか、なるほど」

多島は笑った。「キノコの話を聞いたら、腹がへってきたなあ」

「ジンギスカンでも食べに行くか？　長沼町に、美味い店があるから」

二人は、長沼町の商店街にあるジンギスカン店を訪れた。

入るとテーブル席で、奥が座敷になっていた。座敷には、真ん中にジンギスカン鍋を入れる穴があいた座卓が並べられ、壁には地元の農協のカレンダーがかかっていた。

「ところで、相変わらず検察志望なのか？」

座卓の前であぐらをかき、浅い鉄兜を伏せたような黒い鍋の上で、モヤシやタマネギと一緒に羊肉が焼けていくのを眺めながら、多島が訊いた。

「いや、検察はやめようと思う」

津崎がいった。「実務修習の印象が悪すぎた。あれだけ法律の条文と運用が違って、組織の縛りもきつい職場とは思ってもみなかった」

「なるほど。……となると、裁判官か？」

「まあ、そうなるかなあ。裁判教官からも任官を勧められてるし」

「ほう、いい話じゃないか。司法試験や修習の成績が、かなりいいってことだな」

多島はそういって、香ばしい匂いの煙が立ち昇る鍋から焼けた羊肉を箸でつまみ、たれにつけて口に運ぶ。

「ううむ、こりゃ美味いな!」

「やっぱり食べ物も酒も、その地で味わうのが最高なんだろう。ジンギスカンは、北海道の荒涼とした風景と涼しい風の中で食べるに限るよ」

たれは、札幌市にある「ベル食品」という会社のもので、醬油をベースにほどよい酸味、香辛野菜、スパイスなどをブレンドしてある。

「さっきの話だが、札幌地裁に来て、裁判官に対する印象がずいぶん変わったよ」

ワカメが入った塩味のスープをすすって津崎がいった。

「よくなったってことか?」

「ああ。仕事ができるだけじゃなく、人間的にも尊敬できる人が多い。上下の関係なく、みんなが同じ立場で議論を戦わせるところも気に入った」

「そりゃあ、札幌はそうだろう」

鼻の頭にうっすらと汗を滲ませ、肉や野菜を口に運びながら多島がいった。

「札幌が、ほかの地裁と何か違うのか?」

「札幌は、局付判事補がもっとも多く赴任する場所だろ?」

局付判事補というのは、最高裁事務総局に勤務する判事補で、毎年八十人前後の裁判官任官者のうち五人程度という選ばれたエリートだ。

「親父が、裁判官のカードをつくっていて、気付いたことがある。それは、司法行政を専門にやる一握りの『事務総局組』と、日本全国の裁判所で裁判に携わるその他大勢の『現場組』との分化が進んでいるってことだ」

「分化？」

「うむ。裁判所内で、一定の出世ルートが出来ていて、現場で苦労している裁判官たちがわりを食うようになってきている」

最高裁の事務総局には、十五人から二十人の局付判事補がいる。多島の父が、昭和二十四年から四十年までに局付判事補になった約百二十人について調べたところ、出身校は東大七十五、京大三十、その他の旧帝大十、私大五だったという。彼らは三、四年事務総局で働いたあと、地方勤務になることが多いが、任地は高裁のお膝元の大都市の地裁が大半である。そこで二、三年勤務すると、再び東京に戻り、事務総局の課長、最高裁調査官、司法研修所教官、地裁所長、高裁裁判長、事務総局局長などを経て、高裁長官や最高裁判事へと上り詰めてゆく。

「裁判所内で、札幌は一応『僻地《へきち》』ということになっていて、東京に呼び戻しやすいそうだ」

裁判所では、特定の裁判官だけが地方勤務を強いられることがないよう、全員が大都市(高裁所在地)、中規模都市(地裁所在地)、地方(支部等)をバランスよく異動する建前になっている。

一方、東京勤務の裁判官には少くない額の都市手当があり、地方に転勤しても三年間は継続して支払われる。エリートたちは三年以内に東京に舞い戻ってくるので、都市手当は途切れない。

「それに九州なんかだと、昔から『九州モンロー主義』といって、人事なんかに関して、地元の意向が強かったり、大阪は大阪で『東京何するものぞ』で、最高裁事務総局に盾ついたりするから、そういうところに貴重な手駒を送れないそうだ」

「『九州モンロー主義』？……そんな言葉、初めて聞いたな」

「九州の裁判所は、戦前から独立心が強くて、今でも九州の外では勤務しない裁判官が大勢いるそうだ。『佐高閥』という旧制佐賀高等学校(佐賀大学の前身)の派閥があって、それが九州の司法界を脈々と牛耳ってるらしい」

「ほーう」

「そういう実力者たちが、個々の裁判官について『あいつはいい』とか『悪い』とか品定めしたり、『武者修行に東京に一回行ってもらおうじゃないか』と決めて、事務総局にそういう人事をするよう申し入れてくるそうだ」

「ふーん」

「いずれにせよ、札幌の若手裁判官たちが感じがいいからといって、ほかもそうとは限らないってことだ」

「まあ、そうなのかなあ」

「しょせん裁判官も人間だ。出来や人柄がいいのもいれば、悪いのもいる。親父はそういってるよ」

津崎はうなずく。

「津崎、どうせ裁判官になるんなら、出世しろよ。どこの世界でも、上にいかなけりゃ、やりたいこともできないぞ」

そういって多島は、こんがりと焼けた羊肉を美味そうに口に運んだ。

4

翌年(昭和四十五年)一月——

村木健吾は、千代田区紀尾井町の司法研修所の教室で、分厚い事件記録を黙々と読んでいた。

〈……昭和四十三年十二月になり、本件貸金について甲野弁護士に相談して調査してもらったところ、高橋一郎には別紙物件目録記載1の土地(以下、「本件土地」という)と同目録2の建物(以下「本件建物」という)があったが、本件土地と建物については、名古屋法務局昭和四十二年六月受付第八九六四号、八九六五号をもって、一郎と弟高橋二郎(以下「二郎」という)の間の同日付代物弁済(以下「本件代物弁済」という)を原因として、それぞれ二郎名義に所有権移転登記がされており……〉

村木は、大きめのフレームの眼鏡の視線で、訴状の「請求の原因」の記述をすばやく読み進める。

周囲で、同期の修習生たちが、メモをとったり、六法全書のページを繰ったりしながら、「即日起案」に取り組んでいた。季節柄、風邪を引いている者が少なくなく、教室内のあちらこちらで咳をする声が聞こえる。窓の外の庭には、うっすらと雪が積もっていた。

一年四ヶ月にわたる各地での実務修習が終わり、修習生たちは再び研修所に戻り、「後期修習」を受講していた。前期同様、座学と起案(書面作成)が中心だが、起案は前期中多かった自宅起案から、研修所での即日起案が中心になった。

即日起案は、分厚い事件記録を読み、その場で判決文、起訴状、訴状、最終準備書面などを書くものだ。裁判起案であれば、判決文に必要なことを無駄なく盛り込み、検察起案であれば、起訴相当である理由を起訴状に盛り込み、弁護起案であれば、自分たちの主張が正しいことを的確に準備書面などで説明しなくてはならない。だいたい午前中に事件記録を読み、昼食や休憩をはさんで要点を整理し、考えをまとめ、夕方までに書面を仕上げる。書き上げた起案は、教官が採点し、講評される。

その日は民事の裁判起案だった。貸金の連帯保証人が所有する土地と建物の所有権が、差し押さえを免れる目的で他人に移転されているため、金を貸した名古屋市の医師が、連帯保証人の名義に戻すことを請求したという事例だった。

〈……一郎には、本件土地以外に見るべき資産がなく、原告に対する債務保証の履行のためには、本件土地が欠くべからざる資産である。よって原告は、一郎の本件土地所有権にもとづき、一郎に代わって被告に対し、一郎への真正な登記名義の回復を原因とする所有権移転登記手続きをすることを求める。〉

事件記録は百ページ以上あり、原告の訴状、被告の答弁書、いくつかの準備書面、弁論手続調書、書証(借用書、催告書、陳述書等)、証人尋問調書などからなっていた。

時刻が正午になると、前の席の修習生が立ち上がり、財布を持って教室の外に出て行った。

村木は、持参した握り飯を取り出し、包みの結び目を解《ほど》く。妻の明恵がつくってくれた握り飯には、漬物が添えられていた。村木は席でそれをほおばり、起案に必要な要件事実（一定の法律効果を発生させる具体的事実）を整理していく。昼食に外出する修習生もいるが、弁当やパンを席で食べながら起案を続ける者も少なくない。特に、修習中の成績や「二回試験」の成績が自分の将来に関わる裁判官志望者たちは熱心に取り組んでいる。

二回試験は、修習の最後に行われる卒業試験のことで、考試とも呼ばれる。法曹資格を得るためには、司法試験と研修所の卒業試験の二回の試験に合格しなくてはならないため、このように呼ばれている。それぞれ六日間の日程で筆記試験と口述試験が行われ、筆記は即日起案、口述は司法試験に似た形式である。

その晩——

コート姿の津崎守は、常磐線の電車に揺られていた。

かなりの混みぐあいで、仕事や買い物帰りの人々や学生がつり革につかまったり、席で文庫本を読んだりしている。酔っ払って赤い顔をしたサラリーマンもいる。窓の外を、すっかり日が落ちた荒川区の下町風景が流れてゆく。

津崎は、頭と身体にどんより淀んだ疲労感を覚えながら、つり革につかまっていた。即日起案は分量が多く、時間が少ないので、要点整理、論理の組み立て、文章への展開などを猛スピードで行う必要があり、一日が終わると、へとへとになる。

北千住をすぎると、電車は鉄橋を踏み鳴らしながら荒川を渡り、綾瀬駅に停車した。乗客がホームに降りてゆき、空いた空間にほかの乗客たちが詰めてくる。

「津崎君」

ふいに声をかけられて視線を向けると、眼鏡をかけた大柄な男が立っていた。

「あれ……村木さんも、常磐線だったんですか？」

声をかけてきたのは村木健吾だった。

地味な厚手の黒いコートを着て、資料などを入れた風呂敷包みを手に提げていた。書類を風呂敷で包むのは、法律家のトレードマークである。

「うん。家内の実家が柏でね。今は、そこに一時的に住まわせてもらってるんだ」

「お子さんが小さいんでしたっけ？」

「今、九ヶ月なんだよ。男の子でね」

「ああ、そうでしたか」

「後期研修の四ヶ月間だけアパートを借りるっていうのも難しいから、居候させてもらってるんだ。幸い、家内の両親は、初孫が可愛くてしかたがなくて、歓迎してくれてるよ」

村木は津崎にとって、警戒心を抱かずに、虚心で話せる数少ない相手だった。事件記録などの検討が緻密《ちみつ》で、常に「もっとよい結論はないか」と自分を追い込んでいく姿勢にも好感を持っていた。

「津崎君は、馬橋《まばし》の寮?」

司法研修所の寮が常磐線の馬橋駅から歩いて五分くらいのところにあり、関東近県を除いた地方出身の修習生が住んでいる。五階建てのロの字形の建物で、部屋数は二百ある。

「ええ。狭くて住みにくいですが、やっぱり四ヶ月だけ住まわせてくれるっていうのは便利なんで」

部屋は四畳半と一畳の板の間で、部屋によっては二人部屋もある。

「今頃は、みんなかなり勉強してるんでしょ?」

「二回試験が近づいてますからねえ。夜中の一時、二時までやってますよ。前期修習の間は、寮祭をやったり、毎晩のように部屋で酒盛りをしたりして、結構楽しくやってましたけど」

馬橋寮では、女性修習生の部屋も廊下をカーテンで仕切ってあるだけで、修習生たちは男女の別なく自由に行き来し、部屋や屋上で飲み会を開き、夜明けまで学生時代や故郷や恋愛の話に花を咲かせ、司法試験の受験勉強で失われた青春をとり返していた。

「ところで、津崎君は裁判官志望だったよね?」

「ええ。まあ、消去法ではありますが」

「いや、あなたは司法試験や修習中の成績もいいし、当然だよ。裁判所でも前途有望だろう」

「それほどでもありませんが……。村木さんはずっと前から裁判官志望ですよね」

「うん」

村木はどこか浮かない表情でいった。「ただ、今年は青法協の会員は、任官を拒否されるんじゃないかって噂が流れてるし、ちょっと嫌な雰囲気だねえ」

村木は修習生になると同時に青法協に加入し、積極的に行事に参加していた。それらは刑事手続研究会、医療過誤研究会、憲法問題研究会といった勉強会や、人権派の弁護士や冤罪被害者を招いての講演会、公害現場の視察などである。平賀書簡問題に関する青法協の集会にも出席した。

「ただ、今まで任官拒否っていうのは、なかったですからねえ」

「まあ、そうだけどねえ」

任官拒否はないが、裁判所が採用したくない修習生に対しては、裁判教官が「あなたのように活動的な人には、裁判所は退屈ですよ」、「望まれない職場より、望まれて行く職場のほうがいいでしょ？」といった否定的な言葉をかけ、志望を撤回するよう仕向けていた。採用したい人間の肩をぽんとたたいて「ちょっと飲みにいこうか？」とさそう「肩たたき」に対し、これらは「逆肩たたき」と呼ばれている。どうしても志望を変えないような者には、「きみは人間性に問題がある」、「きみを見ていると、後ろから殴りたくなるね」、「家庭に入るのが女性の幸福だろう」などと強い言葉で翻意を迫ることもある。

「とにかく、今までどおり、全員任官できればいいんだけど……」

村木自身は、あからさまな「逆肩たたき」は受けていなかったが、裁判教官から「きみはずいぶん熱心に青法協の活動をやっているらしいね。もう少し研修所の勉強に力を入れたほうが身のためだよ」といわれたことがある。

三月二十日——

東京は北寄りの強い風が吹き、日中の最高気温が十度に達しない肌寒い日だった。

第六十三回の国会が開会中で、永田町の国会議事堂の一室で、衆議院法務委員会が開かれていた。

「最初に、最高裁のほうに、この三月十二日と十三日に開かれた公害裁判の担当裁判官の会同(裁判官会議)のときに出た意見で、今後の裁判上、法制上、参考になると思われるようなものを簡単で結構ですので、ご報告願います」

四十代後半の民社党の議員が質問した。弁護士出身で、大阪三区選出の岡沢完治であった。

議員たちと向きあった参考人席から、眼鏡をかけた大柄な男がぬっと立ち上がった。

最高裁事務総局民事局長兼行政局長の弓削晃太郎だった。

「会同において問題になりました大きな点は、公害の原因と結果の因果関係、および加害者側企業の過失の有無に関する立証のあり方でございます」

側頭部を刈り上げ、リムの上部が黒縁の眼鏡をかけた弓削は、三本のマイクが置かれた答弁席に両手をついて話し始めた。

「まず、公害の原因とそれによって生じたもろもろの結果があるわけでございますが、その両者の間の因果関係をどのように訴訟手続き上認定していくかという問題であります。それと関連致しまして、公害の原因を起こすものは、一般的には企業ということにあいなるわけですが、その企業のどのような過失によって、原因がつくられ、その原因によってどのような結果が生じたかという、いわゆる過失の認定の問題がございます」

有機水銀汚染により、口のまわりや手足が痺れ、言語障害、視覚障害、痙攣《けいれん》から、脳腫瘍、脳内出血などにいたる水俣病（熊本県）と第二水俣病（新潟県）、カドミウム汚染により、リュウマチに似た痛みが全身に走り、呼吸をしたり笑ったりしただけで激痛が起きて骨が折れ、「痛い、痛い」と叫びながら死んでゆくイタイイタイ病（富山県）、大気汚染による慢性気管支炎、アレルギー症状疾患、心臓病などから死にいたる四日市喘息《ぜんそく》など、昭和三十年代に本格化した高度経済成長にともなう公害が各地で発生し、救済を求める訴訟が全国で二百三十三件提起されている。しかし、従来の民事裁判における立証方法では、いつまでたっても被害者を救済できない。

「これまでの不法行為論からまいりますと、被害を受けたとして請求を致します原告の側におきまして、厳格な過失の主張と立証をし、かつ因果関係について、厳格な主張と立証を行わなければならないということになっております。しかしながら、非常に多数おります被害者は一般の市民でございまして、専門的な知識も乏しゅうございますし、資力もまた十分とはいえないのが実情でございます。したがいまして、今までの市民法的な原理に立ちます民事訴訟のやり方をそのまま適用してまいりますと、どうしても原告と被告の間に実質上の平等ということが期しえないという問題がございます」

弓削は、ベテラン司法官僚らしく、法律用語をかみくだいて答弁する。

「この点につきましては、訴訟の技術の問題になるかとは存じますが、事実の推定という考え方、あるいは蓋然《がいぜん》性の理論、可能性の理論と申しますか、そういったものを広範囲に取り上げていくことによりまして、一般的にこういう原因からこういう結果になったと思われるような事実関係が大体分かるならば、逆に、俺のほうはその結果を生じさせる原因をつくっていないんだよ、ということを加害者側に立証させる。加害者側がそのような立証ができなければ、むしろ最初の蓋然性そのものによって、十分な立証がある。このように考えてはどうだろうかという考えが出てきております。過失の点に関しても同様でございます」

公害という規模の大きな事件において、被害と原因の明確な因果関係を突きとめ、立証するには、膨大な時間・費用・科学的知識を要する。これが被害者側においてできないのであれば、賠償は認められないというのが従来の民事訴訟だった。

しかし、このまま放置しておいては、被害者たちはいつまで経っても救済されない。人心は荒廃し、国家は衰亡すると最高裁長官石田和外《かずと》は憂え、「司法行政のエース」弓削晃太郎をこの問題に投入した。一高時代に撃剣部(剣道部)に所属した石田は、東大時代は剣道場で塾頭を務め、道場主の娘を妻にし、一刀正伝無刀流剣術第五代宗家小野派一刀流免許皆伝で、国士的な思想をもっていた。石田を長官に指名した佐藤栄作内閣の支持率が下がることも避けたい。

「このごろよく利用されております『疫学的方法』と申しますか、大量観察的な方法と申しますか、これによりまして、因果関係と過失の有無について一応の推論が成立したと裁判官が判断すれば、企業側にこんな結果を引き起こしたことについての無過失を立証させる。それが立証できなければ、賠償責任を負う。これは法律的改正をしなくとも、可能であると考えます」

疫学的方法というのは、人間集団を対象に、健康に関連した種々の事象(疾病等)について出現頻度や分布を調べ、それを引き起こしている原因を特定する手法である。弓削は、それを用いて一応の推論が成り立つのであれば、立証責任を従来の民事裁判とまったく逆にして、企業の側に過失がないことの立証責任を負わせようと考えた。

四月初旬――

春先らしく暖かい日で、常磐線の馬橋駅西口から北の方角に一キロメートルほど行った坂川沿いの桜並木もほぼ満開だった。そばを流山電鉄の小さな電車が走り、のどかな風景だった。

津崎守は、駅から歩いて五分ほどの司法研修所の寮の食堂で、他の任官希望者たちと一緒にテレビを観ていた。画面では、三月三十一日に発生したよど号ハイジャック事件のニュースが報じられていた。共産主義者同盟赤軍派の田宮高麿(大阪市立大学)ら学生九人が、羽田発福岡行きの日本航空のボーイング727型機を乗っ取り、乗客と乗員を人質にして、北朝鮮に行くことを要求していた。

第二十二期の修習生たちは、すでに二回試験を終え、一週間ほど前に研修所の終了式も終えていた。二回試験は、風邪をひいたり、大きな失敗をしたりしない限りだいたい合格し、落ちた者は六月に追試を受けることができる。

弁護士になった同期の人間にはすでに働いている者も少なくないが、裁判官と検察官志望者は、四月十日ころまで寮にいることが許されている。すでに二十四期の修習生たちが入寮しており、落ち着かない雰囲気である。

外でバイクの排気音がした。

「おっ、来たんじゃないか？」
二、三人が立ち上がって、玄関へと向かう。
他の者たちは、逸《はや》る心を抑えて彼らの後ろ姿を見送った。全員が裁判官任官志望で、最高裁からの採用通知の電報を待っていた。

「来たぞ！」

電報の束を手にした男が足早に食堂に戻ってくると、わっと人だかりができた。

「やった、俺、東京だ！」

電報には任地も記載されていた。

「えぇーっ、青森!?　なんで!?」

「あ、奈良！　うーん……」

初任地が奈良に決まった男は、複雑な表情。

「よかったじゃないか！　おめでとう！」

「さあ、さっそく引越しの準備だ」

電報を開いた任官志望者たちの間で、悲喜こもごもの声が上がる。

（東京か……）

長袖シャツ姿の津崎は、安堵の表情で手にした電報を見つめた。二回試験のあと任官希望者の面接があり、任地の第一志望を東京にしていた。東京はもっとも優秀な人材が集まる、日本の司法の最前線である。

「えっ、任官拒否⁉」

近くで驚きの声が上がった。

「そんな……なんかの間違いじゃないのか？」

騒いでいた者たちも、静かになった。

津崎が視線を向けると、任官志望者の一人が、青ざめた顔で立ち尽くし、彼が手にした電報を二、三人が覗き込んでいた。青法協の会員で、裁判教官から、『全貌』に名前が載ったり、『青法協ニュース』に投稿したことを理由に、採用されない可能性があると告げられていた男だった。

〈あなたは不採用と決定されました。　最高裁判所人事局長〉

「これだけかよ⁉」

文面を見た一人が、むっとした顔でいった。

「人権の府である裁判所が、思想を理由に採用拒否をしていいのか⁉」

「これは憲法違反だ！　断固、抗議すべきだ！」

「そうだ！　こんなことが許されてたまるか！」

週末──

津崎守は、母親の墓に任官の報告をするため、京都府綾部市に向かった。

京都駅から府の北部、舞鶴や福知山方面に向かう山陰線の急行列車の中で、津崎は、数日前の任官拒否事件を思い出していた。

今回、女性二名を含む六十七人の裁判官任官希望者のうち、任官を拒否されたのは三名で、うち一名が女性だった。司法界は圧倒的な男社会で、裁判所でも、女は足手まといとみなす風潮がある。

残る二名は、青法協の会員である。

（史上初の任官拒否をして、最高裁は、青法協との全面対決姿勢をあらわにしたということか……）

寮生だった青法協の会員については、すでに村木健吾らクラス連絡委員が中心となって、二月以来、最高裁に対して質問状などを出して運動していた。五百二十一名の二十二期修習生のうち五百三名が三人の任官拒否に反対する署名をし、全国各地の弁護士千四百六名も署名してそれを支持した。しかし、最高裁側は、人事の機密を盾にとり、沈黙を押し通した。

（『自民党が三百議席を超えたから』か……）

津崎は、裁判教官の言葉を反芻《はんすう》する。

ことの発端は、二月十三日だった。

司法研修所の裁判教官が、今回任官を拒否された男に対し、「きみは『全貌』という雑誌に青法協会員として名前が載せられている。『青法協ニュース』に署名入りで投稿もしているから、裁判官に採用されない可能性がある」と告げた。その修習生は成績優秀で、年齢も若く、もともと裁判教官に勧誘されて任官を志望した。しかし、裁判所側の豹変《ひょうへん》に接し、「裁判所がそんなところだとは知らなかった。駄目だというなら志望をやめます」と答え、その後、二人は新宿で飲み、教官は修習生を馬橋の寮まで送った。

その後、教官と「逆肩たたき」を受けた件《くだん》の修習生、寮生十人あまりとの間で話し合いがもたれ、教官は「自民党が三百議席を超えたから、このような事態になった」と語った。

昨年十二月に行われた衆議院議員選挙では、自民党が大勝し、追加公認を含めて過半数を大きく上回る三百議席の大台に乗せた。学生運動や「プラハの春」（前年に起きたチェコスロバキアの民主化運動に対するワルシャワ条約機構軍の介入）に嫌気がさした社会党支持層が棄権にまわって社会党の一人負けになり、それがそのまま自民党の得票を押し上げた。

（全逓東京中郵事件や、大阪高裁の破壊活動防止法違反事件でリベラルな判決が出ているから、自民党や財界が苛立ちを募らせていると多島と話したのは、大学四年の秋だった……）

津崎は、本郷通りの喫茶店で、同級生の多島洋一と話したことを思い出す。

自民党は、リベラルな判決が出るのは裁判官が偏向しているからで、その元凶が、「憲法を護る」、「戦争反対」といったスローガンを掲げている青法協であると考えていた。この時点で、約二千五百人いた裁判官のうち、青法協に加入しているのは二百二十五人だった。

昭和四十三年十二月、裁判所を内部から変えるべく、自民党の長老で反共の闘士、木村篤太郎《とくたろう》が、佐藤栄作首相を訪問し、保守派の最高裁判事・石田和外を次期最高裁長官にするよう進言した。

最高裁長官は、内閣の指名にもとづいて天皇によって任命される。佐藤首相は当初、学者出身（東大の行政法の教授）の田中二郎最高裁判事を昇格させるつもりでいた。しかし、木村の話を聞いて、石田のほうが自民党の利益になると判断。翌年一月に石田が第五代最高裁長官に就任した。

国士的思想傾向をもつ石田は、リベラルな判決が続くと国家の将来を危うくすると考えており、自民党の求めに呼応して、裁判所内部で青法協に対する圧力（通称ブルー・パージ)を強めた。昭和四十五年一月に自民党が党の方針で青法協問題を取り上げたため、裁判所内部の粛清が遅れれば、自民党の介入を招きかねないという危機感もあった。

(それで事務総局の局付判事補十人も、青法協に退会届を出したわけか……)

去る一月十四日に、最高裁事務総局に勤務する二十五人の局付判事補のうち、青法協会員だった十人全員が、局長の指示にもとづいて内容証明郵便を出し、青法協を脱退した。石田長官の命を受けた局長や課長から、連日のように青法協を辞めるよう執拗《しつよう》に説得され、「辞めない場合、きみの将来がない」とか、「これは業務命令である」と恫喝《どうかつ》された結果だった。

事務総局だけでなく、全国各地の裁判所でも、青法協に対する切り崩し工作が始まり、東京で行われる全国高裁長官事務打ち合わせ会などが、情報交換の場に使われていた。

(ただ、村木さんが採用されたのは、幸いだった……)

最高裁も青法協会員全員を不採用にするわけにはいかず、二名を見せしめ的に不採用にしたに止《とど》め、村木以外にも複数の青法協会員修習生が判事補に任用された。

津崎が乗った列車は、京都市街北西の嵐山を通過すると、トンネルに入った。

ごーっという音とともに短い闇が訪れ、次の瞬間、ぱっと視界が開け、列車の左右に緑に覆われた渓谷が現れる。谷間には、白い浪を立てて流れる川が見える。

（ああ、保津峡だ……）

自然豊かな景観の中を縫うように蛇行しながら流れる青い保津川を、観光客を乗せたボートが下っているのが見えた。

パノラマのような光景を短い間見せたあと、列車は再び短いトンネルに入り、やがてまた、ぱっと視界が開ける。山々の緑や川の青さが、心の中まで染めてしまうような瞬間である。

それは津崎にとって、愛憎相半ばする故郷が近づいてきたことを実感させた。

京都駅を出て一時間数十分で、急行列車は国鉄綾部駅に到着した。

綾部市は、人口約四万五千人。周囲を山々に囲まれ、舞鶴・若狭《わかさ》と福知山・京都を結ぶ交通の要衝として栄えたが、人口は昭和二十五年ころから減少傾向にある。肌着を中心とする繊維メーカー・グンゼ発祥の地であるが、就業人口の三割強は農業である。自然豊かな土地柄で、山や川の間に田や畑が広がっている。五月には藤が紫色の花を咲かせ、川では天然の鮎や鰻が獲れ、秋はマツタケや栗の季節で、冬は白い雪に覆われる。熊や猿も姿を見せる。

トレンチコート姿の津崎が、綾部駅のホームに降り立つと、風が冷たかった。雪が解けてまもない季節で、風が冬の名残をとどめていた。

コート姿の津崎は、生花を買い求め、タクシーで母親が眠る墓地に向かった。

（よくここまで、生きてこられたものだ……）

深い感慨にとらわれ、車の窓から、空を見上げた。

低い位置に雲がかかり、上空は澄んだ水色である。

（昔、俺は、いつもこの空を見ていたわけか……）

父親が横領で逮捕され、実刑判決を受けて刑務所に入った半年後に、母親が脳溢血で亡くなり、高校一年だった津崎は自活せざるを得なくなった。学校を中退し、働きに出るしかないと諦めかけたとき、担任の教師らが奔走してくれて、ハム会社や自治体の奨学金を得ることができた。他人の視線からのがれ、涙をこぼさないように、いつも空を向いて暮らした。安アパートに住んで猛勉強し、東大に入り、最難関の国家試験である司法試験に合格し、法曹の中でも優秀な人間がなるといわれる裁判官になった。これまで歩いてきた道を振りかえると、日本という国は、つくづく平等な国だと思う。

（これから、自分はどこへゆくのか……？）

父親が逮捕されて以来、感情の起伏はごく小さくなった。いつもあるのは、無常観である。

憲法を護り、国民の権利と自由を護るという自分の信念を公言してやまない村木や青法協会員たちは、ある意味で羨ましかった。

綾部市の街の北側には由良川が流れている。丹波高地の三国岳付近に源を発し、西に流れて綾部市を通過したあと、福知山市付近で北北東に進路を変え、若狭湾に注ぐ一級河川である。

佳子《よしこ》という名の母親が眠る墓地は、由良川の堤防の近くにある。堤防から一五メートルほど離れた畑の真ん中に百五十ほどの墓が肩を寄せ合うように立っている。

墓地は、自治会の共同墓地で、管理は自治会が行い、各戸が当番で掃除をする。津崎も子どものころ、両親と一緒に掃除をした。墓地に入る道路の脇に、トタン葺きの小さな休憩所のような形の焼却炉があり、掃除用具やバケツがそなえ付けられていた。

冷たい風の中で、箒《ほうき》やバケツ、花を手にした津崎は、灰色の墓石が立ち並ぶ墓地の中を、母親の墓に向かって歩いた。

そばに枇杷《びわ》の木がある、灰色の御影石でつくられた母親の墓の前にたどり着いたとき、津崎は怪訝そうに首をかしげた。

（誰か、来たのか……？）

墓はきれいに掃き清められ、水がかけられ、蓮の花の形をした落雁が供えられていた。落雁《らくがん》は真新しく、セロファンの包みも汚れていない。

周囲の墓は、特に清掃された形跡がなく、供え物もないので、掃除当番の人間がやったのではないことは明らかだ。

しかし、母親の墓に参る親戚の顔も思い浮かばなかった。津崎一家は親戚づきあいが少なく、それゆえに誰も、高校一年の津崎に、支援の手を差し伸べてくれなかった。

(まさか……)

銀縁眼鏡の目で、周囲を見回す。立ち並ぶ灰色の墓石の間に見えるのは、家族連れと思しい一組だけだった。付近の林は黒々とし、墓地のそばの畑では、農家の男が一人で作業をしている。

津崎は、手にしていた箒や花を置き、墓石の間の通路を歩き始める。

(まさか……まさか!)

津崎は、険しい表情で、歩き続ける。

徐々に足早になり、トレンチコートの裾が翻《ひるがえ》る。

(誰もいない……)

津崎は、人影のない墓地の外に出ると、由良川の堤防のほうへと向かった。墓参りをした人間が駅に帰るとすれば、堤防に出て、途中で位田《いでん》橋をわたり、駅に向かうはずだ。

堤防は、子どものころ、よく両親と散歩に訪れた場所だった。当時、両親の仲は悪くなかった。夏に水遊びをしたり、鮎や鰻などを釣った。鮎の季節になると、よく白鷺が飛んできて、川岸に一列に並んで鮎を狙っていた。

津崎は、大またで堤防のほうに向かう。

全身にじっとりと汗が噴き出てきていた。それは足早に歩いているせいだけではなかった。

堤防の下まで来ると、コンクリート製の階段を上がり始めた。

堤防の上に出ると、あたりを見回す。そばを自転車に乗った中学生らしい男の子がとおりすぎる。

（あれは……！）

一〇〇メートルほど向こうを、一人の男が歩いているのが見えた。

痩せた年輩の男のようで、黒いジャンパーのようなものを着て、少し俯《うつむ》き加減で、ゆっくりと歩いていた。津崎はその後ろ姿に、見おぼえがあるような気がした。

第三章　ブルー・パージ

1

〽こんにちは　こんにちは　西のくにから
こんにちは　こんにちは　東のくにから
こんにちは　こんにちは　世界のひとが

大阪の街に、三波春夫の明るい歌声が流れていた。

明治以来、日本人の夢だった日本万国博覧会（ＥＸＰＯ'70）が、「人類の進歩と調和」をテーマに、去る三月十五日から大阪府吹田《すいた》市千里丘陵で約六ヶ月間の予定で始まっていた。アジアで初めての万博に、世界七十六ヶ国から百二十四の政府と企業が参加し、それぞれのパビリオン（展示館）を開設した。岡本太郎がデザインした太陽の塔があるお祭り広場で、天皇・皇后両陛下が臨席して開会式が行われ、アポロ11号が持ち帰った月の石を展示したアメリカ館や、宇宙関連のほかチャイコフスキー愛用のピアノなどを展示したソ連館などに長蛇の列ができている。一日の平均入場者数は約三十五万人で、毎日約二百六十人の迷子が出る混雑ぶりである。

昭和四十五年四月――

二十七歳の村木健吾は、大阪地裁の刑事部に判事補として任官した。

大阪地裁は、国鉄大阪駅から梅田市街を抜けて南東の方角に一キロメートルほどいった北区若松町八番地(現・北区西天満二丁目)にある。戦前は控訴院(戦後の高等裁判所に相当)だった赤煉瓦の三階建てで、竣工は大正五年。中央に青銅のドームを持つ高さ三六メートルの塔が聳《そび》え、それを回廊のような建物が四角く取り囲む洋風建築である。目の前の堂島川は、緑色ににごった川面が絶えず揺らめき、タグボートに曳かれた大きなはしけが行き来している。川向こうは中之島で、満開の桜の中に石づくりの府立中之島図書館とオペラ劇場のような青銅色の屋根を持つ大阪市中央公会堂が並んで建っている。

警備員が左右に立つ地裁の正面玄関を入ると、裁判所職員や、裁判や裁判関係の手続きにやってきた弁護士、事件関係者、ヤクザ、新聞記者などがフロアーを行き交い、開廷時刻・事件名(罪名)・当事者(被告人)名・裁判長名・内容(審理・判決等)・法廷番号などが書かれた開廷表が長テーブルの上に置かれている。民事事件は、不当利得返還請求、建物明渡請求、株主総会決議取消請求、請負代金請求など、刑事事件は、恐喝、覚せい剤取締法違反、窃盗、傷害、銃砲刀剣類所持等取締法違反などが多い。

大阪地裁には、百人強の裁判官と、その十倍以上の数の職員が働いている。書記官室は、受付カウンターの向こうにスチールキャビネットや机が並べられ、ワイシャツ姿の書記官や事務官が働いていて、見た目は普通の会社や役所のオフィスと同じである。

一方、書記官室と繋がった裁判官室は、書棚に法律関係の本や『判例時報』などの雑誌がぎっしり並び、机は大きく、椅子には背凭《せもた》れが付いており、観葉植物の鉢も置かれている。実務一点張りの他の部屋とはまったく異質で、裁判所を司る神々の部屋といった雰囲気である。

法廷で着る黒の法服は、書記官用は木綿製だが、裁判官用は絹製である。地裁の廊下を関係者や傍聴人にまじって裁判官が法服の裾を翻《ひるがえ》して歩く姿は威風堂々としている。

着任したばかりの村木は、山口治雄《やまぐちはるお》という名の先輩判事補から、身の回りのこまごまとした事務について教わっていた。山口は、任官八年目の特例判事補(実務経験五年以上で、判事と同等に単独審を持ったり、裁判長を務めたりすることができる判事補)である。

「……えーとなあ、それから名刺は、森本さんに聞いて、つくってな。みんながよう使ってる業者があるから」

そういって、村木の机の横に椅子を持ってきてすわった山口は、部屋の出入り口のほうに視線をやる。そばに小さな机があり、森本さんという、裁判官たちの身の回りの世話をする女性がすわっていた。五十歳くらいの森本さんは、二人のほうを見て、にっこりした。

「あの……名刺は、自分でつくるんですか？」

てっきり総務係か何かがあって、そこで用意してくれるものと思っていた村木は戸惑った。

「そうやで。こらもう所長も部長(部総括判事)も、みんな自分でやってるから。当然費用は自分持ちや。……それから、お茶代は、あそこの缶の中に入れることになってるから」

そういって、少し離れた棚に置かれた菓子のブリキ缶を指差す。緑茶は森本さんが淹《い》れてくれるが、お茶の葉は、部総括(裁判長)以下みんなで金を出し合って購入するという。出す金額は、上の者ほど多い「累進制」で、これは飲み会の割り勘でも同様である。

「それと、机のきみの引き出しは右側な。左側は、別の人が使ってるから」

庁舎が狭く、机の数も足りないので、一つの机を二人で使うようになっている。裁判官は、月水金に出勤する者と、火木土に出勤する者の二組に分けられており、出勤しない日は「宅調」(自宅で仕事)である。これは席が足りないために設けられた制度で、用事があって宅調の日に裁判所に来ても、すわる場所はない。

「あと四年くらいしたら新しくておっきい庁舎をつくるらしいから、それまでの辛抱やな。まあ、その頃には、僕もきみも異動になってるんやろうけど」

三十二歳の山口は朗《ほが》らかに笑った。京大出身で司法試験は現役合格の秀才だが、若々しく潑剌《はつらつ》とした風貌は地方の青年団長を思わせる。

「家で仕事をするために事件記録を持って帰るときは、絶対に失《な》くさないようにしいや」

「はい、それはもちろん」

「きれいな鞄で持って帰ったら、ひったくりに狙われるから、なるべく汚い鞄とか地味な風呂敷に入れて持ち帰ったほうがええよ。これはみんなやってることやけど」

「はあ」

「電車に乗ったときは、網棚に載せるとうっかり忘れるかもしれへんから、立ってるときは手に提げ、座席にすわっているときは、膝の上に載せる。まあ、それでも酔っ払って失くす人もおるんやけど」

「えっ!?」

村木は驚く。「そういうときは、どうするんですか？」

「まあ、失くしても、出てくることが多いんやけどな」

山口は苦笑いした。

「裁判の書類なんか、拾っても何の価値もあらへんからなあ」

「ああ、なるほど」

「最悪、事件の当事者から書類をコピーさしてもろたら、まあ何とかなるわ」

翌週――

村木健吾は、大阪地裁で、ヤクザの勾留質問を行なった。

裁判官には、「令状当番」という仕事がある。管内の検察庁や警察署から請求されてくる逮捕令状、勾留令状、捜索令状等の内容を審理して発付する仕事で、持ち回りで担当する。逮捕、勾留、差し押さえといった行為は、人身や財産に対して制限を加える強制処分なので、捜査機関が権限を濫用しないよう、裁判官が事前に発付した令状が必要とされる（憲法三十三条、三十五条他）。

勾留質問は、検察から出された勾留請求が本当に必要なものかを審理するため、被疑者に対して被疑事実を告げ、これに対する陳述を聞く手続きである。普通、小部屋で行うが、大阪地裁は古い建物で部屋数が少ないため、大部屋を衝立《ついたて》で仕切ったスペースでやっている。

（これがヤクザか……）

初めて相対したヤクザは、見るからに普通の人間と違っていた。

五十歳すぎの男で、身体は針金のように痩せていて、背は村木より二〇センチくらい低い。灰色の頭髪にパーマをかけており、毒蛇のような険しい目つきと顔つきに、非合法の世界で生きてきた歳月がくっきりと刻みこまれていた。

「あなたには、銃砲刀剣類所持等取締法違反の嫌疑にもとづいて、勾留の請求がなされています」

背広姿の村木は、手にした勾留請求書を見ながら相手に被疑事実を伝える。

逮捕された被疑者の留置期限は、四十八時間である。引き続き取調べをするためには、裁判官に勾留を請求し、認めてもらわなくてはならない。刑事訴訟法六十条と二百七条には、被疑者の勾留が認められる場合として、①被疑者が定まった住所を有しない、②証拠隠滅のおそれがある、③逃亡のおそれ(または逃亡すると疑うに足りる理由)がある、のいずれかに該当するときと定められている。

勾留請求書には、勾留の必要性を説明するための「疎明資料」が添付されている。警察の捜査復命書(報告書)、医師の診断書(解剖報告書)、戸籍・除籍謄本、供述調書、証拠写真などである。

「なめとんか、われ!」

両耳がつぶれたヤクザが、突然、かんしゃく玉がはじけたように怒鳴り、村木は、びくりとなる。

「その書類にある、マル暴っちゅうんは、なんや!? えええっ!?」

険しい目つきで睨《ね》めつけられ、村木ははっとなる。

勾留請求書に添付されていた警察の資料に、○の中に暴の字の大きな判子が押してあった。

（まずかった……！）

相手から見えるようにすべきじゃなかったと、後悔の念にさいなまれる。

「暴力団て決めつけて、最初から差別しとるやないか！」

「いえ、裁判所が被疑者を差別することは、ありません」

「お前、最初から令状出すつもりやろ⁉　初めっから結論決めとんのは、どういうことやねん⁉」

「そういうことはありません」

村木は、内心の動揺を抑えながら、態勢を立て直す。

「あなたのいい分もちゃんと聞きますから、どうか落ち着いて、わたしの質問に答えて下さい」

そういって、牙を剝《む》いた毒蛇のような形相の男に対して淡々と人定質問を始めた。

続いて黙秘権と弁護人選任権があることを伝え、被疑事実の要旨を読み上げ、それに対する考えを聞き、勾留の必要性を判断するためにさまざまな質問をする。

数日後——

黒い法服を着た村木健吾は、分厚い裁判記録を抱え、部総括判事、右陪席の山口とともに、法廷に入った。法服とは不思議なもので、ひとたび身にまとうと、個人から別の公の存在になったような気持ちにさせられる。それによって厳粛で真摯な気持ちになる裁判官もいれば、エリート意識や傲慢さが頭をもたげてくる者もいる。

その日の法廷は、機動隊と衝突し、傷害罪や公務執行妨害罪に問われた三人の学生運動家の公判だった。

法壇の背後のドアを開けた瞬間、三十人ほどがすわれる傍聴席で、白い鉢巻をした若者たちが、書記官と口論をしているのが目に飛び込んできた。

「鉢巻しとって、何が悪いんや⁉」

「裁判所の横暴や！」

「ナンセンス！」

学生たちが頭に巻いている鉢巻には、「帝国主義粉砕」、「連帯」、「革命成就」といった文字が書かれていた。

「静かにして下さい」

裁判長の声が法廷に響き渡った。

「鉢巻をしている人は、外して下さい」

裁判長はにこりともせずにいった。

「なんで鉢巻とらなあかんのですか？」

リーダーらしい学生が反抗的な目つきでいった。

「これは僕らの服装の一部です。裁判には、何の影響もない思いますけど」

ほかの学生たちもうなずく。

全国的に学生運動がらみの裁判が多いが、裁判官たちを手こずらせている。自分たちは日本を変革するために権力と闘ったのであり、窃盗とかスリとか麻薬取引のような犯罪者とは次元が違うというのが彼らの発想だ。

「僕らに鉢巻を外せゆうんやったら、裁判官さんたちも、その黒い制服、脱いでくれませんか」

何不自由なく育ったと思しい、ふっくらとした色白の男子学生は、口をとがらせた。

「わたしは誰にとっても公正で公平な審理をしたいと思っています」

裁判長が諭すような口調でいった。「被告やあなたがたのいい分も、きちんと聞きます」

地元大阪の出身だが、法廷では、決して大阪弁を使わない。

「けれども、鉢巻をした傍聴人が大勢いると、証人が萎縮したりして、公正で公平な審理が期待できません。ですから、鉢巻を外して下さい。それができないのなら、退廷してもらいます」

（退廷……大丈夫かな？）

傍聴人が退廷命令を無視した場合、裁判所は簡単に強制できない。退廷させる廷吏がいない場合が多く、今日の法廷もそうだった。

傍聴席のほうを見ると、学生たちは、ぼそぼそと話し合っている。

やがて、ふてくされたような顔で鉢巻をとり、席にすわった。

「起立！」

法廷内に女性書記官の声が響き渡り、裁判官、検察官、弁護士、傍聴人らが一斉に立ち上がった。

（あ……！）

被告人席に視線をやった村木は、眉間に皺《しわ》を寄せた。

三人の被告人のうち、一人がふてくされて被告人席にすわったままである。

（まずいなあ……）

起立と礼をしないのは許されない。そんなことを許せば、裁判所の権威は丸つぶれである。しかし、強制的に立たせる方法もない。

村木の斜め前で起立した女性書記官は、困惑顔で裁判長のほうを見ている。右陪席の山口を一瞥すると、やはり裁判長の様子を窺《うかが》っていた。

（いったいどうする……？）

裁判長は気をつけの姿勢で起立したまま、じっと被告人を見つめていた。

人々が固唾《かたず》を呑んで見守る中、五秒、十秒、十五秒と時間がすぎてゆく。

被告人は、裁判所の権威など絶対に認めるものかという顔つきで、そっぽを向いたままだ。

「ほら、立ちなさいよ」

見かねた弁護人が、被告人に声をかけた。

内心、我慢比べに疲れていたのか、若い男はふてくされた表情で、のろのろと立ち上がった。

「礼！」

女性書記官のほっとした声が、響き渡った。


五月——

村木健吾は、三宮のガード下の居酒屋で、同期修習(二十二期)の判事補たち十人ほどと飲んでいた。

国鉄三ノ宮駅の高架の線路の下には、闇市に起源を発する飲食店が軒を連ねており、夕方になると、ずらりと並んだ焼き鳥屋や居酒屋の赤提灯に灯が点る。

「……いやあ、被告が起立しなかったときは、どうなるかと思ったよ」

ワイシャツにネクタイ姿の村木健吾が、ビールのジョッキを手に笑った。

クーラーのない店内は蒸し暑く、タバコの煙がうっすらと漂っていた。

「で、公判のほうは、どうやったんや？　上手くいったんか？」

神戸地裁姫路支部で判事補を務めている山崎徹という男が訊いた。顔と身体はがっしりしているが、色白で、気配りが細やかな男である。関西の私大出身で、年齢は村木より一歳下。

「うん。そのあとは、実にスムーズだった」

村木は、嬉しそうにいった。

「うちの部長の訴訟指揮は、緩急自在というか、いつも背筋を伸ばして短い指示をてきぱき出すんだけれど、それが実によく考えられていて無駄がないんだ。あれは本当に素晴らしい」

「へーえ、そうなんか」

日本酒をちびちびやっていた京都地裁の判事補がうなずく。

「どんなに議論が紛糾しても、常に冷静沈着で、どんな異議にも瞬時に見事な裁定を下すんだ。ぱっとこちらを見て『採用しましょう』とか『却下しましょう』とかおっしゃるんで、こちらはただ圧倒されてうなずくだけだよ」

村木の言葉に一同は笑った。

「あとで考えてもその判断は的確だし、当事者からクレームが付くことも全然ない。僕も早くああいうふうにできるようになりたいねえ」

隣りのテーブルでは、仕事帰りのサラリーマンたちが、昨年から始まった映画『男はつらいよ』シリーズで、渥美清が演じるフーテンの寅の口上で盛り上がっている。

「確かに大阪の裁判所は、すごい人たちが多いわ」

大阪地裁の民事部で判事補を務めている須藤正文《すどうまさふみ》という男が実感をこめていった。東大卒で、村木より二歳下の二十五歳。趣味はクラシック音楽の鑑賞である。

「高裁の裁判長あたりには、戦前の治安維持法のもとで無実の人を刑務所に送って、それをすごく後悔している人たちが多いし、地裁の所長クラスは、戦後の新憲法ができたからこそ、裁判官になったっていう人たちばかりだ。僕らは、そういう裁判長たちから、『憲法と人権を護るのが、俺たちの仕事や』って毎日耳にタコができるほど聞かされてるよ」

銀縁眼鏡をかけた須藤の言葉に、村木が我が意を得たりという表情でうなずく。

東京出身であるにもかかわらず、村木が大阪勤務を希望したのは、戦後憲法の精神を重んじるリベラル派の牙城《がじょう》だと聞いていたからだ。

大阪地裁はまさに期待どおりの場所で、憲法をはじめとする法律の議論や勉強会が活発に行われ、若い左陪席の意見も判決によく反映され、裁判官会議では、「どんどん発言しろ」と発破をかけられた若手判事補たちが競うように手を挙げる。もっとも特徴的なのが、部総括判事の選挙で、他の地裁では、所長の意見を聴いて最高裁が部総括判事を任命するのに対し、大阪地裁では、裁判官会議で投票を行い、その結果を尊重して、所長が最高裁に意見を述べる。すなわち、実質的に裁判官会議が部総括判事を選んでいる。また、「東京なにするものぞ」の気風が強く、人事のみならず、交通事故の慰謝料の算定や、差し止め請求の印紙の額を決める請求の経済的利益の算定は、東京と違う計算方法によっている。

「しかし、こないだの石田長官の談話はいったい何なんだ？」

京都地裁の男がいった。

「うん、あれはちょっと看過できないなあ」

村木も憤りを滲ませる。

それは、憲法記念日の前日の五月二日に、石田が発表した談話だった。

〈裁判官はあくまで政治的に中立でなければならない。ある色彩を持つような政治的活動をする団体に密接な関係を持つと、その人の裁判は公正であっても世間からは『ああいう人だからそういう結論が出た』と思われる。(中略)極端な軍国主義者、無政府主義者、はっきりした共産主義者は、その思想は憲法上は自由だが、裁判官として活動することには限界がありはしないか。〉

談話は、明らかに青法協を念頭に置いていた。

「俺たちは、法と良心のみに従って裁判をすればいいはずやないか。個々の裁判官の思想が問題にされるなんて、おかしいやん」

神戸地裁姫路支部の山崎がいった。

「だいたい、個人の頭の中にある思想なんて、どうやって知るんだ。それこそ戦前の『アカ狩り』と同じじゃないか」

「自衛隊が違憲だというと、すぐに『偏向』だという批判が上がるけど、何をもって『偏向』なんだ？　憲法学者の間では、自衛隊合憲論のほうが少数じゃないか」

若手判事補たちは口々に不満を述べた。

「この問題は、我々にとってきわめて重要だと思う。意見をまとめて、任官拒否の問題とあわせて最高裁に申し入れよう」

村木の言葉に、一同がうなずいた。

村木らは、同期の三人の任官拒否の撤回も求めて、運動を続けていた。

同じ五月——

東京地裁の民事部に配属された津崎守は、都内の病院の事務室で、患者のカルテを調べていた。

「……これ、改ざんされてる可能性がありますね」

カルテを窓から入って来る日の光で透かして見た津崎がいった。

「えっ、そうですか」

三十代半ばの書記官の男性がそばにやってきて、覗き込む。

「あ、本当ですね！」

白く塗りつぶされた下に、文字が書かれているのが見えた。

「記録しておきましょう」

津崎は記録用紙に書き込み、カルテを書記官に渡す。書記官はカメラでそれを撮影する。そばで、病院の事務長や患者側代理人の弁護士が、二人の様子を見守っていた。

津崎は、東京地裁の書記官と一緒に、「証拠保全」の手続きをしているところだった。あらかじめ証拠調べをしておかないと、その証拠を使用することが困難になるおそれがあるとき、申立てにもとづいて、裁判所は証拠調べをする(民事訴訟法二百三十四条)。医療過誤訴訟はその典型で、記録などが改ざんされたりするのを防ぐため、患者側が訴訟提起以前に申し立てることがある。

証拠保全手続きは予告なく行われ、裁判所の執行官が「証拠保全決定」という書類を病院に送達し、その一、二時間後に、裁判官らが訪れ、関係書類などをあらため、調書を作成する。

「これは、何かを剥がした跡のようですが……？」

ワイシャツにネクタイ姿の津崎が、カルテの一つを事務長に示す。貼り付けた紙を無理に剝がしたような跡があった。

「えーと、それはですね……」

五十歳すぎの事務長が、一瞬当惑顔になる。「もしかすると、当日に搬送先の病院に救急車で転送するときに、先方に渡したのかもしれません」

事件は、金属プレス機のローラーに両手をはさまれて大怪我をした患者が手術を受けたが、細菌感染で呼吸困難に陥って死亡したというものだった。

「ということは、先方の病院にある可能性があるということですね？」

「そうですね……。搬送先の病院がきちんと保管してくれていれば、まあ、あるんじゃないでしょうか」

事務長はどことなく自信がなさそうな顔つき。

「では、あとで見つかった場合は、わたしのほうに任意で提出して頂けますか」

患者側の弁護士が事務長にいった。

「分かりました。そのように致します」

津崎は二人のやり取りにうなずく。

証拠保全は新任判事補がよく任される仕事の一つである。津崎も東京地裁に配属された一週間後に裁判長から命じられ、見落としがないよう緊張しながらやった。医者という職種は悪筆が多く、カルテはみみずののたくったような文字で書かれ、しかも、ドイツ語や英語まじりなので、余計に分かりづらい。ただ、この日はすでに三回目だったので、要領もだいぶ分かっていた。

その晩——

午後八時頃、東京地裁の会議室の蛍光灯の白々とした明かりの下で、津崎守はロの字形に並べた長机の中央にすわり、話をしていた。

「……ええと、以上のような場合、債権成立から十年が経過している場合でも、債権者から履行請求があったとき、債務者は債務の履行を拒否することができません」

講師役の津崎を囲むようにすわった二十人あまりの若い事務官たちが、ノートをとりながら耳を傾けていた。裁判所書記官を目指している若者たちだった。

書記官は、調書の作成、事件記録の保管、執行文の付与、訴訟上の事項に関する証明、法令・判例の調査、訴訟の進行管理、検察官・弁護士・訴訟当事者との調整といった仕事をする法律専門職である。

書記官になるためには、裁判所の職員(事務官)になったあと、裁判所書記官研修所入所試験に合格し、大学の法学部卒業者は一年間、それ以外の者は二年間の研修を受けなくてはならない。法学部卒業者の場合、入所試験は、憲法、民法、刑法、刑事訴訟法、民事訴訟法など（一部科目は選択）の論文試験と口述試験からなる。

「今日、模範例として取り上げた答案は、重要なポイントが過不足なく書かれていて、申し分ないと思います」

答案を書いたのは、今春、立命館大学法学部を卒業し、裁判所職員になった若い女性だった。

それ以外の出席者たちも、ほとんどが一流ないしはそれに準じる大学の法学部の卒業生である。

「では、次回の問題を出しますので、来週末までに、答案を作成して、提出して下さい」

津崎は立ち上がり、背後の黒板にチョークでカツカツと音を立て、白い文字を書き始める。

〈Aは父親Bに無断でCに対し、B所有の骨董品の茶碗を二十万円で売却した。ところが代金の支払いも茶碗の引渡しもしないうちにBが急死し、AがBを単独で相続した。茶碗はAが自宅で保管していたが、ある日、地震により滅失した。A、C間の法律関係について論ぜよ。〉

一時間後――

津崎は、銀座六丁目のナイトクラブで、友人の多島洋一と飲んだ。

「……へえ、こちらの先生、裁判官なの？　うち、初めてやわ、裁判官見るの」

大阪出身の和服のホステスが、もの珍しそうな顔つきでいった。

「その先生っていうのは止めてくれないかな」

銀縁眼鏡の津崎が苦笑いした。

「あら、裁判官って先生っていわへんの？　弁護士は先生やのに」

「裁判官には先生ってつけなくていいんだ。だからこいつは、津崎さんだ」

司法修習二年目で、東京で実務修習中の多島洋一がいった。仕立てのよいダークスーツをりゅうと着て、磨き上げられた英国製の革靴をはいていた。クラブの勘定は父親の法律事務所の経費で落とす。

「だけど、もし裁判官を辞めて、弁護士とか大学教授になったら、津崎先生だな」

「ふーん……ややこしいんやね。初めて聞いたわ」

シャンデリアのまばゆい光が降り注ぐラウンジには、明るいベージュ色のソファーセットが配置され、身なりのよい男たちとホステスが談笑している。壁にはヨーロッパの田園風景や静物を描いた油彩画が飾られ、室内のあちらこちらに真紅のバラの花瓶が置かれている。フロアーの一角のアップライト式のピアノでは、女性ピアニストがアメリカン・ポップスや映画音楽を奏でていた。

「ねえ、裁判官って頭のいい人が多いのよね？　津崎さんも東大？」

「ええ、まあ、一応そうです。多島君の同級生です」

「まあ、裁判官の世界は東大・京大の世界だよな」

多島がいった。「初任で東京地裁に配属されるエリート裁判官予備軍は、圧倒的に東大卒が多いしなあ」

二十二期の裁判官任官者中、東京地裁に配属されたのは津崎を含めて七人だった。そのうち四人が東大卒で、残りは、京大、中大、名古屋大である。

「まあ、裁判官自体が、東大・京大の世界なんだよな」

そういって多島は、氷とグラスが触れ合う音を立てて水割りを傾けた。

「確かに、東大と京大は多いね」

二十二期の任官者六十四人のうち、東大卒が十八人(二八パーセント)、京大卒が十人(一六パーセント)、中大卒が十二人(一九パーセント)である。司法試験合格者の比率(東大約一九パーセント、京大約八パーセント、中大約二九パーセント)に比べると、東大と京大の勢力が著しく強い。

「うちの大学は、もともと『役人養成大学校』だからなあ」

司法試験をとおり、法律に関する訓練を受けた裁判官は、総理大臣、国務大臣、大使、公使、国会職員、自衛隊員などと同じ「特別職公務員」である。

「ねえ、裁判官って、毎日裁判して『懲役三年に処するー』とかやってるんですか？」

くっきりとした眉の若いホステスが訊いた。

「いや、毎日裁判をやってるわけじゃないよ。それに僕は民事だから、懲役三年じゃなくて、『金員いくらいくらの支払いを命じる』だね」

津崎が苦笑した。「今日なんかは法廷に出なかったしね」

「じゃあ、何やってたの？」

「午前中は、病院に行ってカルテなんかを調べて、電車で裁判所に戻って昼ごはんを食べて、午後はずっと事件記録読みで、夕方からは、書記官試験の受験勉強会の講師をやったよ」

「ああ、そういえばそんなことやってるよなあ」

東京地裁で実務修習中の多島が相槌を打つ。

書記官試験の勉強会の講師は新任判事補の仕事で、各科目を一人か二人で担当し、問題を見つくろって答案を書かせ、添削して講評する。勉強会は勤務時間が終わった夜に行われ、判事補にとっては、無償のボランティアである。

「遅くなったが、津崎が、最高裁長官への第一歩を踏み出したのを祝して乾杯しよう」

多島と二人のホステスがグラスを掲げ、津崎も苦笑いして応じた。「どうせ裁判官になるんなら、出世しろ。どこの世界でも上にいかなけりゃ、やりたいこともできないぞ」が昔からの多島の津崎に対する口ぐせである。

翌日の午前中——

東京地裁の裁判官室は、裁判長、右陪席、左陪席という三人の裁判官からなる部ごとに部屋が分かれている。したがって、部といっても民間企業と違って人員は三、四人と少ない。一方で、部長(部総括判事)の報酬は中央官庁の局長並みという高給である。

机は、右陪席と左陪席が向き合ってすわり、その島の上座に裁判長がすわっている。一番の下座は、実務修習生二人の席である。部屋の出入り口のそばにはお世話係の女性用の小さな机がある。

この日は、右陪席が自分の単独法廷を開いており、修習生たちは法廷見学に出かけていた。

ワイシャツにネクタイ姿の津崎は、自分の席で事件記録を読んでいた。

単独法廷を持たない左陪席の判事補は、合議事件の「主任裁判官」として事実関係や判例を整理して合議の下準備をし、結論が出たら判決文を起案する。

「津崎君、ちょっといいかな?」

事実関係に関する手控え(メモ)をつくっていると、左隣りにすわった裁判長に呼ばれた。

「はい」

津崎は裁判長と、部屋の隅にある応接用のソファーで向き合った。

ソファーは、合議や、書記官・弁護士などとの打ち合わせに使われる。そばに黒い法服をかけた洋服スタンドが置かれていた。裁判官が法服を着用するのは、法廷に出るときだけで、普段は、サラリーマンや役人と同じようにスーツ姿で仕事をしている。

「きみ、昨日の晩、銀座のナイトクラブにいたらしいねえ」

お世話係の女性に聞かれぬようにとの配慮からか、裁判長は多少小声でいった。

「は、はあ……。今、修習生をやっている大学時代の友人に誘われまして」

「あそこはずいぶん高級な店らしいねえ」

頭髪がやや薄く、細い金縁の眼鏡をかけた四十代後半の裁判長は、頭が切れてソツがない人物である。まばたきもせず、射抜くような視線で相手を見ながら話す。

「はあ……」

津崎は、昨晩の個人的な行動がすでに裁判長の知るところになっているのに驚いた。

「まさか勘定を自分で払ったんじゃないんだろう？　あそこはすわっただけできみの月給の何分の一かが飛ぶような店らしいからねえ」

新任判事補の報酬は、おおざっぱにいって、大手銀行の主任クラス、中堅企業の課長クラスと同じである。

「はあ……昨晩は、友人の招きでしたので、勘定の額については承知しておりません」

裁判長はうなずく。

「津崎君、ああいうところには出入りしないほうがいいね」

「……はい」

「人に見られたら何をいわれるか分からないからねえ。週刊誌なんかに嗅ぎつけられれば、それだけでスキャンダルになる。裁判の当事者に遇《あ》えば、判決の信用にも関わる。裁判所内部からは、『あいつはああいうところに出入りしているのか』と見られて、評価に傷がつく。いいことは何もないよ」

津崎はうなだれたままうなずく。

「まあ、友人と飲みに行くのもいいけれど、つまらない誤解や批判を招くことがないよう、気をつけることだね。特定の弁護士と癒着していると思われてもつまらないだろ？　特に、今はこういうご時世だから」

青法協問題にからむ石田和外長官の談話などもあり、裁判所内では「公正らしさ」があらためて強調されていた。「公正らしさ」とは、裁判が公正であるだけでなく、裁判を受ける側から見て公正に見えなくてはならないということだ。民事訴訟法などには、「公正らしさ」を確保するために設けられた規定もある。

「裁判の当事者から姿勢を疑われることがないよう、日頃から言動に気をつける。これが裁判官の職業倫理だよ」

その結果、外部の人とは極力接しないのが無難という心理がはたらき、殻の中に閉じこもる裁判官も少なくない。

(裁判官は、何事においても無難であれということか……)

裁判官同士で政治の話は決してせず、選挙の投票日の翌日でも話題にせず、平和運動や病院設置運動などの署名もしない。印鑑をつくるときは裁判長に大きさを相談し、官舎で裁判長の部屋の灯が消えるまで自分の部屋の明かりを消さない裁判官もいる。

「それから、この際いっておくけどねえ……」

津崎は、まだあるのかと身を固くする。

「きみ、こないだ『仕事の量が多すぎるんじゃないでしょうか』って話していただろう?」

それは津崎が東京高裁でたまたま見かけたある裁判官のことを右陪席の男と話したときのことだった。

その中年の裁判官は、仕事の重圧に押しつぶされ、明らかに精神を病んでいた。日がな一日、裁判官室でぼーっと机にすわったきりで、周囲の人々は、腫れ物にさわるような扱いをしていた。右陪席によると、この手の裁判官を東京高裁で引き取ることが時々あるという。裁判所としては、辞めさせる方向にもっていきたいが、本人はプライドが高いし、辞めても弁護士として食べていくのは簡単ではないので、なかなか辞めない。

そういう状況に対して津崎は、「全般的に裁判官の仕事の量が多すぎますから、みんな無理をして、肉体や精神のバランスを崩すんじゃないでしょうか」といった。これは修習生時代から感じていたことだった。

「ああいう発言は、裁判所批判ととられるから、思っててもいわないほうがいいね。『あいつは裁判所に対して批判的だ』なんて評判が立つと、いいことがないから」

津崎はうなずきながら、右陪席とのちょっとした雑談も裁判長がしっかり聞いていることに驚いた。

「それと、これは直接きみというわけじゃないんだけれど……」

津崎はまだあるのかと思う。

「こないだ、修習生たちが『裁判官になって弱い立場の人を助けたい』といったとき、きみは相槌を打っていたよねえ」

「え、ええ……」

そういえばそんなことがあったかと思う。これもまた、何気ない会話だったので、ほとんど忘れていた。

「ああいう発言は、中立であるべき裁判官の職責からいって問題がある。まあ、僕も細かい言葉の端々までいちいち注意していられないから黙っていたけれども……」

薄めの頭髪にいつもきちんと櫛を入れている裁判長はいった。

「ただ彼らが本気で裁判官を目指しているなら、ああいうことはいわないほうがいい。まあ、機会があれば、あなたのほうから一度指導しておいて下さい」

「分かりました」

津崎はうなずきながら、薄ら寒い気分だった。

この裁判長に限らず、裁判所内の人間関係は閉鎖的かつ濃密で、常に他人の目が光っており、息が詰まりそうになる。飲みに行くのはもっぱら裁判官同士で、酒席では人事の話題が圧倒的に多い。これは書記官など、裁判所職員も同様である。

2

七月下旬——

夜の道頓堀川を、提灯の明かりを煌々《こうこう》と点した船が往き交っていた。舷側《げんそく》や、船の中央の前方から後方まで一直線にずらりと提灯を並べた伝馬船であった。

ジキチン、ジキチン、ドンドンドンと景気のよい鉦《かね》や太鼓の音が鳴り響く。

船に乗っているのは、白の鉢巻に白の半纏《はんてん》・猿股姿の二、三十人の男や少年たちである。

提灯には同業者や同じ町内の集まりである「講」の名前が黒い文字でくっきりと書かれ、船の後方に、天神様の紅《あか》い梅の紋を描いた提灯が高く掲げられている。

「わっしょーい」

「そーれぃ」

かけ声とともに、舷側にずらりと並んだ櫂が水しぶきを上げ、漆黒の水面が付近の建物の明かりやネオンを映して、赤、黄、ピンク、緑、銀色など、色とりどりに揺らめく。岸辺には篝火《かがりび》が焚かれ、ずらりと吊るされた提灯の下で、法被《はっぴ》や浴衣姿の若い男女や子どもたちが笛や太鼓を鳴らしながら、獅子舞と一緒になってにぎやかに踊っている。浪速の夏を彩る天神祭の「どんどこ船」であった。それぞれの講の伝馬船は、道頓堀川、大川、土佐堀川、堂島川などをめぐる。

大阪天満宮(大阪市北区天神橋二丁目)の天神祭は、京都の祇園祭、東京の神田祭と並ぶ日本の三大祭に数えられ、約一ヶ月間にわたって、装束賜式《しょうぞくたばりしき》、船割り、葦奉納式、伏見三十石船献酒会、宵宮、本宮など、さまざまな催しが行われる夏の風物詩だ。

同じ頃——

堂島川に面した大阪地方裁判所の会議室では、百人以上の裁判官が集まって、裁判官会議が開かれていた。

戦後の民主的司法の精神を護ろうという意識が強い大阪地裁では、他の地裁や高裁で形《けい》骸《がい》化し、年に一、二回しか開かれていない裁判官会議を毎月開催している。毎回百人以上の裁判官が出席し、熱気溢れる中で、重要事項を全裁判官で討議する。

室内には、教室のように机が並べられ、議長役の馬場忠晴大阪地裁所長と馬場の補佐役である所長代行(上席裁判官)が、裁判官たちと向き合ってすわっていた。窓は開け放たれ、扇風機がいくつか回っていたが、風が届く範囲は限られている。裁判官たちは、ノーネクタイや開襟シャツ姿で、滲み出る汗をハンカチでぬぐっていた。

「……やはり裁判所の司法行政が真に民主的であるためには、裁判官の意向を下から集約し、それを所長に伝えるべき立場にある上席裁判官は、裁判官全員の選挙で選ぶべきだと思います」

開襟シャツ姿の村木健吾がいった。

村木ら未特例判事補は、発言権はあるが投票権はなく、教室形にすわった判事や特例判事補の周囲に並べられた椅子にすわっていた。

「わたしもそう思います」

村木と同じ部に属する特例判事補の山口治雄が、大阪訛りのアクセントでいった。出身は大阪で、司法試験には京都大学時代に現役で合格している。若々しく芯の強そうな風貌である。

任官八年目の山口は、大阪地裁が初任地で、その後、北海道の釧路地裁で二年間勤務し、再び大阪地裁に戻ってきた。人望も篤く、将来の大阪を背負って立つと期待されている、判事補会のリーダー的存在だ。

「上席裁判官は所長代行として、司法行政実務の要《かなめ》となる職務です。戦後司法の民主的伝統を守っていくためには、上席裁判官を公選で選ぶのは当然のことやと思います」

会議の議題は、半年あまり前に判事補会が提案した上席裁判官の公選制だった。

それは、地裁所長業務の補助者である「所長代行」として司法行政を行う上席裁判官(一名)を公選で選ぶようにしようという提案だった。

「しかし、上席裁判官まで公選で選ぶというのは、ちょっとやりすぎじゃないかねえ」

年輩の裁判官がいった。大阪地裁の中では、保守派と目されている人物である。

「すでにうちは、部長(部総括判事)も公選で選んでいるし、上席裁判官まで公選制にすると、最高裁との関係がまずくなると思うんだけどねえ。あちらは、この提案に対して、相当神経を尖らせているようだし」

「しかし、部長は本来裁判官会議が選ぶべきものです」

山口判事補が即座に反論した。「我々は当然のことをやっているだけです。なにか最高裁に譲歩してもらっているように考えるのは、おかしいんやないでしょうか」

戦後の新憲法と同時に施行された裁判所法は、裁判官や裁判所職員の人事、予算の執行など、司法行政上の権限を裁判官の自治に委ねた。

しかし、昭和三十年頃から制度が揺るぎ始め、同年十一月に「下級裁判所事務処理規則」が改正された。改正の狙いは、①下級裁判所（高裁以下）の部の数の決定、②部総括判事の指名、③同取消、という三つの司法行政事務を裁判官会議から最高裁の手に移すことだった。最高裁は、裁判官会議の議長役である高裁長官や地裁所長の意見を聴くだけで、すべてを意のままにしようとしたのである。昭和三十四年頃からは、全国の裁判所で、長官と所長へ裁判官会議の権限を委譲する動きが始まった。

「広島地裁の長谷川判事の例のように、最高裁は今や実質的な再任拒否という卑劣な手段を使って官僚統制を強化しようとしています。こういうことは絶対に許すべきではありません。上席裁判官公選制は、司法の反動化に対する一つの歯止めになると思います」

村木と同期修習の須藤正文がいった。

昨年六月、司法行政事務の所長への委譲に対して強く反対していた広島地裁の長谷川茂治判事が辞職した。任官二十年目の再任に際して、最高裁から意に沿わない任地を提示され、受け入れなければ再任しないと告げられたのだ。長谷川は辞任の弁で「二十年間奉職した人権の砦《とりで》たるべき裁判所を自らの意思で辞したのではない」と、最高裁の強権的な手法に対する憤りをあらわにした。

「再任拒否などの官僚統制が強化されれば、裁判官の身分が不安定化し、裁判官の独立という制度の根幹に影響を与えると思います。国民に裁判不信の念をいだかせないためにも、裁判所法立法当時の精神を忠実に守って司法行政にあたるべきではないでしょうか」

正面にすわった所長の馬場忠晴は、裁判官たちの発言をじっと聞いていた。年齢は五十代半ばで、最近大阪地裁に赴任してきた人物である。どちらかというと小柄で、がっしりした身体つき。浅黒い顔で、眼光は鋭く、いつも鳥打帽をかぶって出勤してくる。

九月下旬――

兵庫県西宮市甲子園町にある阪神甲子園球場のスタンドは観客の熱気で溢れかえり、タイガースの球団歌『六甲颪《おろし》』が轟《とどろ》いていた。

〽六甲颪に颯爽《さっそう》と　蒼天翔《か》ける日輪の
青春の覇気　美《うるわ》しく
輝く我が名ぞ　阪神タイガース
オウ　オウ　オウオウオウ　阪神タイガース
フレ　フレフレフレ

日曜日、村木健吾は、同じ部の右陪席を務める山口治雄と一緒に、阪神対中日の二十三回戦を観に来ていた。

四月に大阪地裁に任官して以来、仕事や青法協の活動で忙しく、休みもほとんど取らずに夢中ですごしてきたが、久しぶりの休日らしい休日だった。妻が息子を連れて千葉県柏市の実家に帰省中なので、大阪出身でタイガース・ファンの山口と野球観戦をすることにした。

「ほれ、バレンタイン、しっかり打たんかい！」

「ヘタ打ちよったら、アメリカへ強制送還やぞ！　気合い入れぇ！」

曇り空の下、阪神側スタンドは、ファンでぎっしり埋まり、盛大な鳴り物や歓声、絶叫、怒声にまじって、威勢のいい野次が飛ぶ。試合は三回裏で、阪神の攻撃である。安打で出た鎌田実を塁に置き、米国人選手フレッド・バレンタインが打席に立っていた。

「相変わらず阪神ファンは熱狂的ですね」

紙コップのビールを手にした村木が笑った。

「首位まであと一歩やからなあ」

この試合を含め、残り二十試合で、首位巨人とは三・五ゲーム差である。昨日は、江夏豊が力投し、延長十三回まで無失点に抑えたにもかかわらず、十四回の表に中日の五番打者・木俣にホームランを浴び、一対ゼロで惜敗した。

「けど、よう野次飛ばすわ」

山口が苦笑した。「甲子園は広いし、観客も多いから、野次飛ばすのも大変やで。藤井寺(近鉄バファローズのホームグラウンド)やったら狭いし、観客も少なくて、鳴り物も禁止やから、声がよう届くけど」

阪神は鉄道の旅客数や球団のファンの数をめぐって南海と大阪の覇権争いを演じている。また、阪急は同じ西宮に球場を持ち、路線も重複しているので互いに対抗心が強い。しかし、近鉄とは距離も離れていてファン気質も似ているので、阪神ファンは結構近鉄を応援しており、山口もたまに試合を観に行くという。

カキーンという快音がした。

「おっ、打った!」

次の瞬間、球場全体がウワーッと沸きかえる。

白球が、レフトスタンドに突き刺さり、帽子をかぶった外野審判が右手をぐるぐる回す。

先制のツーランホームランに、絶叫、口笛、拍手、歓声がしばらく鳴り止まない。

続く四回の表、中日は三塁に谷沢《やざわ》を置いて、五番木俣がショート・ゴロ。谷沢は本塁に突っ込むべきところ、阪神の二塁手・鎌田の動きに気を取られて中途半端な走塁をし、本塁で刺された。

「やったー、やったー、またやったー、アホの谷沢がまたやったー、阪神電車ではよ帰れー」

村木らの近くで、大きな野次が飛んだ。

「誰や、アホみたいな野次飛ばすんは？」

山口が苦笑した。「阪神電車で名古屋まで帰れるかいな」

試合は、四回裏にカークランドがライトスタンドに高々とソロホームランを放ち、続く野田、辻も連続安打で出塁。一死から山尾の一塁内野安打で四点目を挙げた。

これで阪神の楽勝かと思われたが、頼みのピッチャー村山実が六回に四球を連発。直後に、中日ミラーに三塁打され、続く木俣の三塁ゴロをエラーして、一点差まで追い上げられた。

阪神は村山に代えて鈴木皖武《きよたけ》が登板。鈴木は力投して、中日打線の快音を消す。

「腰ふらふらやないかぁ！」

「夜のバット使いすぎじゃあー！」

「はよ、試合終わらせよー！　新地のユミちゃん、待っとったぞー！」

先ほどの男の声がさかんに野次を飛ばす。

「下品な野次やなあ。いったい誰や？」

二人が声のしたほうを見ると、鳥打帽をかぶった色の浅黒い五十男が、両手を振り回して叫んでいた。

「あ、あれは、馬場所長！」

野球の試合を観たあと、村木は山口と一緒に、新世界に行った。

新世界は、国鉄大阪駅からほぼ真南に五キロメートルほど行った猥雑な一帯である。八角形の独特な形の展望台を持つ、高さ一〇三メートルの通天閣（天につうじる高い建物の意味）の下から六つの通りが放射状に延び、飲食店、遊技場、碁会所、立ち飲み店などがひしめいている。「日本一の串かつ」、「どて焼き」、「めし」、「大小宴会承り中」といった原色の看板が溢れ、将棋の会所では、何十人もの老若男女が真剣な表情で盤を見つめ、まさに阪田三吉の世界である。

「けど、さっきはびっくりしたなあ」

串かつ店のカウンターにすわり、ビールを一口飲んで、山口が笑った。ジョッキを摑んだ右手首の付け根には、ぐるりと赤黒い火傷の痕がついていた。戦争中に焼夷弾の中を逃げ回ったときのもので、肩や背中にも似たような痕があり、寒い日にはうずくという。

「虎キチとは聞いていましたが、ああいう野次を飛ばすとは……」

高校時代、野球で鍛えた太い腕でビールのジョッキを摑んだ村木が苦笑した。

大阪地裁の馬場忠晴所長は、生粋の大阪人で、ざっくばらんな性格である。酒が好きで、しょっちゅう各部の部屋を回って「おい、どや？」と声をかけて歩いている。裁判官の慰安旅行では、部屋にこもって麻雀をしていた若手裁判官たちに「お前ら、なにやっとんや!?」と怒鳴って、麻雀卓をひっくり返したこともある。若い頃は、判決書を書かずに注意処分を受けたりしたが、実力があり、判決はリベラルで、戦後の大阪派を代表する裁判官の一人である。

「まあ、今日のゲームは勝ったからよかったけど」

阪神は、村山をリリーフした鈴木皖武が踏ん張り、四対三で中日を下した。

「ところで、馬場所長は、上席裁判官の公選制をどう思っているんですかね?」

村木が訊いた。「着任されてもう四ヶ月くらいになりますけど、賛成とも反対ともいいませんね」

「そうやなあ……」

山口は、串かつを手に考え込む。「てっきり賛成してくれる思うとったんやが」

馬場は政治力のある裁判官である。若い頃は、司法行政事項についてなかなか裁判官会議の結論が出ないと、若手判事補たちを糾合《きゅうごう》し、お前は会議でこういえ、お前はこういう角度から意見を述べろと采配をふるって多数派工作をしたりした。

「あの人も、最高裁入りが見えてきて、人が変わったんかなあ……」

馬場所長は、最高裁事務総局勤務の経験がなく、現場一筋で来ている。五十代半ばで大阪地裁の所長というのは早い出世で、順調にいけば、高裁長官を経て最高裁判事の目もある。

「話は変わりますが、先週はやり切れませんでしたねえ」

ビールでほんのり顔を赤らめた村木が、ため息まじりでいった。

「あれなあ……」

山口も浮かない顔で相槌を打つ。

先週、山口と村木が属する部で下した、若い男性殺人犯に対する死刑判決のことだった。

被告人は犯行当時十九歳で、ひと月の間に刃物でタクシー運転手や商店主など四人を次々に殺害し、金を奪った。西成区の貧しい建設現場労働者の家に五人の兄弟姉妹の末っ子として生まれ、五歳のときに、父親が博打でヤクザに追い込みをかけられて失踪し、母親は子どもたちを連れていく電車賃がないため、一人で九州の実家に逃げ帰った。残された五人は屑拾いや万引きなどをしながらかつかつの生活をしていたが、被告人はその間も、兄弟から殴られたり、蹴られたりの虐待を受けた。五人のうち二人は餓死し、被告人が六歳のときに近隣の住民が福祉事務所に届け出たため、残った三人は、九州の母親のもとに引き取られた。十六歳で大阪の町工場に就職したが、過去の窃盗歴などが明らかになり退職。その後は、飲食店、牛乳販売店、ナイトクラブのボーイなどを転々としたが、いじめられたり、漢字の読み書きができないことなどから、どこも長続きしなかった。その後、再び窃盗事件を起こして、保護観察処分を受けた。人から馬鹿にされ続け、人生に希望も持てないまま、タクシー運転手や商店主を殺害したのは、食べるための金を奪うのが目的だった。事件は、数年前から大阪地裁に係属していた。

村木は記録を読んで「五歳の子どもが、兄たちに殴られながら万引きをしたり、屑拾いをしたりしながら、残飯を漁《あさ》って生きていたなんて……」と絶句した。合議では三人で「こんな貧困を、行政は何とかできなかったのか」とやり切れない思いで話し合った。

しかし、最終的な結論は「死刑やむなし」であった。

劣悪な家庭環境は同情に値し、量刑時の考慮にも入れるが、他の二人の兄姉は犯罪者にならず真面目に生活しており、生育環境の劣悪性は、連続殺人を犯した決定的な原因とは認定できないというのが主な理由だった。

「あれは本当に、死刑以外なかったんでしょうかねえ……」

「うん……。やっぱり、しゃあないんちゃうか。俺もずいぶん考えたけどなあ」

三人の合議体は、何とか死刑を回避できないかと理由を探したが、結局見つけることができなかった。

「僕は、判決文を起案してからしばらくのあいだ、夜、うなされましたよ」

村木は、寝ているとき何度か呻《うめ》き声を上げて、妻の明恵に揺り起こされた。いくら合法的とはいえ、自分の手で人の命を奪うのは恐ろしいことである。

「初任でいきなり死刑判決は、確かにきついなあ。八年目の俺かて初めてやもん」

「あの事件、自分の気持ちの中では、ずっと尾を引きそうです」

村木は判決いい渡し後も、本当に死刑以外なかったのかとずっと自問を続けていた。

「まあ、弁護人がすぐ控訴してくれたから救われたけどな」

「そうですね。それだけは救いでしたね」

近くのテーブルで、注文を聞き取れなかった高校生のアルバイトが中年男の二人組から「もっかいいうで。しっかり聞けや」と発破をかけられている。

「結局、万博も一度きりやったなあ」

大阪府吹田《すいた》市の千里丘陵で開催された万国博覧会は去る九月十三日に閉幕した。山口や村木は、忙しくて一度しか行けなかった。村木が一歳四ヶ月の息子を背負って妻と出かけたのは、夏の暑いさかりだった。会場内を人波にもまれて歩き、人気のパビリオンにたどり着いたが、長蛇の列でとても入れず、たいした感動もないまま官舎に帰った。


それから間もなく――

「認定した事実が死刑に該当するなら、淡々と死刑を出せばいいんだ。被告人の来し方行く末を考えてあれこれ悩むなんていうことは、裁判官の仕事じゃない」

津崎守の上司の裁判長が水割りのグラスを手に、迷いのない口調でいった。

「裁判官は教師でもなければ、宗教家でもない。法律家として、構成要件にもとづき、粛々と法律を適用する。ただそれだけだよ」

やや薄くなった頭髪にきちんと櫛を入れ、細い金縁の眼鏡をかけた四十代後半の裁判長は、いつものようにまばたき一つせず、射抜くような視線で津崎らを見ながら話す。スーツとワイシャツには、皺一つなくアイロンがあてられている。

窓の外には薄暗くなり始めた日比谷公園の木々が見え、室内では百人以上の裁判官たちがウィスキーやビールのグラスを手に談笑していた。

明治三十六年六月に日比谷公園開園と同時に開店した老舗レストラン「松本楼」の一室で開かれた東京地裁民事部の懇親会であった。二ヶ月に一回程度、立食形式で開かれており、費用は出席者の会費制である。店の一階には、清朝を倒した孫文の妻・宋慶齢が弾いたアップライトピアノが置かれている。

「部長のおっしゃるとおりです。死刑にすべきは死刑。あくまで個人的感情を排し、迅速に事件を処理する。それが当事者の利益にもなるわけですしねえ」

津崎と同じ部の右陪席の男が、裁判長におもねるようにいった。週末は裁判長と家族同士でテニスをやり、裁判長から勧められた本は翌日にはもう読んでいるという忠実なサラリーマンである。

「まあ、『売上げ』が赤字じゃ、仕事の意欲にも響いて、結果的にいい判決が書けないしねえ」

裁判長が秘密を打ち明けるような小声でいい、右陪席の男もにやりとしてうなずいた。

「売上げ」というのは、毎月各部に回覧される部ごとの事件処理状況一覧表のことだ。処理した事件数が新規に係属した事件数を上回っていれば「黒字」、逆の場合は「赤字」である。処理件数が人事評価のきわめて大きな要素になっているため、裁判長も右陪席も、毎月の「売上げ」に神経を尖らせている。他の部の数字を見て黒字幅が大きいと、「あの部は忙しそうに見えないわりに、処理件数が上がっている。右陪席が頑張っているんだろうか？」とか「あの部は、赤字が解消できないから、裁判長は次の異動でどこかに飛ばされるだろう」と話し合ったりしている。

津崎も東京地裁に配属されて約半年が経ち、裁判官たちがどのように「売上げ」を確保しているかの実態が見えてきた。

裁判所や部によって若干異なるが、おおざっぱにいって、裁判官は一人で二百件程度の単独事件と百件程度の合議事件を抱えている。このうち単独事件を例に取ると、月に三十件程度は処理しなくてはならない。三十件のうち、相手方が反論しないいわゆる欠席裁判が五件くらいあるので、実質的にノルマは二十五件である。しかし、しっかりした内容の判決が書けるのは、せいぜい月に五、六件、ものすごく頑張ったとしても、七、八件が人間の能力の限界だ。その一方、手抜きの判決を書けば、控訴審で破られ(覆され)、悪い人事評価を下される。では、残り十七〜二十件をどうするか？　答えは和解である。津崎の部の裁判長も右陪席も、和解に全力を注いでおり、処理件数の半分強が和解だ。和解で処理できれば、判決を書く手間もいらず、控訴されて自分の判決が破られるリスクもない。

「津崎君も、そろそろ和解をやってみるかね」

裁判長が津崎を見ていった。

和解は、裁判長が任せてくれさえすれば、新任判事補でも担当することができる。

「早めに和解の技術を身につけるのはいいことだな」

かたわらから太い声がした。「原告・被告それぞれの立証の不備を突いて、判決だと負けるんじゃないかと不安にさせる。これが和解の第一のコツだな」

ぬっと現れた大男は、最高裁事務総局で民事局長兼行政局長を務める辣腕《らつわん》司法官僚の弓削晃太郎だった。裁判長と右陪席が半歩下がり、阿《おもね》るような視線を注ぐ。

「俺も東京地裁の裁判長のときは、ずいぶん和解をやったが、あれは不思議なもんだな」

頭髪をオールバックにした弓削は、水割りのグラスを手に独白するようにいった。

「判決をしたら、いつまでも双方がそっぽを向いたままだが、和解だと不思議と納得する。判決で勝った弁護士や当事者にあとで会っても、『その節は……』なんていわれることはないが、和解して、いくらか金を払っても、『その節は有難うございました』という」

「やはり判決だと、なにかしら不満が残るもんですね」

裁判長が迎合するようにいった。

「うむ。判決だと、勝ったほうでも『なんだ、こんなことが書いてある』と文句をいう。

負けたほうは、もちろん不満たらたらだ」

弓削は手にした水割りのグラスを口に運ぶ。酒に強そうで、顔色はほとんど変わっていない。

「裁判官なんてものは、名判決を書いちゃいかんのだ。そこのところが学者とは違う。学者は何が業績か、何で目立ったか、はっきりしないといかん。しかし、我々は違う。判例集にも載らず、事件も溜めずにやっている裁判官が、一番えらい裁判官なんだ」

弓削の確信に満ちた言葉に、裁判長と右陪席は何度もうなずく。判例集にも載らないというのは、最高裁の判決の枠からはみ出さないということだ。

「きみが津崎守か」

弓削はふいに津崎に視線を向けた。

「二十二期だそうだな」

「はい」

津崎は、弓削が自分のことを知っているのに軽い驚きを覚えた。

「なかなかいい目をしているな」

弓削は、リムの上部が黒縁の眼鏡の両目で津崎を見下ろした。妖気がゆらめいているような目つきに津崎はぞくりとした。

「きみは他人を信じない、自分すらも信じない。すべての物を突き放したような目をしている」

にやりと嗤《わら》っていった。

「こういう目の人間は、物事を割り切って考えられるから、行政官向きだ。……俺と同じだよ」

弓削は遠慮のない哄笑《こうしょう》を津崎に浴びせると、背中を向け、別のグループのほうへと去っていった。

3

十一月上旬──

妹尾猛史《せのおたけし》は、カッパを着て、雨に煙る北海道の室蘭港の埠頭を必死に走っていた。

室蘭港は太平洋に鉤形《かぎがた》に突き出した半島の内側に位置する天然の良港である。港の最前部の一等地には新日本製鐵室蘭製鉄所があり、溶鉱炉やコークス炉から灰色や赤茶色の煙がたなびいている。半島の反対側にある断崖絶壁の地球岬(海抜約一四〇メートル)は渡り鳥の中継地として知られている。

冬の足音が聞こえる晩秋の北海道の雨は、凍るような冷たさだった。

「あっちです!」

妹尾が右手で指差すと、隣りで傘をさして走っている男がうなずく。手に書類鞄を提げた三十代後半の男は、妹尾がアルバイトをしている新橋烏森法律事務所のパートナー・西野政和弁護士だ。長めの頭髪が雨と風で乱れ、革靴や細い縦縞入りのスーツのズボンの裾もぐっしょり濡れていた。

一緒に札幌地裁室蘭支部の執行官の男性が走っていた。裁判所職員を定年退職したあと執行官になった痩身の男性である。年齢は六十代だが、マラソンが趣味で、楽々と二人についてくる。

雨に煙る埠頭に、貨物船や漁船、旅客船などが停泊していた。

「あっ、いない!」

埠頭の突端まで来た妹尾が、呆然と立ち尽くした。

「なにっ、いない⁉　ほんとか⁉」

西野弁護士が荒い息を吐きながら、険しい表情でいった。普段あまり運動をしていない都会のインテリなので、相当疲れた様子だが、目だけはらんらんと光っている。

「午前中まで、ここに停泊していたんですが……」

「くそーっ、逃げやがったか」

西野が歯嚙みをし、二人のかたわらに立った執行官も、無念そうに灰色の沖のほうを見つめる。

三人は、貸金の抵当に入っている貨物船を差し押さえるためにやって来た。船を差し押さえるには、債権の存在を証明する書類を裁判所に示し、裁判所から、船の航行に必要な船舶国籍証の引渡命令を出してもらい、寄港地で執行官が証書を取り上げて船を抑留し、競売手続きにかける。

西野弁護士と妹尾は、担保になっている貨物船が室蘭に寄港するという情報を摑み、急遽北海道に飛んで来たのだった。

「急いで東京に連絡して、次の寄港地を調べさせよう」

西野がいい、三人は、雨の中を小走りで港の公衆電話ボックスへと向かった。

その晩——

浴衣にどてら姿の妹尾は、室蘭市内の旅館の部屋で、西野政和弁護士と向き合って夕食をとっていた。明日、千歳空港発の飛行機で東京に戻る予定で、部屋は西野と相部屋だ。

妹尾は、アルバイト先の法律事務所でかなり貴重な戦力になっている。弁護士の補助者に必要とされるのは、法律知識ではなく、不動産の登記簿を調べたり、現地調査をしたり、関係者に会っていろいろ話を聞いたりする探偵的な能力だ。裁判官は一般的にプライドが高く、「法律的な判断は裁判所がするんだから、弁護士は、事実をきちんと揃えて持って来い」という態度なので、裁判に勝てるかどうかは、法律論より、どれだけ有利な事実や証拠を集められるかにかかっている。この点、妹尾は粘り強く地道な性格なので、重宝されていた。

「しかし、今日は参ったな……」

風呂上がりで、頭髪がまだ濡れている西野弁護士が、手酌でグラスにビールを注ぎながらぼやいた。

座卓の上には、ボタンエビやイカの刺身、つぶ貝の海鮮サラダ、毛蟹の半身、宗八カレイの一夜干しなどが並べられている。

「結局、船はどこに行ったんですか？」

口のまわりに髭を生やし、銀縁眼鏡をかけた妹尾が、宗八カレイとご飯をぱくつきながら訊いた。

宗八カレイは、ほどよく脂がのってふっくらとし、淡白な白身が醤油とよくあう。

「どうも千葉のほうらしい」

サッポロビールを一口飲んで、西野がいった。

「明日、東京に戻ったら、差し押さえ作戦の練り直しだなあ」

そういって、かたわらの畳の上においてあった『北海道新聞』を開き、紙面を目で追いながら、ボタンエビの刺身を箸でつまむ。

「しかし、この福島重雄判事の事件は、もう滅茶苦茶だな」

ビールで目のまわりを赤くした西野が、呆れたような口調でつぶやいた。

「妹尾君、どう思う、これ?」

西野が、『北海道新聞』の一面を妹尾のほうに向けて見せる。

〈福島判事を注意処分　札幌地裁〉、〈〝司法の独立に傷〟辞職談話を対象に〉という大きな見出しの記事であった。記者たちに取り囲まれて会見をする海部《かいふ》安昌《やすよし》所長ら、札幌地裁の裁判官たちの写真が掲載されていた。その下には、〈忍ぶところは忍ぶ〉という見出しで、黒縁眼鏡をかけた福島重雄判事の写真と談話が載っていた。

「いや、もう、わけが分かんないって感じですよねえ」

妹尾も呆れ顔。「これじゃ、加害者と被害者が逆ですもん」

「うむ。だいたい、なんで同じ事件で、三度も処分されるのかねえ。こりゃもう、異常だね」

三週間ほど前に始まった福島重雄判事をめぐる騒動は複雑な展開を見せ、法曹界の注目を集めていた。

ことの発端は、十月十九日に、弁護士出身の自民党の衆議院議員・中村梅吉が委員長を務める裁判官訴追委員会が、前年に起きた平賀書簡事件に関して、平賀健太東京高裁判事（前札幌地裁所長）は不起訴、福島重雄判事はそれより重い訴追猶予という決定をしたことだった。平賀は、東京弁護士会会長・五十嵐太仲ら六千六百一人から、福島も名古屋の弁護士や右翼団体など千百六十六人から訴追請求されていた。

訴追委員会は、「加害者」である平賀について、訴追するにあたらないとする一方、「被害者」の福島のほうは、起訴に該当するが、裁判官弾劾法十三条(情状により訴追の必要がないと認めるとき)を適用して、訴追猶予とした。

委員会は、平賀の「裁判干渉の意図も目的もなかった。先輩としての親切心からの助言だ」という説明を追認した。一方、福島については、「(裁判官会議で審議の対象とすることが決まっていた書簡を)発表する行為をとったのは、裁判官の名誉と裁判所の威信に対する慎重な配慮を欠き、裁判官の良識に著しく背反する」と強い言葉で非難し、下級裁判所事務処理規則第十五条に定める裁判官会議の非公開原則に反したので、弾劾の対象になるとした。さらに、訴追理由とはしなかったものの、「青法協に所属しながら、自己が中立公正であることを主張するのみで、謙虚に反省する様子が見られないのは、裁判官の中立性にかんがみ遺憾である」という多数意見があった。

訴追委員会は、自民十二、社会四、公明二、民社二の二十人の衆参議員で構成されており、決定は社会党などの強い反対を押し切ってなされた。

この決定に対して福島判事は「まったく心外。こんな処置を受けるとは、夢にも思っていなかった」と憤慨し、長沼ナイキ訴訟原告弁護団は「自民党議員が多数を占めている訴追委なので、ある程度の政治的判断は予想していたが、これではまったくひどすぎ」と批判し、憲法学の権威、佐藤功上智大学教授も「福島裁判官については、私信公表と青法協加入の二点が問題とされていたと聞くが、今回の訴追猶予の決定理由で青法協加入問題を取り上げている点は、先の石田最高裁長官発言と同様、思想干渉を感じさせる決定理由である」と述べ、北海道新聞の社説は〈司法を足げにした訴追委〉という見出しで、「驚くべき倒錯というほかはない。平賀氏と福島氏と名前を取り違えたのではないかと疑うほどである」、「国会の政治勢力そのままの〝政治判断〟が論理を越えてまかり通った」と厳しく批判した。

「札幌高裁の福島判事に対する注意処分は、明らかに訴追委員会の結論を見て決めたものですよね」

毛蟹の足の身をほじくりながら、妹尾がいった。

「うん。福島氏にとっちゃ、自分が身体を張って護ろうとした裁判所そのものから裏切られたわけだから、失望感は大きかっただろうなあ」

訴追委の決定が出た九日後の十月二十八日、札幌高裁の坂速雄長官が福島判事を呼び、同高裁の裁判官会議の結論にもとづいて、平賀書簡・メモの公表について「貴官の行為は裁判官の節度を逸脱した行為である。よって裁判所法八十条(司法行政の監督)にもとづいて注意処分とする」といい渡した。これに対して、福島は「絶対承服できません」と硬い表情で応じた。

福島は直ちに記者会見を開き、「裁判所みずからが司法権の独立を放棄し、時の政治権力に迎合するものだ。このような状態のもとでは、国民からゆだねられた裁判官としての仕事を果たすことはできない」と述べ、辞表を提出した。

同日夕方、札幌弁護士会は、市内のホテルで緊急会合を開き、「札幌高裁の注意処分は不当。しかも、訴追委員会の決定後になされたことは、同委員会に迎合し、裁判所自らが司法権の独立を放棄した行為で、我々は断固抗議する」という声明を出し、札幌高裁に処分の撤回を求め、福島に辞任を思い留まるよう説得した。

東京弁護士会、裁判所職員の労働組合である全司法労働組合北海道地区連合会、北海道教職員組合、札幌地裁で実務修習中の第二十三期修習生十人なども同様の声明を出したり、高裁に抗議したりした。

辞表提出二日後の十月三十日、福島重雄は、各方面からの慰留にかんがみ、辞表を撤回した。これに対して、最高裁の吉田豊事務総長(のち最高裁判事)は、皮肉と敵意もあらわに、「訴追委員会や政治的圧迫に屈して司法の独立を保持できないような裁判所にはとどまることはできないと公表して辞表を提出した裁判官が、その撤回を申し出るについては、その理由を全く捕そくしがたい」という談話を出した。

事件は、これで一応決着したはずだった。

しかし、福島の訴追請求をした名古屋の弁護士や大阪の右翼団体「国粋同志会」などが、辞意表明に際しての福島の発言内容を問題視し、再度の訴追請求を考えると息巻いた。

十一月七日、札幌地裁の裁判官会議が、「福島判事の談話は、司法の独立に疑いをもたせ、裁判所、裁判官の名誉を著しく傷つけた」として、福島に注意処分を下した。これに対し福島は、「処分は辞職談話のいわんとした趣旨よりは、言葉の表現に重点が置かれている印象を受けるが、忍ばなければならないことは我慢してゆく」と、不満をこらえて裁判官として留まる意向を明らかにした。

「最後の札幌地裁の裁判官会議の処分は、ちょっと執拗《しつよう》だね。最高裁事務総局に促されたか、おもねったかしてやったんじゃないかねえ」

「その背後に、右翼とか自民党保守派がいるんでしょうねえ」

毛蟹の甲羅の味噌をほじくりながら、妹尾がいった。

「そうだと思うよ。石田最高裁長官は超タカ派だしなあ。……とにかく、この事件に関しては、すべてが異様だね」

数日後——

蛍光灯の明かりに照らされた大阪地裁の会議室に百名以上の裁判官たちが集まり、月例の裁判官会議が開かれていた。

窓の外の堂島川や中之島の中央公会堂は夜のとばりに包まれ、川に架かる石づくりの水晶橋に白々とした街灯が点り、ケヤキの茶色い枯葉が風で舞う中をコート姿の人々が家路を急いでいた。

「……やはり、上席裁判官まで、裁判官会議で選ぶというのは、ちょっといきすぎではないでしょうか」

中堅判事の一人が、発言をしていた。

正面にすわった浅黒い顔の地裁所長・馬場忠晴が、発言する判事の顔をじっと見ていた。

「所長代行は、基本的に司法行政に関する決定を実行する職務です。大事なことは、この裁判官会議で決めるわけですから、所長代行の人選まで裁判官会議で云々する必要はないのではないでしょうか」

発言する中堅判事を見ながら、村木健吾は不審な思いにとらわれていた。

(以前は、ほとんど発言しなかったのに……)

「わたしも、上席裁判官の公選制には反対です」

別の判事が挙手していった。やはり以前は発言していなかった中間派の判事だった。

「我々も日々忙しく仕事をしているわけで、果たして我々の手で上席裁判官まで選ばなければならない必然性があるのでしょうか？　所長代行は所長の補助者であるわけですから、人選は所長に一任すればよいのではないでしょうか？」

発言者を見て、村木は再び首をかしげたい思いにとらわれる。

（なぜ今頃になってこんな意見をいい出すんだ？）

「いや、ちょっと待って下さい。所長代行は単なる所長の補助者じゃないでしょう？所長の司法行政に対するチェック機能も持った職務ですよ」

民事部の裁判長の一人がいった。人格・識見ともに優れ、村木が心から尊敬している裁判長の一人だった。

「わたしは以前から申し上げているとおり、上席裁判官は裁判官会議の投票で選ぶのが、裁判所法立法の精神にかなっていると思います」

その発言に、村木は何度もうなずく。

しかし、先月あたりから裁判官会議の風向きが微妙に変わってきているのを感じていた。

数日後——

妹尾猛史《せのおたけし》は、市谷にある大学の図書館で、新聞を読んでいた。郷里の『北國《ほっこく》新聞』とその縮刷版が蔵書にあるので、月に一回くらいまとめて読んでいる。

閲覧用の大きな木製の机では、目の前に積み上げた本をときおり手にとってページを繰りながら、女子学生がレポート用紙に鉛筆を走らせ、文学部らしい若い男子学生が、雑誌『新潮』で連載されている三島由紀夫の『天人五衰（『豊饒の海』第四部）』を熱心に読んでいた。

図書館の窓の向こうには、色づき始めたイチョウの木々が見える。

（このひと月くらいは、ずいぶんいろいろなことがあったんだなあ……）

銀縁眼鏡の視線で記事を追いながら、妹尾は心の中でつぶやいた。

十月四日の紙面に、富士銀行雷門支店の十九億円不正融資事件の記事が出ていた。同支店元副長の菅沼正男が香港で逮捕され、融資を受けた清涼飲料水販売業「トムソン」元社長の有馬哲こと金東善が、南仏ニースの貸し別荘に潜伏している模様であるという。

十月十三日の紙面には、金沢大学医学部が梯《かけはし》川の流域である石川県小松市金野農協管内地区に住む五十歳以上の人々の尿検査をしたところ、厚生省のカドミウム汚染要観察地区の指定基準量を二倍以上も上回る分析結果が出て、カドミウムによって同地区住民の人体が汚染されていると判断したという記事が出ていた。

十月三十一日の紙面では、日本の安価な繊維製品の輸出をめぐって昭和三十年以来断続的に行われてきた日米繊維交渉が手詰まり状態のため、佐藤栄作首相が、繊維産業連盟会長や宮澤喜一通産相、保利茂官房長官らを首相官邸に招いて、繊維製品の対米輸出規制問題を話し合ったと報じられていた。

（む、うーん……）

十一月八日の紙面を開いた妹尾は、思わず心の中でうなった。

〈〝台風〟それて分裂残す〉

〈してやったりと反対派〉


縦書きや横書きの見出しとともに、写真が二葉掲載されていた。

大きな写真は、妹尾の故郷である富来《とぎ》町の福浦地区集会所の様子だった。三人の中高年の男たちが、板の間にあぐらをかいてすわり、頭を抱えたり、憮然とした表情をしていた。〈〝わしらの土地にはもう原子力発電所が出来ない〟と打ちひしがれる福浦地区の賛成者たち〉というキャプションがついていた。別の写真は、漁に出るときのように頭を手ぬぐいで包んだ老人が、家の壁にビラを貼っている写真で、キャプションは〈〝反対運動が功を奏した。しかしまだまだ安心出来ない〟と福浦地区の各地にビラをはる反対者〉。

（結局、わずか二十三人の反対派が勝ったわけか……）

三年前に北越電力が計画を発表し、富来町福浦地区と志賀《しか》町赤住地区にまたがる一帯百万坪を用地として買収を進めていた日本海原発は、つい十日ほど前に大きな転換点を迎えた。福浦地区の一部の地主がどうしても土地を売らないため、北越電力が計画を変更し、志賀町赤住地区だけで建設をすると発表したのだ。

記事に賛成派の人々のコメントが掲載されていた。

〈原子力発電所が福浦に出来なくなって、ワタシら計画が狂ってしまった。土地代金で家を新築しようとしていた人もあるが、計画がパアーになって困っている。福浦は原子力発電所以外に発展する道がないことは、反対派の連中だってよく知っているはず〉

〈赤住には専用港も出来て発展していくというのに、私ら傍観するより仕方がないなんて悲劇だ。将来、福浦に住む人たち、子孫に対して申しわけないという気持ちでいっぱいだ〉

福浦地区選出の県会議員も、賛成派の集会で、無念の思いを次のように吐露していた。

〈こんな結果になってしまい、非常に残念だ。富来町にとっては一億五千万円の税収入が水のアワとなった。もう万に一つの望みもなくなった〉

一方、反対派は、北越電力が将来にわたっても福浦地区に原発を建設しないという保証はなく、今後も反対運動を続けていくとしていた。

〈私らはこれからが本当の戦いだと思っている。安全性については多くの疑問が残っている原子力発電所を、金に目がくらんで賛成することに問題がある。福浦の海と土地を売って、福浦の繁栄はないと思っているし、このままの姿で子孫に残してやることが一番いいことだ。赤住に原子力発電所が出来ても、公害はストレートに私らにふりかかって来る〉

つい先日、富来町における反原発運動のリーダー格である父と電話で話したとき、「お前の畑にガラスを撒いてやる」、「出刃で刺してやる」といった脅迫電話や投げ込み文があり、深夜に賛成派が家に押しかけてきて、脅迫まがいの説得を受けることもあるといっていた。

また、福浦地区の水道は水量が十分でないため、時間給水を余儀なくされているが、賛成派の住民たちが、反対派の住民たちを水道組合から締め出そうとしたこともあったという。それを知った社会党県本部委員長が中西陽一石川県知事を訪れて善処を要請し、知事は「初めて聞いたが、そんなことがあれば大変で、直ちに調査する」と答えた。

(原発問題で、町は完全に分裂したなあ……)

記事を読んだ妹尾は気分が滅入る。

ふと、子どもの頃遊んだ、故郷の海が思い出された。遠浅の海は限りなく澄んでいて、小さなタコを手づかみで獲ることができた。

(あの海が、原発で失われるのかなあ……)

読み終えた新聞を所定の場所に戻すと、妹尾は、スポーツバッグの中から法律の参考書を取り出した。

栞《しおり》を入れた箇所を開くと、赤線が無数に引かれていた。妹尾は一心にページに視線を走らせる。

法律事務所のアルバイトで実際に法律の現場に接しているうちに、抽象的で摑みどころがないように感じていた法律が、身近で具体的なものになった。たまに手紙をやり取りする大阪地裁の村木健吾からも励まされ、司法試験を目指すことにした。当面の目標は、来年、短答式に合格することである。アルバイト先の西野政和弁護士からは「受からなかったら、いつまでもうちで働いていいから」といわれている。

二週間後(十二月下旬)——

国鉄金沢駅と兼六園の中間あたりにある芳斉《ほうさい》一丁目の県水産会館で、北越電力、県公害対策漁業者協議会、石川県の三者が話し合いをしていた。日本海原発建設に関する漁業補償交渉の第一回であった。

「……工事用の資機材を運んだりする必要がありますので、当社としては、赤住港を使わせて頂ければと考えています。そのために、わたしどものほうで、港を接岸能力三〇〇〇トン級に拡張させて頂く所存です」

会場の正面中央の長テーブルで背広姿の妹尾真一が、原発の建設計画と漁業補償の方針について説明していた。サラリーマンらしく頭髪を小ざっぱりと整え、銀縁眼鏡をかけた顔には、緊張感が漂っている。真一は、福浦地区の反対派の急先鋒である自分の父親を説得できなかったことに、負い目を感じていた。

そばにすわった北越電力の担当常務ら会社の幹部たちが、じっと耳を傾けていた。

「工事のために、港の岸壁から炉心部まで、工事用道路をつくる計画でおります。この道路に沿って、冷却水の取水管を二本設置し、温排水の放出口は、炉心の正面に設けたいと考えております」

原子力発電所でタービンを回した蒸気は、復水器という設備に送られ、海水で冷却されて水になり、再び原子炉に送られる。蒸気を冷却するために使われた海水は、復水器を通過する間に七度くらい温度が上昇し、温排水として放出口から海に戻される。(注・五百ページに原子炉の概念図があります。)

「これにともないまして、建設予定地の沿岸、こちらは総延長で一三〇〇メートルございますが、これの沖合い五〇メートルまでと、赤住漁港周辺海域の漁業権を買い上げさせて頂きたいと考えております」

真一の説明を、県の企画開発部次長や、漁業者協議会原発部会の部会長、羽咋《はくい》漁協以下、柴垣、高浜、志賀、西海、福浦など、関係八漁協の代表者らがじっと聞いていた。

「漁業権を買い上げる」というのは、それによって漁業権を消滅させるということだ。石川県水産試験場による調査では、原発建設によって、テングサ、ワカメ、海苔など浅海の水産物が採れなくなる見込みである。

4

十二月下旬――

師走の大阪にクリスマス・ソングが流れていた。

堂島川に面した大阪地裁の裁判官室のソファーセットで、村木健吾が、ある殺人事件の合議に加わっていた。部屋は暖房が十分ではなく、すきま風も吹いていた。

「やっぱり、違憲にするしか、被告人を救う道はないんかなあ」

白髪まじりの頭髪を七・三に分け、知性を感じさせる細面の裁判長がいった。地元大阪の出身で、法廷では標準語しか使わないが、普段は大阪弁である。

「違憲でええんとちがいますか」

右陪席を務める山口治雄特例判事補がいった。

「尊属殺の規定は、親子のような直系親族は、強い協力扶助の関係と相互の情愛にもとづいて緊密に結合し、それが社会の基盤をなしているという思想にもとづくもので、それを揺るがす直系親族間の殺人は、強い反倫理性と反社会性を有しているので、通常の殺人より重い刑罰に処するのが相当と、こういう理屈ですよね」

三人は、ある刑事事件に関して、刑法第二百条が定める「尊属殺」の規定が合憲であるかどうかを議論していた。同条は、「自己または配偶者の直系尊属(注・直系血族の中で自分より先の世代にある者、すなわち、父母、祖父母、曾祖父母等)を殺したる者は死刑または無期懲役に処す」と定め、一般の殺人罪の法定刑が「死刑又は無期若しくは三年以上の懲役」であるのに比し、法定刑の下限が著しく重くなっている。

「その理屈でいうたら、夫婦間の殺人とか、直系尊属による直系卑属(注・子、孫、曾孫等)の殺人も、同様の反倫理性と反社会性があるわけで、これらに対する重罰規定がないのは矛盾してると思います」

「うむ。……村木君はどう思う?」

裁判長が村木に視線をやる。

「わたしも、やはり、尊属殺の規定は、憲法十四条が定める法の下の平等に反して、直系卑属を不当に差別しているので、違憲であると思います」

村木はやや緊張した面持ちでいった。「この規定は、結局のところ、夫婦関係より親子関係を重視し、親子関係においては、尊属の権威に対する卑属の服従という身分的秩序を重視した親権優位の旧家族制度の思想にもとづいています。現代社会にあっては、もはや合理的根拠を失っていると思います」

村木の言葉に、二人はうなずく。

事件は、実の娘を十四歳のときから十四年間にわたって強姦し続け、五人の子どもを産ませ(うち二人は死亡)、六人を妊娠中絶させた父親を、娘が絞殺したものだった。三人の裁判官は、事件の経過をこと細かに知らされるにつけ、獣《けだもの》以下の父親の所業に、耳をふさぎ、目をそむけたい思いに駆られた。刑事の裁判官をやっていると、毎日のようにむごたらしい事件に接し、うんざりさせられたり、感情が麻痺したりしそうになるが、この事件は常軌を逸していた。

事件が起きたのは、二十九歳の娘が十日間にわたって五十三歳の父親に監禁状態にされたときで、父親が娘に襲いかかってきたため、娘は父親の手をふりほどいて倒し、紐で絞殺した。

娘の行為は、父親の急迫不正の侵害に対しなされた過剰防衛行為と認められ、これに尊属殺の規定を適用すると、十日間にわたって監禁されたことからくる心神耗弱と情状酌量の二つの減軽を認めても、少なくとも懲役三年六月の実刑になる。刑をどれだけ減軽できるかは、刑法六十八条、七十条に規定されているが、無期懲役を二つの減軽理由のうちの一つで減軽しても懲役七年になり、これを再度減軽しても懲役三年六月になる。そして、刑が三年以下でないと執行猶予はつけられない(刑法二十五条)。

「よし、じゃあ、違憲判決でいこう」

裁判長が意を決したようにいった。

「村木君、書けるな?」

判決を起案するのは、左陪席の村木である。

「はい」

村木はきっぱりと返事をした。しかし胸中では、違憲判決が世の中にいったいどのような波紋を投げかけるのかという不安感が渦巻いていた。


同じ頃——

東京・霞が関にある最高裁判所では、民事局長兼行政局長を務める弓削晃太郎が、事務総長の吉田豊に呼ばれていた。

最高裁の建物は、明治二十九年に建てられた旧大審院で、ドイツ・ネオバロック様式の流れをくむ赤煉瓦の古典的西洋建築である。現在、新庁舎を千代田区隼町に建設する計画が進められており、来年六月くらいに着工される予定である。

「弓削君、実は、きみに人事局長をやってもらいたいんだ」

心地よく暖房のきいた事務総長室のソファーで、事務総長の吉田豊がいった。

オールバックの頭髪にきれいに櫛を入れ、眼鏡をかけた痩身の吉田は、六十一歳。大柄でエネルギッシュな弓削とは対照的に、枯れたような雰囲気で、白衣を着せれば病院長のような風采である。

「わたしに、人事局長を?」

弓削は驚いた。民事局長兼行政局長をやっているので、横滑りはないと思っていた。過去にも事務総局の局長で横滑りした例はない。

「今、最高裁は、任官問題とか青法協のことなんかがあって、人事が大変だ。この難局を乗り切るため、きみを起用したい」

その言葉を聞いて、弓削の全身にじんわりと汗が滲む。

（火中に飛び込んで、最高裁を護れというわけか……）

三人の任官拒否者を出した二十二期の修習生たちは、青法協の会員たちが中心になって、引き続き任官拒否の不当性を訴えている。また、今度は自分たちの代で任官拒否者が出るのではないかと警戒する二十三期の修習生たちが、去る九月に「任官差別・分離修習を許さぬ会」を結成し、現在、約二百六十人が加入している。（分離修習とは、法務省が検討している裁判官・検察官と弁護士の修習を分離する構想。）

去る十一月二十日には、二十三期修習生五百十三名中四百五十三名によって、青法協加入等を理由に任官拒否者を出さないという最高裁の確約を求める要望書が司法研修所に提出された。二十四期の修習生のうち四百四人と、全国の弁護士二千十二人もこれを支持する旨の署名を最高裁に提出した。

当初、司法研修所は、二十三期修習生たちの要望を最高裁に取り次ぐことを拒否した。しかし、修習生たちが研修所の所長、事務局長、上席教官に対して粘り強く申し入れた結果、ついに十二月九日になって研修所側が折れた。

十二月二十四日、最高裁は、二十三期修習生たちの要望に対して回答をした。しかし、それは三月二十日の衆議院法務委員会での最高裁矢崎憲正人事局長の答弁を繰り返しただけだった。すなわち「任官希望者の思想、信条を採否の基準としていることはない」、「青法協に属するということだけを理由に、採用拒否をすることはない」といった木で鼻をくくったような内容で、依然として青法協加入の有無を採否決定の要素として考慮することを匂わせていた。

修習生側の最高裁不信は逆に高まり、不合理な理由による任官拒否や青法協加入の有無の調査をしないことを求める動きはますます強まっている。

「すでに石田長官には、きみの人事局長就任の了解をとってある」

「長官に……」

弓削は外堀を埋められていることを悟った。

「きみの公害問題や長沼ナイキ訴訟に関する国会対応は非常によかった。人事問題では、国会対応がきわめて重要だ。青法協問題では、共産党や社会党から追及されるだろう。きみの手腕が必要だ」

弓削は、四大公害問題だけでなく、行政局長として長沼ナイキ訴訟に関しても国会で答弁に立ち、無難に乗り切った。

「当面の人事の問題は、もっぱら二十三期の任官の問題であると考えていいんでしょうか？」

「うむ、まあ、そういうことだな」

老病院長のような変化に乏しい吉田の顔にはそれ以上何も話そうとしない気配が現れていた。

「十三期の再任問題については、どうなんでしょうか？」

来年四月に、第十三期の裁判官たちが十年間の判事補生活を終え、判事として再任される時期を迎える。しかし、青法協加入を理由に、再任が拒否されるのではないかという懸念が高まっており、同期の弁護士たちが、「同期裁判官の再任拒否に反対する十三期の会」を結成する動きをみせていた。新聞などでもこの問題がたびたび報じられ、最高裁の態度に疑問が投げかけられている。

「再任問題については、現時点では何ともいえない」

吉田がいった。「すべては、最高裁の裁判官会議が決めることだ」

吉田の言葉にうなずきながら、弓削は、自分の目の前に、巨大な白い壁がそそり立っているような気がした。すべては自分の力のおよばないところで決せられ、その結果が自分の両肩にのしかかってくるのだ。

同じ頃——

雪に埋もれた札幌市大通西十一丁目にある札幌地方裁判所の大法廷では、黒の法服に身を固めた裁判長・福島重雄が、目の前で行われている証人尋問に耳を傾けていた。左右で右陪席と左陪席の裁判官が、やはり尋問の様子をじっと見守っていた。

平賀書簡事件が起きた翌月の昨年(昭和四十四年)十月に第一回口頭弁論が開かれた長沼ナイキ訴訟の口頭弁論であった。最大の争点は自衛隊の合憲性で、全国の注目を集めていた。

原告である住民側は、自衛隊は人員、装備、能力から見て明らかに軍隊であり、憲法第九条二項の「いかなる戦力も保持しない」という規定に違反し、ナイキ基地は森林法二十六条二項(公益上の理由がある場合は、保安林指定を解除できる)の「公益上の理由」に該当しないと主張している。これに対し、被告の国側は、自衛隊は戦力ではなく自衛力であり、国会や内閣による高度な政治判断にもとづくもので司法判断にはなじまず、また、純然たる防御施設であるナイキ基地の設置は「公益」であると主張する。

福島が昨年八月に出した、保安林解除の執行停止申立てを認める決定は、国側が札幌高裁に即時抗告し、今年一月に札幌高裁が福島の決定を取り消した。十月からは保安林の伐採も始まった。

十二月二十六日土曜日――

最高裁の裁判官会議の決定にもとづいて人事局長に据えられた弓削晃太郎は、ろくな準備をするまもなく、永田町で質問の矢面に立った。

衆議院の決算委員会が開かれている一室には、国会議員がぎっしりつめかけ、人事院、林野庁、会計検査院などの役人たちが、答弁席の背後に並べられた参考人席にすわっていた。

「……人間は何人も思想、信条があるわけであり、憲法も保障しているわけでありますけれども、思想、信条によって採用の基準に考慮を加える、こういうことはございますか？」

社会党の華山親義が質問に立っていた。山形一区選出で当選三回の議員である。

「そのようなことは、もちろんございません」

緋色の柄物のカバーがかけられ、三本のマイクが置かれた答弁席に立った弓削が答える。

「そう致しますと、思想、信条というふうなことで、ある種の団体に入っているということもあり得るわけです。裁判所のいろいろな法規から見れば、裁判官は政党に入った際も、それだけでは差し支えない、そういうふうな団体に加入している、そういうことによって司法修習生の採用の基準に影響がございますか？」

「修習生を採用致します際に、その団体加入の有無等を調べたことはございませんし、そういうことで区別をしたこともございません」

答弁する弓削を、斜め後ろの参考人席から吉田豊事務総長ら、最高裁事務総局からの出席者五人がじっと見守っていた。

「現在もそのご方針でいらっしゃいますか？」

「そのとおりでございます」

「それで過日、いろいろな新聞等で最高裁の問題が報じられておりますので、わたしもそれについて大変な問題だなと思ったのでございますが、今のお話によりますれば、青法協という団体がありますけれども、これに加入しているというふうなことによって、採用について影響が出るというふうなことはないわけでございますね？」

「青法協に加入しておるということで、そのことによって採用に区別をするというようなことはございません」

弓削は、最高裁の公式見解に忠実に沿って、答弁を続けた。

昭和四十六年一月八日――

灰色の曇り空の下の東京の街では、北東寄りの風が吹き、一月らしい寒さだった。

千代田区紀尾井町の司法研修所の一室で、弓削晃太郎は、二十三期の修習生四百数十人と向き合った。

最高裁事務総局による任官説明会であった。「任官差別・分離修習を許さぬ会」は、あらかじめ、会を弓削人事局長による一方的な説明に終わらせず、修習生の不安や疑問に答えさせようと計画を立てた。そのため、裁判官任官希望者は六十人あまりにすぎないにもかかわらず、四百数十人にも上る修習生が会場につめかけた。

任官説明をするだけのつもりで司法研修所に赴いた弓削は、圧倒的多数の修習生たちが、青法協加入問題をはじめとして、採用基準についての不安や疑問を次々と口にするにおよんで、これを無視できず、二十分以上にわたって耳を傾けざるを得なかった。

一月中旬——

冬の大阪の空は寒々と晴れ渡り、大阪地裁の建物の正面左手にある「佐賀藩蔵屋敷跡」という御影石の碑が明るい朝日を浴びていた。北西寄りの風が強く、明け方の気温は、五、六度だった。

黒いコートを着て、裁判関係書類の風呂敷包みを手に提げた村木健吾は普段より早く出勤した。

裁判官室に入ると、お世話係の森本さんが、そばの給湯室で淹れたお茶を持ってきた。

「お早うございますぅ。今日は早いですね」

「お早うございます。いつもすいません」

村木は目の前に置かれた湯呑みに手を伸ばす。

「今日は、何か大事なことでもあるんですか？」

「ええ。ちょっと大きな判決があるんです」

村木はやや緊張した面持ちでいった。

「ああ、そうなんですか。ご苦労さんですぅ」

森本さんは笑顔でうなずき、出入り口そばの自分の席に戻る。裁判官たちの仕事には深入りしないのが、彼女の流儀である。

村木は、熱い緑茶を二口ほど喉に流し込むと、いっそう気持ちが引き締まるような気がした。

引き出しの中から書類を取り出し、目の前に置いて、じっと見つめる。

犯行当時二十九歳の娘が、自分を獣欲の玩具にしてきた五十三歳の父親を過剰防衛行為で絞殺した尊属殺人事件に対する判決文の要旨で、村木が判決文とともに起案したものだった。

（いよいよ、違憲判決だ……）

体内でアドレナリンが分泌され、血流が速まる。

（果たして、世論はどういう反応をするだろうか……？）

尊属殺の重罰規定については、これまで広島や浦和の地裁で違憲判決が出されたことがある。しかし、最高裁の判断は合憲である。昭和二十五年十月十一日の大法廷で、福岡地裁飯塚支部の違憲判決に対し、補足意見一人、反対意見二人で合憲判決を出した。「憲法十四条でいう平等とは、人の自然的素質、年齢、職業、人と人との間の特別な関係の事情を考慮して、道徳的正義、合目的性などの要請により、適当な具体的規定をさまたげるものではない。尊属殺人は法が子の親に対する道徳的義務を重視した具体的規定である」というのが判決要旨だった。その後、最高裁大法廷は、昭和三十九年五月に再び合憲の判断をしている。

これに対して村木が起案した判決文は、「子が親を殺すことは、反社会、反倫理性が強く、尊属殺人罪として刑が加重される合理性はある。しかし、親が子を殺した場合には刑の加重規定がなく、尊属殺人罪は旧家族制度にもとづく不合理な差別規定であり、憲法でいう法のもとの平等に違反する」とした。

緑茶をすすりながら、村木は窓の外の晴れ渡った冬空を見上げる。

昨晩は心がざわついてなかなか寝付けず、両目が少し充血していた。

「お早うございまーす」

裁判官室のドアが開いて、右陪席の山口治雄特例判事補が出勤してきた。

コートを着て訴訟記録の風呂敷包みを提げた山口は、普段と変わった様子もなく、自然体だった。部屋の隅の洋服掛けにコートをかけ、村木の目の前の席にすわり、その日の予定に目をとおし始める。

やがて裁判長も出勤してきた。山口同様、普段とまったく変わらない雰囲気である。

「……ところで、山口君、『いちご白書』っちゅう映画観たか？」

背広姿で書類に目をとおしながら、裁判長がなにげない口調で訊いた。

「『いちご白書』ですか？　いえ、わたしはまだです」

山口は、首をふった。「部長は観はったんですか？」

「うん。きのう、帰りしな、映画館の前をとおったらやっとってな。これ観いひんかったら、家で一本判決書けるなあって、ちょい迷ったんやけど」

白髪まじりの頭髪を七・三に分けた裁判長が微笑した。

「ええ映画みたいですね」

「うん。若いもんのみずみずしい心情が伝わってきて、ちょい切なくなったなあ」

裁判長は穏やかな表情で緑茶をすする。

『いちご白書』はニューヨークのコロンビア大学で起きた予備役将校訓練課程校舎建設に抗議して起きた学生運動を描いた作品で、前年のカンヌ国際映画祭で審査員賞を受賞した。政治に無関心だったボート部の学生サイモンが、活動家の女子学生リンダに恋をしたところから、次第に学生運動に巻き込まれてゆくというストーリーである。

「講堂に立てこもった学生らが、警官隊に排除されるシーンが、彼らの挫折を象徴しているわけやけど、そのほろ苦さも青春みたいでよかったなあ」

村木は二人の会話を聞きながら、拍子抜けする思いだった。世間を揺るがすかどうかは分からないが、少なくとも司法界には大きな波紋を投げかける違憲判決を出す日である。てっきり裁判長も山口も意気込んでいるものと思っていたが、二人の様子は普段とまったく変わらず、違憲判決も、あまたある判決の一つにすぎないという感じである。

「ほな、そろそろ行きましょか」

合議事件担当の書記官をまじえて別の二つの事件について打ち合わせを行い、しばらく雑談や雑務をしたあと、裁判長が腕時計に視線を落としていった。相変わらず気負いも緊張もない。

村木は、背広の上から黒い法服を着て、裁判長、山口と一緒に、裁判官室をあとにする。法廷へ向かう裁判長と山口は、いつもどおりの自然体だった。温厚で人間味に溢れ、それでいて気迫のこもった訴訟指揮で審理を進めてゆく裁判長と、憲法と人権を護る使命感に燃える芯の強い山口。二人とも村木の尊敬する裁判官である。

（ああ、これが司法の独立なんだなあ……）

艶やかな絹の法服の裾を翻して歩く二人の後ろ姿を見ながら、深い感動を覚えた。

どこからも、何の圧力や影響も受けることなく、主張と立証だけにもとづき、三人の合議体で淡々と結論を出す。違憲判決のような大きな判決であろうが、軽犯罪のようなささいな事件の判決であろうが、憲法と法と良心のみにしたがうだけである。

大法廷に入ると、五十人ほどがすわれる傍聴席は八割がた埋まっていた。傍聴人の多くは、新聞や雑誌の記者のようだ。事件の凄惨《せいさん》さにかんがみ、報道は控えられてきたが、メディアや法曹関係者の間では注目を集めている。

「それでは、判決をいい渡しますから、被告人は前に立って下さい」

裁判長にうながされて立ち上がった女性被告人は、地味な灰色のセーター姿であった。短い髪はほつれ気味で、唇は薄く、痩せていた。今の年齢は三十歳である。

（この人は、幼い頃から、苦しみとともに生きてきたんだなあ……）

法壇から被告人の女性を見ながら、村木は胸がいっぱいであった。

「主文」

裁判長の声が凜と響き渡り、法廷が一瞬、固唾を呑むように静まりかえった。

「被告人に対し、刑を免除する」

次の瞬間、おおおおーっというどよめきが傍聴席から湧き起こった。何人かの記者が立ち上がり、慌てた様子で法廷外に出て行く。被告人の弁護を務める男性弁護士の顔に、ぱっと花が咲いたような晴れやかな笑みが浮かぶ。被告人の女性は、言葉の意味が咄嗟《とっさ》に理解できず、戸惑ったような顔つき。傍聴席に残った記者たちは、一言一句聴きもらすまいと、ペンを握りしめ、食い入るような表情で身構えた。「おい、違憲判決だぞ」という囁きが聞こえる。

「判決理由は少し長くなりますから、被告人はすわって聞いて下さい」

裁判長はいたわるようにいって、被告人をベンチ型の被告人席にすわらせた。

「理由、第一、被告人の生い立ちおよび本件犯行におよぶまでの経緯。被告人は、昭和十五年……」

裁判長は、八ページにおよぶ判決文の朗読を始める。

被告人の生い立ちに始まり、犯行に至るまでの生活、父子相姦の事実、犯行時の状況などが、村木の手になる無駄のない簡潔な文章で述べられる。続いて、「第二、罪となるべき事実」、「第三、証拠の標目」と進み、「第四、弁護人の刑事訴訟法第三百三十五条第二項の主張に対する判断」では、被告人が父親を殺害したのは正当防衛または緊急避難に該当するので罪にならないという弁護人の主張をしりぞけ、過剰防衛行為であるとした。そして、「第五、法令の適用」で、刑法二百条の「尊属殺」の規定は憲法十四条に違反しているので適用せず、刑法百九十九条に定める一般の殺人を適用して、有期懲役刑を選択するとした上で、①被告人は以前から父親に虐《しいた》げられて心身ともに疲れきり、犯行当時は心神耗弱状態であった、②殺された父親も「殺すなら殺せ」と両手を広げて抵抗せず、被告人に十分な殺意があったとは考えられない、③犯行後、すぐ近所の人に警察への通報を頼んだ、といったことから情状を酌量し、刑法第三十六条第二項(防衛の程度を超えた行為は、情状により、その刑を減軽し、又は免除することができる)を適用し、刑を免除するとした。

「……訴訟費用については、刑事訴訟法第百八十一条第一項但書を適用し、その全部を被告人に負担させないこととし、刑事訴訟法第三百三十四条により主文のとおり判決する」

裁判長が判決を朗読し終えると、静まりかえった法廷内に、安堵のようなため息が漏れた。

「被告人、もう一度前へ来て頂けますか」

朗読を終えた裁判長が、被告人を再び呼んだ。

「事件は被告人が悪かったわけではありません。裁判所としては、刑を科すのは忍びないと判断しました」

裁判長が語りかけると、被告人の女性の頬を涙がつたって落ちた。

「これからは、過去にとらわれることなく、強く生きて下さい」

「はい……」

女性被告人は、泣きじゃくりながらうなずいた。

その様子を見ながら、村木も胸がいっぱいだった。三人の合議体が知恵を絞って練り上げた違憲判決が、一人の不幸な女性を救ったのだ。

同じ頃——

霞が関にある最高裁の事務総長室で、弓削晃太郎は、リムの上部が黒縁の眼鏡をかけた顔に、驚きを浮かべていた。

「……ほんとうに、再任拒否をやるんですか？」

「うむ、たぶん、そういうことになるのだろう」

病院長のような風貌の事務総長・吉田豊がうなずいた。

「宮本が再任を拒否される可能性が高い理由は、何なんでしょうか？」

弓削は、再任を拒否される可能性が高いのは、熊本地裁の判事補・宮本康昭だと告げられた。

十三期の宮本は九州大学の出身で、修習生時代から青法協の会員である。昭和三十六年四月に福岡地家裁を振り出しに、新潟地家裁長岡支部、東京地裁を経て、昨年五月から熊本地裁に勤務している。任官十年目の判事補で、この四月に再任されると判事に昇格する。

「彼に対する最高裁の評価は低いのだ」

吉田はいった。

「理由は三つある。一つは、青法協裁判官部会の活発な活動家であること。二つめは、平賀書簡をマスコミに流した張本人である可能性があること。三つめは、東大事件の欠席裁判の方針に従わなかったことだ」

（ここまで政治的な人事をするのか……）

弓削は心の中で呻《うめ》いた。

石田和外最高裁長官のタカ派的手法は常軌を逸しつつある。宮本に関しては、むしろ良心に忠実で仕事のできる裁判官であると同僚たちから高く評価されていると聞いていた。

「確かに宮本は、青法協の熱心な会員のようですが……」

しかし、裁判官の青法協会員は三百五十人にも上り、熱心に活動しているのは宮本一人ではない。

また、今回、任官十年目の再任時期を迎える十三期の判事補で再任希望者は六十三人いるが、そのうち青法協会員は宮本を含め八人いる。

「平賀書簡について、宮本はなんといっているのですか？」

「宮本と親しい西村君が聞いたところでは、宮本は、『マスコミに流したのは自分ではない』といっているそうだ」

西村法は修習一期の裁判官で、最高裁事務総局で刑事局の一、二、三課長を歴任し、現在は、東京地裁の部総括判事を務めている。将来の刑事局長といわれ、最高裁事務総局と緊密な関係を保っている。宮本は熊本地裁の前は東京地裁刑事部に勤務し、西村と交流があった。

「宮本によると、『福島から平賀書簡について相談を受け、公表すべきだと助言はしたが、マスコミに流したりはしていない』ということだ」

「なるほど。……それでもなお、最高裁は、疑っているというわけですな?」

弓削の問いに、吉田はうなずく。

三つめの東大事件というのは、全共闘や新左翼の学生による安田講堂をはじめとする東大本郷キャンパス占拠事件のことで、昭和四十三年から四十四年にかけて起きたものだ。東京地裁では、六百人を超す学生被告が裁判にかけられたが、彼らは拘置所の便器にしがみついたり、全裸になって衣類を拘置所内の洗面所で水浸しにして着られなくしたりして、出廷に抵抗した。これに対して石田和外長官が欠席裁判を命じ、裁判所は次々と判決を下していった。そうした中、宮本が右陪席を務めていた刑事十六部(裁判長・浦辺衛《まもる》)は、「被告人のいない法廷は刑事裁判に値しない」として、欠席裁判をやらず、また、拘置所に出向いて出廷拒否の実情を調べたりした。

「欠席裁判をやらないというのは、石田長官から見ると、けしからんということなんでしょうが、合議事件ですから、宮本の一存だけで決められるものではありませんよね」

そうするには、三人の裁判官のうち、少なくとも二人が賛成しなくてはならない。

「確かに宮本の一存では決められない。だが、そうした方針に加担したのはまぎれもない事実だ」

「見せしめですか？」

石田長官を筆頭に、岸盛一最高裁判事、矢崎憲正事務総局次長ら、裁判所を牛耳る刑事裁判官グループの面々を苦々しく思いながら訊いた。

「弓削君、この問題はもはや我々の力のおよばないところにある。すべては最高裁の裁判官会議で決められることだ」

最高裁の最高意思決定機関は、十五人の最高裁判事からなる裁判官会議である。吉田も弓削も、その神々のしもべにすぎない。

三月下旬——

日曜日の夕方、村木健吾は、同僚の裁判官たちと一緒に、大阪市淀川区の十三《じゅうそう》にあるホルモン焼き屋で夕食をとっていた。近くの淀川河川敷の野球場で開いた、大阪地裁の裁判官の野球大会の帰りだった。

阪急電鉄の十三駅西口一帯は歓楽街で、狭い通りに串かつ、居酒屋、ホルモン焼き、てっちり、焼き鳥などの店が軒を連ねている。東京の上野や新大久保に似た、庶民的で猥雑な場所である。

「……せやけど、村木君の剛速球には参ったわ」

四十代の先輩裁判官が、苦笑いしながらコンロの上の浅い鉄鍋でミノ、コリコリ、ハチノスなどのホルモンを箸でつつきながら焼いていた。

「村木君、若いときに、野球やってたんか?」

隣りにすわった別の裁判官が訊いた。

「ええ、高校時代まで、ピッチャーでした」

「そら、すごいはずやわ。……ほい、できたで。大阪人の主食、ホルモン焼きや」

四人がけのテーブルの向かいにすわった先輩裁判官が、箸で一同に食べるよう勧める。

「おお、美味っ! こら、ごっつう美味いホルモンやなあ!」

生ビールで顔を赤らめた裁判官たちは、美味そうにホルモンをぱくつく。

「がっついたらあかんで。ホルモンっちゅうんは、酒飲みながら、ちびちびと食べるのがええんや」

「ほんまかいな?」

「ほんまほんま」

一同は愉快そうに笑い声を上げる。

店内は、上機嫌な裁判官たちで満員である。タバコを吸っている者も結構いて、裸電球の光の中で焼肉とタバコの煙が漂っている。壁には、ビール会社や日本中央競馬会のポスターなどが張られている。そばの踏切の警報機がしょっちゅうカンカンカンカン鳴り、電車が、ガタンガタン、シャー、ガタンガタンと音を立てて走り去る。

村木が鉄鍋の肉片の一つを口に運ぶと、脂ののった豚の内臓が香ばしく焼けていて、舌の上でほろほろと崩れた。東京でホルモン焼きを食べてもとりたてて美味いとは思わないが、大阪のホルモンは絶品である。

「ところで馬場さん、大丈夫やったんかいな?」

ホルモン焼きをほおばった裁判官の一人が訊いた。

大阪地裁の各部(三〜四人)がいくつかまとまって九人のチームをつくり、適当に試合をする親睦目的の野球大会だったが、地裁所長の馬場忠晴は、大声で全軍に檄を飛ばし、セカンドへの矢のような送球で盗塁を阻止し、バッターボックスでは常にフルスイングという奮闘ぶりだったが、走塁中に肉離れを起こし、救急車で病院に運ばれた。

「大丈夫、大丈夫。さっき松葉杖ついて、不甲斐ないおのれに悪態つきながら、帰りはったわ」

山口治雄が大きな声でいって笑った。

「馬場さん、阪神の選手になったつもりで走ってたんちゃうか」

「大の虎キチやからなあ」

「せやけど、阪神は去年もあかんかったなあ。今年はどないなるんやろ」

阪神は前年、七十七勝・四十九敗・四引分で、巨人に次いでリーグ二位に終わった。八月二十六日の対広島戦で主砲の田淵幸一が頭部に死球を受け、後半戦を欠場したのが響いた。

「阪神が優勝するんは、二十年かそこらにいっぺんやからなあ」

「そや。大阪人は、阪神の優勝三回見たら、死ぬねん」

山口の陽気な冗談に、一同は大笑いした。


ホルモン焼き屋での夕食のあと、村木は、若手判事補六、七人で、近くのトリスバーに行った。

昭和三十一年からやっている老舗バーは煉瓦造り。ドアを開けて入ると、長いカウンターが奥までまっすぐに延びていて、チョッキ姿のマスターと女性バーテンダー二人が働いている。カウンターの背後の棚にはウィスキー、ラム、ウォッカ、各種リカーの瓶がずらりと並び、ホワイトボードに、ステーキサンド、自家製コンビーフ、キムチ・チーズ焼き、千枚漬けといったつまみの品書きがある。

「……どうも二十三期からも任官拒否が出るみたいやで」

村木の隣りにすわった山口治雄が、ホルモン焼き屋でのにぎやかさとは打って変わって、深刻な口調でいった。

「やっぱり、そうなんですか？」

ハイボールのグラスを目の前に置いた村木も顔を曇らせる。

「裁判官の採用面接でなあ、青法協の会員だけ、試験問題のような質問ばっかりされて、答えに対して『なんでそう考えるんだ？　間違っているんじゃないか』って、ねちねちやられたみたいやわ。弓削人事局長の差し金と違うか」

採用面接は、任地の希望を訊いたりするのが中心で、口頭試験のようなことをするのは異常だ。

任官拒否に対する修習生たちの警戒感は一段と高まり、新聞やテレビが彼らの動向を大きく報道し始めている。

一月二十八日には修習生大会が開催され、①不合理な理由による任官不採用者を出さない、②研修所や教官は修習生に対して青法協加入の有無の調査や脱会勧告をしない、③二月五日の公開説明会への弓削人事局長の出席を求める、という決議を賛成四百十二以上、反対三、保留二、棄権二の圧倒的多数で可決した。

しかし、二月五日の公開説明会に弓削人事局長は姿を現さなかった。会は修習生大会に切り換えられ、「二十三期から不合理な理由による任官差別を許すな」という弁護士署名を集めることを決議。これに対して、全国の約四千人の弁護士が応じた。

「十三期の再任拒否のほうも、嫌な雰囲気やしなあ」

山口は浮かない顔でハイボールをする。

裁判官訴追委員会委員長の中村梅吉（自民党衆議院議員）や、元裁判官の瀬戸山三男（同、

元建設相、のち法相)らが、場合によっては再任されないケースも出てくると発言していた。これに対し、毎日新聞が、あってはならないことであると社説で警鐘を鳴らし、青法協の弁護士学者合同部会も抗議声明を発表した。

「ところで村木君なあ、例の上席裁判官の公選制の話やけどな……」

山口が小声でいい、警戒するような視線を周囲に走らせる。

大阪の判事補会が提案した上席裁判官(所長代行)の公選制は、裁判官会議で一年以上にわたって議論されてきた問題だ。当初は、賛成の声が多く、すぐに可決されると思われたが、昨年秋くらいから、なぜか反対に転じる者の数が増えていた。

「なんか馬場所長がけったいな動きしとるらしいんや」

「馬場所長が?」

「うん。所長がな、中間派の裁判官たちを呼んで、提案に反対せえって多数派工作をしとるっちゅう噂があるんや」

「本当ですか!?」

青天の霹靂《へきれき》である。

「ほんまかどうかは、まだ分からへん。せやけど、ほんまやったら、ちょっと赦《ゆる》せん話やで」

数日後(三月三十一日)——

大阪地裁の裁判官室で、山口治雄特例判事補が、緊張した顔つきで、受話器から流れてくる声に耳を傾けていた。

「……はい、加藤芳文、清水徹、持田譲……」

ワイシャツにネクタイ姿の山口は、受話器を左手に持ち、右手でメモをとる。

向かいあった席で、その様子を見ながら、村木は深い失望感にとらわれていた。最高裁が二十三期の任官拒否をしたという連絡が、東京の青法協会員から入ったのだった。島の上座にすわった裁判長も心配そうな表情で、任官を拒否された者の氏名を書き留める山口の横顔を見つめている。裁判長は青法協会員ではないが、心情的にはシンパである。

「……分かりました。こちらでも早急に討議を行なって、最高裁に抗議文を送るようにします」

そういって山口は受話器を置いた。

「七人、任官拒否されたんか?」

裁判長が訊いた。

「はい。うち六人は青法協会員、残り一人は五十八歳の簡裁判事志望者で会員とはちゃいますけど、『(任官差別・分離修習を)許さぬ会』の発起人の一人で、任官拒否反対活動に熱心に取り組んでた人やそうです」

「こんだけ世論とか法曹界が反対してんのに、最高裁は強権的手法を改めへんのか……」

裁判長が失望感もあらわにいい、沈痛な表情の山口と村木は言葉もなかった。

翌日――

さらなる衝撃が司法界を襲った。

熊本地裁の宮本康昭判事補の再任拒否が、新聞で報じられたのだ。

最高裁は、これに先立つ三月十七、二十四、三十一日に裁判官会議を開き、第十三期の再任問題を協議した。二十四日の会議では、青法協会員裁判官について詳細な資料が提出され、一人一人について吟味が行われるとともに、彼らの再任を拒否するかどうかを巡って、田中二郎(元東大法学部長)、色川幸太郎(元大阪弁護士会長)、飯村義美(元東京弁護士会副会長)らリベラル派と、石田長官ら保守派の間で激しい議論が交わされた。三十一日は、宮本判事補に焦点を絞った議論がなされ、再びリベラル派と保守派が激しい議論を戦わせたすえに、再任拒否が決まった。

十五人の最高裁判事のうち十四人は、昭和三十九年から長期政権を維持する自民党のタカ派・佐藤栄作内閣によって任命された人々で、残る一人の石田長官は天皇に任命されているが、それは内閣の指名にもとづくものである。裁判官の再任に関して、自民党の望む結論が出るのは、ある意味で当然だった。

これに対し、弁護士会やマスコミだけでなく、裁判所内部からも抗議の声が上がり、最高裁は大揺れに揺れる事態となった。最初に、熊本県下の地裁、家裁、簡裁の裁判官三十二人のうち、地・家裁の両所長と宮本本人をのぞく二十九人の裁判官が連名で石田長官に要望書を提出し、「宮本裁判官は、勤務態度、健康、人柄ともに全く問題がないばかりか、事実認定能力、法理形成能力ともに卓越し、謙虚で自分がほめられることを本気で嫌い、言動の一致した良心的な人で、われわれが敬愛するところであり、職員の人望も厚い」とし、再任を求めた。

続いて金沢地裁、家裁、簡裁の裁判官十二名が要望書を最高裁の各判事に送り、福岡高裁管内の十三期の判事補全員からの要望書も最高裁に送られた。このあとも全国各地の裁判官から最高裁に要望書が続々と送られ、最終的に、(当時の)裁判官定員千八百五十人の三分の一にあたる約六百人の裁判官が要望書を提出した。また、宮本と同じ十三期の鈴木悦郎大分地家裁判事補は、宮本の再任拒否に抗議して再任希望を撤回し、辞職を申し出た。

四月五日――

東京は穏やかな南寄りの風が吹き、春らしく暖かい日だった。

千代田区紀尾井町の司法研修所で、第二十三期の修習終了式が行われようとしていた。おりからの司法の嵐で、毎年恒例の最高裁長官、検事総長、日弁連会長の祝辞は取りやめとなり、大講堂に集まった約五百人の教官と修習生の顔には、どことなく緊張感が漂っていた。

午前十時半、開会が宣言され、司法研修所長の守田直が祝辞を手に、正面壇上に登壇したとき、会場の一角から手が挙がり、発言の機会を求めた。二十三期のクラス連絡委員長を務める阪口徳雄《とくお》であった。大阪市立大学出身で、弁護士志望の二十八歳である。阪口の声がよく聞こえなかった守田は、自分の耳に手をあて、耳を澄ませた。

「マイクを使え！」

式に出席していた多島洋一が怒鳴った。

阪口は前に進んでマイクを借り受け、「任官不採用者に十分間だけ話をさせてほしい」と訴えた。

しかし、研修所の中島事務局長が直ちに式の閉会を宣言。同事務局長へ詰め寄ろうとする一部の修習生とこれを制止しようとするクラス委員、退出しようとする約五十名の教官が入りみだれた。終了式は修習生大会に切り換えられ、任官を拒否された修習生たちが口々に、任官拒否に納得できないと訴えた。

教官たちは午前十一時から午後三時まで教官会議を開き、阪口修習生の処分問題を討議。この間、クラス連絡委員会主催で約二百五十人の修習生が最高裁に抗議のデモを行い、五十五人の裁判官任官内定者のうち四十五人が、任官拒否理由の開示を求めて人事局に要望書を提出した。

午後六時半、石田和外最高裁長官は、緊急の裁判官会議を招集し、阪口の罷免を決めた。罷免理由は、裁判所法六十八条と司法修習生に関する規則十八条一号の「品位を辱める行状があったとき」であった。

陽がすでに落ちた午後八時二十五分、研修所の所長室に呼ばれた阪口に対し、守田所長から罷免の辞令が手交された。修習生を罷免されるということは、法曹になれないということであり、難関の司法試験を突破し、二年間の修習も終え、二回試験にも合格し、あとは終了証書をもらうだけの阪口にとって、これ以上の残酷な仕打ちはなかった。

心配して待っていた修習生たちのところに戻ってきた阪口は、きっと奥歯を嚙みしめ、胸のポケットから罷免辞令を取り出して読み上げると、悔し泣きに泣いた。

四月十三日——

永田町の国会で、午前十時三分から開かれた第六十五回衆議院法務委員会で、最高裁事務総局人事局長の弓削晃太郎が答弁に立った。弓削は、昨年暮れ、急遽人事局長に任命された直後の十二月二十六日(衆議院決算委員会)を皮切りに、年明け(昭和四十六年)の二月十七日(衆議院法務委員会)、三月三日(同)、三月十一日(参議院法務委員会)と、頻繁に国会質問の矢面に立っていた。

この日は、二十三期修習生のうち七人の任官拒否、宮本康昭判事補の再任拒否、阪口徳雄修習生の罷免という三つの事件が相次ぎ、各地の弁護士会が抗議集会を開き、マスコミも最高裁の強権的手法を批判し、裁判所内部からも一連の問題の再考を促す要望が殺到するという嵐の中での答弁だった。

最初に、自民党のタカ派で佐藤栄作首相とも親密な森山欽司議員が質問に立った。質問というより、最高裁の手法を是認し、後押しする発言が中心だった。

「青法協は、みずからは研究団体であると弁解しておりますが、実はこれにとどまらず、まさに政治団体であると断言してもよいのではないか。最高裁の見解を聞きたいと思います」

昭和三十五年から四十年ごろにかけて青法協が行なった、安保反対、政治的暴力行為防止法案反対、原子力潜水艦寄港反対、ベトナム戦争反対といった運動について言及してから、森山が訊いた。

「厳格な意味での政治団体といえるかどうかは問題でございますが、少なくとも政治的色彩の非常に濃い団体であるというふうに考えております」

弓削は、長身を両腕で支えるように答弁席に手をついて答える。

森山は納得顔でうなずき、質問者席で立ち上がる。

「青法協が政治的(色彩をおびた)団体であるというならば、これはもう新しく裁判官採用をするために面接する際には、検事と同様に、青法協加入の有無を訊くべきであると思うが、実際はどうなんですか。そのへんを伺っておきたい」

法務省は検事採用にあたって、面接の際、青法協加入の有無を尋ね、加入している者に脱会を勧告していた。今年度の不採用者は一名で、青法協会員だった。

「青法協に加入しておるかどうかということは、現在裁判官を採用するにあたって訊いておりません」

答弁する弓削を、背後の席から植木庚子郎《こうしろう》法務大臣と吉田豊最高裁事務総長がじっと見守っていた。言葉尻一つで最高裁が世論の袋叩きに遭ってもおかしくない危機的な状況だった。

「わたしは、先ほどの論理的帰結としては、当然新しく採用する人ぐらいは、訊くのが当然だと思うのでありますが、訊いていないというところに最高裁の姿勢の生ぬるさと申しますか、そういうものがある。わたしはそういうふうに感じます。もし加入の事実があれば、これは評定上のマイナス要素の一つとして考慮すべき事柄になる。その点はいかがですか？」

肉付きのよい丸顔に眼鏡をかけた森山は、檄を飛ばすような勢いで訊いた。

「ある人を採用するかどうかということは、あらゆる観点から検討し、討論されて決定されるべきものでございます。しかし、青法協の会員であるというだけの理由でもって採用しないことはない。このように申し上げたいと思います」

弓削は、事前に石田長官、吉田事務総長らと打ち合わせたとおり、慎重に答弁した。

森山に続いて質問に立った小澤太郎も自民党議員(山口二区)で、最初に、青法協の機関誌に投稿された天皇批判の記事を批判的に紹介したあと、二十三期の任官不採用問題について質問した。

「わたしは、一つ問題は、それならばそれ(青法協会員であること)以外のどういう理由があったのか。非常に重大な理由があったんじゃなかろうか。これが世間が心配しておる問題であります。それを最高裁はまさに貝のごとく沈黙しておる。これはいかにも最高裁が問答無用だ、あるいは切り捨てご免である、権力的な冷酷なものであるという誤解を国民に与えておるのであります。そこでわたしは、この理由をせめて本人になりとも知らしてやってはどうかと思うのです」

弓削が答弁席の前に立つ。

「人事というものは元来機密なものでございまして、その人がどういう理由で採用されたかということが申し上げられないと同様に、どういう理由でもって不採用になったのかということもまた申し上げられないものでございます。本人が希望すればいいではないかというのは、確かにごもっともではございます。しかしこれは、本人が希望するかどうかという個人的な問題ではございませんで、やはり人事行政はどうあるべきかといった一般的な問題であるというふうに考えております」

続いて質問に立った自民党議員・羽田野忠文(大分一区、弁護士)は、宮本康昭判事補の再任拒否について尋ねた。十年ごとに任期が到来し、再任されないということになると、裁判官の身分が不安定化し、裁判官の独立(すなわち判決内容等)にも影響するので、再任・不再任の決定にあたっては、裁判官の身分保障に対する配慮が必要ではないかと問うた。

これに対して弓削は、裁判官は、免官、転官、転所、職務の停止、報酬の減額等ができない非常に強い身分保障を受けており、その反面として任期制が採用され、裁判官の独善や沈滞、人事の停滞などを防ぐ役割を果たしていると答弁した。

阪口修習生の弁明を聞かずに罷免したのはいきすぎではないかとの羽田野の問いに対しては、弓削は、法律的には弁明を聞く等の手続き規定がなく、現行犯的な行為だったので、事実認定のために弁明を聞く必要もなかったと答えた。

四人目の質問者は畑和《はたやわら》であった。弁護士で、埼玉県議を二期務めたあと、埼玉一区から四回連続当選している社会党の有力議員だ。二・二六事件(昭和十一年)のとき、反乱部隊の歩兵第三連隊機関銃隊の二等兵だったため、一兵卒として警視庁占拠に参加したという変わった経歴の持ち主である。

「宮本判事補は、伝えられるところによりますれば、判決等の裁判能力も非常にすぐれておるというふうに聞いておりますし、また人柄等も非常によろしい。こういうふうに聞いております」

広い額に眼鏡をかけ、恰幅のいい畑は、厳しい表情で質問を始めた。

「したがって、宮本判事補の再任の拒否の理由がいったい何であるかというと、結局、青法協に加入しておったということが理由ではないか。少なくとも理由のうちの大きな理由ではないか。こういうふうに考えられるのでありますが、その理由を明らかにしてもらっておりません。先ほど、人事局長の答弁はありましたけれども、わたしは到底それによって満足するものではないのであります」

参考人席から長身の弓削が立ち上がる。

「先ほども申し上げましたように、再任を拒否致しました理由につきましては、これは人事の機密に属することでございますので、一切お答えができかねる次第でございます。ただ申し上げられますことは、これも先ほど申し上げたことでございますが、青法協の会員であるというだけの理由ではございませんということでございます」

「人事の秘密、人事の秘密とあなた方はいいますけれど、一体どうして人事の秘密だからといって全然公開できないんですか⁉」

畑の声が大きくなる。

「本人が理由を明らかにしてほしい、こういっているのですよ。そして世論もここまで注目をし、関心をもっておるときでありますから、せめて本人に対してだけでも、明らかにしなければいかぬとわたしたちは考えるのですが、どうなんですか？」

「先ほどらい申し上げておりますように、どういう理由でこれを採用したのかということにつきましても、やはり申し上げられませんのと同様に、どういう理由で不再任としたのかということにつきましても、やはり申し上げることはご遠慮させて頂きたいということでございます」

「最高裁の秘密主義がぼくは分からない。秘密主義、閉鎖主義、それがまた最高裁の大きな体質だと思うのです。その体質から、最近のこの一連の問題も出ておるとわたしは思う。ともかく、あなた方がいくら強弁しようとも、青法協だけをもって再任拒否の理由にしないといったりしておりますけれども、今度の例を見ましても、われわれの懸念がここで実際のものとなったわけです」

畑の怒りはおさまらない。

「わたしは、思想、信条の自由、団体加入の自由という憲法の基本を、むしろ最高裁が踏みにじっているというふうに理解せざるを得ない。それからさらに阪口君の場合について申し上げますが、終了式での阪口君の行動は、新聞紙上等にも報じられておりますし、わたしもまた阪口君自身からも聞いております。阪口君はちゃんと丁寧に三度もお辞儀をして、任官を拒否された七人に発言の機会を与えてくれ、こういうことを申し上げて、その上でマイクをもってしゃべり始めたということなんであります。そのあと、事務局長が式の終了を宣言したということによって、べ平連(ベトナムに平和を！　市民連合)に関係しておった一部の修習生が騒いだ。それをむしろ阪口君が押さえた。阪口君はクラス委員長として押さえた。それだのに、その阪口君に対して極刑をもって臨んで、罷免とは何事ですか⁉　あまりにも情がなさすぎるとわたしは思うのです。(阪口君は)もう法曹としての資格がなくなってしまうということになるわけだ。わたしはこういう態度はけしからぬと思う」

参考人席の吉田豊最高裁事務総長らは、能面のような表情で畑の話を聞いている。

「官報にも、(阪口君は)もう修習を終了したものということで掲載をすでにされておる。ところがあなた方は、終了式が終わらなければそういった資格はないのだというような見解で、官報は間違っていたのだからということで、官報の掲載からまた削除をしたというふうに聞いております。そういうことで一体いいのでしょうか？　あなた方は法律家ですよ。それで一体いいのでしょうか？　三百代言みたいなやり方を最高裁はやっているのじゃないか。この阪口君のごときは、まさに狂気の沙汰ですよ。まことに血も涙もないやり方だ」

法務委員会の室内に畑の怒りの声が響き、参考人席の吉田や弓削は、凍りついたように無表情のままだった。

その晩——

任官二年目の東京地裁民事部の判事補・津崎守は、四月一日付で東京地裁に配属された新任判事補たちと一緒に居酒屋のテーブルを囲んだ。千代田区平河町二丁目にある海運関係のビルの地下一階の店だった。

白い文字で店名を染め抜いた暖簾《のれん》がかかっている入り口は小さく、初めての客にはどことなく入りづらい印象を与える。

オレンジ色の電灯が点る店内は、壁にべたべたと品書きが張られ、サラリーマンたちの話し声や笑い声がこだましあう典型的な安酒場である。それぞれのテーブルは衝立《ついたて》で仕切られていて、秘密が保ちやすく、最高裁事務総局や東京高裁・地裁の裁判官たちがよく利用している。

生ビールで乾杯したあと、新たに東京地裁に配属された新任判事補たちが自己紹介を始めた。

「……斎藤浩と申します。よろしくお願い致します。出身は、北海道の函館です」

今年、東京地裁に配属されたのは六名で、うち四名が東大卒である。

「黒沢葉子《くろさわようこ》と申します。よろしくお願いします。出身は東京です」

六名の新任判事補のうち紅一点の女性が挨拶した。

短めのストレートの黒髪に眼鏡をかけており、細面で一見険のある面立ちだが、大きめの唇がピンク色でつやつやしている。

(この女が裁判官……)

津崎は、黒沢の姿に、これまで見てきた裁判官たちとはまったく異質なものを感じた。

自己紹介が終わるころには、刺身の盛り合わせ、イカ団子揚げ、焼き鳥、ごま豆腐といった肴が運ばれ、タバコを吸い始める者も現れた。

隣りのテーブルは霞が関の役人らしい男たちで、二日前の統一地方選挙で再選した美濃部亮吉東京都知事の政策がいいとか悪いとか話し合っている。

「……ええと、それで、今やっている研究会なんですが……」

津崎の同期の男が、現在、東京地裁の裁判官有志でやっている判例研究会や、令状発行に関する難しい事例を集めての研究会、一年目の判事補が講師をする書記官研修所入所試験の勉強会などについて説明する。

六人の新任判事補たちは、酒を飲んだり肴を口に運んだりしながら、熱心に話を聞いており、手帖にメモをとっている者もいる。唯一、黒沢葉子だけが、興味のなさそうな顔つきで、手酌で熱燗をぐいぐいやっていた。スリムな身体を包んだ真っ白なブラウスに下着の線がくっきり浮き上がっていた。

「……大きな行事としては、民事部と刑事部でそれぞれソフトボール大会があります。

それと六月に、裁判官会議のあとで民事部と刑事部の一泊旅行があって、今年は、民事部は熱海、刑事部は伊豆の修善寺に行くことになってます」

津崎の同期の男が、手帖を見ながら説明を続ける。

「えーと、それで、旅行では、新任判事補が出し物をやるのが慣例で……」

津崎は生ビールを飲みながら話を聞く。

「でまあ、やるのはだいたい時代劇ですね。ちょんまげかぶって刀差してみたいなのがウケるので。ぼくらも去年は忠臣蔵をパロった寸劇をやったんですが……」

「えーっ、そんなことやるんですか⁉」

熱燗で顔を赤らめた黒沢葉子が突然声を上げた。

「わたし、そんなのやりたくありません！」

「いや、やりたくないといっても、これは毎年の恒例だから……」

「若い女性がちょんまげかぶって刀差してなんて、できるわけないじゃないですか！」

「いや、まあ、女性はちょんまげじゃなくて、その、えーと、まあ、お姫様とか……」

「お姫様でも、そんな馬鹿みたいなお芝居やりたくありません！」

「いやまあ、そういわず……」

「そういうことを強要するんでしたら、強要罪で告訴します！」

「いや、しかし、強要罪の構成要件は、害悪の告知や暴行だから……」

「刑事じゃなくても、民事で精神的苦痛に対する慰謝料を請求します」

「うーん、確かに民事ならできるのかなあ……。でも、これはまあ、お遊びだから」

ほかの二年目の判事補たちもとりなそうとするが、黒沢葉子は頑としてかぶりを振るだけだった。

結局、ここで何らかの約束をさせる必要もないので、六月に旅行があるということを伝えるだけにして、次の話題に移った。

「津崎、知ってるか？　あの黒沢って女、相当なつわものらしいぞ」

二年目の判事補たちからの申し送り事項がひととおり済み、それぞれそばにすわった者たちとの歓談になったとき、隣りにすわった同期の男が小声でいった。

「つわもの？」

「子どもが一人いるそうだ」

「えっ、子ども……⁉」

津崎は驚いて、黒沢葉子に視線をやる。

いわれてみれば、妙な艶《なまめ》かしさがあり、そういうこともあるのかと思わせられる。

「学生結婚で子どもをつくったんだが、結婚生活に飽きたりなくなって、旦那と子どもを捨てて家を出て、司法試験の勉強を始めたんだそうだ」

「ほおーっ……」

「それが大学四年のときで、一浪で司法試験に合格したそうだから、頭は相当いいんだろうな」

そういって同期の男はタバコをふかす。

「司法試験の成績自体はたいしたことなかったらしいが、修習中は裁判教官に密着して、甘い点数をつけてもらったらしい。中央大学出身で、しかも女で、初任地が東京地裁というのは破格だろう」

「密着したっていうのは？」

「あんなふうにしたんだろう」

同期の男の視線の先を見ると、黒沢葉子が、隣りにすわった新任判事補の男にしなだれかかるようにして、相手の猪口に熱燗を注いでいた。

（芸者顔負けだな……）

「しかも、裁判官になるために、青法協や『許さぬ会』とはいっさい関わりをもたず、最高裁に対する要望書や抗議行動にもまったく参加していないそうだ」

「ふーん……徹底しているねえ」

5

五月中旬――

金曜日の夜十一時すぎ、仕事を終えた村木健吾は、大阪府池田市にある官舎に帰宅した。

日中は次々と押し寄せてくる公判の準備に追われ、落ち着いて仕事ができるのは夜の六時か七時頃からで、裁判所を出るのはいつも午後十時すぎである。夕食はパンと牛乳や、裁判所の近くの蕎麦屋で済ませることが多い。

大阪地裁の裁判官用宿舎は、天王寺区味原町(味原宿舎)、北区与力町(与力町宿舎)などにあるが、村木はやや遠い池田市五月丘《さつきがおか》の五月丘宿舎に住んでいる。大勢の裁判官とその家族が住む団地のような建物で、定時で登退庁するときは、地裁のマイクロバスで通勤するが、そうでない時は電車とバスである。大阪地裁から阪急梅田駅まで歩いて十分強で、そこから電車で池田駅まで約二十五分、駅を降りてからはバスに十五〜二十分乗るので、待ち時間も入れると、片道一時間強の通勤路だ。

「ただいまー」

「おかえりなさい」

起きて待っていた妻の明恵が村木を出迎えた。二歳になった長男はすでに寝ている。

「お風呂にしますか?」

「うん」

村木は、訴訟記録の風呂敷包みを明恵に渡し、風呂場へと向かう。汗ばんだ身体が月曜日からの疲労で重かった。明日は土曜日で、半ドンである。

風呂から上がり、居間の掛け時計を見ると、十二時になるところだった。

パジャマ姿で食卓にすわり、夕刊を広げた。

（ほう、今日はずいぶん出来事が多い日だったんだなあ……）

紙面を見ながら、村木はコップの冷えたビールを口に運ぶ。

横綱大鵬が引退届を相撲協会に提出し、受理されていた。「巨人、大鵬、卵焼き」（子どもの好きなもの）といわれ、通算優勝回数三十二回の大横綱だ。

別のページには、昭和三十四年から日朝両赤十字社が続けている在日朝鮮人の帰還事業で七十六世帯・二百二人が新潟港から出航するという記事。

札幌地裁では、長沼ナイキ訴訟の第十回口頭弁論が開かれていた。この日は、緒方景俊自衛隊航空幕僚長が自衛隊の規模、装備、ナイキ・ハーキュリーズの性能などについて証言した（爆弾保有数や投下訓練の回数については、国家機密であるとして証言拒否）。

村木の関心をもっともひいたのは、津地鎮祭事件に関して、名古屋高裁が違憲判決を下したという記事だった。津は実務修習をした土地で、裁判のこともよく知っていた。

〈公費の神式地鎮祭　信教の自由侵す　名古屋高裁が違憲判決〉

見出しを見て、村木は軽い驚きにとらわれる。

一般的に、地裁よりも高裁のほうが判断は保守的で、この種の行政事件の場合、行政側を勝たせることが多い。中でも東京高裁は「鉄壁の守り」といわれ、住民側は闘う前から無力感にとらわれる。ところが、この事件では、一審の津地裁が行政側を勝たせ、控訴審の名古屋高裁がそれを覆す判決を出していた。

事件の発端となったのは、昭和四十年一月十四日に、三重県津市で市立体育館建設のため、市役所の主催で行われた地鎮祭である。市は、地鎮祭を執り行なった大市神社(津市岩田六丁目)の宮司への謝礼四千円と供物代金三千六百六十三円を公費で支払った。これに対し、共産党の市議が「地鎮祭はあきらかに宗教活動であり、それを官公庁が主催するのは憲法の政教分離に反し、宗教的儀式に公金を支出するのは憲法二十条(信教の自由、国の宗教活動の禁止)と八十九条(公の財産の支出理由の制限)に違反する」として、市長を相手どって、七千六百六十三円の返還などを求めて提訴した。

昭和四十二年三月に津地裁が出した一審判決は、当該地鎮祭は、宗教活動ではなく「習俗」であるとして、原告の請求を退けた。

その後、審理は名古屋高裁に移り、佐藤功上智大学教授(憲法)、和歌森太郎東京教育大学教授(歴史・民俗学)、大石義雄京都大学名誉教授(憲法)をはじめ、憲法学、民俗学、宗教学の専門家が鑑定人や証人として意見を述べ、問題が多面的に掘り下げられた。

この日の判決で名古屋高裁民事第三部は、津市長に対し、憲法で保障された信教の自由や政教分離に違反したとして、七千六百六十三円と年五分の金利の支払いを命じた。

判決は、政教分離の原則に関係がない「習俗」とは、少なくとも三世代以上にわたって民間に伝えられ、定型化された慣行で、国家の規制を受けないものをいうとし、ある行為が習俗であるかどうかは、①主宰者が宗教家であるかどうか、②式次第が宗教界で定められたものかどうか、③行為が一般人に違和感なく受け入れられる程度に普遍性を有するかどうか、の三つによって判断されるとした。

その上で、本件地鎮祭は、①主宰者は神職、②式次第は神社神道固有の祭式にだいたいしたがっている、③本件地鎮祭は、各人の宗教的信仰にかかわらず、抵抗なく受け入れられるほど普遍性をもつとはいえないとし、習俗ではなく宗教的行為であると結論づけた。

(判断が難しい事件だが……よく違憲判決を出したもんだなあ)

紙面に判決要旨が掲載されていたが、いちいちうなずける内容だった。伊藤淳吉という名の裁判長は、大日本帝国憲法時代からの裁判官のようだ。

(名古屋の裁判所は、西にも東にも与《くみ》しないというが……)

札幌の裁判所は東京の直轄地、大阪は反東京の旗手、九州はモンロー主義だが、名古屋はおっとりしていて、西にも東にも与しないといわれる。

(判決とは、かくあるべきだなあ)

一週間の疲れも忘れ、心地よい酔いの中で記事を読みふけった。

六月の終わり――

妹尾猛史は、国鉄富山駅から南に二キロメートルほど行った場所にある富山地裁の建物脇から裏手付近に集まった数百人の人だかりの中にいた。

空は灰色で風はほとんどなかった。湿気が高く、じっとり汗ばんでくるような陽気である。遠くには立山連峰の青い峰々が屏風のように聳《そび》えている。

周囲には、鉢巻をした人、マイクを手にした支援者、車椅子に乗った背中の曲がった老婆、被告会社の社員など、さまざまな人々がつめかけていた。亡くなった患者たちの遺影を胸に抱いた人たちもいる。カドミウムなどの重金属類によって全身の骨が侵され、リュウマチに似た痛みに襲われて、「痛い、痛い」と呻きながら死んでいった人々の遺影である。

イタイイタイ病訴訟第一審の判決がいい渡されるところだった。

訴訟は、富山県神通川流域の婦負《ねい》郡婦中《ふちゅう》町を中心とした地域の患者ら二十八人(その後、死亡した患者の遺族を加えて三十一人)が、カドミウム発生源とみられる上流の神岡鉱業所(岐阜県吉城《よしき》郡神岡町)を操業する三井金属鉱業を相手どり、総額約六千二百万円の慰謝料を求めて三年前(昭和四十三年)に起こしたものだ。

富山地裁のそばにつめかけた約五百人の人だかりの中には、地元テレビのクルーや大勢の新聞記者たちも混じっていた。四大公害訴訟の最初の判決なので、メディアの注目度はいやが上にも高まっている。

訴訟の最大の争点は、イタイイタイ病とカドミウムの因果関係である。被告の三井金属鉱業側は、「カドミウムの進入経路、摂取量、体内でイタイイタイ病を発生させる順序が具体的に明らかにされない限り、カドミウムと病気との因果関係が立証されたとはいえない」とし、また、鉱業所は廃水処理設備をもっているので大量のカドミウムは排出していないと主張してきた。

これに対して原告(患者)側は、「加害行為と被害の発生との間に因果関係を推定させるに足りる事実があり、この推定を覆すだけの反証のない限り、因果関係を認め、企業に責任を負わせるべきである」という蓋然《がいぜん》性の理論で反論した。

徐々に強まる日差しの中で、熊のような髭面の妹尾は腕時計に視線を落とす。

時刻は、午前十時をほんの少しすぎたところだった。

判決いい渡しは午前十時からの予定である。妹尾が勤める新橋烏森法律事務所の西野政和弁護士は、約五十人からなる原告・弁護団の一員として一〇九号法廷の原告席にいる。

(もう、そろそろかなあ……)

妹尾は、富山地裁のビルを見上げた。

茶色い四階建てのビルで、屋上に日の丸の旗がへんぽんと翻っていた。前の通りの街路樹はスズカケノ木で、付近には、弁護士事務所や司法書士事務所のほか、西田地方《にしでんじがた》小学校、南部中学校、北陸銀行の出張所、洋品店、美容院などがある。

人々は、一刻も早く判決の知らせを受けられるよう、一〇九号法廷に近い、ビルの西側の脇から裏手付近に集まっていた。

三階南側の窓の一つが開いた。

(おっ！)

指でVサインをつくった左腕が窓からぐいと突き出され、眼鏡をかけた男が笑顔を見せた。

「おおーっ！」

「勝った！　三井に勝ったぞ！」

周囲でどよめきと拍手が湧き起こった。

窓からもう一本、Vサインが突き出された。開襟シャツの腕に腕章がついているので、報道関係者らしい。続いて、「原告勝訴」という黒々とした文字の垂れ幕が投げ下ろされる。

「ばんざーい！」

「ばんざーい！」

人々は抱き合い、肩をたたきあい、ハンカチで目頭を押さえ、亡くなった患者の遺影を高く掲げる。頭上で、大きな布にくっきりと書かれた「原告勝利」の文字が揺れる。

「ただ今、歴史的判決が下されました」

マイクを手にした男性キャスターが、カメラに向かって高揚した表情を向けた。

「明治の足尾銅山鉱毒事件以来、わが国の公害闘争は、住民側の敗北の連続でした。しかし、今日、初めて、住民側が、この種の大規模訴訟で企業を破ったのです」

しばらくすると判決を聞き終えた原告団と、熊本県水俣市や新潟県阿賀野川流域など、公害に苦しむ各地から駆け付けた傍聴の人々が正面玄関に姿を現し、大きな拍手を浴びた。コメントをとろうと新聞記者やテレビのクルーが駆け寄る。

「妹尾君、お疲れ」

西野政和弁護士が姿を現した。

長めの頭髪の細面が晴れやかであった。いつもどおり細身をピンストライプのスーツで包み、黒革のダレスバッグを提げていた。

「予定どおりの勝利ですね」

「まあな。午後から報告集会や今後の打ち合わせがあるけど、いったんホテルに帰ろう」

二人は人だかりを離れ、近くの通りでタクシーを拾った。

「はー、これでもう、あとは芋づる式だなあ」

富山駅近くのホテルへと走り出した車のリアシートにもたれ、西野がほっとした声を出した。

今回の判決は、富山イタイイタイ病の第一次訴訟(最初に提起された訴訟)のもので、これ以外にも現在五つの訴訟(二次〜六次、原告総数四百八十三人)が進行中である。西野弁護士は、これらのほか、熊本の水俣病や四日市喘息《ぜんそく》など他の公害訴訟の原告弁護団にも加わっている。

「最高裁が主導してきた『疫学理論』を全面的に取り入れた判決だったんですねえ」

隣りにすわった妹尾が、裁判所で配られた判決要旨を見ながらいった。

判決は、イタイイタイ病の原因は、疫学的見地から見ると、カドミウムに求めるほかなく、三井金属鉱業が廃水等を放出した行為と被害発生との間には、因果関係が存するものというべきで、科学的に厳密な究明は要しないとしていた。

「裁判官もサラリーマンだからなあ。最高裁がこうやれと、わざわざ方向性を示してる以上、それに反する判決は書けんだろうさ」

裁判では、昭和四十四年の暮れに、三井金属鉱業側が、カドミウムの人体吸収率と腎尿細管障害の関連性など四項目の鑑定を申請したが、裁判長は却下した。果てしない科学論争に入るのを避け、早期に患者を救済しようとしている兆候で、原告側は勝利を予感した。

「裁判長も歴史に名を残せてよかったんじゃないの」

裁判長の岡村利男は京都出身の修習八期(昭和二十九年〜三十一年)で、任官は三十五歳と遅い。これまで大阪地家裁、福井地家裁、千葉地家裁、名古屋地家裁、富山地家裁と、現場ばかりの地味なキャリアを歩んできた。名古屋で十年目の再任時期を迎えて判事になり、昨年、富山地裁で部総括判事になったばかりである。

「ところで妹尾君、論文式の勉強は進んでるか?」

「はあ、一応やってますが……」

司法浪人一年目の妹尾は、五月に短答式試験を受験し、自信がなかったにもかかわらず合格し、七月中旬に論文式を受験する。しかし、今の力では、準備が間に合わず、合格は到底無理だと考えていた。本来、寝る間も惜しんで論文式の勉強をしているはずの時期だが、イタイイタイ病の判決を聞きに来たのも、そうした事情からだった。

「まあ、確かに、今年はちょっと無理かもなあ」

西野弁護士は、ときどき妹尾の答案を添削しているので、実力のほどは分かっている。

「とはいえ、試験は何が起きるか分からないし、まあ、とりあえず頑張ってみたら」

その晩——

大阪地裁では、百人あまりの裁判官たちが集まって月例の裁判官会議を開いた。

会議室は水を打ったように静まり返り、判事補会のリーダー格である山口治雄特例判事補の声だけが響き渡っていた。

「馬場所長、わたしは、あなたを見そこないました！」

椅子から立ち上がり、まっすぐに伸ばした人差し指を馬場に向けた山口の顔は、怒りで青ざめていた。

「あなたのやり口は汚い！　大阪地裁の民主的伝統を土足で踏みにじってます！　人として、裁判官として、あなたは恥ずかしないんですか⁉」

会議室の正面中央に、裁判官たちと向き合う形ですわった所長の馬場忠晴は、鋭い光をたたえた両目でじっと山口を見ていた。

「わたしら判事補会が提案した上席裁判官の公選制に関して、中間派の裁判官たちを呼んで、提案に反対せえって、恫喝《どうかつ》まじりに説得してるらしいやないですか」

それは山口や村木が調べて判明した事実だった。

馬場は、上席裁判官公選制に反対しないと、昇進や転勤に影響が出るぞと、中間派の裁判官たち一人一人を脅していた。裁判官の多くは権力に弱い役人なので、馬場の工作にやすやすと屈し、反対派に転じた。

「大阪地裁は、何でも正々堂々と議論して決めるのが伝統やったでしょう？　それは昔ここで働いてたあなたもよう知ってるはずです。正々堂々議論して、それであなたのいい分に理があるんやったら、わたしも納得します。せやけど、こんな汚いやり口は絶対許せません！」

馬場を激しく糾弾《きゅうだん》する山口を見ながら、村木はその勇気に感動した。裁判官たちの人事評価をし、昇進や異動にも大きな影響力をもつ所長に対して、よくぞいったという気持ちである。その一方で、今後、山口が人事上不利な扱いを受けないか、いいしれぬ不安感もあった。

「馬場所長、あなたは、上席裁判官公選制だけやなく、宮本康昭判事補に関する決議案にも、反対せえって、圧力かけてるみたいですね」

宮本判事補の再任拒否が明らかになった直後から、大阪地裁の裁判官会議では、最高裁に理由を明らかにするよう要望書を送るべく、議論がされていた。全国の多くの裁判所が直ちに結論を出して最高裁に要望書を送っていたので、山口らは、決議はすぐにできるものと思っていた。しかし、反対派が予想外に多く、議論はいまだに続いている。

「結局あなたは、今までの所長は手ぬるいから駄目やということで、大阪を制圧するために、最高裁から送り込まれた工作員だったちゅうわけですね？　ちゃいますか？」

馬場は、戦後の大阪を代表する実力派の裁判官であり、ある意味で、最高裁の切り札になり得る大物だ。

激しい口調でなじられている馬場の浅黒い顔にはほとんど変化が表れない。ただ、鋭い眼光で、山口をじっと見ているだけだった。その目には、暗くて深い沼のような光がたたえられていた。

「わたしは、あなたは大阪地裁の所長にはふさわしない思います。少なくとも、こうした手法を使うんでしたら。……是非、この点を、一回考えてもらいたい思います」

ぴしりといって山口は、席にすわった。

第四章　獅子座の女

1

年が明けた(昭和四十七年)一月中旬——

忙しさが一段落した夕方、村木健吾は、大阪地裁の民事部の裁判官室のソファーで、同期の判事補・須藤正文と話をしていた。

窓の外はもうかなり暗く、建物の前の通りには街灯が一定間隔で点っていた。

「……うん、これでいいんじゃない」

東大卒で民事部の左陪席を務めている須藤が、数枚の原稿用紙を検《あらた》めてうなずいた。青年法律家協会裁判官部会の会報『篝火』に掲載する、司法のあり方についての投稿で、村木が書いたものだった。

「じゃあ、よろしく頼む」

村木の言葉に須藤はうなずく。村木同様、青法協の熱心な会員で、大阪地裁で原稿の取りまとめ役をしている。

「ところで、村木さあ」

須藤が原稿を茶封筒に戻し、面白くなさそうな表情で切り出した。

「馬場所長は、所長就任以来の勲功で、高裁の部総括を飛び越して、次は高裁長官って話があるらしいぞ」

「なるほど……。確かに、最高裁にとって、馬場所長は最大の功労者だよな」

一年半以上にわたって議論された上席裁判官公選制も、宮本判事補不再任の理由開示の要望書を出す決議案も、昨年後半、馬場所長の多数派工作によって葬られた。

「特に、上席裁判官公選制のほうは、最高裁も相当神経を尖らせていたらしいから、きっと安心したことだろうな」

村木も浮かない表情でいった。

「馬場所長は、勢いに乗って、青法協の脱会工作も進めているらしい。……お前、何かいわれたか？」

全国各地の裁判所で、最高裁の命を受けた長官や所長が、裁判官の脱会工作を進めている。

「いや」

村木は首を振った。「俺は山口さんの一の子分みたいに思われているから、話しても無駄だと思ってるんだろう」

「その山口さんだけどな、こないだ馬場所長が、何人かの裁判長と飲んだとき、『俺の目の黒いうちは、絶対にあいつを大阪に戻さん』って息巻いてたらしいぞ」

「その話は、俺も聞いた」

「山口さん、この四月で大阪に来て三年だから、転勤の時期だよな」

「うん……」

二人は、嫌な予感にとらわれ、押し黙った。


同じ頃――

「津崎君、ちょっといいかね？」

東京地裁民事部の裁判官室で仕事をしていた津崎守に裁判長が声をかけ、部屋の隅にあるソファーを目で示した。

「あなたに異動の内示だ」

薄い頭髪にきちんと櫛を入れた裁判長は、金縁眼鏡の両目をまばたきもせずにいった。

「えっ、異動の内示？」

新任判事補は初任地で三年勤務するのが普通で、二年で異動というのは、あまり例がない。

「事務総局人事局の局付だ。栄転だね」

裁判長はにっこりした。

裁判所では、かなり早い時期から出世する裁判官とそうでない裁判官が分かれる。一番の出世コースは最高裁事務総局勤務で、それに続くのが法務省への出向などだ。津崎のように、若くして最高裁事務総局の局付(課長や参事官の下で課長補佐や係長の上)に選ばれると、その後は、三年おきくらいに現場と事務総局を行き来し、最高裁の調査官や司法研修所の教官を経て、出世の階段を上がってゆく。なお、エリート組と現場のドサ回り組が早いうちから決まっているのは、検察庁でも同様である。

「異動は四月一日《いっぴ》だ」

裁判長は、津崎が断るなどということはまったく頭にない口調でいった。

「あなたはなかなか優秀だし、事件の筋読みもいいし、処理も速い。所長をつうじて人事局から打診があったときは、僕も太鼓判を押しておいたよ」

「はあ……有難うございます」

「人事局に入るということは、弓削局長の下で働くということだ。将来を考えれば、悪い話じゃない」

最高裁の威信を一身に背負い、青法協問題などの舵取りをする弓削晃太郎は、将来の最高裁長官の呼び声が高い。裁判長は、弓削の子分の一人になれば、お前の将来は約束されたも同然だといわんばかりの口ぶりである。有力幹部の子分になり、親分が出世すれば子分も出世するのは、裁判所も民間企業も同じである。

「それじゃあ、そういうことで。四月一日まで、しっかり働いて、うちの『売上げ』に貢献して下さい」

そういって所長はソファーから立ち上がった。


二月七日——

東京・新橋は、日本のサラリーマンのメッカである。

国鉄新橋駅周辺には、定食屋や喫茶店のほか、洋品店、金券ショップ、運動具店、薬・化粧品店、マッサージ店、診療所、時計店、貴金属店、印章・印刷屋、眼鏡屋、靴・鞄店など、サラリーマンが必要とするありとあらゆる店が集まっている。

汐留口《しおどめ》にある「新橋駅前ビル」地下一階の定食屋は、いつものように、付近の会社で働くサラリーマンたちで混み合っていた。

店内の一角にある白黒テレビが、大観衆を背景に、笑顔で表彰台の上から手を振る三人の日本人の男たちの姿を映し出していた。身体にぴったりしたそろいのスキーウェアを身につけた三人は、胸に色違いのメダルを下げ、オニツカタイガーのシューズをはいている。

白い帽子に白い防寒ジャケット姿の審判員や大会役員と思しい人々が並び、何人かのカメラマンたちがさかんにシャッターを切っている。

三人の男たちは、四日前に開会された札幌冬季オリンピックの七〇メートル級ジャンプで、金、銀、銅メダルを独占し、日本全体を熱狂と興奮のるつぼに落とし入れた「日の丸飛行隊」(笠谷幸生《かさやゆきお》、金野昭次《こんのあきつぐ》、青地清二)であった。

「昨日から、こればっかりですねえ」

焼き魚定食を食べながら、スーツ姿の妹尾猛史がいった。七〇メートル級ジャンプが開催されたのは、昨日(日曜日)である。

「わたし、お休みとって、オリンピック観に行きたかったんですけど……」

隣りにすわった秘書の原啓子さんが残念そうにいった。黒髪を短くカットし、目元のきりりとした三十代の女性である。

「まあ、稼げるときに稼いどかんと。そのうち、ハワイでもヨーロッパでも、どーんと連れてったるよ」

広い額に長めの頭髪、ピンストライプのスーツを着た西野政和弁護士がいった。

「ほんとですか……?」

原さんが西野弁護士を恨めしそうな目つきで見る。

「ほんとほんと。この公害関係の仕事が一段落したあかつきには……。なあ、妹尾君」

西野は、一瞬視線を泳がせたあと、妹尾にふった。

「いや、まあ……そうですね」

妹尾は俯《うつむ》いて、ご飯をかき込む。

二人の様子を見ながら、原さんは小さくため息をついた。

ここのところ、妹尾のアルバイト先の法律事務所では、四大公害訴訟の仕事で忙しく、有給休暇があってもとれない状態である。

昨年六月の富山イタイイタイ病一次訴訟に続き、九月二十九日に新潟地裁が疫学的因果関係論を用いて、新潟の第二水俣病(有機水銀汚染)裁判で患者側全面勝訴の判決をいい渡した。被告は、三十年間にわたってメチル水銀を含む工場廃水を阿賀野川に流していた昭和電工で、総額二億七千二十四万円の支払いを命じられた。同社は控訴せず、判決は確定した。

「ところで妹尾君、例のスピーチ原稿はできたかなあ?」

生姜焼き定食を食べながら、西野が訊いた。

「あ、あれですか。はい、だいたいできてますんで、午後にはお見せできると思います」

近々開催される「司法の独立と民主主義を守る国民連絡会議」の集会でのスピーチ原稿のことであった。同連絡会議は、市川房枝(婦人運動家、前参院議員)、松本清張(作家)ら十六人の呼びかけに、学者、弁護士、文化人、総評、中立労連、婦人有権者同盟、日本民主法律家協会、社会党、公明党、共産党などが応じてつくられた全国組織で、裁判官任官拒否・宮本再任拒否・阪口修習生罷免事件に象徴される司法の反動化を阻止することを目的に掲げている。

「ところで先生、阪口徳雄さんは、修習生資格を回復できないんですかねぇ?」

阪口は、罷免されて以来、全国を飛び回って、集会や講演会で司法反動の実態を訴えている。

「うーん、日弁連と二十三期の代表が中心になって、最高裁と話し合ってるみたいだけど、あんまり進展がないみたいだなあ」

今週、六百人を超える弁護士によって「阪口徳雄君を守る法曹の会」がつくられる予定である。

「最高裁の石田長官が、『阪口の救済については、今のところ何も考えていないし、将来も考えない』といってるらしいからなあ」

「頑固じじいですねえ」

「阪口君も災難だよなあ」

四月一日――

皇居の桜が鮮やかな桃色の花びらを満開にする頃、東京高等裁判所の長官室には何十人もの裁判官の行列ができていた。午前九時半から転勤辞令の交付を受けた東京高裁管内の裁判官たちが、長官に転勤の挨拶に来ているのだった。

「このたび、仙台地方裁判所に転勤になりました。大変お世話になりまして、有難うございました」

「ご苦労さま。しっかり頑張って下さい」

後ろに長蛇の列ができているため、互いに長くは話せない。

なお、東京高裁管内に新たに異動でやって来る裁判官たちも長官に挨拶に来るが、こちらのほうはばらばらに到着するため、行列はできない。


津崎守も東京高裁長官への挨拶を済ませ、最高裁事務総局人事局の局付として着任した。人事局には任用課と給与課があった。

戦後の日本国憲法の下においては、司法行政権は裁判官会議に委ねられ、下級裁判所(高裁以下)の裁判官や職員の人事・監督、予算等の会計処理、施設の運営・管理、内部諸規則の制定といった事項は、最高裁判所の裁判官会議によって決められることになった。

しかし、十五人の最高裁判事は、一人あたり二百五十件程度の主任事件(自分が主担当者の事件)を抱え、きわめて多忙なため、「最高裁判所の庶務を司る」、いわば黒子として最高裁事務総局が設けられた。

そして、最高裁判事のうち九名程度を占める非裁判官出身者たち(弁護士、検察官、法学者、行政官出身者）は司法行政の経験がなく、下級裁判所の事情や人材についてもほとんど知識がないため、大半の問題において事務総局の説明や提案を追認するのが慣行化した。

こうして事務総局の影響力が徐々に強まり、組織も肥大化して、司法行政を牛耳るようになった。

事務総局には、官房系の秘書課、総務局、経理局、人事局、事件系の民事局、刑事局、行政局などがある。各局には、上から局長、課長、参事官、局付、課長補佐、係長、調査員、事務官がおり、裁判官出身者が就くのは、局長、課長、参事官（書記官がなることもある）、局付である。それ以外は、全国各地の書記官の中から優秀な人間を選んで任命する。

津崎は着任するとすぐ、上司である課長にともなわれて、弓削晃太郎人事局長に挨拶をした。

「ご苦労。しっかりやってくれ」

局長室の奥の執務机にすわった弓削は、立ち上がることもなく無造作にいい、挨拶はそれで終わりだった。裁判官同士は基本的に対等な関係で、年齢や資格が違っても、目上の者が目下の者をぞんざいに扱うことは少ない。しかし、ここでは違っており、津崎はピラミッド型の行政組織に入ったことを思い知らされた。

数日後——

夕方、津崎が人事局で仕事をしていると、上司の課長が課員たちに声をかけた。

「おい、みんな、局長室で一杯やるぞ」

弓削人事局長の部屋で、酒を飲むという。

事務総局に限らず、裁判所では、仕事が終わった夕方から、長官や所長の部屋で酒を飲み、裁判官同士の親睦をはかることがよくある。

「ウィスキーが飲めるぞ」

「夏だったらクーラーがきいてて、もっといいんだがなあ」

局員たちは話をしながら、ぞろぞろと局長室に向かった。事務総局では、局長以上の幹部の部屋にクーラーが付いているので、皆、夏になると涼しい局長室で飲めるのを楽しみにする。

「ご苦労。まあ、適当にやってくれ」

局長室に行くと、大柄な弓削晃太郎はワイシャツ姿で、応接用のソファーに脚を組んですわり、水割りのグラスを傾けていた。顔はすでに赤い。

(弓削局長も酔うのか……)

津崎は意外な感じがした。以前、松本楼での懇親会で会ったときは、ほとんど顔色が変わっていなかった。

「ほら、遠慮なくやれよ」

津崎より二年次上の局付の男が、サントリーの角瓶を持って、津崎のグラスにウィスキーを注ぐ。

課長らはソファーにすわるが、津崎ら若い局付は、椅子が足りないので立ち飲みである。

「どうだ、沖縄のほうは？　順調に進んでるか？」

弓削が訊いた。

「はい、赴任、受け入れとも、順調に準備が進んでおります」

任用課長の言葉に、弓削がうなずく。

最高裁事務総局の各局が協力しながら進めている大きな仕事の一つに沖縄返還にともなう裁判体制の整備がある。昭和二十年の敗戦以来、米軍占領下にあった沖縄が、来月（五月）十五日に日本に復帰することにともなうものだ。

戦後、沖縄の裁判制度は三本立てだった。すなわち、米軍の軍人・軍属を裁く軍事裁判、米国民が当事者の事件を管轄する米国民政府裁判所、日本人のための裁判所である琉球民裁判所の三つである。

日本人が被害者であっても米軍の軍人・軍属が加害者のときは軍事裁判になり、不当な無罪判決が出されることもしばしばだった。米国民政府裁判所は、米国にとって都合の悪い判決が出そうなときは、「移送命令」で琉球民裁判所から事件を取り上げていた。

復帰後は、沖縄の裁判制度は本土並みとなり、福岡高裁那覇支部、那覇地家裁が設置される。米国民政府裁判所は姿を消し、軍事裁判も規模と権限を大幅に縮小される。

沖縄には、三百六十人前後の法曹(裁判官、検察官、弁護士)がいるが、彼らのほとんどは本土の法曹の資格を持っていなかった。昭和二十一年二月に、米軍が沖縄住民の裁判権を認め、本島の七ヶ所に簡易裁判所の設置が決まったとき、米軍は、少しでも裁判事務に携わったことのある人間を、学歴や資格におかまいなしに、判事、検事、弁護士に任命した。これにより、裁判所の事務官が判事になり、警察官が検事になったりした。法務省や最高裁事務総局では、こうした人々に本土と同等の法曹資格を与えることは好ましくないという意見が強かった。

しかし、一昨年暮れに人事局長に就任した弓削は、「沖縄だけの法曹資格にしたら、控訴や上告はどうするんだ？　現地の裁判官たちは、戦後ずっと裁判をやってきたんだろう？　少しは法律を知っていないと困るが、裁判なんてものは、結局は良識の問題だ」と、それまでの議論をばっさり切り捨て、全国平等の資格を付与することにした。そして、「沖縄の弁護士資格者等に対する本邦の弁護士資格等の付与に関する特別措置法」にもとづいて、法務省が選考試験を行い、大半の者に本土の法曹資格を与えた。

弓削は、沖縄の判事の中から十人ほどを本土に異動させ、本土からも裁判官を沖縄に送り出すことにした。福岡高裁那覇支部の判事には、最高裁調査官の吉井直昭(七期)、那覇地裁刑事部の裁判長には事務総局総務局第一課長などを経験した林修(六期)、同民事部の裁判長には事務総局民事第一課長の川嵜義徳(八期、のち東京高裁長官)など、一線級を来月赴任させる。那覇地裁所長には、戦前、長崎で裁判官を務め、戦後は、琉球高等裁判所の首席判事を務めていた平田清祐《せいゆう》を起用した。

「藤井はどうしてる？　機嫌よく赴任しそうか？」

弓削が酔いの回ってきた口調で訊いた。

福岡高裁那覇支部長の内示を受けている藤井一雄は、昭和十七年に東京帝大法学部を繰り上げ卒業して海軍法務官となり、戦後は、弓削と同じ昭和二十二年に司法官補(修習高輪一期)に任官した人物である。現在は東京高裁で刑事部の陪席を務めている。

「藤井判事は、先日挨拶に来られましたが、現地事情もいろいろと勉強されて、前向きに取り組んでおられるようです」

水割りのグラスを手にした任用課長がいった。

「うむ、それは結構。あいつはちょっと線が細いが、海軍とアメリカ(テキサス州サザン・メソジスト大学留学)を経験して、如才ないから大丈夫だろう」

水割りのグラスを口に運ぶ弓削は、かなり酔ってきているようで頭が少しふらついていた。

「局長、珍しく酔ってるなあ」

二年次上の局付の男が津崎に囁いた。

「確かに、ちょっとお疲れのようですね」

「今年は再任拒否がなかったから、ほっとしたんじゃないか？」

先輩局付判事補は苦笑した。「去年は、任官拒否、宮本不再任、阪口罷免で未曾有の嵐だったからなあ」

この四月に再任時期を迎えた十四期の判事補は全員再任された。一方、二十四期の修習生で裁判官任官を希望した者は六十七人いたが、採用面接後に六人が志望を撤回し、三人が採用を拒否された。志望撤回者のうち一人は、面接で弓削から「不採用の決定は間違いない」と告げられていた。


五月十五日月曜日——

沖縄が二十七年ぶりに日本に復帰した。

東京の日本武道館では、日の丸をあしらった高さ一〇メートルほどの巨大な金屛風が会場に設けられ、天皇・皇后両陛下、アグニュー米副大統領らが出席して、記念式典が開かれた。沖縄復帰を花道に七年八ヶ月にわたる長期政権に終止符を打つ佐藤栄作首相は「戦争によって失われた領土を、平和のうちに外交交渉で回復したことは、史上きわめてまれなこと」と自画自賛した。一方、沖縄の那覇市民会館の式典では、屋良朝苗《やらちょうびょう》初代沖縄県知事(前琉球政府行政主席)が挨拶し、「いいしれぬ感激とひとしおの感慨」と述べるとともに、復帰の内実は必ずしも沖縄県民の切なる願望が容れられたとはいえないとした。街には日の丸の旗が掲げられ、郵便局や銀行でドルと円の交換が始まった。

数日後、津崎守は、最高裁の隣りの農林省の地下にある食堂で昼食をとった。

明治二十九年に建てられた赤煉瓦の最高裁庁舎(旧大審院)には食堂がない。事務総局の職員は、庁舎裏手にある通称「第四別館」の職員用食堂や弁当で昼食をとるが、農林省の食堂や、東京弁護士会館一階の「メトロ食堂」、第一東京弁護士会館地下の「銀茶寮」(チャーシュー麵、鮭茶漬が名物)、第二東京弁護士会館地下の「食事処大平」(柳川鍋が名物)、法務省一階の「藪伊豆」などに出かける者も少なくない。職員たちがよく行く第一東京弁護士会館地下の喫茶店のマスターは、東京大空襲のおり、焼夷弾が落ちてくる中で営業した思い出を臨場感たっぷりに語る。

「ここ、空いてるか？」

津崎が、鯨肉の竜田揚げ定食を食べていると、頭上で声がした。

見上げると、刑事局局付の緑川壮一《みどりかわそういち》だった。

六年次上(修習十六期)で東大卒、司法試験は現役合格、二回試験の成績も優秀で、初任地は東京地裁の男である。

「どうぞ」

津崎の言葉に緑川はうなずき、手にしたトレーをテーブルの上においた。

「ここは、よく来るのか？」

味噌汁をすすって、緑川が訊いた。眼鏡をかけ、えらのやや張った地味な風貌の下に、たぎるような出世への野心とプライドを隠している。普通の日本人には馴染みのない、輸入物のストライプのネクタイを締めていた。

「ええ。安くて量が多いですから」

「まあ、そうだな」

食堂内では、付近の官庁の職員や、用事で霞が関にやってきた一般の人々など、大勢が食事をしていた。

「ところで、人事局のほうは、沖縄関係は山を越えたのか？」

「発令は終わりましたが、施設や手当の関係でまだ細々《こまごま》とした事務作業があります」

福岡高裁那覇支部や那覇地家裁の人事が、復帰の日に発令された。また、三十六人の沖縄出身者が裁判官に任命され、二十五人が県内の裁判所、十人が東京、名古屋、広島、福岡の地裁、一人が最高裁事務総局（総務局制度調査室長）に配属された。

「刑事局のほうも、山は越したけれど、引き継ぐ事件数が多いから、これからいろいろ出てきそうだよ」

日本の裁判制度に引き継がれる係争中の事件は、福岡高裁那覇支部に刑事事件と民事事件がそれぞれ約百十件、那覇地裁に刑事事件約五百五十件、民事事件約四百四十件、那覇簡裁には刑事と民事合わせて約三千件、那覇家裁に少年・家事の合計約二千三百件である。

「アメリカの軍政下で不当な判決を出された人たちも多いから、そういう人たちをどうやって救済するかも考えなきゃならんし、向こうの年寄りの言葉はさっぱり分からないから通訳をつけなきゃならんし」

緑川の言葉に、津崎はうなずく。

「しかも沖縄の裁判官のほとんどは、司法試験もとおってない素人に毛が生えたような連中だから、ちゃんとやれるように、こっちで面倒も見てやらなきゃならん」

緑川が馬鹿にしたような口調でいった。

裁判官の中には、最難関の司法試験を上位で合格した自分たちこそが真のエリートで、霞が関の官僚を見下《みくだ》したり、裁判官にあらずんば人にあらずと考えている者が少なからずいる。緑川もその一人で、東京地裁の刑事部にいたときは、「構成要件にそって書面を書き直してこい！」と弁護士を怒鳴りつけたりしていたという。

「それにしても、こういう国家的慶事があるたびに、公職選挙法をなし崩しにされることを、どう思われますか？」

「恩赦のことか?」

「ええ」

「日本の政治家の程度の低さは、どうにもならんねえ」

緑川は吐き捨てるようにいった。

政府は、沖縄の本土復帰を記念して、政令恩赦の一つである復権令をこの日、公布・即日施行し、約六百七十万人を対象に、特別恩赦(特赦、減刑、刑の執行の免除、復権)を実施した。本土での対象者は約六百五十万人で、うち約五百万人が道路交通法違反、約百万人が業務上過失致死傷、約十九万人が傷害である。

また、復権、すなわち刑のいい渡しで喪失した選挙権や就職権等、資格の回復で恩恵を受ける者の大半は、公職選挙法違反者である。今回の措置で、明治百年恩赦(昭和四十三年)以後、公職選挙法違反で罰金刑の一審判決を受けた約三万四千人全員と、禁固刑以上の約四千五百人のほとんどが救済される。

「自民党の高橋英吉なんか、『そもそも恩赦というものは選挙違反を救済するためのものだ』などとうそぶいているんだから、救いようがないよな」

高橋英吉は衆議院の法務委員会の委員長も務める弁護士出身の代議士(愛媛三区)だ。

「選挙違反は単なるルール違反にすぎない。昔の言葉でいえば国事犯。今風には政治犯。国をよくするための政治熱心、その勇み足である」といってはばからない。

別の代議士は、「支持者は一度捕まると臆病になる。あの代議士のためなら、選挙違反をしても大丈夫という『信頼感』を選挙区に広く植えつけておくことが必要だ。そもそも捕まるのは、選挙資金をネコババしたりするような人ではなく、真剣に応援してくれる人たち。こういう真の支持者の面倒をちゃんと見ないと、次の選挙での当選はおぼつかない」という。

「政治家は、恩赦で経済的にも助かるようですね」

「らしいねえ」

議員たちは、バスを仕立てて起訴された支持者たちを法廷に送迎し、公判が終われば夕食をご馳走し、費用を払って有能な弁護士をつけ、罰金刑になれば、罰金も払う。

「ところで、人事局は、青法協問題で、相変わらずがたがたしてるようだな」

「ええ。……何かありましたか？」

「司法研修所の教官から聞いたんだけれど、こないだ、上席教官と一緒に、弓削人事局長に呼びつけられたそうだ」

「弓削局長に？」

上席教官は修習一期、教官は二期で、それぞれ弓削の二年次と三年次後輩である。

「青法協会員の任官を防ぐため、青法協と思われる連中の試験の成績を悪くしておいてほしいといわれたそうだ」

緑川は、カレイの煮付けを食べながらいった。

「本当ですか⁉」

「ああ。『そうすれば、問題は解決するじゃないか。考えてくれ』と真剣にいったそうだ。要は、人事局の責任で任官拒否をしたくないんで、研修所の責任で拒否させようって魂胆だ」

津崎は愕然《がくぜん》とした。

「それで、教官たちは、何と答えたんですか？」

「そんなことはできませんと言下に拒否したそうだ」

「そうでしたか」

津崎はほっとする。わざと点数を悪くするなどというのは、常軌を逸している。

「教官は、『弓削さんは、目的のためには手段を選ばない人だ』と憤慨してたよ」

緑川の顔に、どこか下品な笑いが浮かぶ。

「ただ、教官によると、今年、判事補に不採用になった二十四期の連中の中には、成績不良が理由だったのに、青法協会員だったんで、本人や周囲もそれが理由だと思い込んで、任官拒否反対運動のシンボルに駆り出されているようなのもいるそうだ」

二回試験の成績は、何人中何番という形で公表されないため、成績不良が客観的に説明されることはない。

「まあ、試験の成績を公表すれば、今度は、いい成績をとった青法協の会員の任官拒否ができなくなるから、その裏返しではあるんだがな」

緑川は皮肉に頰を歪め、茶碗の白米を箸で口に運んだ。

翌週――

妹尾猛史の故郷である能登半島にある羽咋《はくい》郡志賀《しか》町赤住《あかすみ》地区の公民館で、怒号が飛び交っていた。

時刻は午後十時近くで、会場内には、疲労と苛立ちとタバコの煙が充満していた。

「採決なんかするな！」

「十分審議されとらんぞ！」

蛍光灯の明りの下で、作業着や普段着姿で座布団の上にあぐらをかいた年輩の男たちが怒鳴っていた。一人二人と立ち上がり、怒りで目を吊り上げ、区長を指差して糾弾《きゅうだん》する。

赤住地区の住民総会で、畳敷きの大広間に百一人の地元住民がつめかけていた。出席者の半数は女性で、赤ん坊をおぶった婦人もいる。

ガラス窓の向こうの夜の闇の中で、赤住地区以外の人々が、固唾《かたず》を呑んで室内の様子を見守っていた。

前日に行われた、原発建設反対の急先鋒に立つ妹尾の父親もいた。原発受け入れの是非をめぐる住民投票を開票するかどうかの話し合いであった。

北越電力が計画を進めている日本海原発は、富来《とぎ》町福浦地区の住民の一部が、用地に必要な土地を頑として売らないため、一年半前に北越電力が赤住地区だけで建設することを決定し、用地の一部買収も始まった。

しかし、赤住地区でも反対の声が根強く、話し合いで結論が出ないため、住民投票が行われた。

投票は公職選挙法の規制適用外なので、両派が入り乱れて、買収、供応、利益誘導、戸別訪問を行う騒ぎになった。北越電力、県、町(以上原発推進派)、革新団体(原発反対派)は、「表立って動くのはまずい」と表面的には静かだったが、それぞれ地区内の賛否両派を支援し、裏で激しく火花を散らした。妹尾の兄で北越電力に勤務する真一もタオルを配ったりしながら、賛成派の票固めに奔走した。

投票は午前六時半から公民館で行われ、三百四十三人の有権者のうち八九・七パーセントが投票し、午後六時半に終了した。同日午後七時から開票予定だったが、石川県と志賀町が最後の調停に乗り出し、開票は保留となった。住民たちの間にも、どちらが勝っても、もともと半農半漁で、平和に暮らしていた住民の間に禍根を残すので、穏便に解決したいという声があった。

この日、午後七時半頃から人々は続々と公民館一階の広間に集まった。県から企画開発部長が出席したほか、志賀町長や県議も出席して話し合いが始まった。最初に、赤住地区の区長が経過を報告し、「投票は破棄」、「具体的な話し合いに入る」など六項目からなる県の調停案を受諾するかどうかを話し合うという議題を提案した。

その後、県企画開発部長が提案内容を説明し、討議に入った。

しかし、反対派、賛成派ともに、これまでの主張を繰り返すだけで、それぞれの派からさかんに拍手や檄が飛び、話し合いはまったくの平行線に終始した。

午後九時四十五分に、これ以上新たな議論が出ないと見た区長が「それでは、調停案を受諾するかどうか、採決に入りたいと思います」というと、反対派住民たちから一斉に怒号が飛んだ。

「なにをいうか！」

「採決とはなんだ！」

四十一人の反対派の住民は、全員立ち上がり、憤然として会場をあとにした。県や町からの出席者たちは、彼らの激しい剣幕に、引き留めることもできず、見送るだけだった。

「えー、一部の方々は退出されましたが、えー、引き続き採決のほうに……」

県の企画開発部長がいいかけると、残った賛成派の住民たちから怒声が飛んだ。

「半分近くの住民がいないのに、採決なんかできるか⁉」

「部外者は言葉をつつしめ！」

企画開発部長は、なすすべもなく沈黙した。

このあと、県、町、残った人々で今後の方向性を見出すべく話し合いがなされたが、結論は出ず、午後十時半に散会した。

秋——

霞が関は予算折衝の季節になり、各省庁が夏の終わり頃に提出した〝言い値〟である概算要求に対する大蔵省の査定が佳境に入っていた。

津崎守も、霞が関三丁目の大蔵省を訪れ、最高裁が提出した予算の説明をしていた。時刻は、夜中の一時を回っていたが、室内で要求額の説明をしているのは津崎だけではなかった。

大蔵官僚たちは、机に向かって書類を書いたり、眠気ざましのコーヒーを飲んだり、タバコを吸ったり、ソファーや椅子の上で眠りこけたりしている。

「あんたねえ、それ、前回の説明と違うじゃない。こないだは、この職位の人は、管理者に含まないってことじゃなかったの？　違う？」

ワイシャツに地味なネクタイをした中年の担当官が、津崎がつくった手書きの予算を見ながら、先ほどからねちねちと質問していた。交渉の権限を握っているのは課長補佐級のキャリア官僚である「主査」だが、ローテーションの一環で来ているので予算には詳しくない。そのためノンキャリアの担当官の理解と支持をとりつけ、主査に上げてもらわなくてはならない。

「いえ、前回の説明でも、この職位の人たちも管理者に含めておりまして……。ちょっと、こちらの表をご覧頂くとお分かりになるかと思うのですが」

津崎は、別の資料を出して示す。

中年太りのノンキャリア役人は、資料を手にとり、片手で頭をかきながら目を凝らす。

室内には、どういうわけか宗教音楽が流れていた。主査を束ねる主計官の一人が、プレーヤーを持ってきてかけているのだった。奥のほうの席で、腕組みして目をつむり、顔をやや上に向けてじっとしている姿は、考えごとをしているのか、ただ音楽を聴いているだけなのか、あるいは寝ているのか、判然としない。

「あーっ、この資料、分かりづらいなあ！」

ノンキャリ中年は、いらいらして頭をかきむしる。

ふけが飛んできて、津崎は上半身を少し引く。

「ほんとにこんな管理職手当なんているの？」

睡眠不足で赤くなった目で、津崎をじろりと見る。

「はい、これは、昨今、各省でも管理職に認められている手当てと同種のものですから、是非ともお認め頂きたいと思いまして」

津崎が説明していたのは、管理職的立場にある裁判官に一定の名目で手当てを支給するための予算だった。最近、霞が関の行政官庁で管理職手当ができたので、裁判所も同様の手当てを支給しようと考えていた。

「どうもこれ、しっくりこないんだよなあ」

ノンキャリ役人は、手にした資料に視線を落として面白くなさそうな顔つき。その様子を見ながら、津崎は、疲労感を覚えていた。

これまで裁判官室にとじこもって、三人の合議体の世界だけで仕事をしていたのが、いきなり混沌とした俗世間に放り込まれたような気分だった。

上司からは、「とにかく大蔵省の連中のご機嫌をとるんだ。へらへら笑ってでも、予算をとってこい。予算はパイのぶんどり合いだ。少しでも努力を怠ると縮小の憂き目を見るぞ。法務省には絶対負けるな」と発破をかけられている。しかし、そうした対人折衝的なことは元来苦手である。

津崎に限らず、裁判官を志望する人間は、人付き合いが得意でない、少し変わったタイプが多い。出世コースである事務総局に配属されても、国会答弁の準備に振り回されたり、国会議員や大蔵省の役人から怒鳴りつけられたりするのが嫌だといって、現場に戻っていく裁判官たちもいる。

「ちょっと、きみさあ、この資料、もう一回ちゃんと分かりやすく整理してくれるかなあ。これ貸してやるから」

中年の担当官は、一束の書類と、手垢で黒ずんだホッチキスを差し出した。

「分かりました」

津崎はそれを受け取り、書類をいくつかに仕分けして、ホッチキスで留め始める。

中年の担当官は、待っているあいだ新聞を広げた。

紙面に、夏の自民党総裁選で、佐藤栄作前総理が推す福田赳夫《たけお》を破って、第六十五代の総理大臣に就任した田中角栄の写真が掲載されていた。新潟県出身で、土建業から身を起こした五十四歳の精力的な男である。

室内の音楽が、なぜかカルメンに変わった。
タ、タンタン、という切れ味のよい音楽が響く。
津崎は、パチン、パチンと書類をホッチキスで留めていく。パチン、パチンという音に、なぜかカルメンのタ、タンタン、というリズムが合っていて、ますます奇妙な世界にいるような気分だった。

数日後――
「おい、そろそろ行くぞ」

夕方、津崎が仕事をしていると、課長に声をかけられた。

二人は、弓削人事局長、経理局の局長、課長、局付と一緒に、タクシーで築地の料亭に向かった。

黒塀に囲まれた料亭は、津崎が今まで見たことのない世界だった。打ち水のされた石畳を進むと、玄関で女将や仲居に三つ指をついて迎えられ、木の香りのする座敷にとおされた。

床の間の籠に桔梗《ききょう》が一輪活けられ、「水急不流月」と書かれた掛け軸がかけられていた。

「水急なれど、月を流さず、か」

弓削が掛け軸に視線をやってつぶやく。

急流に映る月影は揺れているが、流れ去ることはないという意味で、あわただしい日常の中でも真理は不変であるという禅の言葉である。

まもなく五人の背広姿の男たちが入ってきた。

大蔵省主計局で裁判所予算を担当している主計官、主査、事務官たちだった。

「日ごろは大変お世話になっております」

経理局長の言葉で一同は頭を下げ、食事が始まった。

食前酒は柚子酒。

先付けは、長芋の寒天に雲丹《うに》を載せ、枝豆と紫蘇《しそ》の実を添えたものを、わさび醤油で食べる。

前菜は、鮑《あわび》のふくら煮、真鰹の西京焼き、栗渋皮煮、銀杏松葉刺しなど。いずれも色とりどりの器に盛られ、舌とともに目も楽しませる。

「やはり、栗と銀杏があると、秋という感じがしますねえ」

四十代半ばの主計官が、目を細めていった。本省の課長級である。

「お忙しいから、季節を感じている間もないんじゃないですか」

五十二歳の弓削が、おもねるようにいい、一同が和やかに笑う。

「いや、ほんとに。……まあ、こういう場に呼んで頂くのが、唯一の息抜きでしょうか」

「それでは、今晩はひとつ、ぞんぶんに息を抜いて頂いて」

辣腕《らつわん》司法官僚は、そつがなく、座談の名手で、酒席も得意である。

椀物は糸巻きソーメンで、卵豆腐、つらら海老、じゅんさい、ウド、香柚子が添えられていた。

お造りは、あら(クエ)、甘エビ、バイ貝、鮪《まぐろ》、平目。焼き物は、はじかみが添えられたカマスの松茸はさみ焼き。

食事が進むにつれ座は盛り上がり、二次会は銀座の高級クラブに繰り出した。

その後、大蔵官僚たちは仕事に戻るといって、タクシーで霞が関に帰り、最高裁の六人は、経理局長がいきつけの別の高級クラブで飲んだ。使われた金はすべて税金である。

翌月――

夜十時すぎ、仕事を終えた津崎守が、最高裁の通用口を出ると、経理局主計課の課長補佐も帰宅するところだった。

「今、お帰りですか？」

「ええ、また遅くなってしまって」

三十代の課長補佐は苦笑いした。

予算や経費処理のことでよく話をする相手で、仕事が手堅くて頼りになる人物だった。東北人らしく、堅実で勤勉な性格である。

「月末なんで、処理しなけりゃならない伝票がいろいろありましてね」

もともとは東北地方の裁判所の書記官で、東京では単身赴任である。

「よかったら一杯やっていきませんか？」

「ええ。そうしますか」

津崎も仕事で多少嫌なことがあり、飲みたい気分だった。

二人は地下鉄に乗って、木枯らしの吹く銀座に出た。

課長補佐は津崎を、銀座八丁目の金春《こんぱる》通りのバーに案内した。五階建てのビルの一階は、ビルのオーナーである大正時代創業の江戸指物・木製品の店で、二階から上に寿司屋やバーが入っていた。

二人が行ったバーは、七人くらいがすわれるカウンターと、ボックス席が一つだけの小さな店だった。照明は控えめで、落ち着いた雰囲気である。

木のカウンターの内側に、上品なワンピースを着た細身の四十代のママと、若いアルバイトの女性二人が働いていた。数人いる客は、都心のサラリーマンのようである。

「なかなか落ち着いた店ですね」

おしぼりで手をふきながら、津崎は店内を見回した。

カウンターの背後は、京都でつくらせたという金箔をほどこした漆塗りの引き戸で、客のボトルが納められていた。カウンターの端に、鮮やかな赤と黄色のカンナが活けられている。

「ここは、銀座のわりには、そんなに高くないんですよ。せいぜいトリスバーの三倍といったところでしょうか」

課長補佐がいうと、若づくりのママがにっこりした。神奈川県大磯町の出身で、短大を出て石油化学会社などに勤めたあと、一念発起して銀座に店を出したという。

「まあ、東京にいるあいだ、少しは都《みやこ》の空気も吸わせてもらおうと思いまして」

書記官は基本的に地元で一生勤務し、その地方を管轄する高裁の管内で異動する。この課長補佐も、事務総局での任期が終わると、仙台高裁が管轄する東北地方の裁判所に帰り、再び地味で堅い生活が始まる。

「どうですか、津崎さん、事務総局の仕事は？」

「いやあ、まったくサラリーマンですよね」

津崎は笑って水割りのグラスを傾ける。

「いや、ほんとそうです」

課長補佐はうなずく。「裁判所だと、裁判官は毎日ひたすら事件の記録を読んで、法廷に出て、判決を書いて、書記官は、調書作成に追いまくられるって感じですが……」

「行政官やサラリーマンっていうのは、こんなふうに仕事をしているんだなあって思いますね」

裁判所では、基本的に対等な関係の二人の裁判官と話し合って判決を決めるだけである。特例判事補以上になって単独審をもてば、すべて一人で決める。

ところが事務総局では、局長から一番下の事務官まで縦のラインがあり、いちいち上司やその上の者の指示や意見を仰ぎ、承諾してもらわないとならない。また、国会や大蔵省などに行けば、そこでまたいろいろ注文をつけられたり、怒られたりする。

「いろんなところで小突き回されて、気苦労はありますし、仕事も夜遅くまでかかりますけど……。やっぱり裁判所で判決を書く仕事のほうがきついと思います」

判決は、当事者の運命を左右し、場合によっては命まで奪うことになるので、高度の慎重さと緻密《ちみつ》さが要求される。多くの関係条文や判例に反することなく、当事者や弁護士も納得でき、かつ上級審で覆されない内容にするのは並大抵のことではない。しかもそれを月に十件程度は書かなくてはならない。

それに比べれば、予算が取れなくても、自分たちが多少不自由するだけのことだ。

「津崎さんのような裁判官は、事務総局の仕事で一息入れて、心身ともにリフレッシュして現場に戻って行けますけど、ずっと現場一筋の人たちは大変ですよね」

「ええ。……そう思います」

六十五歳の定年まで、毎日ああいう生活をするというのは、一種の消耗品だ。

ふと村木健吾の澄んだ眼差しが脳裏によみがえった。

(村木さんは、大阪でどうしているんだろう……)

修習で同じクラスだった村木は、もっといい判決がないか、これよりいい判決があるんじゃないかと、ひたすら追い求めていた。人柄も真面目で、手抜きのできない性格である。

(村木さんのようにやっていたら、いつか壊れるんじゃないか……?)

「予算折衝のほうは、いかがですか?」

課長補佐が訊いた。

「まずまず順調です。各局も譲れるところは譲って、足並みを揃えてくれています」

大蔵省との予算折衝にあたっては、事務総局内で各局が要求額を持ち寄り、最高裁として何をいくら要求するのか、経理局が中心になって事前にすり合わせる。

「そうですか。吉田総長ももう五年やってますから、さすがに要領が分かってるでしょうね」

現在の事務総長である吉田豊が、五年前に東京高裁の部総括判事から事務次長として着任した初年度に、とんちんかんな折衝をやって、大蔵省から顰蹙《ひんしゅく》を買ったという話は、津崎も聞いていた。

その年は、佐藤千速刑事局長が国選弁護人の報酬アップ、証人鑑定人の日当増額、検察審査会関係の経費、旅費など、数多くの項目について頑として譲らず、事務総局内の会議からして紛糾《ふんきゅう》したという。そこに新任の吉田次長が「わたしは民事局や刑事局などの事業局が必要だというものに経理局が文句をいうことには反対だ。経理局は原事業局がいうことは無条件にとおして、何べんでも大蔵省へ行って交渉すればよいではないか」と進軍ラッパを吹いたため、事態はますます紛糾した。

しかし、当の吉田自身は大蔵省主計局の船後正道次長との次長折衝で、いきなり増員要求を二百八十人から百八十人に減らし、営繕費に関する大蔵省の詳細な反論に対しては抽象論で終始し、挙句の果てに、自分には権限がないから決められないといい出し、大蔵省のみならず、それまで大蔵省と懸命に折衝してきた最高裁の岩野徹経理局長以下を啞然とさせた。その後、岸盛一《せいいち》事務総長が、福田赳夫、大平正芳、池田正之輔といった自民党の政治家に陳情書を書き、事務総長と愛知揆一大蔵大臣との大臣折衝でようやく決着に漕ぎつけたという。

「しかし、あの『マル政』というのは、非常にひっかかりますねえ」

津崎が眉間に縦皺を寄せていった。

マル政というのは、自民党が最重要と認めた予算要求項目にマル印を付けるもので、当該予算はほぼフリーパスで認められる。最高裁は、自分たちの予算項目の中で重要なものにマルを付けてもらうよう、自民党の治安関係や保守派の議員たちに働きかけていた。

「わたしもそう思います。結局、マル政と引き換えに、判決や司法行政で自民党に譲歩することになるわけですから」

それは、国の根幹的な制度である自衛隊や原発を否定する判決を出さないことや、青法協会員裁判官を弾圧することにつながる。

「ところで、失礼ですが、今日、何かあったんですか？　さっき通用口でお会いしたとき、若干お疲れのようでしたが」

課長補佐が訊いた。

「ええ、ちょっと……大阪地裁の馬場忠晴所長に怒鳴られましてね」

「え？」

「うちの課長が主に担当していた案件なんですが、大阪地裁の電話交換手や運転手の数を少し減らそうという計画があるんです。それに馬場所長がいたく立腹して、乗り込んでこられたんです」

「なるほど……。馬場所長っていうのは、かなり個性的な方らしいですねえ」

「課長がちょうど外出中だったので、やむなくわたしが説明したんですが、『こんな人員で仕事がやれるっていうんなら、お前がやれ！』と怒鳴りつけられました」

津崎は苦笑した。

「その上、弓削局長のところに行って『津崎という奴は、実にけしからん！　なんであんな奴を事務総局に置いておくんだ⁉』とわたしの悪口を散々いって帰ったそうです」

戦前に任官した馬場は、弓削より五年くらい年次が上である。

津崎は弓削に呼ばれ、「いったい何があったんだ？」と訊かれた。

「それはお気の毒に」

「まあ、弓削局長も馬場所長の性格はご存じなんで、あまりお叱りは受けませんでしたが」

隣りにすわったサラリーマン二人組が、先日創刊された『ぴあ』という映画・演劇などの情報誌を開きながら、カウンターの内側の劇団女優が本業の女の子と話をしていた。

「話は変わりますが、津崎さん、会議費っていうものは、もう少し遠慮して使ってもらえないもんなんですかねえ」

課長補佐がぼやくようにいった。

「会議費っていいますと?」

「いや、その……銀座のクラブとか赤坂の寿司屋の領収証が毎週のように回ってくるんです。まあ、そういうのを、もうちょっと減らせないもんかと思いまして……」

課長補佐は、いいづらそうにいった。

「大蔵省の接待なんかはしょうがないのかもしれませんが、局長が部下を引き連れて飲んだり食ったりした領収証を会議費としてどんどん回してこられるというのは……ちょっとわたしも抵抗があるんです。国民の血税ですしねえ」

一部の局長は、部下の課長や局付を引き連れて、しょっちゅう高級寿司店や高級クラブで飲食し、それを会議費で落としている。これは事務総局の長年の習慣である。

「塩崎課長には、相談されたんですか?」

塩崎は、経理局の主計課長である。修習は十期で、年齢は四十歳前後。

「ええ。……塩崎課長は、東京地裁時代に弓削局長の合議体におられたことがあるので、そうした遊興費を会議費で落とすのは、何とかやめさせられないか、弓削局長に相談したことがあるそうです」

弓削は、東京地裁の部総括判事をやる前は、事務総局で経理局主計課長や総務局営繕課長を歴任した。

「それで、弓削局長はなんと？」

「『俺が営繕課長時代に、営繕会議費の大幅な増額を勝ち取って、予算は十分あるから心配するな』の一言だったそうです」

「はあ……」

営繕会議費は、営繕工事に関して、工事関係者が打ち合わせをするための費用で、職員の親睦や遊興のためのものではない。いかにも弓削らしい言い草である。

「まあ、自分の懐が痛むわけじゃないですし、サラリーマン的に割り切って処理していればいいんでしょうが……」

東北人の課長補佐は、やりきれなさそうな表情で、水割りのグラスを傾けた。


翌年（昭和四十八年）一月三十一日——

最高裁は、一年十ヶ月前に罷免した阪口徳雄《とくお》を修習生として再採用することを決定した。

阪口の法曹資格回復については、同期である二十三期の弁護士の九割を超える三百五十二名が署名した要望書が最高裁に提出されていた。日弁連首脳部と二十三期代表の東京在住の弁護士の間で話し合いが重ねられ、阪口は東京の小池金市法律事務所に籍を置くことになった。

その後、昭和四十七年十二月に実施された第三十三回衆議院選挙で、自民党が追加公認を含めて二百八十四議席を獲得し、過半数を維持したものの、改選前に比べて十三議席を失う敗北を喫した。一方、社会党は三十一議席増で三桁(百十八議席)を回復し、共産党も二十五議席増で三十九議席へと躍進した。同日行われた最高裁判事の国民審査では、審査対象となった七裁判官に対して、平均一二・五パーセントという史上最高の不信任票が投じられ、最高裁の強権的手法に対する批判が数字に表れた。

こうした情勢を背景に、最高裁と日弁連首脳部・二十三期代表の折衝が重ねられた結果、修習終了式の行動に行きすぎがあったことを認める上申書を阪口が最高裁に提出することを条件に再採用が決定し、阪口は、二十五期の修習生と一緒に「卒業」することになった。

同じ頃——

大阪地裁の廊下で、村木健吾と、青法協会員で同期の須藤正文が、苦虫を嚙みつぶしたような表情で顔を見合わせていた。

「……馬場にやられたな」

民事部で勤務する須藤が悔しそうにいった。

この日、二人は異動の内示を受け、村木は熊本地裁、須藤は長野地家裁松本支部に行くことになった。

「山口さんも、帯広に飛ばされたしなあ」

大きめのフレームの眼鏡をかけた村木が、天を仰ぐような表情でいった。

二人が尊敬していた判事補会のエース・山口治雄は、前年四月に北海道の釧路地家裁帯広支部に異動になった。「俺の目の黒いうちは、絶対にあいつを大阪に戻さん」と息巻いていた馬場忠晴所長の差し金による人事だった。

「馬場は、最高裁の眼の上のたんこぶだった大阪を制圧したから、最高裁も、いうことを聞くんだろう」

須藤が忌々《いまいま》しげにいった。

馬場は大阪高裁長官の内示を受け、近畿一円に睨みをきかせる立場になった。

「まあ、戦争に比べれば、左遷されたぐらい、どうってことはないが」

「うむ。希望を捨てることなんかない。俺たちの裁判官人生は、まだ始まったばかりじゃないか」

六十五歳の定年まで、二人ともまだ三十五年前後もある。

「俺たちが裁判官になったのは、憲法と人権を護るためじゃないか。出世のためじゃ、断じてない」

「そうだな……。地方でだって憲法と人権を護る仕事はできるよな。これしきのことで挫《くじ》けてたんじゃ、恥ずかしいよな」

須藤は、自分にいい聞かせるようにいった。

「そういえば、熊本地裁には、有名な荻野正道裁判長がいるじゃないか」

「ああ、そういえば、そうだな」

荻野正道は、刑事裁判のエキスパートで、これまで二十件近い無罪判決を出し、そのすべてが確定している。有罪率が九九・九パーセントという日本の刑事裁判においては、無罪判決を出すこと自体が容易ではない。ましてや二十件近い無罪判決を出し、そのすべてが確定しているというのは驚異的だ。

「荻野裁判長のような人物の謦咳《けいがい》に接することができるのは、お前にとって、貴重な経験になるんじゃないか」

須藤の言葉に、村木は何度もうなずいた。

2

熊本県の県庁所在地である熊本市は人口約四十七万人。日本三名城の一つである熊本城を有し、熊本藩細川氏五十四万石の城下町として発展した。

戦前は陸軍第六師団や政府の出先機関が置かれ、九州を代表する軍都・行政都市として栄えた。

戦後、九州の中心としての機能の多くは福岡市に移ったが、今も財務局、国税局など九州全体を統括する国の出先機関や陸上自衛隊西部方面総監部などが置かれている。

城づくりの名手、加藤清正によって慶長六年(一六〇一年)から六年間を費やしてつくられた熊本城は、武者返しと呼ばれる急勾配の石垣の上に高い天主や櫓《やぐら》が聳《そび》え、黒い外壁から別名「カラス城」とも呼ばれる。

阿蘇山(阿蘇五岳)に源を発する一級河川の白川が市内を南西の方角に向けて貫流し、島原湾(有明海)に注いでいる。市内にはイチョウやクスノキが多く、明治二十九年に旧制第五高等学校の英語教師として赴任した夏目漱石は、熊本市を「森の都」と呼んだ。東北東の方角には阿蘇の青い山影、南東の方角には宮崎県との県境に横たわる九州山地の山影が見える。

四月中旬――

熊本地裁に着任した村木健吾は、市内にある官舎の洋机で訴訟記録を読んでいた。

時刻は夜中の二時すぎで、戸外はしんと静まり返っている。

室内には、引越荷物の段ボール箱が積み上げられていた。大半がまだ封も切られておらず、開けたのは、当座の生活に必要な衣類や一部の食器と法律書の箱だけだった。ゴミ箱には、パンの包装紙や紅茶のティーバッグなどが溢れ返っている。台所のまな板は出しっぱなしで、牛乳の空き瓶が何本も放置され、冷蔵庫の野菜は腐りかけ、床の上に読みかけの新聞が雑然と積み上げられている。

散らかったままの部屋で、机の前にすわった村木は、電気スタンドの光の中で手控えのメモをとりながら、一心に訴訟記録を読んでいた。

〈……本件脳出血発症前における、原告の一日当りの労働時間は、最長で十三時間二十分、最低で九時間五十五分にすぎない。勤務は、通常、午後九時には終了し、翌朝は午前八時頃出勤するので、通勤時間を差し引いても、その間、十分な休息をとる時間的余裕はあった。したがって、原告の従事していた業務は、過重・過密なものではなく、業務と本件脳出血との間に相当の因果関係はないというべきで……〉

読んでいたのは、熊本市内の信用金庫の職員が、過重な勤務によって脳内出血を起こし、半身不随になったとして、信用金庫に損害賠償を請求した事件の被告(信用金庫)側準備書面だった。

村木は、熊本地裁で民事部に配属され、この点に関しては希望どおりだった。大阪地裁では刑事部にいたが、任官当初から民事や行政事件の裁判官になりたいと希望していた。

〈……脳出血は、脳組織内の細小動脈の破綻《はたん》によって引き起こされ、細小動脈の破綻血管内の小動脈瘤の形成によって生じるが、高血圧は小動脈瘤形成の危険因子であるところ……〉

村木はときおり鼻の付け根を左右から指で押し、眠気をこらえる。睡眠不足の目は充血し、ずっとすわったままなので、腰に鈍痛を感じていた。眠気ざましに何杯も紅茶を飲んだので、マグカップの内側に茶色い茶渋がこびりついていた。

「ふーっ……」

疲労で全身が重く、思わずため息が出た。

椅子のまわりに視線をやると、自分をとり囲むようにいくつも訴訟記録が積み上げられ、まるで賽《さい》の河原のようだった。

合議対象になる民事事件は、事情がこみ入ったケースが多く、訴状、答弁書、準備書面、弁論調書、証人尋問調書、陳述書、書証(証拠書類)、申立書といった訴訟記録を積み上げると一メートル以上になることはざらで、ロッカー一杯分で済まないことも珍しくない。転勤すると、そうした事件をいきなり百件くらい担当させられるので、怒濤《どとう》に飲み込まれないよう必死で泳いでいるような感じである。

二ヶ月くらいの間にどの事件も一回は期日(法廷での弁論や弁論準備手続)が来るので、

その前までに記録に目をとおしておかなくてはならない。もちろん全部読むことなど不可能なので、最低限、事件の概要と争点を把握し、その期日でどんなことをするのかを考え、準備をする。

この間、村木のような左陪席であれば、裁判長から「村木君、あの事件は、今、どうなっているのかね？」とか、書記官から「原告の代理人(弁護士)がこんなことといってきていますが、どうしたらいいでしょうか？」と次々にタマが飛んでくる。記録を読んでいないと、弁護士から「着任したばかりで忙しいのは分かりますが、訴訟記録を読んでないんじゃ、話になりませんね」と叱られたりする。

(あと四日か……)

壁のカレンダーの日付を見て、家族がやって来る日を心待ちにする。妻と息子は、池田市五月丘の官舎を引き払ったあと、千葉県柏市の妻の実家に一時里帰りし、四日後に熊本にやって来る。それまでに家の片付けをしようと考えていたが、とてもそんな余裕はない。

(あいつは、どうしているのか……)

大阪地裁の同期で、長野地家裁松本支部に異動になった須藤正文の顔がよみがえる。

熊本地裁にも青法協の会員裁判官はいるが、やはり励ましあう同期がいないと、孤独感が募ってくる。憲法と人権のために頑張るのだと自分を叱咤《しった》してはいたが、ブルー・パージの嵐が吹き荒れる裁判所の中で、いつか使い捨てられるのではないかという不安が去らない。

（もしかすると、こうして事件や訴訟記録に溺れそうになりながら、六十五歳の定年を迎えるのか……それとも、どこか途中で異分子として放逐《ほうちく》されるのか……）

村木は、暗い予感を振り切ろうとするかのように、再び訴訟記録を読み始める。

信用金庫の職員の事件は、県の弁護士会の会長を務めたこともある大物弁護士が原告側代理人なので、きちんと準備をしておかないと雷を落とされる可能性がある。


翌日――

東京地裁で民事事件の期日を終えたパートナー弁護士の西野政和が、新橋烏森法律事務所に戻って来た。

「ただいまー」

「あ、お疲れさまでーす」

法律書や法律関係の雑誌、さまざまな書類、文房具などに囲まれた小動物の巣穴のような部屋で仕事をしていた妹尾猛史と秘書の原啓子さんが、西野弁護士に声をかけた。

「いやー、今日は参ったわ」

ピンストライプのスーツを着た西野は苦笑いしながら、黒革のダレスバッグを近くの机の上に置いた。

「何かあったんですか?」

銀縁眼鏡をかけ、熊のように口のまわりに髭を生やした妹尾が訊き、そばにすわっている原さんも興味深げな顔つきになる。

「うん。今日は裁判所から和解の勧告があったんだけど、担当の黒沢葉子《くろさわようこ》って若い女の裁判官がすごい奴でさ」

細面の西野は、長めの前髪をかき上げる。

「二年目の判事補なんだけど、訴訟記録をあんまり読んでないんで『あんた、記録をちゃんと読んでないのか?』と訊いたら、『こんなにたくさんあるのに、読めるわけないじゃないですか! 訴訟記録を全部読む裁判官なんて、日本に一人もいませんよ!』って逆襲してきやがってさ」

「はあー、そうなんですか」

妹尾と原さんは目を丸くする。

「まあ、確かに裁判官も生身の人間だし、小狡《こずる》さにかけちゃあ、性悪サラリーマンも顔負けっていうような連中は結構いるけどなあ」

裁判の始まりの頃は書類を全然読まず、期日になっても双方の弁護士に書類をやり取りさせるだけという裁判官は少なくない。弁護士や当事者から要望や質問が出ても、意味が分からないので、「その点については、もう少し考えさせて下さい」といって時間稼ぎをする。弁護士はいらいらするが、生殺与奪の権を握る相手に簡単には逆らえない。そういう裁判官は、期日がそこそこ回数を重ね、話を聞いているうちになんとなく争点や結論めいたものが見えてきた段階になって初めて、ポイントとなる書類だけをまとめて読む。

「しかし、『わたしは読みません』って、堂々と宣言した裁判官は初めてだよ」

西野は苦笑した。

「しかも、ぺーぺーの左陪席のくせに、証人尋問がつまらないと、くるっと後ろを向いて、法廷に背中を向けちゃうんだよな」

「えーっ、そんなことするんですか⁉」

妹尾と原さんは、啞然となる。

「東京地裁じゃ『黒沢ターン』って、結構有名らしい。……まあ、弁護士のほうでも、顧客(依頼人)満足度のために、争点とは関係ないどうでもいい質問をしなきゃならんこともあるからなあ」

「それで、今日の話し合いはどうだったんです？」

和解の話し合いは、法廷ではなく、裁判所内の小部屋で、原告側と被告側がそれぞれ別々に担当裁判官と話し合い、合意ができたら書記官を入れて、裁判官が合意内容を口述し、書記官が正式な和解調書を作成する。

「いや、それが、訴訟記録もろくに読んでないのに、妙に勘が鋭いんだよ」

「その黒沢っていう女の裁判官がですか？」

妹尾の問いに、西野はうなずく。

「『せんせえ、そうおっしゃってますけど、依頼人のかたは、このあたりで妥協してもいいって、考えてますよねえ？』って、流し目で迫ってくるんだ。しかも、俺の膝の上に手を置いてだぞ」

「えっ⁉　さ、裁判官が⁉」

「いや、俺もたまげたわ。……しかも、その落としどころが絶妙でなあ。要は、こちらが妥協できるぎりぎりのところを突いてくるんだ」

「はあーっ、そうなんですか……。しかし、訴訟記録も読んでいないのに、よくそんなことができるもんですねえ」

「いや、まったく読んでいないわけじゃない。たぶん、双方の準備書面のポイントをざっと読んで、法廷での話し合いや当事者の顔色を見て、本音を探り当ててるんだろう。ありゃ、一種の天才だな」

準備書面は、民事訴訟において、原告と被告がそれぞれの主張を記載し、裁判所に提出する書面である。審理の進展に応じて何度も提出され、争点に関する当事者双方の主張が凝縮されてくるので、これだけ読めばだいたいのところは分かる。

「『せんせえ、もうこれでいいでしょ？　同意してくれないんなら、わたし判決書きますよ。負けてもいいの？』って、今にもしなだれかかってきそうになるんだ」

西野が鼻の下を伸ばしていい、原さんが「ふけつ！」と小さくつぶやいた。

「まあ、裁判官ってのは、勉強熱心で真面目な奴が多いけど、社会から隔絶した世界で暮らしてるから、人間心理の機微が分からないんだよな。そんなのに比べると、あの黒沢って女は、意外とまともかもなあ」

西野は、日頃から裁判官の社会常識欠如やエリート意識に批判的である。当事者が到底受け入れられないような裁判所の和解案が受け入れられると信じて疑わず、「西野先生が説得できないのなら、わたしが説得しますから、当事者を連れてきて下さい」といったり、原告・被告双方の弁護士で折衝を重ね、やっとのことで練り上げた和解文書の文言を勝手に書き換えようとしたり、弁護士の言動が気に入らないと憤然と席を蹴ったり、裁判所内部の会合に出るため「差支《さしつか》えになった」の一言で弁論や判決期日を簡単に変えたりといった、おかしな裁判官の話は、妹尾も原さんもしょっちゅう聞かされている。

「ところで妹尾君、試験勉強のほうはどうだ？」

妹尾は昨年、一昨年と司法試験の択一試験を突破し、論文試験では落とされたものの、かなりいい線までいった。浪人三年目の今年は正念場である。

「はい、緑法会の答練でも、だいたいコンスタントにいい点数がとれるようになってきたんで、手ごたえは感じてます」

妹尾は、母校の市谷にある大学での勉強会のほか、早稲田大学の有名司法試験受験サークル「緑法会」の答案練習会に参加して腕を磨いている。

「オッケー。六月に入ったら休んでいいからな。しっかり勉強しろよ」

司法試験は、五月に択一試験が行われたあと、七月中旬の暑い盛りに、天王山である論文試験が三日間にわたって行われる。その直前は、どの受験生も、目が開いているあいだはほとんど勉強しているくらい集中して勉強する。

六月――

熊本は初夏を迎え、熊本城内のクスノキが鮮やかな黄緑色の葉を繁らせていた。

朝、村木健吾は、いつものように裁判所に出勤した。

熊本地方裁判所は、熊本城から北の方角にゆるやかに上る坂道を五、六分歩いた京町一丁目にある。そばに熊本地方検察庁があり、付近に司法書士や行政書士が事務所を構えている。周囲は学校や寺が多い住宅街である。

熊本地裁の建物は、明治四十一年につくられた二階建ての洋風建築である。正面一階は三連アーチで、二階にも同じアーチ型の窓が並んでいる。赤煉瓦の壁に白い石で横縞模様が入っていて、ピーコックブルーの屋根飾りはヨーロッパ風である。

熊本地裁は、県内にある八代、人吉、玉名など、八つの支部と十四の簡易裁判所を統括する「本庁」である。裁判官数は三十人弱、職員数は二百人弱で、大阪地裁の四分の一から五分の一といった規模である。

その日、村木は出勤すると裁判長に呼ばれた。

「村木君、どう？　熊本の生活には慣れてきたかい？」

やや肥満体の裁判長が、裁判官室のソファーで訊いた。年齢は四十代後半で、折り目正しい人物である。

「はい。家族も来て二ヶ月ほどになりますので、ようやく落ち着いてきたところです」

目の下にうっすらと隈ができた村木はいった。

妻と四歳になった長男がやって来て、家の中は片付き、私生活も落ち着いてきたが、仕事の忙しさは相変わらずで、週末もほとんど休みなく自宅で仕事をしている。

「そうか。……いや、実は忙しいところ悪いんだけど、明日、荻野部長(部総括判事)と一緒に人吉に行ってほしいんだ」

「人吉に？」

鹿児島県との県境に近い県南部の人口四万人あまりの市である。

「あそこの裁判官が、パンクしたんだ」

裁判長は困ったような表情でいった。

人吉市には熊本地家裁の人吉支部がある。裁判官が一人だけのいわゆる乙号支部である。

「人柄はいいんだけど、事件の処理が遅くてねえ。前々から未済件数が増えてて問題になってたんだけど、とうとう奥さんに判決文を書いてもらうような状態になったんだ」

「奥さんに⁉」

村木は、一瞬、主婦が判決文を書いたのかと思って仰天した。

「いや、奥さんといっても、立派な裁判官だよ。今、八代支部に勤務している」

「ああ……そうでしたか」

八代市は、熊本市と人吉市のちょうど真ん中に位置し、やはり熊本地家裁の支部がある。

二人は修習時代に知り合って結婚し、子どもができてからは裁判所の配慮で、夫婦が一緒に住めるよう同じ裁判所か近隣の裁判所で勤務してきた。このあたりは、民間企業よりも融通がきく。

閉鎖社会である裁判所では職場結婚が多い。男性裁判官の場合は上司の部総括判事から見合い話を持ちかけられたりするが、女性裁判官はそういうことも少なく、期の前後する男性裁判官と結婚するケースがよくある。

「まあ、一人支部だと、民事、刑事、家事となんでもやらなきゃならないし、捜索令状や逮捕令状の発付、遺産分割や養育費請求、婚姻費用請求なんかの審判書も書かなきゃならない。民事執行、破産、保全といった手続きもある。大変といえば大変なんだけどね」

人吉支部の裁判官は、書記官に「あのう、裁判官、例の家事審判書はまだでしょうか？

代理人から毎日のように催促がきてるんですが」とか、「あの刑事の判決書はまだでしょうか？」といわれ、「うん、もうすぐできるから」と誤魔化しながら、連日徹夜して必死で判決文や書面を書いていたが、ついにパンクし、八代支部に勤務する判事の夫人に刑事事件の判決文を書いてもらった。被告人が起訴内容を認めている単純な窃盗事件だったが、万年筆の文字が違うので、書記官が不審に思って問い質《ただ》したところ、最初は高校生の娘に代筆させたといっていたが、最後は事情を告白したという。

「なんかねえ、半分ノイローゼみたいになって、体調もすぐれないらしいんだ」

病院で診察してもらったところ、高血圧と軽度の鬱と診断されたという。

「それでまあ、おそらく本庁（熊本地裁）のほうから、審理に応援を出して、事件も何十件か引き取ることになるだろうということで、明日、所長の命を受けて、荻野部長が行かれるんだ」

刑事のベテラン裁判長である荻野は、地裁所長の信頼もあつく、本件の処理にあたることになったという。

「それにわたしが同行すると？」

村木の問いに、裁判長はうなずいた。

「現地に行けば、いろいろ作業もあるだろうし、荻野さんが刑事なので、助手的な役割をする人間は、民事のほうがよかろうという話になったんだ。所長とも話し合った結果、あなたにお願いしようということになってね」

翌日——

村木は、熊本地裁の部総括判事(裁判長)・荻野正道と熊本駅から人吉行きの普通列車に乗った。熊本市から人吉市までは八〇キロメートルほどの距離で、途中の八代駅で肥薩線に乗り換える。

荻野は四十代後半で、額の広い細面にやや大きめのフレームの眼鏡をかけていた。痩身で、年齢のわりに老けていて、枯れ木のような淡々とした雰囲気を漂わせている。

「どう、ご家族は、九州の暮らしには、慣れてきたかい?」

走り始めた列車の中で、荻野が村木に訊いた。

「はい、おかげさまで。息子の幼稚園もすぐに見つかりましたし、家内も、自然豊かな熊本市が気にいっております」

背広姿の村木は、やや緊張して答えた。列車はガタタン、ガタタンと鉄路を踏み鳴らしている。線路のそばには緑の水田が広がり、遠くに初夏らしい青い山影が見える。

「九州もなかなかいいところだよね。……ところで、村木君は、どうして裁判官になったの?」

「わたしは戦争を体験した世代です。子どもの頃から、ああいう惨禍を二度と起こさないためには、何が必要なんだろうと考えまして……」

村木の言葉に、荻野は、うんうん、とうなずきながら話を聞く。笑顔がなんとも優しく、この人になら何でも話せると思わせられる。

八代駅のそばには大きな製紙工場があり、紅白の縞模様の煙突が白い煙を盛んに吐き出していた。

八代駅からの列車は、県内最大の河川で、最上川、富士川とならぶ日本三大急流の球磨《くま》川に沿うように走り始める。鮎と鰻が有名な川で、瑪瑙《めのう》のような深緑色の水面が初夏の太陽を反射していた。

途中何度も鉄橋を渡り、何度もトンネルを抜け、緑豊かな渓谷を縫うように列車は走り続けた。

「……ぼくはねえ、最初、裁判官が嫌で、辞めて弁護士になろうかと思っていたんだよ」

二人の会話は、いつしか荻野の昔話になっていた。

「裁判官が嫌で？　はあ、そうなんですか」

刑事裁判の神様といわれる荻野にしては、意外な言葉である。

「最初に配属されたのが、東京地裁の刑事部だったんだ。そこの裁判長が、あまりよくない人でねえ」

被告人の弁解を一切取り上げようとしない裁判長で、事情を懸命に説明する被告人を叱《しっ》責したり、冷笑を浴びせたりして、とにかく検察の筋書きどおりに裁判を進め、簡単に有罪判決を下す裁判長だったという。

「ぼくが、『被告人の弁解は一応筋がとおっていますし、少なくとも、この点については、もう少し調べてもいいんじゃないでしょうか?』といっても、『被告人は嘘をつくに決まってるんだよ。忙しいのに、そんなことやってられるか』といって、全然取り合ってもらえなかった」

荻野は悲しげな表情でいった。

「ぼくは、これが裁判といえるものだろうかと、真剣に悩んだ。もし、あのままだったら、辞めて、今頃は弁護士になっていただろうね」

そんなとき、裁判長が交代し、司法研修所で刑事裁判の教官をしていた人物が、新しい裁判長として着任したという。

「この人の訴訟指揮は、実に素晴らしかった」

荻野は惚れ惚れとした表情でいった。

「それまでの裁判長と百八十度逆で、被告人の言葉をとても大切にする人で、どんなに奇想天外な弁解でも、荒唐無稽な説明でも、それについては徹底的に事実を調査する人だった。逆に、被告人が起訴事実や検察官の論告を簡単に認めてしまうと、機嫌が悪くなるくらいだった」

村木はうなずく。

「ぼくが驚いて、『そこまで調べる必要はないんじゃないでしょうか？』といったら、『被告人はどんなに強がっていても、しょせんは弱い立場で、ものがいえないこともあるのだ』って、厳しく叱責されたよ」

列車の進行方向左手に、九州山脈南端の仰烏帽子《のけえぼし》山（標高一三〇二メートル）の山麓が見えていた。鬱蒼《うっそう》とした緑の木々に覆われていて、九州の大自然の力強さを感じさせる。

「そして、最初に聞いたときは嘘か冗談としか思えないような弁解でも、それを手がかりに調べていくと、そのとおりの事実が出てくることが結構あるんだ」

村木は、熱い感動を覚えてうなずく。

「あれからもう二十年くらい経つけれど、ぼくは、ずーっとあの人のようになりたいと思って裁判官を続けてきたよ。……まだまだ、足元にもおよばないけれどね」

その裁判長はすでに定年退官し、かつて指導した後輩たちの判決を『判例タイムズ』や『判例時報』で熟読し、批評や細々《こまごま》としたアドバイスを便箋十枚以上にしたためて送るのを楽しみに、悠々自適の生活を送っているという。

「聞くところでは、あなたも丁寧な審理をするそうだね」

「いえ、とんでもありません。わたしの仕事など、お恥ずかしい限りです」

「村木君、それはいいことだよ。一件一件辛抱強くやっていくことが、結果的には一番の近道になる」

荻野の言葉に、村木は深くうなずいた。

「それで、東京地裁のあとは、前橋地裁に転勤してねえ」

荻野が昔話を続ける。

「今はどこの法廷も窓がなくなったけれど、前橋の法廷は、法壇から見て左側がガラス窓になっているんだ。今もそうだと思う」

「へえ、そうなんですか」

「長い証言を聴いているときに、パーッと夕立が降ってきたりすると、セーラー服の女子中学生たちが自転車を一生懸命こいで行くのが見えたりしてねえ。あれは風情があったねえ」

荻野は相変わらず優しそうな笑顔でいった。

九月七日金曜日——

札幌の空は北海道らしい秋晴れで、九月上旬にしては暖かかった。

札幌地方裁判所はこの春に建てかえられたばかりの真新しいビルである。札幌高裁との合同庁舎で、薄茶色の正面外壁に規則正しく並んだ横十四、縦七のガラス窓が明るい秋空を映し出していた。

最上階・八階の五号法廷に、多くの人々がつめかけていた。長沼ナイキ訴訟の原告団二十七人、原告側弁護団二十九人、被告の国側から五人。傍聴席は、九十六人の記者や傍聴人で満員だった。

長沼ナイキ訴訟が第一審判決の日を迎えた。

一回目の口頭弁論が開かれたのは四年前の十月で、この三月に結審するまで、二十七回の証拠調べが行われ、数多くの証人が証言台に立ち、論戦が繰り広げられた。

午前十時ちょうど――

三人の裁判官が黒い法服を翻《ひるがえ》し、法壇後方の扉から姿を現した。

裁判長・福島重雄判事(京大卒、十一期、四十三歳)、右陪席・稲守孝夫判事(名古屋大卒、十三期、三十八歳)、左陪席・稲田龍樹判事補(中央大卒、二十三期、二十六歳)であった。稲守は第五回の口頭弁論から、稲田は第十回の口頭弁論から審理に加わった。

報道用の写真撮影が行われたあと、十時二分、度の強い黒縁眼鏡をかけた福島が開廷を宣言した。

長沼高校の教諭や年老いた農民ら、原告団から熱い眼差しが法壇中央の福島に注がれる。

「それでは、判決要旨を……あ、いや、失礼しました」

緊張しているのか、いい間違えた。

「主文を朗読します」

福島のテノールが法廷に響き、高い天井の廷内はしんと静まり返った。

「主文、一、被告が昭和四十四年七月七日、農林省告示第一〇二三号をもってした、左記保安林の指定を解除する旨の処分を取り消す」

傍聴席から見て左手の原告席にすわった原告や弁護士らの表情がぱっと輝き、うなずき合う。被告席の札幌法務局(法務省の出先)の宮村素之訟務部長ら五人は、硬い表情で俯《うつむ》いた。

「……(1)解除に関わる保安林の所在場所・北海道夕張郡長沼町(国有林)、(2)保安林として指定された目的・水源のかん養、(3)解除の理由・高射教育訓練施設敷地および同連絡道路敷地とするため……」

十時八分、札幌地裁の正面玄関に、伝令役の社会党の横路孝弘代議士(のち北海道知事、衆議院議長)と楢崎《ならざき》弥之助代議士が息せききって姿を現し、Vサインを高々と掲げた。

「わーっ！　やったぞーっ！」

「ばんざーい、ばんざーい！」

「よかった！　おめでとう！」

中央区大通西十一丁目の裁判所前から大通公園一帯を埋め尽くした約千人の人々の頭上で、赤い旗や青い旗が振られ、拍手が湧き、拳やVサインが突き上げられた。背広姿の教師と農民が握手を交わし、普段着の主婦が万歳をし、若い父親が赤ん坊を高々と抱き上げた。

法廷では、裁判長の福島が、判決要旨の朗読に入った。

判決文は、四百字詰め原稿用紙換算で約四百枚あり、優に一冊の本になるほどの量だった。原告と被告の議論を踏まえ、憲法や関連条文の目的・制定経緯・解釈などを、法理論、歴史、外国の例なども引きながら深くかつ詳細に論じていた。

なお民事訴訟の判決いい渡しでは、主文だけを読むのが原則(民事訴訟規則百五十五条第一項)で、裁判長の裁量で判決理由(判決要旨)や判決文全文を読むことができる(同条第二項)。実務上は、世間の注目を集めている事件のときに、後者の形がとられることが多い。

「……第四、自衛隊とその関係法規の違憲性、本件保安林指定解除処分の森林法第二十六条第二項にいう公益性の欠如」

濡れたように光る黒い絹の法服を着た福島は、ときおり白いハンカチで額の汗をぬぐい、淡々とたじろぐことなく、判決要旨を読み上げてゆく。

「一、認定した自衛隊の編成、規模、装備、能力からすると、自衛隊は明らかに『外敵に対する実力的な戦闘行動を目的とする人的、物的手段としての組織体』と認められるので、軍隊であり、それゆえに陸、海、空各自衛隊は、憲法第九条第二項によってその保持を禁ぜられている『陸海空軍』という『戦力』に該当するものといわなければならない。

そしてこのような各自衛隊の組織、編成、装備、行動などを規定している防衛庁設置法、自衛隊法、その他これに関する法規は、いずれも同様に、憲法の右条項に違反し、憲法第九十八条によりその効力を有しえないものである」

傍聴席から、「ほーっ」というため息が漏れる。自衛隊の違憲性にある程度言及されることは予想されていたが、ここまで明快にいい切ると思った人間は少なかった。

「……二、森林法第二十六条第二項にいう『公益上の理由』があるというためには、解除の目的が、憲法を頂点とする法体系上価値を認められるものでなければならないから、自衛隊の存在およびこれを規定する関連法規が憲法に違反するものである以上、自衛隊の防衛に関する施設を設置するという目的は森林法の右条項にいう公益性をもつことはできないものである」

福島が読み上げる判決要旨を一心にメモしていた佐藤文彦弁護士が上気した顔で原告席から立ち上がり、急ぎ足で法廷をあとにした。

佐藤弁護士は、エレベーターでビルの一階まで下りると、正面玄関前につめかけていた人々に、メモの内容を読み上げた。

「……自衛隊法、その他これに関する法規は、いずれも同様に、憲法の右条項に違反し、憲法第九十八条によりその効力を有しえないものである」

佐藤が、自衛隊を違憲とする箇所を声を震わせて読み上げると、人々から大きな歓声と拍手が湧いた。

過去、駐留米軍を憲法九条第二項に反する「戦力」であるとして違憲判断が下されたことはあった。これは、昭和三十四年三月の東京地裁(伊達秋雄裁判長)による砂川事件の第一審判決である。しかし、自衛隊を違憲とする判決は初めてだった。

砂川事件では、検察側が最高裁に跳躍上告(刑事訴訟規則第二百五十四、二百五十五条にもとづき、違憲判決について、控訴をへずに最高裁に申し立てる)し、同年十二月に最高裁大法廷は、一審判決を破棄し、審理を東京地裁に差し戻した。「憲法第九条が禁止する戦力とは、日本国が指揮・管理できる戦力のことで、外国の軍隊は戦力にあたらない。したがって米軍の駐留は、憲法に違反しない」とし、さらに「日米安全保障条約のような高度な政治性をもつ条約については、一見してきわめて明白に違憲無効と認められない限り、その内容について違憲かどうかの法的判断を下すことはできない」という「統治行為論」をその理由とした。統治行為は、高度の政治性を持った国家の行為で、裁判所の審査権の範囲外にあるとされる。

長沼ナイキ訴訟の札幌地裁の判決は、『「統治行為論」』は、法治主義に対する例外をなすものであるから制限的に解すべきである。本件は統治行為にはあたらない」として、自衛隊の合憲性の判断に踏み込んだ。

史上初めて下された自衛隊に対する違憲判決は、日本を揺るがす事件となった。新聞各紙は一面に大きな見出しと写真を掲げたほか、政治面や社会面など五、六面を費やして詳しく報じた。テレビも繰り返しニュースを流し、その日、人々は「長沼ナイキ」、「自衛隊」、「札幌地方裁判所」、「違憲」という言葉を何度も聞くことになった。

判決で大きな打撃を受けたのは、参議院で審議中の防衛二法(自衛隊法と防衛庁設置法)改正案だった。同改正案は、沖縄への自衛隊配備と四次防実施にともなう定員増が主な内容で、野党からの反対が強く、過去三回も廃案となったいわくつきの法案である。

自民党の橋本登美三郎幹事長は「自民党としては、このような判決は納得しがたい。本事件を担当した福島裁判長は青法協の有力メンバーであり、これまで各種の問題を起こした人物であることにかんがみ、このような偏向した判決がなされることは当初から予想していた。この判決の重大な憲法解釈の誤りは、上級裁判所で必ず是正されるものと確信する」と怒りをあらわにした。

一方、社会、共産、公明の野党三党は、画期的な判決であるとして歓迎し、自衛隊の不法・不当性を国会の内外で広く訴えていくと勢いづいた。

著名な憲法学者である宮沢俊義東大名誉教授は、「裁判所が自衛隊が違憲だと明白な結論を出したことは結構なことだし、大賛成だ。憲法解釈で自衛隊を合憲とすることには無理があり、邪道な解釈がこれまでまかりとおってきたことがおかしい」と述べた。統治行為論については、宮沢自身が四十数年前にそれを日本に紹介した当の本人だったが、「今までの判決で明らかに統治行為とされるのは、衆議院の解散だけ。自衛隊を統治行為から外し、裁判の対象にしたことは、わたしは賛成だ」とした。「ただ、最高裁まで行ったら、勝てないんじゃないだろうか」とつけ加えた。

十月の終わり――

妹尾猛史は、新橋烏森法律事務所で秘書をしている原啓子さんと一緒に、霞が関一丁目にある法務省の前に来ていた。そろそろ日が傾き、夕方の気配が漂い始める時刻だった。周囲に数百人の人々が集まって、開門を待っていた。

司法試験の最終合格発表の日であった。

妹尾は七月に行われた論文試験を突破し、先日、土日をはさんで九日間にわたった口述試験を受験した。

「……待たせるわねえ。どうして発表は四時なのかしらねえ。さっさとやってくれればいいのにねえ」

黒髪を短くカットし、目元のきりりとした原さんがいった。小柄な身体に、落ち着いた紺色のカーディガンにスカート姿だった。

「択一も論文も合格発表は四時からなんですよねえ。一説には、すぐに祝い酒ややけ酒を飲みやすくするともいわれてますが」

セーター姿の妹尾が苦笑した。二十七歳になり、落ち着きが出てきていた。口述試験を受験する前に一度剃った口髭は、また伸び始めてきている。

「ほんとに？」

「いえ、本当は、あんまり早い時間に発表して、外で騒がれると、法務省の人たちの仕事の邪魔になるからという説が有力です」

「ああ、なるほどね」

ほかの受験生たちも、腕時計を見たり、友人と話をしたりしながら、開門を待っていた。その表情は、九月の論文試験の合格発表のときよりは落ち着いている。口述試験で落ちるのは一割弱にすぎないので、司法試験の勝敗の分かれ目は論文試験である。

今年の司法試験は、二万五千三百三十九人が受験し、択一試験で二千四百八十四人に絞られ、論文試験でさらに五百六十六人に絞られた。今日発表される最終的な合格者数は、五百三十人から五百四十人になるといわれている。

「あっ、来たわよ」

原さんが、門を開けにやって来た守衛の姿を見ていった。ちょうど四時になったところだった。

やがて門が開けられ、受験生たちは一斉に赤煉瓦の法務省庁舎へと向かう。合格発表は、庁舎の中庭の渡り廊下の外側の壁に、合格者の番号と名前が張り出される。

皆、駆け出したい気持ちをこらえ、早足で敷地内を歩いてゆく。

妹尾はどきどきしながら、受験生たちの群れと一緒に進んだ。

口述試験の出来は悪くないつもりだったが、一抹の不安があった。刑法と教養選択科目の心理学でかなり突っ込んだ質問をされ、二、三度立ち往生したからだ。

「やった！　あったー！」

「あー、よかったぁ」

「おめでとう！」

すでに到着した受験生たちが自分の番号と名前を見つけて、ガッツポーズをしたり、友人や恋人と抱き合ったりしていた。

落ちた者は青ざめた顔で声もなく、何かの間違いではないかと、掲示板をじっと睨んでいる。

妹尾は心臓を高鳴らせ、横長の掲示板に視線を走らせた。

「あ、妹尾君、あった、あった！　あそこよ！」

小柄な原さんが嬉しそうな声を上げて、掲示板の一角を指差した。

妹尾が視線をやると、確かに「百八十七番　妹尾猛史」とあった。

「おめでとう！」

原さんが両手の拳を握りしめ、満面の笑みでいった。

「有難うございます。……やりました！」

妹尾は全身の力が抜け、へなへなと地面にへたり込みそうになった。三年あまりの受験勉強の日々が走馬灯のように脳裏を駆けめぐり、思わず涙ぐんでいた。

その晩——

「じゃあ、妹尾君の合格を祝して、かんぱーい！」

座卓の前であぐらをかいたワイシャツ姿の西野政和弁護士が、笑顔でビールのジョッキを掲げた。

「かんぱーい！」

「おめでとうございまーす」

「有難うございまーす」

妹尾が働いている新橋鳥森法律事務所の弁護士や職員七人ほどが開いてくれた合格祝いの会だった。ニュー新橋ビル背後の飲み屋街の一角にあるごく大衆的な焼き鳥屋で、畳の上に座卓が並べられ、背中が後ろの客とくっつきそうなほど狭い店だった。サラリーマンの男女でごった返す店内は、タバコと焼き鳥の煙が渦巻き、画鋲で留められた品書きは薄茶色に変色していた。

「しかし、五年前に妹尾君が、うちで働き始めたとき、まさか司法試験に合格するなんて思わなかったよなあ」

広い額に長めの前髪の西野弁護士が、ねぎまを齧《かじ》っていった。

「そうそう、ちょっと頼りなげで、北陸の田舎から出てきた素朴な大学生って感じで」

事務所の女性職員が笑った。

「しかし、三年ちょっとの勉強で合格するなんて、立派なもんだ。……俺よりよっぽど優秀だよ」

三十代後半の男性弁護士がいった。

「有難うございます。わたしもまだ信じられません。……いろいろご指導下さった皆さんのおかげです。本当に有難うございました」

妹尾は正座して、頭を下げた。

「いいねえ。実るほど頭《こうべ》を垂るる稲穂かな、ってやつだな」

西野がビールのジョッキを傾けながら笑った。

「ほら、妹尾君、遠慮しないでどんどん食えよ。今日はみんなのおごりなんだから」

「はっ、有難うございます。いただきます」

妹尾は、もつの味噌煮の器を手に持ち、箸で口に運ぶ。

座卓の上には、つくね、皮、砂肝、レバー、うずらの卵などが所せましと並べられている。

「ところで妹尾君は、やっぱり弁護士志望なの？」

足を崩してすわり、ビールでほんのりと顔を赤らめた原さんが訊いた。

「はあ、やはり弁護士が自分に一番向いてるんじゃないかって思いますんで」

もつの味噌煮を食べながら、妹尾がいった。

「そりゃそうだよ。弁護士が一番格好いいもんなあ。なあ、妹尾君」

西野がいい、一同が笑った。

「いや、しかし、最近は裁判官も格好いいみたいですよ」

事務所でアルバイトをしている男子学生がいった。

「えっ、裁判官？　嘘だろう？」

「『プレイボーイ』に、こんなのが出てますよ」

男子学生は一冊の雑誌を開いて、西野に差し出した。

『週刊プレイボーイ』の十月九日号だった。

「ほー、こりゃあ確かに、格好ええなあ」

見開きの二ページの左側に、分厚いレンズの黒縁眼鏡をかけ、ダークスーツのポケットに両手を突っ込み、少し斜め上を向いて歩く男の写真が載っていた。

札幌地裁の福島重雄裁判長であった。

活躍する男たちを取り上げるシリーズの第一回で、〈自衛隊違憲判決の福島重雄裁判長ガンバリズムに生きた〝越中ッさ〟の青春〉という見出しの四ページの特集記事だった。

記事は冒頭で、自衛隊違憲判決に触れ、判決後、右翼の襲撃などが懸念されるため、福島は家族とともに官舎を出て、今は別の場所から出勤しているとあり、その後、人となりを紹介する構成になっていた。

昭和五年生まれの福島重雄は、富山県の出身で、父親は高校教師で元陸軍中尉。本人も旧制富山中学(現・富山高校)をへて、江田島(広島県)の海軍兵学校で学んだ。江田島で終戦を迎えたことは、福島に戦争と平和について考えさせたのは間違いない。

戦後、富山高校から京大法学部に入り、大学二年のとき、法学部自治会の副委員長を務め、円山公園のデモに参加して公安条例違反で逮捕され、起訴猶予になった。京大大学院時代は独学を好み、ソ連の証拠法の文献を翻訳するためロシア語を習った。

司法試験に合格したのは、昭和三十一年で二十六歳のときだった。憲法を護ろうと決意し、裁判官の道を選択。初任地は札幌地裁で、東京地裁、新潟地家裁柏崎支部をへて、五年前に札幌に戻った。

父親や友人たちの話として、「富山高校で寮生活をしていたときは、食糧の買出しで忙しくて落第確実な炊事担当を進んでやった」、「サッカー部のフルバックで、ディフェンスが上手く、人から好かれたが、親分肌ではなかった」、「頑固者」、「裁判官になるより仕方がないような堅物」といったコメントが紹介され、気骨があって排他性が強い「越中ッさ」（富山県人）らしい人柄であるとされていた。

現在でも朝四時に起床して、朝八時まで法律関係の原書を読み、長沼判決の一週間後には、ソフトボール大会にキャプテンとして出場したという。趣味は釣りで、小樽の海に酒の肴のイカ釣りをしに行きたいと思っているとあった。


同じ頃――

霞が関一丁目の最高裁事務総局の人事局長室のソファーで、弓削晃太郎が、部下の二人の課長と水割りのグラスを傾けていた。

「『特別な感想はないのですがね……。現行憲法を忠実に解釈、判断すれば、この判決以外にはありません』か……」

ソファーで脚を組み、ある月刊総合誌に掲載された福島重雄裁判長の判決後のコメントを見て弓削がいった。

「この福島という男は、悪い男じゃないんですがね」

四十歳すぎの人事局給与課長がいった。

「お人よしというか、人のいうことをまともに受けて、結局は、損をするタイプといいますか」

『北陸型の鈍重、晩成、努力型。単純・素朴な田舎出身の学生の典型』か……」

弓削が、雑誌の記事の福島評を読み上げる。

「確かに憲法の規定を字句どおりに解釈すれば、学者連中がいうとおり、自衛隊は軍隊で違憲だろう。それは俺も認めるよ」

弓削は、雑誌をコーヒーテーブルの上にばさりと置く。

「だが、自衛隊なしに国土が守れるか？」

二人の課長は首を横に振る。

「ソ連も中国も核兵器を持っている。あの貧しい韓国ですら、日本の三倍の地上兵力を有している」

弓削は大きな身体を前かがみにし、低いテーブルの上のグラスに手を伸ばす。

「北方領土はポツダム宣言受諾後のどさくさに紛れてソ連にまんまと占拠された。中国と台湾は二年前から尖閣《せんかく》諸島の領有権を主張している。韓国は李承晩(元大統領)が勝手に領海線を引いて、竹島は自国領だといっている」

弓削は鋭い視線で二人を見る。

「軍隊がなければ、他国から緊急不正の侵略を受けても、手をこまねいて見ているしかない。特に北海道周辺の防衛は、若干手薄だ。あのあたりに、常にソ連のほうを向いたナイキ・ミサイルを配備する必要性があることは、我々素人の目から見ても明らかだ」

二人の課長は、弓削の考察の深さに感心する。

「何よりも、日本が自衛隊を持つことは、アメリカが望んでいることだ」

弓削は、サントリーの角の水割りを口に運ぶ。

「かといって、現実に即して憲法を改正しようとすれば、中国、韓国をはじめとするアジア諸国が猛反発するだろう。これが日本の置かれている現実だ。事実認定と条文解釈をして、判決を書いて、『ここまでが俺の仕事だ。あとは知らん』でいいはずがない」

「自民党との関係もありますしね」

「そうだな」

最高裁は、国会で安定多数を保っている自民党を怒らせることを警戒していた。青法協への圧力も、裁判所が自民党から攻撃されるのを防ぐため、自衛のためにやっている面がある。

「むろん合議だから、陪席のうち少なくとも一人は福島に賛成したということだが」

弓削が忌々しげにいった。

「『長沼シフト』を敷かないといけませんね」

人事局任用課長が弓削の表情を窺《うかが》うようにいった。

「適当な人材はいるか？」

「横浜地裁で部総括をやっていた小河八十次判事あたりはどうでしょう？」

小河は、東京帝大法学部を卒業したあと、旧満鉄(南満州鉄道)に勤務し、現地で軍隊に召集され、抑留生活を送ったあと復員。昭和二十二年に司法試験に合格し、静岡地裁を振り出しに、東京、札幌、甲府などの地家裁で勤務してきた。年齢は弓削より一歳上だが、修習は二期下である。

「なるほど。あいつなら手堅い判決を書くだろう」

弓削は満足げにグラスを傾ける。小河は法律に強い理論派で、法解釈は厳格である。

「右陪席の人選もひとつ考えておいてくれ」

弓削の言葉に、任用課長はうなずいた。

3

翌年(昭和四十九年)十二月——

半ドンの仕事が終わった土曜日の夕方、熊本地裁民事部に勤務する村木健吾は、妻と息子を連れ、市内桜町にある「熊本交通センター」の待合室にいた。坪井川をはさんで熊本城の南側にあるバスターミナルで、一年ほど前に新装オープンした。市内・近郊への路線バスや他県への高速バスの拠点である。

「すいません、お待たせしました」

待合室に、分厚いジャンパーを着てボストンバッグを提《さ》げた津崎守が入ってきた。

「やあ、お疲れさま」

タートルネックの黒いセーターの上にオーバーを着た村木が立ち上がる。

「仕事は順調に終わったかい？」

大きめのフレームの眼鏡をかけた村木が、気の優しそうな笑みを浮かべて訊いた。

「ええ。支部長さんたちとの面談も、皆さん時間どおりに来てくれまして」

銀縁眼鏡をかけた津崎は、前髪をかき上げる。

最高裁事務総局人事局付の津崎は、熊本地家裁傘下の支部・簡裁の業務状況の調査のため、数日間の予定で熊本県に来ていた。昨年、人吉支部の裁判官がパンクして、八代支部に勤務する裁判官の妻に判決文を書かせたことが一因だった。

「こちらが奥様とお子さんですか？　はじめまして。村木さんと修習同期の津崎守です」

村木の妻の明恵と五歳の息子も頭を下げた。ショートカットの明恵の笑顔は健康的で、主婦らしい堅実さを感じさせる。

「バスが来るまで、もう少しだから、すわって待とう」

四人は、宮崎県の熊本県寄りにある高千穂町に夜神楽を観に行くところだった。以前から夜神楽見物を予定していた村木一家に、出張でやって来た津崎が週末を利用して合流したのだった。天岩戸開きや天孫降臨などの神話で知られる高千穂町では、十一月下旬から二月上旬の農閑期に、集落ごとに夜を徹して神楽が舞われる。

「高千穂に夜神楽があるっていうのは、初めて聞きました」

村木の隣りにすわった津崎がいった。

「いや、僕もこっちに来るまで全然知らなかったよ」

村木がいった。「熊本に来てから、いろんな人に『あれは素晴らしいから、是非一度観に行くべきだ』って勧められてね。……なかなか休みもとれないけれど、土日だけで行けるんならと思ってね」

「相変わらず忙しいんですか？」

「仕事はきりがないから」

話しながら、村木はしきりに首を回す。津崎はそれを見て、疲れが溜まっているようだなと思う。

「夏休みや冬休みは、とれてますか？」

裁判所では、それぞれの部ごとに夏と冬、約三週間の休廷期間がある。この間は法廷が開かれず、裁判官は休みをとろうと思えばとることができる。

「休みは、せいぜい二日か三日かなあ。とにかく事件数が多くて、少しでも処理しなきゃいけないから。休廷期間の直前に結審の期日をもってきて、休みの間に集中的に判決を書いて、休み明けにいい渡すってパターンだね」

「いずこも同じですね」

津崎の前任地、東京地裁でも似たような状況である。裁判官たちは常に期日と判決書きに追われ、日曜日の晩にＮＨＫの大河ドラマを観ていても、仕事のことが頭から離れない。

まもなく高千穂町経由延岡行きのバスがやって来て、四人は乗り込んだ。熊本市から高千穂町まではバスで三時間ほどである。

バスは、路面電車が走り、アーケードのある商店街をとおって、東の阿蘇山の方角へ走り出す。

四十分ほどして熊本空港前に到着したときは、窓外に夕方の気配が漂ってきていた。遠くに連なる阿蘇の山々は、黒、茶色、緑の三色で、一部で紅葉が進み始めていた。

空港前で何人かの乗客を乗り降りさせ、再び走り出したバスは、やがて阿蘇の山道に入る。

日頃寝不足の村木は、うつらうつらし始めた。

隣りにすわった津崎は、じっと窓外の風景を眺めていた。道端のすすきの群れが白い穂をつけていた。

脳裏で、出張の数日前に、上司の課長からいわれた言葉がよみがえっていた。

〈きみにとって悪い話じゃない。学歴も器量も申し分ないじゃないか。年齢はきみより

一歳上だが、今は年下にこだわる時代でもないだろう?〉

津崎は、見合い結婚を勧められた。相手は、弓削晃太郎の姪である。離婚歴があり、父親は大手企業の重役だという。

〈弓削局長の縁続きになれば、きみの将来は約束されたも同然だ。しかも相手は、きみのすべてを知った上で、娘をもらってほしいといっているんだよ〉

(きみのすべてを知った上で……?)

恩に着せるような課長の言葉が引っかかった。

(身寄りらしい身寄りもなく、奨学金で高校、大学を出たことか? それとも、彼らは、俺の父親の前科を知っているのか? ……それにしても年上で、しかも離婚歴がある女とは!)

弓削や課長に侮辱されたような気分だった。要は、厄介者の出戻りを自分に押し付け、一件落着にしようというだけではないか。

(俺は、その程度の男にしか見られていないということか……)

津崎は、この話は断ろうと思っていた。

離婚歴や年齢の問題がなくとも、有力者の人脈に連なるために結婚する卑しい男と見られるような真似はしたくない。

（東大法学部を出て、優秀な成績で司法試験や二回試験をとおり、裁判官になっても、『王国』の支配者たちからみれば、捨て駒の一つにすぎないということか……）

午後五時半になる頃には、あたりはすっかり暗くなり、バスは山道を登り続けていた。高千穂町は阿蘇山を越えた向こうにある。道の下のほうの濃い藍色の谷間に民家の明かりが宝石のように点り、遠くの低い空が、夕焼けで赤く染まっていた。

バスはトンネルをいくつも通過し、暗い山道を上り下りし、カーブを何度も曲がり、午後七時ごろ、高千穂町に到着した。標高一六〇〇メートル前後の山々に囲まれ、一級河川・五ヶ瀬川が流れる山あいの町である。人口は二万人とちょっとだが、格式がある古いものだけでも八十八の神社がある。

四人は、旅館に荷物を預け、夕食をとったあと、神楽が行われている下押方《しもおしかた》という名の集落の公民館に出かけた。

神楽は二十ほどある集落ごとに行われており、それぞれの集落の神社に奉納される。下押方の神社は、昌泰《しょうたい》三年（九〇〇年）に建立された嶽宮《たけみや》神社で、祭神は伊奘諾命《いざなぎのみこと》と伊奘冊命《いざなみのみこと》である。

下押方公民館は、町の中心部からタクシーで六、七分の、周囲を段々畑に囲まれた小高い場所にあった。壁の一方が開け放たれ、庭先からも神楽が舞われているのが見えた。

村木ら四人は、受付で初穂料を納め、会場に入った。

板敷きの五十畳ほどの広間に、五十人くらいの人々が集まって神楽を観ていた。

正面奥の十畳くらいの広さの場所に畳が敷かれ、神楽が舞われる「神庭《こうにわ》」になっていた。神様が降りてくる場所で、神楽を舞う「ほしゃどん」(奉仕者殿)以外は立ち入ることができない神聖な場所である。四隅に榊と葉竹が立てられ、東に青、西に白、南に赤、北に黒の御幣《ごへい》が置かれている。天井には注連縄《しめなわ》が張られ、日月に雲、鳥居、十二の干支、松、梅、木火土金水の陰陽五行などを切り絵にした四角い美濃紙の「彫《え》り物《もの》」が飾られている。

神楽は一番が三十分前後かかり、夜を徹して三十三番が舞われる。村木たちが着いたときには、すでに五番の「杉登《すぎのぼり》」の最中だった。杉をつたって神が舞い降り、里人とともに「神遊び」をして、再び別れを惜しみつつ帰ってゆくという神楽である。

横笛のピョローローローロー、ピョローローローロー、太鼓のドンドンという音の中で、長い白髪に大きな目鼻の「入鬼神《いれきじん》」(その地区の氏神)が、右手に扇子、左手に棒の先に紙の房がついた「幣」を持って厳かに舞っていた。

〽嬉しさに　我は此処にて舞い遊ぶ　妻戸《つまど》も開け御簾《みす》も下さず

〽立ち帰り　立ち戻りつつ　うしろの都の不思議さよ　いわそそ川の流れ絶えせず
白い着物の上に金襴の千早(袖なしの羽織)をまとった入鬼神は、呪文のような神楽歌を歌いながら舞う。

村木ら四人は、座布団の上にすわって神楽に観入った。拝観者は半分が地元の人々、半分が観光客のようである。会場後方に石油ストーブが二つ置いてあるが、かなり寒い。皆、防寒着姿で、毛布を持ってきている人も多い。老若男女さまざまだが、子どもは少ない。

「ヨイヤサー、ヨイヤサー」

突然、うしろのほうで大きな声が上がった。

振り返って見ると、長さ二メートルほどの榊の枝を太い束にし、注連縄をかけたものを人々が左右から持って振りながら、かけ声をかけていた。

「ヨイヤサー、ヨイヤサー」

人々は、二本の榊の枝の束を神庭の前まで持ってきて、何度も前後に振り、突き入れる「入れ柴」を行う。

入鬼神が去ると、黒い烏帽子をかぶった中学生ぐらいの男の子二人が、鈴をシャン、シャンと鳴らしながら舞い、「杉登」が終わった。

「以上をもちまして、『式三番』が終わりました。ここで十分ほどお休みし、『お神酒の儀式』をさせて頂きます」

司会の老人が拝観の人々に挨拶をした。

津崎が、手にした解説の本を見ると、「神降《かみおろし》」「鎮守」「杉登」の三つを「式三番」と呼び、これが終わると休憩に入るとあった。

神庭に着物姿の「ほしゃどん」たち二十人ほどがあぐらをかいてすわり、一升瓶の焼酎をもった長老風の男が、お神酒を注いでまわる。村木ら拝観者のところにも、大きな皿に盛った煮しめ料理が回ってきた。素材はタケノコ、ニンジン、油揚げ、サトイモ、かまぼこ、シイタケなどで、いなり寿司とたくあんが添えられていた。

「これは、味が滲みてて、美味しいね」

「ほんとに」

村木は妻の明恵と微笑を交わす。村木の息子も、豆腐や竹輪などを箸でつまんで食べる。そばにすわった地元の人と思しい老人たちが、「無事終わった」「ようおぼえた、ようおぼえた」と、先ほど舞った二人の中学生のことを話していた。

やがて休憩が終わり、神楽が再開された。

〽日向なる　高千穂峯の御注連縄《みしめなわ》　永きをかけて住める我が国

横笛と太鼓の音に乗って、神楽歌が低く響く。

「地固《じがため》」という、大地を踏み固めて豊作祈願成就を神々に感謝する舞いだった。「みづら」という古代の男子の髪型のように、頭に巻いた赤い鉢巻を顔の左右にたらし、白装束姿の四人の男たちが、左手に榊、右手に金色の鈴を持ち、腰に太刀を差し、鈴をシャン、シャンと鳴らしながら舞う。

その二つあとの「沖逢《おきえ》」は、天孫降臨のとき、天村雲命《あめのむらくものみこと》が高天原の真名井《まない》の水種を地上に申し降ろしたときの舞いだった。

〽沖へおき　沖に浮木のみえたるは　えびすのごぜの御座やますらん

海原から来る神を招ずる神楽歌を歌いながら舞うのは、頭に巻いた赤い鉢巻を背中までたらし、白い衣に白い袴姿の小学六年生から中学二年生までの男の子四人である。

「ねえ、あの子見て。すごく上手いと思わない？」

村木の妻の明恵が、左手に榊の枝、右手に金色の鈴を持って舞う四人の男の子のうちの一人を指差した。

「えっ、どの子？」

「ほら、今ちょうど左の奥で舞ってる子よ」

村木は、明恵がいった男の子に視線をそそぐ。

「うん、本当だ。確かに上手い」

顔はまだ幼く、小学六年生のようだが、他の三人に比べると、上体の前傾も大きく、畳の上をすべるように舞っていた。腰をぐっと落とすときは一番深く落とし、両手を広げるときはひときわ大きく、動きがリズミカルで、バレエを連想させた。

「あの子、運動神経がいいんだろうねえ」

「沖逢」は二十分ほどの短い舞いだった。終わったとき、時刻は午後十時をすぎていた。かなりの数の人々が帰宅し、来たときはほぼいっぱいだった会場の床板がかなり見えるようになった。うしろのほうで、白い顎鬚を生やした老人が酔っ払って大声で喋っていた。

午後十時半をすぎるころには、戸外の風が強くなり、開け放ったうしろのほうから、冷たい風が吹き込んでくるようになった。

「こんなに寒いとは思わなかったなあ」

分厚いオーバーコートを着た村木は、手袋をはめる。

「雪が降りそうですね」

津崎がうしろの庭先を振り返る。暗闇の中で木々が強風に揺れていた。

「わたし、そろそろ宿に帰ります。あとはお二人でじっくり観て下さい」

明恵がいった。村木の五歳の息子が、明恵に寄りかかって眠そうな顔をしていた。

「分かった。タクシーを呼ぼう」

村木が立ち上がって、公民館そなえ付けの電話を借りに行く。

明恵と息子が帰ったのと入れ違いに、二十人ほどが新たにやって来て、拝観者は四十人くらいになった。

「酒でももらってきますか」

「うん」

津崎が立ち上がり、うしろの庭先に下りる。

テントの下に長テーブルが一脚置かれ、誰でも焼酎が飲めるように、一升瓶と青竹を切ってつくったカップが置かれていた。青竹のカップは、竹の肌触りが唇に素朴な感触を与える。

「神楽を観ながら焼酎を飲むなんてオツですが、さすがにストレートはきついですね」

手にした青竹のカップを眺めて、津崎がいった。

「寒いから、あんまり酔いが回ってこないね」

村木が青竹のカップを目の前の床に置き、拳で自分の腰をトントンと叩く。

「腰痛ですか？」

「うん。僕もどうやら職業病にかかったようだ」

裁判官は長時間椅子にすわったまま訴訟記録を読むので、腰痛になりやすい。村木のように丁寧な審理を行う裁判官は特にそうである。

「刑事で有名な、うちの荻野正道裁判長も、ひどい腰痛に悩まされてるそうだよ」

「あの二十件近い無罪判決を出して、すべて確定しているっていう驚異的な人ですね」

「判決文に『この点については、こういう見方もあるが、しかし、これについては……』といった調子で、検察官が控訴理由に書きそうなことをすべて先回りして細かく丁寧に書くんだそうだ。それを読んだ検察は『これではとても控訴できない』と諦めるらしい」

「すごいもんですねえ」

しかし、裁判官の鑑《かがみ》のような荻野も、出世という意味では必ずしも恵まれてはいない。むろん遅くはないので、小さな地裁の所長くらいにはなれそうだが、それ以上は難しい感じである。裁判所内で出世し、組織を牛耳ってゆくのは、やはり事務総局の司法官僚である。

「そういえば、福島重雄さんは、東京地裁の手形部に異動になったんだなあ」

村木が重苦しい口調でいい、青竹のカップの焼酎を口に運ぶ。

長沼ナイキ訴訟の一審で裁判長を務め、自衛隊違憲判決を出した福島重雄判事は、去る四月の異動で東京地裁の民事第七部(手形部)に異動になった。東京地裁といえば聞こえはいいが、明らかな左遷人事だった。手形部は手形訴訟をやるだけの部だが、手形訴訟はもっぱら形式の問題(すなわち、金額と支払い場所があるか、振出人があるか、印鑑があるか等)なので、何かよほどの抗弁でもない限り、形式的な審理で済み、裁判官としての能力は必要とされない。同部に裁判官は三、四人しかおらず、職場も東京地裁とは別の日比谷公園内分庁舎で、飯野ビルから日比谷公会堂のほうへ車が走って行くとガタガタ揺れ、階段で職員がつまずいてアキレス腱を傷めたりするような古い木造建築だった。福島は裁判長の肩書も失った。

「しかも、札幌高裁では、『長沼シフト』が敷かれたようだねえ」

札幌高裁では、横浜地裁で部総括判事を務めていた小河八十次判事が長沼ナイキ訴訟の控訴審を担当することになった。また、去る四月に、東京地裁の落合威判事が右陪席として札幌高裁に送り込まれた。

「裁判所は、こんなことでいいのかなあ」

村木はぼやくようにいった。青法協会員同士であれば、もっと激しく批判するところだが、事務総局に勤務する津崎をなじるようなことはしたくなかった。

津崎のほうはなんとも返事のしようがなく、俯くしかなかった。

神庭では、「五穀」が舞われていた。さまざまな面をつけ、白木綿の素襖《すおう》(袖の長い上着)に金襴の千早を着た五人が、米、稗、粟、豆、麦の五穀の穂を片手に、もう片方の手に五穀の種をのせた膳を持ち、「天よりも　五穀たばねて我来たよ　五穀の主とは我をこそいう」と歌いながら舞う。

「五穀」が終わると、ほしゃどんたちが、膳にのせた五穀の種や餅、糸をとおした五円玉などを拝観者席に撒き、人々は我先にそれを拾う。壁によりかかっていびきをかきながら寝ていた中年女性が急に起きて、必死で餅や五円玉を拾うのに、村木と津崎はたまげた。

続いて、大海神《おおわだつかみ》を鎮め、浄める「大神《だいじん》」、大国主神が七人の御子神を鍛え育てる様子を表したコミカルな「七貴神《しちきじん》」が舞われた。その次が「山森《やまもり》」で、二頭の獅子を引き連れた山の神の舞いである。途中で、二頭の獅子が拝観の人々の頭を噛んで回る。

午前一時をすぎると、あちらこちらで居眠りをする人々が出る一方、会場後方で車座になって酒盛りを始める人々も出てきた。浅黄の袴に着物姿で神庭のそばにすわり、奉納される神楽を観ていた嶽宮神社の神主さんも、船を漕ぎ始めた。

津崎は、出張前に上司からもちかけられた弓削晃太郎の姪との縁談話をいつしか思い出し、つかの間だったが、再び不快な思いにとらわれた。

「山森」のあと、「弓正護《ゆみしょうご》」、「八鉢《やつばち》」と続き、そのあとは「御神体《ごしんたい》」である。伊奘諾命《いざなぎのみこと》と伊奘冊命《いざなみのみこと》の男女二神がザルを揺らして酒を醸《かも》し、互いに飲み交わすうちに、酔った勢いでことに至るというコミカルな神楽で、途中、赤ら顔で髭面の伊奘諾命が拝観している女性たちに抱きついて浮気をし、座は大いに盛り上がる。

「眠気が吹っ飛びましたね」

「そうだね」

村木と津崎は、笑いを交わす。

「しかし、よくこれだけの舞いをおぼえられるもんですねえ。専門でやっているわけでもないのに」

ほしゃどんは二十人くらいで、一人で五〜十の神楽を舞い、舞っていない間も交代で笛を吹いたり、太鼓を叩いたりしている。

「ほんとにすごいもんだよねえ。仕事の合間に稽古をして、これだけのものをやるんだから。情熱というしかないよねえ」

会場では、主催者の下押方の集落の人々が、拝観者たちの間を回って、煮しめ料理や、青竹に入れて燗にした焼酎「かっぽ酒」をふるまっていた。「かっぽ酒」は、ほんのりと竹の香りがする。

午前二時半すぎ、三十三番中、もっとも勇壮な舞いといわれる「岩潜《いわくぐり》」が始まった。岩間を潜る激流を表す舞いで、赤い鉢巻を頭に巻き、白い衣に白い袴、女帯でたすきをした四人の男が、太刀を振りながら舞う。四人がそれぞれ隣りの舞い手の太刀の剣先を素手で握り、身体をぐるり、ぐるりと回転させて、白刃の下を潜る「潜りの手」や、太刀先をたすきに当てて前転する「八方返り」などが披露される。

「岩潜」は五十分以上の長い舞いで、終わったとき、時刻は午前三時半になっていた。ここでかなりの数の拝観者たちが帰宅し始めた。

「僕らもそろそろ帰ろうか。最後まで見届けたいのはやまやまだけど、明日があるから」

「そうですね」

村木と津崎もタクシーを呼んで、旅館に戻った。


翌朝――

四人は朝八時ころ目覚めた。

初めて日の光の中で見た高千穂は、鬱蒼と木々が繁った不揃いな形の山々が町のすぐ近くまで迫っていて、神秘的な景観だった。坂の多い町で、あまり平地がない。

「こういう自然のまったただ中の場所で、日の光や雨で農作物が育ったり、風や地震が猛威をふるったりするのを見ながら暮らしていると、神々の存在を身近に感じられるのかもしれないねえ」

旅館の窓から町の風景を見ながら、村木が明恵にいった。

村木は東京都葛飾区、明恵は千葉県柏市の出身で、都市やその近郊の暮らししか知らない。

「裁判官人生は転勤の連続で、日本じゅうあちらこちらに行かされるけど、そうでもなければ九州になんか来ることのない一生だっただろうなあ」

村木は感慨深げにいい、明恵はうなずく。まだ二人とも三十二歳くらいなので、未知の土地には好奇心があり、転勤にもそれほど抵抗はない。

熊本に戻るバスの出発時刻は午後四時すぎだったので、四人は朝食後、観光タクシーで、町の観光に出かけた。

最初に、天岩戸《あまのいわと》神社を訪れた。天照大神が粗暴な行為をする弟の素戔嗚尊《すさのおのみこと》を避け、しばらくこもったという天岩戸周辺を神域として祀る神社である。羽織・袴にマフラーをした若い神官の案内で見た天岩戸は、鬱蒼とした木々やシダ類や苔に覆われた崖の割れ目で、古代の雰囲気を色濃く留めていた。

そのあと、高千穂八十八社の総社、高千穂神社、スポーツ選手が勝利祈願に参る八大龍王水神社、芸能人がよく訪れる芸能の神様を祀る荒立神社、雲海の名所として知られ、北に祖母山(標高一七五六メートル)、北西に阿蘇五岳などを望む国見ヶ丘(同五一三メートル)などを訪れた。

観光の目玉である高千穂峡は、阿蘇溶岩の浸食でできた深い渓谷で、七キロメートルにわたって柱状節理(規則正しい割れ目)の断崖絶壁が続いていた。一五メートル以上の眼下に緑色がかった藍色の水がたたえられていて、息を呑むほどの絶景だった。手漕ぎボートで水の上を遊覧している人々もいたが、寒かったので村木たちは上から眺めるだけにした。

メノウのようになめらかな水面を見ているうちに、津崎は任官直前の四年八ヶ月前に故郷の綾部市を訪れ、由良川の堤防で見た人影のことを思い出した。

（あれは、父親だったのだろうか……？）

横領で実刑判決を受けて服役した父親とは、中学三年のとき以来会っていない。依然として生死も分からず、風の噂も聞かない。もともと、母親や津崎に暴力をふるっていた男なので、あえて捜そうという気はなかった。ただ、ときどき、どうしているのだろうかという想いだけが湧いた。相手の幸せや不幸を願うような気持ちもなく、いつか見た雲が、どこに流れていったのかと、ふと気になるようなものだった。

（青木ヶ原の樹海で白骨死体にでもなっているのか、それともどこかで、この空を見上げているのか……）

薄い雲のかかった冬空を見上げる津崎の顔に、父親の逮捕以来まとった能面のような表情がよみがえっていた。

「ところで、津崎君は、学生時代にアルバイトなんかはしたことがあるの？」

「えっ？」

村木に話しかけられ、津崎は現実に還《かえ》った。

「あんなふうに」

タートルネックのセーターの上にオーバーを着た村木は、優しい光の宿った目で、近くの土産物屋でアルバイトをしている女子高校生を示した。

「それはもう、いろいろやりましたよ」

津崎は、落ち着きをとり戻していった。

「赤坂のナイトクラブのボーイとか、家庭教師とか、道路工事の作業員とか」

「えっ？　……ああ、そうなの」

村木は、てっきり津崎はそこそこ裕福な家庭の出で、アルバイトとは無縁の学生生活を送ったものと思い込んでいた。

「村木さんは、何かやられてたんですか？」

「僕はずっと新聞配達のアルバイトをしてた。司法浪人の一年目まで」

「ああ、そうなんですか」

「高田馬場の販売店でね。……そういえば、そこで一緒にアルバイトをしていた妹尾《せのお》君ていうのが、去年司法試験に合格して、今修習生をやってるよ」

「ほう。すると今は実務修習の最中ですね」

「うん。大阪で受けてる。僕が裁判所は大阪がいいよっていったもんだから」


同日の夕方――

大阪市北区梅ヶ枝《うめがえ》町（現・西天満）にある法律事務所の一室で、妹尾猛史は熱心に書類を読んでいた。

梅ヶ枝という町名は、菅原道真公を祀った綱敷天神社《つなしきてんじんしゃ》の御旅社（神様が休むための神社）

があったことから、道真公が愛好した梅にちなんで名づけられた。付近はオフィスビル、商店、飲食店、ホテル、寺院などが建ち並ぶ商業地区で、大阪駅と大阪地裁・高裁の中間点あたりにあるため、法律事務所が多い。

司法修習一年目の妹尾は、セーターにジーンズ姿で、書棚に法律書や事件のファイルなどが並んでいるフロアーの一角の自分用の机で書類を読んでいた。

〈　訴状

愛媛県西宇和郡伊方町九町一一番地　原告　川口寛之　外三四名
外三四名および右原告ら訴訟代理人の住所氏名は別紙記載のとおり
東京都千代田区霞が関三—一—一　被告　内閣総理大臣　田中角栄

伊方発電所原子炉設置許可処分取消請求事件

請求の趣旨
被告が昭和四七年一一月二八日に四国電力株式会社に対してなした伊方発電所の原子炉設置許可処分を取り消す。訴訟費用は被告の負担とする。

との判決を求める。〉

薄くてやわらかい和紙にタイプされた百ページあまりの文書は、伊方原発訴訟の訴状だった。

日本で初めての原発訴訟で、弁護団に、妹尾が実務修習を受けている法律事務所の弁護士の一人が加わっている。

伊方原発は、四国最西部に剣のような形で延びる佐田岬半島に位置する伊方町の瀬戸内海側に、四国電力が建設を進めている原子力発電所だ。低濃縮二酸化ウランを燃料とする加圧水型炉(pressurized water reactor、略称・PWR)で、出力は五六万六〇〇〇キロワット。建設工事は、すでに昨年(昭和四十八年)六月に着工された。

訴訟は同年八月に松山地裁に提起された行政訴訟である。原告は原発の設置場所である西宇和郡の住民三十五人で、京都大学の原子炉実験所の科学者グループが中心になって支援している。これまでのところ、原告側は第三準備書面まで、被告の国側は第五準備書面まで、それぞれ陳述を終えた。

訴状には、「請求の趣旨」に続いて、「請求原因」が記されていた。

「第一、原告」で、原告らは、原発が放出する放射能や温排水によって、生命、健康、生活等に重大な影響を受ける者たちであると書かれ、「第二、本件許可処分の存在および異議申立の前置」で、本件訴訟に先だって、原告らは、国に対して設置許可の異議申立て国に対して設置許可の異議申立てをしたが、棄却されたことが書かれている。

銀縁眼鏡をかけ、熊のように口髭を生やした妹尾は、冷めた渋茶をすすり、「第三、原告らは、子力発電所の危険性」の記述を目で追っていく。

〈この型の原子炉では、「原子の火」の燃料であるウランをつめた金属性の燃料棒を数万本ならべて、軽水すなわち普通の水を満たしたタンクの制御棒とともに沈めてある。この水は「原子の火」を定期的に燃え続けさせるために必要な中性子の減速剤の役割と、ウラン燃料棒から熱を受けとり、発電用タービンを働かす水蒸気を発生させる熱媒体の役割とを兼ねていて、普通一次冷却水と呼ばれている。〉

〈「原子の火」は熱エネルギーを発生すると同時に、きわめて毒性の強い「死の灰」(放射性の塵で、ストロンチウムやセシウムを含む)やプルトニウムなどの放射性物質を大量に産み出す。このことが原子力発電所の危険性の根源である。産み出された放射性物質の量は原子力発電所の発電量に比例しており、伊方原子力発電所一基が一年間操業した後には、広島原爆がまき散らした「死の灰」の約六〇〇発分と、長崎原爆に使用したプルトニウムの約四〇発分とがつくり出される。〉

〈その毒性は、それから絶えず四方八方に出ている目に見えない光線、すなわち放射線の人体への作用によるものである。人間がこの放射線に曝《さら》された場合には、体を構成している細胞や遺伝子などが変質し、重大な障害を引き起こす。〉

〈現在人間が利用できる手段では、どのように経費をかけようとも、放射性毒物を無毒の非放射性物質に変えることはできない。一旦人間の手によって放射性物質がつくり出されると、その放射線の強さが長期間にわたり自然に減少していくのを待つしか無毒化の方法がない。〉

〈原子炉の中で産み出された大量の「死の灰」やプルトニウムは、燃料のウランとともに燃料棒の中に閉じ込められている。燃料棒はジルカロイというジルコニウムを主成分とした合金でできており、その形状は径約一〇㎜、被覆材の厚さ〇・六㎜、高さ約四ｍである。それは最高の材料と念入りな加工によってつくられてはいるが、ごく小さな破損箇所を完全になくすことは技術的に不可能であり、そこから閉じ込められている放射性物質が一次冷却水中に洩れて出る。この洩れ出た放射性物質は、平常運転時といえども、排水口や、気化したものは排気口から、絶えず制御系外の環境にタレ流されているのである。

一方、燃料棒に閉じこめられている大部分の放射性毒物については大丈夫なのであろうか。原子炉を運転している際には、「原子の火」によってウラン燃料の温度は二五〇〇℃程度にまで達している。一方、燃料棒の被覆材料であるジルカロイは一九〇〇℃で溶融し、一五〇〇℃付近になると一次冷却水と反応してボロボロになる。平常運転時に燃料棒が形を保ち、「死の灰」などを閉じこめていられるのは、燃料棒の薄い壁を通して一次冷却水が熱を奪い、燃料棒のさやの温度を三五〇℃程度に抑えているからである。したがって、もし一次冷却水の循環量が減ったり、あるいは全くなくなったりするような事故が発生すると、それまで保たれていた熱のバランスがくずれ、一分間もたたない間に燃料棒のさやは熱のために破損又は溶融し、閉じこめられていた「死の灰」などが一度に飛び出してくる。〉

訴状は、原子炉には燃料棒の熱のバランスを保つ制御装置や、ＥＣＣＳ(emergency core cooling system＝非常用炉心冷却装置)などの安全対策が講じられているが、それらは不安定な工学システムで、実験で確かめられたものでなく、推定の積み重ねのみで作動するといわれているにすぎないと述べていた。

そして、「第四、本件許可処分の手続的違法性」で、①昭和四十七年二月に国が定めた電源開発基本計画にすでに(許可前の)伊方原発が含まれていた、②本件の計画に関し、意見を述べる原子炉委員会の審査が、四国電力から提出された資料のみにもとづいた形式的でずさんなものであった、③原子力委員会の指示で伊方原発の安全性に関する調査を行なった原子炉安全専門審査会のほとんどの委員は、原発推進をとなえる通産省原子力発電技術顧問会のメンバーであり、同顧問会と合同で調査を行なった、等の理由から許可処分には多くの違法性が存在すると指摘していた。

さらに「第五、本件許可処分の内容の違法性」で、原子炉の構造的欠陥、許容被曝《ひばく》線量の不当性、地震の危険性、淡水不足、環境汚染、住民の理解を得ようとする姿勢がないこと、放射性廃棄物と温排水の問題などを指摘していた。

「よお、妹尾君、熱心やな。そろそろ切り上げて、晩飯食いにいかへんか？」

妹尾が顔を上げると、休日出勤していた三十代前半の若手弁護士がこちらを見ていた。伊方原発訴訟の原告弁護団のメンバーである。

「九条新道に、中国人夫婦がやってる美味い餃子屋があるんや」

九条新道は、大阪港寄りの西区にある下町風情溢れる街だ。一帯には、古い商店街、個人・家族経営の鉄工所、飲食店、立ち飲み居酒屋、スナックなどがあり、遊郭街「松島新地」が近い。

二人が行ったのは、九条新道交差点近くの、真っ赤な暖簾《のれん》がかかった小さな中華料理店だった。

四人がけのテーブルが七、八卓並んでいて、地元の労働者やサラリーマンらしい男たちが食事をしていた。店主夫婦が中国の東北地方出身で水餃子が名物である。

ビニールカバーのかかったメニューには、中華そば、ソース味焼きそば、わんたんそば、焼き餃子、水餃子といった、庶民的な料理が並んでいた。壁には、訪れた有名人たちの色紙や赤い中国風のカレンダー、紹興酒の宣伝ポスターなどが張られている。

「妹尾君、えらい熱心に伊方原発の資料読んどったなあ。原発訴訟に興味あるんか？」

ジョッキの生ビールをぐいと飲んで、若手弁護士がいった。仕事中はワイシャツを腕まくりし、いつも元気溌剌《はつらつ》とした人権派である。

「はあ。実は、僕のいなかでも原発問題が起きていて、他人ごとではないもんで」

「へえ、そうなんか。実家、どこやったっけ？」

「能登半島の富来《とぎ》町です」

「おお、北越電力の日本海原発が計画されとるとこやないか。今、どないなってんの？」

「おととし(昭和四十七年)の五月に原発受け入れの是非を決める住民投票が行われたんですけど、どんな結果になっても住民の間にしこりを残すというんで、結局、開票されないまま三ヶ月後に破棄することに決まりまして、その後もずーっと地区で話し合いが続けられて、去年の三月に、また住民総会で投票になりました」

昨年三月二十四日に建設予定地の志賀《しか》町赤住地区の公民館で住民総会が開かれ、二十歳以上の区民三百四十六人のうち、本人百五十八人、委任状八十六人の合計二百四十四人が出席。開会直後に、賛成派住民から「審議はすでに尽くされた。原発を受け入れるのか、話し合いを凍結するのかを○×式で投票し、賛否を過半数で決めるべき。原発を受け入れる結果になった場合は、この場で交渉委員の選任もやる」と緊急動議がなされた。これに対して反対派が、「原発賛否の投票なら去年の五月の住民投票を開票せよ」、「投票するなら前回のように船員のような不在者も投票させよ。これが認められないなら退場する」と、七十三人が一斉に席を立った。しかし、議長が「総会は有効だ」として投票に入り、残った出席者が委任者分八十六人の票を書き込んだ上で投票した。結果は、投票総数百七十一のうち、原発受け入れ賛成百六十五、凍結三、白票三だった。続いて交渉委員十人も選任された。

「なるほどなあ……。そんな形だけ受け入れ決めても、いっこも問題解決せえへんのになあ」

若手弁護士は水餃子をほおばる。

「おっしゃるとおりです。反対派は『決定は無効で、原発建設は自動的に凍結される』って声明を出して、地主たちは、北越電力に土地を売らないという委任状を弁護士に預けています」

住民総会の三日後、「赤住を愛する会」、「赤住船員会」ら反対派二十三人がものものしい白鉢巻姿で、社会党石川県本部委員長や共産党の県議らとともに県庁と北越電力石川支店を訪問。「先般の住民総会の決議は無効である。用地買収を取り止めよ」と抗議文を手渡した。妹尾の父親も一行に加わっており、途中、激昂した反対派住民がテーブルを叩いて抗議する一幕もあった。

「それで、県や北越電力はなんていうたんや？　県なんかは、基本的に原発建設に賛成やろ？」

「県のほうは副知事が『土地の強制収用はせず、あくまで話し合いで円満に解決したい。住民総会については、皆さんでルールを定めたもので、良否をいえる立場にない』っていったそうです」

若手弁護士がうなずく。

「北越電力のほうは、支店次長が応対したそうですが、『交渉委員との話し合いはまだ始めていない。県や町と相談して今後の対応を決めるが、皆さんの主張は本社によく伝える』といったそうです」

「なるほど……。まあ、そういうしかあらへんわなあ」

「これからどうなるか、全然先が見えないって感じですね。……ちょっと失礼します」

妹尾はタバコをくわえ、火を点けた。酒を飲むと一服したくなる。

「まあ、そっちはもうちょいかかるとして、当面は、伊方原発のほうに全力投球やな」

若手弁護士が鋭い目つきになって、生ビールをごくりごくりと喉に流し込む。

「妹尾君は、あのへん行ったことあるんか？」

「伊方ですか？　いえ、伊方はおろか、四国自体まだ足を踏み入れたことはありません」

「そうか。行ったら分かるけど、青い瀬戸内海が目の前に広がって、緑の山にはミカンがぎょうさんなってて、人の気性も穏やかなええとこやで」

「へえ、そうなんですか」

「佐田岬半島の付け根あたりにある人口九千人くらいの小さい町なんやけどな。あの刃がぼろぼろに欠けた刀みたいな格好の半島自体が山地で、平地がほとんどないんや。せやから、町の産業は、ミカンと漁業や。近くの海は、アワビ、サザエ、タコの宝庫やで。そんなところに原発ができてみい。農家は『原発でミカンのイメージが落ちる』って心配してるし、漁家は、『温排水で生態系に変化が起きて、悪影響が出る』と心配してる」

妹尾がうなずく。

「おまけに、国と四国電力の進め方が、強引やねん。日本海原発なんか、まだおとなしいほうやで」

「といいますと？」

「ちゃんと説明せえへんのに、土地の買収契約書に判子つかせてるし、地元の人が昔から管理補修してミカンの搬出用に使っていた里道《りどう》(国道・県道以外の道路)を国有財産やゆうて、突然四国電力に払い下げたりしてるんや。あんなことしたら、なんぼ温和な伊方の人も怒るで」

愛媛県は、温暖な気候や瀬戸内海の豊富な漁業資源、親藩である伊予松山藩の治世で暮らしが安定していたことなどを反映し、県民性はおっとりとしている。

「国や四国電力が強引なのは、オイルショックの影響もあるんですかねえ」

「そら、ちょっとはあるかもしれんなあ」

昨年十月に、イスラエルとエジプト、シリアとの間で第四次中東戦争が勃発。ＯＡＰＥＣ（アラブ石油輸出国機構）が、原油生産の段階的削減やイスラエルを支持している米国やオランダなどに対する原油の禁輸を行なったことなどから、原油価格が暴騰した。日本では、燃料の高騰や便乗値上げで「狂乱物価」になり、トイレットペーパーや洗剤が買い占められた。政府は原油確保のために、三木武夫副総理を特使として中東諸国に派遣し、石油依存脱却をめざして原発推進に一段と力を注ぐようになった。

「まあ、幸か不幸か、国が『伊方原発訴訟は原発の安全性について国民の疑問に答える絶好の機会』やってとらえて、真っ向から安全論争に挑んできとるから、こっちにとっても好都合や」

伊方原発訴訟が提起されたのを受けて、田中角栄首相は前田佳都男《かづお》科学技術庁長官に対し、地域住民の反対があっても、原発建設を推進するように指示した。

「この際、原発の問題点を徹底的に洗い出して、国民が将来のエネルギー源を選択するための、リーディング・ケースにしたいと思うてるんや」

翌月（昭和五十年一月）——

津崎守は、最高裁事務総局の人事局任用課長の部屋で、緑川壮一《みどりかわそういち》任用課長と話をしていた。

人事局は三階にあり、人事局長室の左右に任用課長と給与課長の部屋がある。各課長の部屋の隣りがそれぞれの課のフロアーになっていて、参事官以下の職員たちが働いている。

最高裁は、前年五月に、霞が関の旧大審院の赤煉瓦の建物から、千代田区隼町に聳える地上五階、地下二階、延床面積約五万四〇〇〇平方メートルという、要塞のような建物に移った。

戦前の大審院との連続性を持つ赤煉瓦から脱《ぬ》け出て、新憲法のもとで格が上がった最高裁にふさわしい「品位と重厚さ」をそなえた庁舎が必要だという思いは、最高裁関係者の間に常にあった。最高裁は、昭和四十三年から翌年にかけ、中央官庁の庁舎としては戦前・戦後をつうじて初の公開コンペを行い、茨城県生まれで東大工学部建築学科出身の建築家・岡田新一らによるプランを採用した。

一万トンもの花崗岩《かこうがん》に覆われた白亜の建物の中心部は、内堀通りと桜田濠をはさんで皇居西側を望む大法廷棟である。最上部は地上五二メートルで、国会議事堂と肩を並べるようにつくられている。大法廷では、ガラスの天井から取り入れられた太陽光が、直径一四メートルの円筒状の吹き抜けをつうじて降り注ぐ。関東大震災級の地震でもびくともせず、五百年は保《も》つといわれる頑丈な建物である。

イタリア産の大理石を壁に使った三つの小法廷がある棟は、大法廷棟の向かって左側の永田町寄りに建っている。

大法廷棟の向かって右側に建つ、横長の四階建ては、十五人の最高裁判事が執務する裁判官棟である。各判事はそれぞれ個室を持ち、皇居の緑を眺めながら仕事をする。長官は、裁判官棟三階の一番南側に執務室を構えている。

裁判官棟の背後に、調査官や書記官が執務をする建物があり、最高裁事務総局は、敷地裏手の大妻通りに面した三階建ての建物に入っている。大法廷棟や裁判官棟とは打って変わって質素なつくりのL字形の建物で、三階に事務総長、秘書課、総務局、人事局などの官房系、二階に刑事局、民事局、行政局などの事件系、一階に経理局などが入っている。地下一階は、食堂、売店、診療所などで、地下二階に車庫や郵便局がある。

「……この判事は、無罪判決を出しすぎる傾向があると思います。審理が丁寧というより、検察と警察を端《はな》から疑ってかかっています」

緑川の机の隣りに椅子を持ってきてすわった津崎が、ある高裁管内の異動予定の裁判官の表を見ながら説明していた。

裁判官の異動は、全国に八つある高裁が各管轄区域の異動の原案を出し、事務総局で調整する。

調整案ができると、各高裁長官とその高裁の事務局長が上京して、人事局長、任用課長と話し合い、最終案を固める。出来上がった最終案を、人事局長が事務総長と最高裁長官に示して了承をとった上で、最高裁の裁判官会議にかけ、最終決定する。

「なるほど、確かにそういう傾向があるようだなあ。……じゃあ、地裁じゃなく、支部に持っていくか」

東大法学部卒で刑事局局付だった緑川は裁判所内ではいわゆる「刑事閥」に属し、最近、三十代後半の若さで任用課長に抜擢された。

「それが無難かと思います」

ごく小さな支部に持っていけば、大きな事件はなく、また、刑事事件だけをやるということもないので、おかしな無罪判決が出る可能性を最小限にできる。

「それから、この高裁判事の異動に関する、きみの意見というのは？」

津崎が、異動に疑義をとなえた民事部の右陪席の裁判官であった。

「この判事は、今継続中の空港騒音訴訟で主任裁判官を務めています。メディアでも注目され、しかも非常に判断が難しい事件で、裁判所の威信がかかっています。今彼を動かすと、判決の出来に悪影響が出ると思います」

津崎は、射るような眼差しで緑川を見る。

「なるほど……。なんで高裁は彼を動かしたいのかな?」

「きわめて有能な裁判官ですが、鼻っ柱が強く、高裁の事務局長とソリが合わないようです」

高裁事務局長は若手の裁判長クラスで、いずれは所長として転出するような裁判官である。高裁長官を補佐するのが仕事で、管内の地家裁所長より権限を持っている。

「なるほど……。分かった。彼の異動については、今回は見送るよう話してみよう。それと、この判事補については?」

津崎は、支部の判事補の一人を、地裁本庁に異動させるべきと意見具申していた。

「この判事補は、青法協ということで、これまで左遷的な人事を受けていました。ただ、判決内容を見ると、左翼的ではありません」

「ほう」

よく調べているものだと緑川は感心する。

「青法協会員といっても、学生時代から左翼思想にどっぷり漬かったような者から、単に憲法と人権を護りたいという純粋な思いで加入した者まで、さまざまです。彼は後者で、判決も合理性があります」

「しかし、長官がなんというか……」

眼鏡をかけた緑川は思案顔になる。

「長官の意向にも沿うはずです」

津崎は確固とした口調でいった。

タカ派の石田和外長官は二年前の五月に退任し、後任には裁判官出身の村上朝一《ともかず》が就いた。法務省で長く民法改正に携わった寡黙な仕事師で、石田の強権的手法が残した傷跡を修復するため、マスコミと定期的に懇談し、判事補クラスのモラルが復活するよう心を砕いている。

「しかし、ここで扱いを変えるのは、時期尚早じゃないかね？」

「裁判所のためです。有為の人材を長い間支部に留め置いて腐らせでもしたら、組織にとって大きな損失になります」

「うーん……まあ、そうなのかなあ」

緑川は、津崎の強い口調に気《け》おされた顔つき。

「まあ、彼については、（高裁の）事務局長の考えをもう一度聞いてみよう」

「よろしくお願いします。……では、わたしはこれで」

津崎は椅子から立ち上がり、頭を下げて退出する。

緑川は、そのうしろ姿をじっと見送った。

（しかし、津崎は、いったいどうしたんだ？　熊本から帰ってから、人が変わったように仕事に厳しくなったが……。熊本で何かあったのか？）

緑川自身、ここのところ津崎に正論で何度となくやり込められ、課長補佐以下の者たちは、津崎を恐れるようになっていた。

(あの男……)

将来、最高裁に入るという野心を抱く緑川にとって、津崎守は役に立つ男なのか、それとも邪魔になる男なのか、気にかかり始めていた。

翌月——

仕事を早めに切り上げた土曜日の午後、津崎は港区高輪にあるホテルのロビーにいた。

「……そうだ。その質問に関しては、メモに書いてあるとおりだ。そのとおりに答弁書をつくれ。……え? 社会党がまだ(質問を)通告してこない?」

ロビーの片隅にある公衆電話の受話器を耳にあてた津崎は、苛々した口調で、開催中の第七十五回通常国会における最高裁の答弁作成について部下に指示をしていた。首相や閣僚の答弁は与野党の申し入れで、質問を事前に通告することになっている。通告があると内閣参事官室が各省庁に質問を振り分け、担当課ごとに答弁の原案作成に取りかかる。

政界では、昨年十二月に金脈問題で田中角栄首相が退陣し、三木武夫内閣に代わっていた。

「あの社会党議員は曲者だから、足をすくわれないよう、気をつけろ。とにかくもう少し待て。また電話する」

津崎は音を立てて受話器を置いた。

「ふーっ」

一つ大きくため息をついて、きびすを返す。

赤茶色の柄物の絨毯が敷き詰められたロビーの先が天井の高いティーラウンジになっていて、四人がけのテーブルが十卓あまり置かれていた。

「コーヒーを」

グレーの背広姿の津崎は、ウェイトレスにコーヒーを注文した。

そばの壁は全面ガラス張りで、その向こうは、白い玉砂利が敷かれ、松や竹など、常緑樹が植えられた庭になっていた。ガラスをとおして春めいた光が差し込んできていた。

熱いコーヒーを口に運び、津崎は険しい視線を庭に向け、物思いにふける。

熊本から戻って以来、がむしゃらに働き続けていた。

どうせ捨て石として使われるなら、自分の思いどおりに徹底して仕事をしようと決めた。それが、父親の逮捕以来、能面のような表情の下に封印していた気持ちを解き放った。もともと頭脳は人一倍明晰《めいせき》で、先を読む能力もずば抜けている。鋭利な刃物のような津崎の正論に、周囲の人間たちは恐れを抱くまでになった。

（俺は、これから、どこへ行くのか……？）

コーヒーを飲みながら、津崎は考える。

（だが、あの男は……）

誰もが津崎の変貌ぶりに驚く中、唯一人、それを楽しんでいるのが弓削晃太郎だった。リムの上部が黒い眼鏡をかけた目に、冷笑とも微笑ともつかない気配を浮かべ、しょせんお前は俺の手のひらの上で踊っているだけなんだというような表情をしていた。

「お待たせしました。津崎守さんですね？」

かたわらで女性の声がした。

顔を上げて見ると、布のベルトを腰の左寄りでリボンに結んだ鳶《とび》色のワンピース姿の女性が立っていた。

弓削晃太郎の姪の弓削直美《なおみ》であった。

上背があり、毛先を軽くカールしたセミロングの髪が、肩のあたりで揺れていた。目は切れ長で色白である。鷲鼻気味の鼻梁《びりょう》がアクセントになって、新鮮な印象を与える。全身に、おおらかで自由な雰囲気が漂っており、獅子座の生まれにふさわしく、夏の日差しが似合いそうだった。

「はじめまして。……どうぞ」

津崎は、相手の雰囲気になんとなく圧倒されながら椅子を勧めた。

縁談を断ったのにもかかわらず、一度は会うことを承諾したのは、上司の緑川から「一度くらい会ってくれんことには、僕の顔が立たん」と泣きつかれたからだった。

「津崎さんは、今年三十歳になられるそうですね」

運ばれてきたコーヒーにミルクを入れてかき混ぜながら、直美が訊いた。女性にしては肩幅が広い体形が、大きな翼を広げて雛鳥を護る母鳥を連想させた。ワンピースの上からも、腕が筋肉質でひきしまっているのが分かった。

「わたしの両腕、気になりますか？」

「いや……失礼しました。変なつもりではありません」

ふいに訊かれ、津崎は戸惑った。

「子どものころからずっと楽器をやってきたので、こうなっちゃったのかもしれないわ」

直美は、面長の顔に困ったような笑みを浮かべた。

「今もやってるんですか？」

「ええ。チェロの客員奏者でオーケストラに参加しています」

直美は、津崎でも知っている交響楽団の名前をいった。

「本格的なんですね……」

音楽が趣味だとは聞いていたが、交響楽団で演奏するような本格的なものとは知らなかった。そもそも直美の人となりについても、あまり知らされていない。

「津崎さんは、音楽は聴かれませんか？」

「わたしは、そっちの方面は、まったく」

両親が音楽を聴く趣味がない家庭で育ち、高校時代からはアルバイトと勉強で、そんな余裕もなかった。

「なにかご趣味は？」

「読書ですね」

「どんなものを読まれるんです？」

「一番好きなのは、『平家物語』です」

津崎は『平家物語』の華やかなものが一気に散る、運命の苛烈さと寂寥感が好きで、繰り返し読んでいた。あるとき弓削がそれを見て「諸行無常か。岡原さんもこれが好きなんだよな」とつぶやいた。

検察官出身で最高裁判事の岡原昌男は、明治四十二年岩手県南部(現・奥州市水沢区)の生まれで、小学校を五年、旧制中学を四年、旧制第二高等学校(仙台)を二年と、それぞれ一年飛び級して終えた秀才である。東京帝大法学部英法科在学中に高文試験(司法科)に合格し、昭和五年、二十歳の若さで司法官補となり、検察の公安部門のエリートとして出世街道を驀進《ばくしん》した。

しかし戦後、経済事件が相次ぐ中で経済検察が検察庁内部で力を握ると、岡原は歯に衣《きぬ》を着せぬ物いいなどが災いし、昭和三十五年から検事正として京都に五年間留め置かれ、その後も、札幌、福岡、大阪の検事長というドサ回りに出された。京都で三年目のとき、検察首脳が居並ぶ検事正会議の席上で「京洛の巷にさまようこと三年……」と痛烈な皮肉を放ったが、特捜部の生みの親である馬場義続《よしつぐ》東京高検検事長(のち検事総長)ら主流派は動じなかった。その頃、岡原が暗唱し、それによって人生観を確立したのが『平家物語』だったという。

その後、岡原は、石田和外最高裁長官が事務総局の人事課長だったとき、司法省の人事課長を務めていた縁で、石田から最高裁判事として迎えられた。

「『平家物語』ですか。わたしも大学時代に愛読しました」

「そうですか。どこか特に好きな箇所はありますか?」

津崎は、相手を試すような気持ちで訊いた。

「そうですね……。一番好きなのは、やはり一の谷の戦いで、平敦盛が熊谷《くまがえの》次郎直実《じろうなおざね》に浜辺で呼び止められ、首をとられるところでしょうか」

それは、船で敗走する平家を追って波打ち際にやってきた熊谷次郎直実(源氏方)が、「練貫《ねりぬき》に鶴縫うたる直垂《ひたたれ》」に「萌木《もえぎ》匂《におい》の鎧」を身に着け、金作《こがねづくり》の太刀を差して白馬に乗った十六、七歳の若武者が、沖の船を目指して海に入って行こうとするのを呼び止めて組み伏せ、「名乗れば助けよう」という場面だ。組み伏せられた平敦盛(平清盛の甥)は、逆に直実の名前を尋ね、「あなた程度の身分の者には、わたしは上等の獲物だ。首をとって人に訊いてみろ。誰でもわたしのことを知っている」と応じ、首を刎ねられた。

「それから、壇ノ浦の戦いで、負けを覚悟した平知盛(清盛の四男)が船に乗っている平家の女房(女官)たちに、『もう最後だから、見苦しいものは捨てなさい』と命じて、自ら船内を掃いたり拭いたりして、女性たちから戦況を訊かれると、『もうすぐ珍しい関東の男たちを見られますよ』とからからと笑った場面も、すごくリアルで圧倒されました」

知盛はその直後、「見るべきほどのことは見つ」といい残し、鎧を二枚重ねて着て壇ノ浦に入水し、自害した(享年三十四)。

(この女、浅くない……)

弓削直美は、五歳からバイオリンを習い、八歳でチェロに転じ、新宿区にある私立高校の音楽科に進学。当時は、バッハ、バロック、ルネッサンス音楽を好んで聴いていたという。同系列の大学の音楽科を卒業し、英国留学などをへて、プロになった。米国に滞在していた頃に現地駐在の商社マンと結婚し、夫の転勤にともなってドイツに引っ越したが、やがて離婚し、帰国したという。

「オーケストラでのチェロの演奏というのは、どういうふうにされるんですか?」

津崎が訊いた。

「そうですね……コンサートの日は、だいたい午後三時から六時に総合リハーサルをします」

直美の口調は、ゆったりと落ち着いていて、物腰は欧米風に洗練されていた。

「わたしは、学生時代はソロばかりだったので、オケのレパートリーがまったくなくて、練習をするのはリハーサルしかなかったんです。その場に行って初めて聴く曲を、三時間後には本番で弾かなくてはならなくて、最初は毎日、緊張の連続でした」

「はあ……」

津崎には想像もつかない世界である。

「ソロは、自分がいかに特別であるかを聴かせるものなんです。一つ一つの音をすべてクリアに、かつ意味がある音を出さなければなりません。でも、オケでそれをやったら、一人だけ突出して滅茶苦茶になってしまうんです。オケでは全体への調和が求められます」

「なるほど……。オーケストラとソロとでは、どちらがお好きなんですか？」

「どちらが好きかといえば、わたしはソロです」

直美は悪戯っぽい笑みを浮かべた。「オケの醍醐味は、指揮者が素晴らしいときですね。自分の知識や能力では想像もつかない別世界に連れて行ってくれるような指揮者がいます。滅多にないですけれど、そういう指揮者に当たると嬉しいです」

直美の言葉は、すべて体験に裏打ちされた静かな迫力があった。

「法律家のお仕事って、大変なんでしょう？」

コーヒーを一口飲んで、直美が訊いた。

「まあ、裁判の現場にいれば、毎日事件処理に追われて大変ですが、わたしは今、事務総局という管理部門みたいなところにいるので、中央官庁の役人のような仕事をしています」

「朝は何時ごろ出勤されるんですか？」

「普通の人は午前九時とか九時半ですね。わたしはもう少し早めに出ていますが」

熊本の出張から戻って以来、毎朝七時半には出勤し、他の人々が仕事を始める前に、一仕事終わらせていた。

「具体的にどんなお仕事をされているんですか？」

「国会が開かれている間は、議員の質問をとりに行ったり、夜中の二時、三時までかかって答弁書や想定問答集をつくって、早朝から局長にレクチャーしたり、議員会館や自民党の朝食会に説明に出向いたりします。答弁は、課長や局長、場合によっては事務総長や長官のオーケーもとらなくてはなりません。普段は、採用や人事異動、日常の人事に関する細々《こまごま》とした仕事ですね。他局や法務省と情報交換や対応のすり合わせなんかもします。予算編成の時期になると、大蔵省に出向いて交渉をします」

「どんな交渉なんですか？」

「要求内容について、大蔵省の担当官がいろいろ質問や反対をしてくるので、それに対する説明や反論ですね。『国選弁護人の報酬はもう少し低くてもいいんじゃないか』とか『司法修習生の給料は高すぎるので、生活保護並みにしたらいいんじゃないか』とか、結構、好き勝手なことをいってきます」

「生活保護並みですか……」

直美は笑った。

それからしばらく、二人は、子ども時代や学生時代の話、食べ物や映画の話などをした。

津崎はいつしか直美との会話に没頭していた。直美の「演奏というのは、とても楽しいんですけれど、孤独でもあるんです。孤独感がいつも自分に寄り添っているような気がするんですけど、それもまたどこか心地よいんです」という言葉が印象的で、自分にもつうじるような気がした。津崎も長い間、孤独の中で生きてきた。

直美は、相手の心の底を見抜いているような言葉をやんわり発することがあり、一、二度はっとさせられた。

「ずいぶん長くお話しさせて頂いたので、そろそろおいとまします」

直美が、茶色い革のベルトがついた外国製と思しい腕時計に視線を落としていった。

「あ、ああ、そうですね」

「今日は有難うございました。もし、ご興味ありましたら、コンサートのチケットをお送りしますので、一度聴きにいらして下さい」

「そうですか。それは是非」

縁談を断るため、一度だけ会いにきたはずの津崎は、思わずそう答えていた。

約三ヶ月後の五月二十日、最高裁第一小法廷は、昭和二十七年に札幌市警の白鳥一雄警備課長が射殺された白鳥事件の再審請求に関し、「再審開始のためには、確定判決における事実決定につき、合理的な疑いを生ぜしめれば足りるという意味において、『疑わしいときは被告人の利益に』という刑事裁判の鉄則が適用される」という画期的な「白鳥決定」(通称)を出した。

それまでの再審請求では、完全に証拠を覆すだけの強力な証言や証拠を求めることが多かったが、これをあらためて、裁判時の証拠・証言に関し、ある程度の合理的な疑いが存在する場合は、再審の対象になるとしたのだった。(ただし、白鳥事件に関しては、これに該当しないとして、犯人として懲役二十年の刑が確定している元共産党札幌市委員長の再審請求を棄却。)

「白鳥決定」を契機に、加藤新一老事件、財田川事件、弘前大教授夫人殺人事件、免田事件、松山事件、徳島ラジオ商殺人事件などに対して、再審の扉が開かれ、これらの事件に関してはのちにすべて無罪判決が下されることになった。

六月――

津崎守は、都内のコンサートホールで開かれた、ある交響楽団の演奏会に出かけた。チケットは弓削直美から送られてきた。

階段状の客席に着くと、まもなく演奏が始まるところだった。上品なオフホワイトの壁に囲まれたステージには光が降り注ぎ、奏者四十人あまりがそれぞれの楽器を抱え、着席していた。指揮台の右手にチェロとコントラバスの奏者たち、中央から左手にかけてバイオリン奏者が十五人ほど、正面奥にフルート、クラリネット、ファゴットなどの管楽器、奥の左手壁際に打楽器奏者。楽器の艶やかな茶色、奏者たちのネクタイやブラウスの白、上着の黒という三色で統一されたステージは、ひきしまって見える。

直美は、七人ほどのチェロ奏者の中にいた。黒いドレスを着て、両脚でチェロを抱えるようにすわり、ネックを左肩に当てている。照明の中で両腕はひときわ白く、黒いドレスとは別の生き物のように見えた。

中年の男性指揮者が登場し、拍手の中で一礼した。

指揮者が楽団のほうを振り向き、左手を翻して演奏者たちを軽く呼ぶような仕草をする。次の瞬間、両手を力強く振り降ろすと、打楽器と管楽器が破裂するように音を立て、演奏が始まった。

演目はベートーベンの交響曲第七番イ長調作品92。明るく軽快な曲調で、ベートーベンの交響曲の中ではもっともリズミカルである。

津崎は、前から二列めにいる直美に視線を注ぐ。手前の男性奏者の向こうで、弓を持った白い右手が、なめらかに弦の上を動いていた。遠目にも大柄で、姿勢がよい。

打楽器と管楽器による強いアクセントを連続的にはさみながら、演奏は進む。バイオリンとフルートが中心になって、高原地帯を思わせるような軽やかな曲を奏で、ときおり激しくなるリズムが、強い一陣の風になる。ステージ左手に陣取ったバイオリン奏者たちの弓が曲の流れに合わせて律動し、後方の銀色のフルートがリズミカルに揺れる。奏者たちの表情はストイックで、何かに耐えているかのようだ。

直美は身体を軽く左右に揺らせながら、一心に演奏していた。顔を少し左に傾け、左耳はチェロの鼓動に耳を澄ませているように見える。

その姿を見ながら、津崎は直美との会話を思い出していた。二月に初めて会ってから、一度お茶を飲み、一度夕食を一緒にした。直美ははっきりとはいわないが、前夫である商社マンとの離婚の理由は、商社マン夫人の生活に飽きたりなかったことのようである。

〈海外駐在員夫人というのは、支店長夫人が頂点に立つ奥様会があって、定期的な集まりのほかに、お茶、お花のお稽古、お料理の会なんかもあるんです〉

広尾のフレンチ・レストランで食事をしながら、直美はさらりといった。

〈大切な取引先は自宅で接待するのが礼儀ですから、和食器はすべて日本から送って、それこそ料亭のようなコース料理をお出ししないと、夫が恥をかくんです。そういうことが好きな人はいいですけれど、わたしは息がつまりそうでした〉

夫は自分を支えてくれる駐在員の妻を求めたが、直美はそういう型に自分を押し込めることができなかった。最初は魅かれて結婚したものの、傍で見るほど商社マンは華やかな仕事でもなく、夫はひたすら会社に忠実な、ある意味で小さくまとまったサラリーマンだったようだ。

（獅子座の女の大きさとは、相容れなかったということか。しかし、裁判官は、商社マンよりもっと地味な仕事だが……）

ステージの音楽は、交響曲らしく、明るく力強い旋律に変わっていた。音楽に疎《うと》い津崎もどこかで耳にしたことがある旋律だった。すべての楽器が激しく奏でられ、聴衆を昂揚させる。

直美の左手は音楽に合わせてネックの弦の上を敏捷に動き回り、弓を持った右手は、さまざまな角度から駒に近い弦の上をすべる。その指の動きを見ながら、津崎は、食事をしたときにナイフとフォークを握っていた、長く力の強そうな指を思い出した。

第五章　原発訴訟

十月二十三日——

愛媛県内の支部と簡裁をたばねる「本庁」である松山地方裁判所は、市街中心部北寄りの松山市一番町三丁目に、城山公園のこんもりとした緑の丘を背後に建つ真新しい五階建てのビルである。

付近は、県庁、新聞社、電電公社、生命保険会社などが建ち並ぶ官庁・オフィス街で、地裁に向かって右隣りに松山簡易裁判所、左隣りに松山地方検察庁がある。なお四国全体を統轄する高等裁判所は、香川県高松市にある高松高裁である。

午前十時から、松山地方裁判所の大法廷で、伊方原発訴訟の最初の証人尋問が行われた。原告側の証人として証言台に立ったのは、早稲田大学理工学研究所教授の藤本陽一。原子核物理学専攻の四十九歳の学者で、日本における原子力研究の草分けである。東大原子核研究所教授を経て、昭和三十八年から早稲田大学で教鞭を執っている。

藤本は、原告側代理人弁護士の主尋問に答える形で、自分の経歴や専攻について話したあと、日本の原子力導入の経緯に関する証言に移った。

「……（連合国による）占領がとけて、講和条約（昭和二十六年にサンフランシスコで調印）が結ばれる目処《めど》がついたときに、原子力の研究を日本で進めるかどうかということが非常に大きな問題になりました」

証言席にすわった藤本は、大きめのフレームの眼鏡をかけた実直そうな風貌である。

当時、日本では、広島と長崎で原爆を経験していることもあり、軍事転用の可能性がある限り、原子力の研究はやるべきではないという意見と、新しく開けた分野に背を向けてはならないという意見があり、湯川秀樹など関係した学者たちは非常に悩んだ。

「その当時、僕は学術会議の原子核特別委員をしておりまして、その委員会が結論を出さねばならぬというわけで、最終的には、三つの原則のもとに原子力をやると。その三つの原則というのは、民主、自主、公開の三原則でございます。それで、それがのちに学術会議の提案となり、そこから政府に申し入れられて、基本法に盛り込まれたわけでございました」

昭和三十年十二月に原子力基本法が成立し、それにもとづいて、翌年一月に、国の原子力政策を推進するために、「原子力委員会」が設置された。同委員会は、国務大臣（科学技術庁長官）が委員長を務め、ほかに四人の委員からなる総理府附属の行政機関とされた。

「商業用原子炉導入の経過、ならびにその現状の問題点ということで、ご証言頂きたいのですが」

藤本の左斜め前に立ち、尋問メモを手にした藤田一良《かずよし》弁護士が訊く。黒々とした頭髪で、太い黒縁眼鏡をかけた四十六歳の大阪の弁護士である。

「それで第一回の原子力委員に物理(学界)のほうからは湯川(秀樹)先生がなられたわけでございます。それでわたしたちも皆、その物理の代表としての湯川さんをバックアップして、日本の原子力のために、我々もやろうではないかということになったわけでございます。ところが、第一回の原子力委員会が開かれたとたん、時の原子力委員長は正力《しょうりき》(松太郎)氏と記憶しておりますが、即刻にできるだけ早く、外国から発電炉を導入するという線が出た」

警察官僚出身で読売新聞社長の正力松太郎は、当時、科学技術庁長官を務めていた。CIA(米中央情報局)の協力者である正力は、日本に原発を導入する点で米国と意見が一致していた。

「それはどういう動機で、そういう急激な路線が出たんでしょうか?」

「どういう動機かはよく分かりませんけれども、イギリスから原子炉を買うという話でございました」

当時、濃縮ウランはなかなか手に入らないので、天然ウランを使う英国の原子炉を導入する話になったという。

―イギリスは割合、天然ウラン炉を熱心にやっておりました。ところが主に軍用のほうの、原子爆弾用のプルトニウムの製造を天然ウラン炉でやっておった。原子炉というものは動かしますと、熱とプルトニウムと死の灰の三つがどうしても同時にできるわけです。それでプルトニウムをとると、他の二つ、熱と死の灰は捨てるわけでございますけれど、その熱を捨てるのはもったいないということになりまして、熱は発電に、プルトニウムは軍用にという両用炉をかなり一生懸命に開発していた。そして、その両用炉をさらに改良して、発電を軸にした炉にしようということでした」

同タイプの原子炉は、英国中西部・湖水地方の町コールダーホール（Calder Hall）にあったので、「コールダーホール型」と呼ばれる。日本に一基だけ輸入され、茨城県の東海発電所（昭和四十一年営業運転開始）で使われた。しかし、図体が大きく経済性が悪いため、やがて濃縮ウランを使用する米国製の軽水炉にとって代わられた。

軽水炉は、核分裂後に放出される中性子の速度を下げる減速材に軽水（普通の水）を用いる原子炉で、沸騰水型（ＢＷＲ＝boiling water reactor）と加圧水型（ＰＷＲ＝pressurized water reactor）の二種類がある。東海発電所をのぞいて、日本で商用稼働している原発はすべて軽水炉である。

「これはまずなんの図面でございますか？」

弁護士が、藤本に一枚の図を示した。機械設備の図で、部位ごとに番号がふってあった。

「これは本件伊方原子力発電所の加圧水型原子炉の構造を模型的に説明した図です。①が圧力容器、②が炉心、③が蒸気発生器、④が全体を覆った格納容器です」

証言席の藤本が、図に視線を落として答える。

「どういう形で原子力発電が行われるかということを、炉心の働きから順にご説明頂きたいと思います」

「要するに、原子炉で起きる連鎖反応で発生する熱で水蒸気をつくって、水蒸気から先は、石炭を焚いて水蒸気をつくる(発電方法)というのと、まったく同じでございます」原子力発電も、石炭・石油・ガス等による火力発電も、蒸気の力で発電機のタービン(羽根)を回して電気を発生させる。

「②(炉心)のところで、ウラニウムがはじけまして、大変な熱が出るわけです。その熱を、水を流して運び去っているわけであります。だからその中は水が非常に速い速さで循環して、たえず連鎖反応で起こった熱を外に運び出すということをしております」

「その水のことをなんというんでしょうか?」

「冷却水といいます。ことに炉心のところをじかにさわる水のことを一次冷却水と申します」

加圧水型は、二次冷却水が入った蒸気発生器の中の細管(伝熱管)を一次冷却水がとおって、二次冷却水に熱を渡し、二次冷却水が蒸気となってタービンを回す。細管は直径約二センチ、肉厚一・四ミリで、それが何千本も逆U字型に折りたたまれて蒸気発生器の中に収められており、破損しやすい。

藤本は、一次冷却水はいくら注意しても放射性を帯びると指摘した。

「いわゆる沸騰水型といわれるものが、我々の感覚では、当たり前の素朴な構造だと思うのですが、特に加圧水型で一次冷却水、二次冷却水と分けてつくってあるのは、どういうことでしょうか？」

「沸騰水型ですと、この一次冷却水の蒸気がそのままタービンに入りますから、いろんなところで一次冷却水が外に漏れる割合が非常に多いと思います。たとえば、原子力潜水艦の中というような状況ですと、こういうところから放射能が漏れると、中に入っている水兵は非常に困るわけですね。そういう点でいえば、この加圧水型のほうは、一次冷却水がこのパイプで閉じておりますから、外へ漏れ出る放射能は、それだけ理屈の上では少ないようになってるわけです」

「しかし、やはり加圧という別の要素が加わりますし、工学的にはいろんな問題点があると思うんですが、いかがでしょうか？」

「沸騰水型のほうが、むしろ構造的にいえば、乱暴な(素朴な)炉だと僕は思うんで、乱暴な代わりに壊れるところが少なくて、加圧水型のほうがデリケートなだけに壊れるところが多いということだと思います」

尋問は、原子炉のエネルギーのもとになる核分裂反応の仕組みに移り、藤本は、ウランに含まれているウラン235(水素の二百三十五倍の重さのウラン)に中性子をぶつけると、中性子を吸って二つに割れ、そのときいくつかの中性子を放出すると説明する。

「それで出た中性子がまたウランにぶつかると、またはじけて、また中性子が出るわけです。それでネズミ算的に中性子が産まれる。それを連鎖反応と申します」

法壇では、黒い法服に身を固めた三人の裁判官が証言にじっと耳を傾けている。裁判長は、現在の司法修習制度(昭和二十四年五月に一期修習生が卒業)が始まる前に、港区高輪にあった司法研修所で弓削晃太郎らとともに修習を受けた通称「高輪一期」(昭和二十二年十二月修了)で、松山地裁所長の村上悦雄(東京帝大卒)である。松山のように小規模な地裁の所長は事件を担当することもあり、民事畑出身の村上は、二つある民事合議部の一つの裁判長を務めている。

「そのときに、初めたとえば一個のウランが割れて、それからの子どもが二個であるとですね、次の世代になると二個はじけるようになって、その次は四個になって、その次は八個にと、加速度的に増える場合がございますね。で、そういう場合でなく、一個は必ずその次を一個産み、その次をまた一個産みというふうにして、増えないような連鎖反応を『臨界』の状態と申します。だから、原子炉を動かすときには加速の状態にして出力を上げて、ある望んだ出力にきたら、今度は定常の状態、つまり分裂の世代が代わっても中性子の数が変わらないような状況におくわけです」

原子炉は、きわめて持続的に連鎖反応を起こさせる。これに対し、原子爆弾は、連鎖反応を瞬時に進行させ、熱線、爆風、放射性雲の三つを発生させる。

尋問は、放射線障害の問題や米国での原発事故に移り、次に伊方原発で考えられる事故に関する質問に入った。

「原子力発電所で起こると考えられる最大の事故としては、どういうものが考えられるでしょうか？」

「伊方の最大の事故はですね、原子炉内の水がなくなることです」

藤本は科学者らしく、淡々とした口調でいった。

「この図にありますように、②の炉心には、ウランの燃料棒が水につかっています。一番みんなが心配しているのは、いろんな原因でこの水が全部なくなることです。水が全部なくなると、連鎖反応は止まって、連鎖反応による発熱はなくなりますが、放射能がありますから、それによる発熱が残るわけです。だから放射能による発熱で、炉はいわば空焚き状態になって、温度が上がっていくわけです」

「上がるとどうなりますか？」

「燃料棒が溶ける状態になります。そうなると、揮発しやすい放射性物質は全部外へ放出されるという状況になります。こういう状況が、考えられる事故としては最悪のものだとわたしは思います」

傍聴席から、ため息とも呻《うめ》きともつかぬ声が上がった。

「午前中に引き続きお伺いします」

午後の法廷で主尋問に立ったのは、修習二十一期の若手・平松耕吉弁護士であった。

「最近増加する事故を原告らが見ていますと、安全審査にきわめてずさんな状況があるんじゃないかと疑惑の念を抱かざるを得ないわけですが、先生は専門家として、本件伊方の安全審査資料、参考資料に目をとおして頂きまして、この点が問題だという点がありましたら、一番重要な点について、かいつまんで説明して下さい」

「こういう軽水炉の原子力発電所については、今までに非常に大きな意見の相違があってですね、たとえばこの安全審査報告書によりますと、技術的にはほとんど考えられないような大事故であっても、公衆に迷惑がかからないというのがこれの結論だと思いますけれども」

早大教授・藤本陽一は、どういう事故が大事故かの想定に関しては、日本の原子力委員会、原子炉安全専門審査会、米国の原子力委員会、藤本ら科学者、日本原子力産業会議（産業界がつくった原子力に関する団体）は見解が一致しており、圧力容器の中の一次冷却水がなくなって、原子炉が空焚き状態になるときであると指摘する。

「そういう事故の想定が一致しているから、僕は外部に放出される放射性物質の量(の想定)は、ほとんど同じくらいだと思っていたわけですけれど、それが実は非常に違うわけです。一番違うのは、(原子力委員会による)安全審査の答えだと思います。これは正確に引用しないといけないから、何ページと申しますと、被告準備書面(7)の二十七ページに書いてあります」

藤本は、弁護士が持ってきた書証のファイルを開き、記載内容を確認する。

「いろいろな場合がありますが、典型的な例として、ヨウ素約九九四キュリーが放出されると書いてあります。他の元素もそれにならっていえると思います。ところが原子炉の中にもともとあるヨウ素の量はどれくらいかというと、運転状況で違うわけですけれど、だいたい二〇〇〇万キュリーくらいです。だから数万分の一しか放出されないと(伊方の)安全審査のときは考えているわけです。ところが、一番新しい『ラスムッセン報告』などを見ると、数十パーセントが放出されると。だからまったくもって桁が違うわけです」

「ラスムッセン報告」は、昨年(昭和四十九年)マサチューセッツ工科大学のノーマン・ラスムッセン教授が発表した、原子炉の安全性研究に関する報告書である。

「どうしてそのような大きな食い違いが生じたのでしょうか?」

「それは幸いにして、今回、参考資料(審査資料)を見る機会を得まして、重大事故・仮想事故被曝《ひばく》計算書というのを見て、初めてその九九四キュリーということの算定の根拠を、その非常に低い数字がどういう根拠で出てきたかということを、初めて知ることができたわけです」

重大事故とは、合理的に最大と考えられる放射性物質の放出量が予想される事故のことで、加圧水型原子炉に関しては、一次冷却材(すなわち水)喪失事故と蒸気発生器伝熱管破損事故を指す。一方、仮想事故は重大事故を超える、技術的見地からは起こりえない事故のことで、原子炉の安全審査では、仮想事故が起きても周辺の公衆に著しい放射線障害を与えないことが求められる。

被告である国は当初「企業秘密も含まれている」として、安全審査資料公表に抵抗したが、去る五月に、松山地裁は文書提出命令を出した。国はこれを不服として高松高裁に即時抗告し、原告の文書開示要望書に対する反論書も出したが、七月に高松高裁が抗告を退け、提出命令が確定した。これにより、それまで秘密のベールに包まれていた資料が白日のもとに晒された。

「理由はきわめて明瞭であって、他のかたがたは、この図の②の燃料棒がそういう空焚き状態にあると、溶けると考えているわけです。溶けるとこの図の①の圧力容器は壊れ、それから④の格納容器も壊れる。結局、蓋《おお》いは全部壊れてしまう。それでもって、中に入っている放射能は外へ出る。ところがこの重大事故・仮想事故被曝計算書では、④の格納容器が壊れないとしている」

傍聴席がざわめく。

「格納容器が壊れない状態ですから、放射性物質は、この格納容器という入れ物の中に閉じ込められた状態にある。閉じ込められた状態で、上から水をかけてそれを洗い落としたり、あるいは漏れ出る空気はフィルターで濾《こ》す。そのために減ると、そういう主張です」

平松弁護士が、米国の原子力委員会は、この点をどう考えているのか藤本に訊く。

「格納容器が少なくとも溶けた炉心によって貫通されますし、それから同時に、中の圧力は非常に高いですから、最悪の事態のときには、もちろん大きな割れ目ができるでしょうし、場合に応じてさまざまなことがあると思いますが、なにはともあれ、容器自身の健全性ということはありえないというのがアメリカ側の結論です」

「そうすると、日本の原子力委員会は、そのような事態が生ずるとは考えないのでしょうか？」

「そこのところが一番分からなかったことで、それをいったい日本の原子力委員会はどう考えているのかということを、わたしは詳しく調べたいと思って、いろんな人にも訊きましたし、自分でも注意深く文書を見てみたわけです」

その結果、伊方原発の安全審査では、仮想事故とは重大事故（一次冷却水喪失）のときにＥＣＣＳ（非常用炉心冷却装置）が働かず、炉心内の全燃料が溶融したときであるとしながら、炉心の冷却効果を入れて、燃料棒は溶けないと仮定したときの放出量を使っていることが分かった。また、よく似た型の美浜原発(福井県)の事故想定では、炉心内の全燃料が溶融したと仮定しながら、そうした状況で起きる放出量より三桁くらい低い数字を使っていた。

「伊方の場合のそういうような事故想定も科学性を欠くという指摘ですね?」

「伊方の場合は、この日本語は何をいっているのか分からないようになっている。美浜の場合には、明らかに間違いであると思う」

藤本は、伊方原発の安全審査会会長をやった東大教授の内田秀雄は『原子力工業』という雑誌の昭和四十八年九月号に寄稿した論文で、非常用冷却装置が働かず、炉心が溶け、大量の放射性物質が外に出るような事故は「想定不適当な事故」であるとしていると説明する。

「なぜ想定不適当な事故かというと、その理由は二つあって、一つは、そういうことは起こる割合、確率が小さい。だから想定する必要がないという意見だと思います。もう一つは、その災害があまりに大きくて、それを問題とすることは原子力発電所自身の否定に導くからであると、そういっておられる」

「そのように確率が低いといわれる科学的な根拠は示しておられるのでしょうか?」

「その論文では何も示しておられませんし、わたしは今までに原子力委員会がそういうことについて報告あるいは発表された論文を何も見ていないわけです」

藤本はさらに、日本の電力会社はＥＣＣＳ（非常用炉心冷却装置）が機能しないということは想定しておらず、それが原発の唯一の命綱になっているが、本当に機能するかどうかの実験はされておらず、信頼性に疑義があると証言した。

さらに、「死の灰」の寿命は数十年といわれるが、その寿命でなくなるのではなく、半分に減るだけで、プルトニウムのことまで考えると、これらを千年、一万年安全に保管しておかねばならないと指摘した。

「原子力発電所だけを考えたとき、一番頭の痛い問題が、空焚き事故時に大量の放射性物質を放出するということだったが、それと同じように、原子力発電所を今度はシステムとして見たときの最大の問題は、死の灰を最後にどこへ置き、どうするかということです。ところが、この一番頭の痛い問題を一番最後にのばしている。本当は、この問題の目処がつかなければ、大きな規模では始められない。ましてや費用がいくらかかるかも分からない」

昼食をはさんで六時間にわたる証言を藤本が終えると、傍聴席から大きな拍手が湧いた。

同じ頃——

村木健吾は、熊本地裁の法廷で、抵当権抹消請求事件の審理をしていた。去る四月に特例判事補になったので、単独審を持つようになった。

事件は、県内のある農協が原告の男性に三千万円を融資したが、返済がないため、抵当権を設定してある男性の自宅を売却しようとしたものだった。ところが、融資の事実も抵当権の設定登記のことも知らなかった男性が驚き、「そんな融資は受けていないし、抵当権の設定もしていない」として、登記抹消の訴えを起こした。

事件は、十年前から六年前にかけて起きた農協職員による四億円の不正融資がからんでおり、件《くだん》の農協職員はすでに懲役四年の実刑判決を受けている。農協に原告の男性名義の預金口座がつくられて、そこに融資金三千万円が振り込まれ、すぐに引き出されていた。預金口座開設申込書の筆跡は明らかに原告の男性のものではなかった。しかし、農協側は、原告の依頼に応じて誰かが代筆したものであると主張し、原告は偽造の事実を立証できないでいる。抵当権設定登記のほうは、何者かが実印を登録し、それで登記がなされていた。

「裁判官」

法壇から見て右側の原告席にすわった弁護士が挙手をした。七十歳前後の老人で、地元で長年離婚訴訟や交通事故の示談といった小さな事件をやりながら細々《ほそぼそ》と食いつないでいる。出してくる書面もポイントが絞りきれておらず、訴訟戦略もなく、せっかくの証人尋問もだらだらと裁判の帰趨《きすう》にはほとんど関係のない質問で終始した。

「証人の申請をします」

皺《しわ》のよった灰色の背広を着た老弁護士は、証人申請書を提出した。袖口から見えるワイシャツは着古して黄ばんでいた。

村木はそれを受け取り、一読する。申請された証人は農協の元預金課長で、尋問の趣旨は、預金口座開設申込書が偽造されたものであることを立証すると書かれていた。

「この人は、今は何をされているんでしょうか？」

黒い法服を着た村木が、大きめのフレームの眼鏡の視線を向ける。

「現在は、農協で総務部長をしております」

「出廷することには、同意されておられるのでしょうか？」

「まだ同意は頂いておりませんが、裁判所から呼び出しがあれば、出廷してくれる可能性はあると思います」

しかし、現役の部長が、自分の勤務先と争っている側の証人に立つとは到底思えない。

「出廷の可能性は、どれくらいあるんでしょうか？」

「ですから、可能性としては、あると」

老弁護士は、うがいでもしているような、もごもごとした口調でいった。

（要は、駄目もとで出してきたということか……）

弁護士の隣りにすわった原告の中年男性に視線を向けると、頬がげっそりとこけ、思いつめたような表情をしていた。精神的ショックから体調不良に陥り、血圧が上がり、ろれつが回らないなどの症状も出ているため、病院に通院しているという。

その晩——

村木は、熊本市内の官舎の居間で夕食をとりながら、ため息をついた。

「どうしたの？　さっきからため息ばかりついて」

紫蘇の葉の上に載せた「ちくわサラダ」を村木の皿に取り分けながら、明恵が訊いた。

ちくわサラダは、ちくわにポテトサラダを詰め、揚げ焼きにした地元の料理である。テーブルの上には熊本名物の馬刺しや辛子レンコンもあった。

「いや、ちょっとある事件で、弁護士がひどいもんだから……」

村木は言葉を濁し、ビールを口に運ぶ。いくら家族でも、特定の事件に関する自分の考えを話すことはできない。

（それにしても、あの老弁護士はひどいなあ……）

弁護士がひどければ、いくら裁判官が頑張っても、窮地にある人を救うことはできない。

架空口座をつくったり、抵当権の登記をしたときの印鑑が偽造であることを証明するには、やった本人が自白するしかない。しかし、やったのは誰なのか分からない。不正融資の犯人は、誰がやったのかは知っているはずだが、「知らない」といっているため、追及のしようがない。また、彼が農協と結託している可能性もある。

融資を受けていないことの立証責任は原告の男性にあるので、このままでいくと「不正貸付であった可能性は大いにあるものの、その真相は不明というほかなく、その実態は立証責任を負担する原告において解決されるべきものである」という原告敗訴の判決を書かなくてはならない。裁判所は事実を調べる捜査機関ではなく、あくまで立証がされているかどうかを判断するのが役割である。

（債務不存在確認訴訟を起こせば、勝てる可能性があるのに……）

債務不存在確認訴訟は、「自分が融資を受けたというなら証拠を出せ」という、立証責任を金融機関側に負わせる裁判である。しかし、件《くだん》の老弁護士は、そんな考えは微塵《みじん》も頭にない様子である。裁判所は、両当事者に対して公平でなくてはならないので、訴訟を起こせともいえない。また、村木の上司である部総括判事（裁判長）からは、処理件数を少しでも上げるよういわれており、裁判を長引かせることにも躊躇《ためら》いがある。

（いったい、どうすればいいのか……？）

「お父さん、タバコは外で吸って」

明恵の言葉で、村木は、現実に引き戻された。

「え？　……あ、ああ、すまん」

村木は、自分でも気付かないうちに、タバコをくわえていた。もともとタバコは吸わなかったが、熊本に来てから、ストレス解消や眠気ざましのために、手を出すようになった。

村木の健康を案ずる明恵は、当然いい顔をしないが、夫がストレスを抱え込んでいることも知っているので、強く止《や》めろとはいわない。

「ちょっと、外で一、二本吸ってくる」

村木は、立ち上がって、玄関でサンダルをはいた。

官舎の外に出てタバコに火を点け、一服する。

(そういえば、今週は草むしり当番だった)

当番のことを思い出し、タバコを吸いながら、草かき用の鍬《くわ》で、官舎の敷地の雑草をチャリッ、チャリッとこそげ取り始めた。

草むしりをやるのは、いつも夕方か日曜日である。週に二、三回は、自宅で事件記録を読んだり、判決を書いたりする「宅調」の日があるが、時間があっても外に出たりはしない。「あの人は裁判官で高い給料をもらっているのに、家でぶらぶらしている」といわれるかもしれないからだ。

深緑色の薄手のセーター姿の村木は、カツッ、ジャリッという音を立て、鍬で地面の草をこそげ取る。このあと家に戻り、いったん寝て、朝四時半頃に起き、記録を読んだり、判決文を書いたりする。夕食後、深夜まで机に向かう裁判官もいるが、村木は、途中である程度の睡眠を入れて心身をリフレッシュしないと集中できないたちである。いずれにせよ、常に睡眠不足で、午後の法廷で眠くなることはしばしばだ。眠らないよう、腕をひそかにつねったり、ペンで突いたりするので、腕に無数の青あざができていた。

（あの不正融資事件、何とかできないものか……）

村木は、事件のことを考えながら、鍬を動かし続けた。


十一月二十七日木曜日──

愛媛県松山市では小雨がぱらついていた。

城山公園のふもとの松山地方裁判所の大法廷には、記者や傍聴人がつめかけ、伊方原発訴訟の二回目の証人尋問が開かれていた。

この日、証言席にすわったのは、被告である国側の証人で東大教授の内田秀雄だった。

「まず、証人の経歴についてお伺い致しますが、ここ別紙一に書いておる経歴のとおりで、間違いありませんか？」

国側の代理人を務める上野至訟務検事が訊いた。

九州大学卒の上野は修習十六期の裁判官で、年齢は三十七歳。大阪地裁を振り出しに、熊本家裁、大阪法務局訟務部などを経て、現在は、法務省本省の訟務局に勤務している。

裁判において国の代理人を務めるのは法務省だが、同省は検察官の集団であるため、民事や行政訴訟の経験は皆無といってよい。そこで毎年十名を超える裁判官が法務省に出向し、身分を検事に変え、訟務検事として国の代理人になる。肩書が検事なのでまぎらわしいが、やるのは弁護士の仕事である。彼らは、任期が明けると、再び身分を判事(補)に戻し、裁判所に復帰するが、復帰後も訟務検事時代の発想が抜けず、国側に有利な判決を下す裁判官が少なくないといわれる。青法協会員であることが「公正らしさ」を損なうというなら、訟務検事のほうがもっと損なっているという批判は根強い。

「はい、(経歴に)間違いございません」

証言席にすわった内田が答えた。額が禿げ上がった顔に、四角いフレームの眼鏡をかけ、全体的に小ぢんまりとした役人のような風采である。

上野検事が示した別紙一には、昭和十七年に東京帝大工学部機械工学科を卒業し、昭和二十二年に東大助教授、三十二年に工学博士号取得、同年から東大教授という内田の経歴が記され、公職として、原子力委員会原子炉安全専門審査会会長、通産省原子力発電技術顧問会会長とあった。

上野検事は、内田の研究業績や国際会議への出席についていくつか尋ねたあと、原子力発電所の安全審査手続きについて質問を始めた。

電力会社が原子力発電所の設置許可を総理大臣に申請すると、総理大臣は原子力委員会にその適否を諮問し、原子力委員会は下部機関である原子炉安全専門審査会に安全性の審査を指示する。

「安全専門審査会の定員は三十名でありますが、現在は確か二十九名だと思います。その中には、通産省、厚生省、運輸省から一名ずつ行政官が入っておりますが、残りは全部学識経験者でございまして、内容は(書証二十五の)八十九ページに書いてございますように、炉物理、化学、核燃料、放射線、炉工学、機械、建築、船舶、土木、地震、地質、気象、廃棄物処理等あらゆる分野に属している方が入っておられます」

「そういう専門の人が、実際に申請された原子力発電所の安全審査をする場合には、何か部会とか、そういうものをつくってやることになっておるんでしょうか？」

「原子炉安全専門審査会のほうは、各原子炉施設について、部会を設けております。これが今回の伊方発電所でありますと、86部会だったと思います」

内田はさらに、二十九人の委員の下には、二十九人の学識経験者の調査員がいると述べた。

「次に、原子力発電所についてお訊きしますが、一口に原子力発電といっておりますが、その開発されてきた歴史を簡単に説明して頂けますか？」

「一九五四年に、ソ連のオブニンスクの研究所で加圧水型の五万キロワットのものが発電を開始しましたのが、原子力発電の最初であるということになっております。その後、一九五六年に、英国のコールダーホールの発電所で六万キロワットのものが発電を開始しております。同年にアルゴンヌ(米)で沸騰水型の実験炉が発電を開始し……」

原子炉を実用化するときは、小型の「実験炉」、少し規模を大きくした「原型炉」、技術全体を実証する「実証炉」の順で開発を進める。

「そうしますと、原子力発電が開発されてから、現在までだいたい年数にしますと、どれくらい経っておるわけですか？」

「年数にしますと、約二十年くらい」

「二十年？」

「その間に、約千炉年近い経験を……」

「千炉年といいますと、炉といいますと、原子炉の炉の字と年代の年ですか？　それはどういうことを意味しておるんですか？」

「千炉年といいますと、一つの原子炉であれば、千年分の経験を経たということになります」

「そうすると一つの原子炉が一年動いて、それが百基あれば、百炉年と」

「そういうことであります」

「そういういい方は、どういう意味を持つのですか？」

「まあ千炉年の産業用の原子力発電の経験を経てるということは、その間にも大きな原子炉の事故はないということでありますので、千年もの間に、一つの原子炉事故もなかったと、こういう意味であります」

内田はさらに、新聞などで報道されている燃料棒が曲がったとか、蒸気発生器の細管から蒸気の漏洩《ろうえい》があったという事象は、OECD（経済協力開発機構）の「一般公衆ならびに作業員に対して、重大な結果を及ぼすような多量の放射能の放出をともなう事象、あるいはプラントに大きな物理的な損壊を与えるような事象」という原子炉事故の定義に該当しないので、事故ではなく「現象」であると断じた。

そして蒸気発生器の模型などを使って、通常運転時はもとより、地震・津波等の過酷な自然現象や外部電源の停電といった異常な状況でも、安全策が講じられていると説明する。

「……そうしますと、結局、先生がいわれるような『仮想事故』というのは、これは表現が不正確になるかもしれませんが、実際に起こるのでしょうか？」

「今申し上げましたような、冷却材喪失事故とか、あるいは蒸気発生器細管破断事故といいますのは、さきほど申し上げましたように、配管が瞬時に二方向に直角にギロチン破断すると。そして二つに口を開けるということを仮定しているわけです。そういうことは、工学的技術的に見まして、ありえないといってよい」

内田は、その裏づけとして、管の強度、設計、溶接、定期検査などに言及する。

「……でありますので、仮想事故にきっちり合いますような事故が起こるということは、技術的には考えられないことであります。技術上ありえません」

「それから、さらに緊急炉心冷却装置ですね。ECCS。これが完全に働かないというようなことは、考えておられるのでしょうか？」

「緊急炉心冷却装置は、先ほど申し上げましたように、三つの種類のものがそれぞれ二系統、むろん種類によって目的が違いますけれど、二系統持っております。それを駆動します電源も、内部電源がなくとも、非常用ディーゼル発電でもって確保されております。これら工学的安全施設は定期的な検査をしますし、運転中あるいは使用期間中に試験が可能であります。そういう管理をしておりますので、緊急炉心冷却装置が、この作動が必要なときにまったく動かないということは、これは考えられません」

「前回の証人であります藤本(陽一)先生は、ＥＣＣＳが有効に働かないというような場合を想定されたようなのですが」

「まあ、藤本先生のご意見がどこにあるかは、詳しく存じませんけれど、立地指針、立地基準を考えて、立地条件の適切性を考慮するときの緊急炉心冷却装置といいますのは、これはまったく働かないということは考えません。技術的な見地から当然それが働き、その性能が確認されておりますので、日本の立地指針の仮想事故におきましても、緊急炉心冷却装置の性能は考慮されておりまして、炉心が溶けるということにはなりません」

内田は、「事故時に炉心が溶けるごとく、溶けざるがごとく扱われている」と、自分たちの安全審査を真っ向から否定した藤本早大教授の証言に対し、ムキになっていた。

「藤本証人の場合には、原子炉の圧力容器が割れる場合だとか、あるいは格納容器をさらに突き抜けていく場合だとか、放射性物質が(大量放出される)、そういうふうな趣旨のことをいわれたようですが、そういうことは考えられるのでしょうか？」

「考えられるか、考えられないのかということは、見解によって違うと思いますけれども、わたしは考えられないと思います」

昼食をはさんで夕方まで続いた内田の証言は、安全審査手続き、原発の歴史、事故時と平常時の安全性の考え方、安全対策および施設、安全審査の実際等について、こと細かに説明し、原発の安全性は十分に確保されているとするものだった。

同日の夕方——

最高裁事務総局人事局長の弓削晃太郎は、神田にある麻雀屋で、人事局の部下や民事局の課長らとともに、卓を囲んでいた。

弓削の趣味は麻雀とパチンコである。パチンコは、官舎がある駅前のパチンコ屋によく出かけ、夕方や休日に、少し首をかしげながらサンダル姿で玉を弾いている。

「……東京というのは、つくづく有難いな」

緑色のフエルト地の上に積み上げた牌をみながら、弓削がにやりとした。

「こうして卓を囲んでいても、誰も我々が裁判官とは気付かないからな」

喋りながら、自分の手元の牌を吟味する。

貨幣にとおした縄を描いた索子《ソーズ》が二索《リャンソウ》から八索《パーソウ》まで、五索《ウーソウ》を除いてそろっており、發《ハツ》もトイツ(二枚)だった。

(ここは混一色《ホンイツ》狙いか……)

中《チュン》と南《ナン》が遊んでいるので、これらを利用して、混一色を狙ってみたい気持ちにかられる。

(しかし、果たして、それでいいか?)

残り三人の捨て牌から彼らの手元の牌を考えると、必ずしも得策ではないように思われる。

霞が関の他省庁や、マスコミ、政治家などと幅広く付き合い、世論の風向きを十分に考慮して手堅く裁判所の舵取りをする弓削は、麻雀においても、派手さはないが抜け目のない打ち手である。

「いや、まったく、東京はあまり気にせず、何でもできるから、有難いです」

民事局の課長の男が、牌をつまんで笑った。

「わたしは、函館地裁にいたとき単身赴任で、パチンコ屋で打っていたら、和解を勧めていた当事者の一方に遇《あ》って、気まずい思いをしたことがありますよ」

「それでどうしたんだ?」

リムの上部が黒い眼鏡をかけた弓削が訊いた。身体も顔も大きいので、そばで見ると威圧感がある。最高裁の事務総長が国会で答弁すると野次が飛ぶが、弓削が答弁すると不思議と皆納得する。四大公害訴訟や青法協問題などで、その力は遺憾なく発揮された。

「いやもう、挨拶して、そそくさと店を出ました」

「そうか。そうだろうなあ」

弓削は、かっかっと笑い、南《ナン》を捨てる。

その後、三人の捨て牌を睨みながら、丁寧に打ち、四萬《スーワン》と五萬《ウーワン》を引き込んで、一盃口《イーペイコウ》でテンパイ(あと一枚で和了《あがり》)した。

「ところで、伊方の原発訴訟の証人尋問が始まったようですね」

人事局任用課長の緑川壮一が、ツモった(牌山から取った)牌を一瞥し、弓削の関心を惹きそうな話題を口にした。緑川は実力者の弓削にとり入ろうと日頃から懸命である。

「どうもあの裁判は、白熱してるらしいな」

弓削が牌を切り、樹脂製の牌がフエルトの上でコツンと音を立てる。

弓削はそれほど緑川を好いておらず、いつも適当にあしらっている。

「まあ、判決が出るのは、まだ二、三年先でしょうが」

民事局の課長がいった。

「裁判長は、村上(悦雄)か……」

弓削晃太郎の同期で、広島県出身・東京帝大卒である。

「判決までに、一度は人事異動の時期がくるだろうから、次に誰を持ってくるかは、一つ思案のしどころだな」

最高裁としては、国策に反する判決が出て、自民党から風圧を受けるようなことは避けたい。しかし、裁判干渉をするわけにもいかないので、次善の策として、保守的な傾向の裁判長を持ってくる。エリート街道を歩んでいる裁判官であれば、自分の経歴に傷を付けたくないので、判決は自ずと保守的になる。

「三権分立で、国会や政府と対等だといっても、しょせん我々は小さい役所にすぎん。用心に越したことはない」

裁判所の職員数は全国で約二万五千人で、大蔵省、厚生省、農林省などの半分以下、警察の十分の一ほどである。

店内は、じゃらじゃらと牌をかき混ぜる音や、笑い声や話し声が絶えず、タバコの煙がむっと立ち込めている。十ほどある卓を囲んでいるのは、ネクタイをゆるめたサラリーマンや新聞記者ふうの男たち。店を預かる顔色の悪い中年女が卓の間を歩きまわってビールやタバコを運び、ときおり、中華料理店の出前持ちが、焼きそばやチャーハンを届けに入って来る。

「伊方の判決は、国の今後の原発政策を大きく左右しますから、確かに重要ですよね」

緑川が弓削の顔色を窺《うかが》いながらいった。

「ところで、訟務検事は、誰がやってるんだ?」

「十六期の上野至です」

「上野か……なるほど。あいつは訟務が長いし、しぶとくてしっかりしてるから、大丈夫だろう」

「ええ。ただ、そろそろ転勤の時期がきます」

「ああ、そうだったか」

うなずきながら、弓削の脳裏にある考えが浮かんだ。

（ふむ……。可愛い子には旅をさせろ、ともいうか）

弓削は、その思いつきを記憶に留めた。

「そろそろ俺に運が回ってきてもよさそうだなあ」

卓上に注意を戻し、牌を見ながらのんびりいった。

一盃口からさらにいい役に持っていこうと、發をアンコ（三枚揃える）にして、四萬、七萬か、三萬、六萬の待ちに切り換える心積もりだった。

下家《シモチャ》から五萬《ウーワン》が出た。

「ロン！」

弓削は、してやったりという笑みを浮かべ、高らかに宣言した。

「ありゃー、やられましたなあ」

弓削が表に返した手牌を見て、三人の裁判官が顔をしかめた。

一盃口《イーペイコウ》で、七七《チッチ》(七千七百点)の上がりだった。

それからまもなく——

津崎守に、法務省訟務局付の辞令が出た。

弓削晃太郎からは「お前の出来不出来で、国の原発政策が左右される。しっかりやれ」と、じろりと睨まれた。

昭和五十一年一月二十九日——

曇り空の下の松山地方裁判所の前には、白い鉢巻姿の農民や漁民が掲げる「伊方原発建設反対!」、「勝利するまで闘おう!」といった幟《のぼり》が何本も翻《ひるがえ》り、傍聴券を求める長蛇の列を新聞社のカメラマンたちが撮影していた。

伊方原発訴訟の第十一回口頭弁論で、三回目の証人尋問だった。傍聴席は今日も満席で、前のほうの席には漁業や農作業で日焼けした伊方町の婦人たちが陣取っている。

「では、今日は被告側の反対尋問を」

二人の陪席裁判官を左右に従え、法壇中央にすわった村上悦雄裁判長がいった。

「それじゃ被告のほうから尋問致します」

被告席から、贅肉《ぜいにく》の少ない身体をダークスーツで包んだ津崎守が立ち上がった。

突然、法務省訟務局付の辞令を受け、訟務検事として伊方原発訴訟を担当せよといわれてから、まだ二ヶ月も経っていない。この間、死に物狂いで勉強し、反対尋問の準備をしてきた。

「前回の証言で、先生は、ご専門を核物理、原子核物理、あるいは理論物理というふうな言葉も使われましたけれども、それは同じことなのか、どういうことなんでしょうか？」

津崎は、表情に余裕を浮かべて訊いた。

まだ十分な準備ができていないことや、文系の法律家が理系の科学者に、科学や工学に関する尋問をする不安はおくびにも出さない。

「わたしの専門はですね、理論物理というのは、ご承知のように、理論そのものでございまして、核物理というのは原子核の理論、実験を問わずです」

大きめのフレームの眼鏡をかけた早大教授・藤本陽一は、しっかりした口調で答える。

「大学を出てしばらくの間は、理論的な研究を主にしたわけですけれども、昭和二十七、八年ごろからですね、実験に変わりまして、それ以来ずーっと実験的な研究をしております」

「その実験は、宇宙線の実験なんでしょうか、それとも、いろんなほかのことも？」

「いえ、宇宙線の実験です。宇宙線が物質にぶつかりますとですね、非常にたくさんの中間子が出てくるわけです」

藤本は宇宙線の実験について詳しく説明する。

「そういう研究と、発電用原子炉の安全性の研究ですね、これはどういうふうに関連されておられるんでしょうか？」

「その研究自身と……」

藤本の顔に戸惑いが浮かぶ。「こういう核分裂の現象というのは、非常に低いエネルギーの現象ですから……出てくるエネルギーは非常に大きいけれども、原子一つをとったら、それはもう非常に小さなエネルギーの現象ですから、物理学的にはなんの関係もないわけです」

「そうしますと、発電用原子炉の安全性についての研究は、先生はどういう資料をもとに、あるいは、どういう方法でやられておられるんでしょうか？」

津崎が、銀縁眼鏡の下から蛇のような視線を向ける。

「どういうことをお訊きになりたいのか、わたしには分かりませんけれども、要するに一つの考え方はですね、もはや原子力発電は工学者の分野であって、物理学者の分野ではないというご意見もあるんですが、そういうご意見の質問なんでしょうか？」

「いや、それはいや、まったくの素人でよく分かりませんけれども、先生の考えで答えて頂いたら結構でございます」

津崎は矛先をかわす。

「どうも有難うございます。僕は、ちゃんとした実用的なものになったあかつきには、(原発は)当然、工学の問題で、工学者の問題だと思っております。ただ、出来上がるまではですね、あるいは、分からないところというのは、それは物理学者の関心のまとであっていいんじゃないでしょうか？　そういう意味で、日本の原子力委員会も物理学者を委員にされておられるんだと僕は思いますが」

藤本は、米国の物理学会も、原発のように未知の部分がある分野では、アウトサイダー(専門外の者)からの発言が非常に重要だとしていると指摘する。

「そうしますと……わたしのほうがお訊きしたいのは、どういう資料をもとに、原子力発電について、いろいろいわれておるのかということを尋ねたわけですけれども、その中でまあ、一つ今、アメリカの物理学会報告というものが出てきたわけですが、そういう資料にもとづいて先生はいろいろ研究される……」

「ええ、それも勉強しました」

「そのほかになにか資料がございますでしょうか？　特段とりたてておっしゃられるような資料が？」

傍聴席から「そんな質問、関係ないじゃろが」、「時間を無駄にするな」という野次が上がる。

「わたしたちの研究は、例のわたしたちが著《あらわ》した本がございますから、それをご覧になれば、いろいろ引用文献その他書いてございますから」

藤本は、他の研究者らと一緒に原子力安全問題研究会という会をつくり、毎月例会を開いて研究し、『原子力発電の安全性』(昭和五十年・岩波書店刊)という本を出版している。

「今ちょっと原子力発電の安全性に関する本をいわれましたので、これは甲三十五号証と思いますが……」

津崎が、裁判の書証(証拠書類)として提出されている藤本らの著書に言及する。甲三十五号証とは、原告が提出した三十五番目の書証という意味だ。

「この中で、著者の方々が掲げられておりますが、これで先生が今いわれた現場の工学者ですか、入っておられるといわれますが、どういう先生方でしょうか?」

「これは著者には入っておりません。この中の著者には入っておられないわけですね」

「ああそうですか。討論の過程では……」

津崎は、ことさら印象づけるようにいった。事前に著者一人一人の経歴を調べ、一つの弱点と考えていた。被告(国)側の学者たちからも、藤本は工学者じゃないから、その点を突けと助言されていた。

「この中には、現場の実際の工学ということでいえば、一番最初の服部学さんは、立教の原子炉の責任者で、ずっとあそこをやっておられる方でございます」

服部は、かつて日本海原発に関し、原子炉の事故は予想しない原因から起こるもので、放射能に関する知識もまだまだ不完全である、と警鐘を鳴らしたことがある。

「ほかにはいらっしゃらないわけですね？」

「ほかにはおられませんですね」

「そうすると、先生が今、現場の工学者も入って研究をやっておるんだといわれましたのは、服部先生のことだけでございますか？」

「いえ、そうではございません。我々が研究会をやるたびに、いろいろな方がお出になります。むしろこれは、大学関係の人たちの論文であるわけですね。現場の、会社のエンジニアは、会社の報告として自分の業績を出すというのが社会通念になっておりまして、こういうものにはお書きにならないのが普通でございます」

「ああそうですか」

その後も津崎は、藤本が原発には詳しくないということを何とか印象づけようと、資料の細かい点などに関し、根掘り葉掘り質問を繰り出した。しかし、藤本が付け入る隙を与えず、逆に自分の考えを詳しく説明するため、証言が裏付けられる格好になった。五十歳の藤本は、三十歳の津崎より、はるかに議論慣れしていた。

「先生は前回の証言で、今まで起こった大きな原子炉事故の一つは、アメリカで起きた軽水型の濃縮ウラン炉における事故であると、そういうふうにいわれておりますが、これはＳＬ１の事故ということですか？」

放射線の影響についていくつか質問したあと、津崎が話題を変えた。

「そうですね」

ＳＬ１は米国アイダホ州の砂漠にあった原子力潜水艦の乗組員を訓練するための小型試験炉で、一九六一年（昭和三十六年）に、運転員が制御棒を誤って引き抜いたため暴走（核分裂反応が急激に増加）した。水蒸気爆発で一二トンの原子炉圧力容器が三メートル近く飛び上がり、運転員三人が死亡し、燃料は溶融蒸発して跡形もなくなり、核分裂生成物約一〇〇万キュリーの約一パーセントが大気中に漏れ出た。

「現在の、たとえば本件の伊方の発電用原子炉、そういうのを見ますと、一本の制御棒の引き抜きで原子炉が暴走するというような構造にはなっておりませんね？」

津崎は、国側に有利な証言を引き出そうとする。

「そういうことをいえば、いろんなところがすべて原子炉は違ってくる。まったく同じ事故というのは、ないんじゃないでしょうか」

「分かりました」

「逆にいえばですね……」

「結構です、もう」

津崎は、藤本の発言を止めようとする。

「ＳＬ１のときにはあれぐらいの事故で収まって、伊方のときには、あれぐらいでは収まらんのだということも成り立つでしょう」

藤本は、おかまいなしに喋る。

「分かりました、分かりました。伺っておきます。……それでこのＳＬ１の事故のときにも、建物が放射性物質の環境への拡散を防止したということは認められますね？」

「それは非常に幸いだったことです」

「はい、幸いにしろ。分かりました。そうしますと、建物、さらに現在の発電用原子炉でつくってある格納容器、こういうようなものが、非常に効果を持つであろうというようなことはいえますね？」

「まさにその点こそ、僕は、実は証言したかったんです」

藤本が語気を強め、津崎の表情が曇る。

「つまり、格納容器というのは大切なんです。ところが、小さな原子炉の場合には、炉を停めても、あとに出る熱が少ないから、格納容器で止められるわけです。ところが、非常に大きな伊方のような発電炉だったら、冷却材が喪失したときに、格納容器で止められないではないかと。それをどうしてくれるのかということが大問題でして、その格納容器が一番の中心問題なわけです」

ＳＬ１の設計出力が三〇〇〇キロワットであるのに対し、伊方原発は五六万六〇〇〇キロワットである。

「伊方はでかいんやぞ。分かっとるんか⁉」

傍聴席から拍手とともに、野次が飛んだ。

「傍聴席、静かにして下さい」

裁判長の村上が注意する。

「あとからまた、その点はお訊きします」

津崎は、態勢を立て直すようにいった。

「現在の発電用原子炉では、SL1で起こったといわれておるような、運転員が誤って制御棒を引き抜くと、そういうことは制御室における操作でもってもできないようになっておる、ということはご存じでしょうか？」

「いや、知りません。僕らが一番気にしているのは、そういう運転のマニュアルが公表されていないことです。だから、運転のマニュアルが公表されれば、その点は非常にはっきりすると思いますけど。そういう点は、非常に秘密主義的なところが問題だと思うんですけれども」

「先生は、そういう実際のことを知っていないので、その点は、なんともいえないと……」

「いえいえ、そうじゃないです。僕は原子炉の主任技術者でも、オペレーターでもないですから、知りませんけれども、僕の友人たちによれば、原子炉のときには、ちゃんとマニュアルというものがあって、どういうときにはどういうふうに運転するのだという、そのものがあるはずなのに、それをお出しになっていない。普通は、それは相当にいろんな方に見せて研究するものだと、そういっておりました」

「それからもう一つ、先生は、原子炉の事故として、イギリスで起こった原子炉の火災のことを……」

「はい、申しました」

「これはウィンズケールの軍事用プルトニウム生産用原子炉のことでしょうか？」

ウィンズケール(Windscale)は、英国中西部・湖水地方にある町である。

「さようです」

「そのときの事故の原因というのは、中性子減速材として黒鉛を使用しておって、黒鉛には熱をためるといいますか、そういう性質があって、いわゆるウィグナー効果とかいわれてますけど、それが結局、原因したということなんでしょうか？」

「はあ、よくご存じでいらっしゃる。そのとおりです」

「そのウィンズケールの原子炉と日本の原子炉の違いについて、一点確認したいのですが……」

津崎は、英国の原発事故は黒鉛に熱がたまって起きたが、日本では黒鉛を使用しておらず、また密閉系という構造になっているので、そういう事故は無論起こらないはずであるとの確認を藤本に求めた。

これに対して藤本は、運転が適切に行われない限り、事故は起きると答えた。

「それでは、現在行われております、発電用原子炉の安全性についてお尋ね致します」

仕立てのよいダークスーツを着た津崎がいった。

「これらの原子炉によって、周辺公衆に放射線障害をおよぼした事故はございませんですね？」

「えー、ないですね」

「先生がおっしゃる、蒸気発生器細管にピンホールがある場合に、一次冷却水の喪失という現象が起こった場合が問題だとおっしゃられましたですね。一次冷却水の喪失事故が起こるというのは、どういう原因で起こることを想定されておられましょうか？」

「いろんな原因があるんじゃないでしょうか。全部挙げる必要はないと思いますけれども、一番最初は、それもまた僕のお話ししたいことの一つでございますけれども、今までの安全審査では、一番怖い一次冷却水喪失というのは、大きなパイプが割れるということだけが一次冷却水喪失事故につながると、そういうふうにお考えだったわけでございます。ところがそれ以外に、いろいろな原因があることが考えられてくるんじゃないかと思いますけれども」

「どういう原因を……」

「もっと細いパイプでもみんな起こります」

「細いパイプの場合は、そういう急激な水の喪失が起こらずに、ゆるやかですから、いろいろな処置が取れるのではないでしょうか？」

「と思っていたんです」

藤本が笑い、津崎は再び嫌な感じにとらわれる。

「ところが実際に、これはわたしの研究でなしに、ラスムッセン教授の研究でありますが、そのむしろ細いパイプのほうが漏れたら、蒸気が抜けないと水が入らないわけですから、細いパイプのほうがかえって始末に困るわけじゃないでしょうか。そうでなければ高圧のポンプで水を送り込む必要はないんだと思いますが」

津崎は強張った表情で、しばらくの間、手元の資料を繰る。

「そういう現象に対しては、安全審査で対策を考えておるということのようですが、ご存じですか？」

「いや、安全審査のときの事故は、大きなギロチン破断だけじゃないでしょうか？」

「あっ、あ、一応……」

津崎が慌てる。安全審査の細部まで頭に入っていなかった。

「小さいのに対しては、やっとられないんじゃないですか？」

「ええ、一応設計事故として書いておるのはですね……」

必死に反論を考えるが、咄嗟《とっさ》には思いつかない。

「設計事故ではなしに、重大事故じゃないですか。設計事故という言葉を僕は聞いたことがございませんよ、日本語では」

「それじゃ、それは憶えておきましょう」

津崎が悔しそうにいうと、傍聴席から拍手が湧いた。

「ええ、まあ、一般的に、発電用原子炉の場合には、自動制御装置だとか、あるいは安全保護系と、そういう装置で異常が発生しないように、あるいは異常が発生した場合にも、その異常が拡大しないように、そういう対策は取られておりますですね？」

津崎が説明調で訊く。

「はい、むろんです。ただですね、僕が申し上げてるのは、ＥＣＣＳのスイッチが危ないから、二重にする三重にすると。ＥＣＣＳも何組かあるではないかと。一つの安全装置を二重、三重にすれば、それで安全が増えるということは確かにありますね。ところが、この前、わたしが証言したのはですね、ある部分はそういう部分がむろんあって、一生懸命やっておられることを僕は知ってますけれども、そうではなしにですね、みんなが一番この発電炉で致命的なのはですね、二重にしても三重にしても、駄目なものは駄目なんですよ」

再び傍聴席から拍手が湧く。

「ちょっと、あのね、さっきから傍聴席は、拍手なんかなるべくしないで下さい」

村上悦雄裁判長が苛立つ。

「それでは、ちょっとお訊きしますけれども、先生がよく引き合いに出されるアメリカの物理学会報告を見ますと、その中で『全般的な安全系が十分に作動するため、そのようなクラック(ひび割れ)や故障は早く察知し、さらに重大な事故を生ずる前に、それを阻止できることを実証しているのである』と、そういう記述があるようなんですが」

津崎は、報告書を熟読して見つけた、国側に有利な記述を藤本にぶつけた。

「はい、そのクラックの問題ですね……」

「いや、故障となってるんですね、クラックや故障と」

「いや、だってそんな、一般的なステートメント(記述)については、お話しできないです」

藤本がむっとなる。「アメリカの物理学会がいっているのは、ひび割れ、ひびというものは、小さなひびができて、それが成長するものだということを非常に丁寧にいっておる。そのことをよく存じています」

「だからアメリカの物理学会報告を見ましても、発電用原子炉のそういう安全装置というものに対しては十分信頼性があって、実証されておると、こういうんじゃないですか？」

「ちょっと、裁判長」

原告席で、弁護団長の藤田一良弁護士が手を挙げた。

「津崎指定代理人ですけど、あの……」

指定代理人というのは、国や行政庁が当事者になっている裁判等で国や行政庁から指定されて裁判や手続きを行う職員のことである。

「物理学会の報告を先ほどからしきりに引用しておられますが、これはこの前も裁判所から勧告があったように、全訳・全貌を出した上でいろいろ議論して頂きたいと思います」

「これは書証としていっているので、先生が引用されたからその反対尋問でいっているのになんの差し支えもございません」

津崎は、間髪容《い》れずに反論する。

「訳が正確かどうかということも問題になりますし……」

原告弁護団の一人、仲田隆明弁護士がいいかける。北海道大学卒で三十二歳の若手である。

「だからその訳が間違っておるなら、先生が間違っておるとおっしゃればよろしいわけで……」

「あのね、反対尋問の範囲内で一つお訊き願います」

裁判長の注意に津崎は不承不承うなずく。

藤本は、ひび割れに大きな熱の変動や圧力がかかる「サーマル・ショック」が起きると、ひび割れは一気に大きくなると説明した。

「それではまた先生が引用されるアメリカ物理学会報告を引き合いに出して恐縮ですけれども、物理学会報告でも結論的にいっておることは、軽水炉の事故のリスクに関し、事実上当面懸念すべき事由は見当たらないのではなかろうかと。今いったような結論が書かれておることはご存じでしょうか？」

津崎は、再び国側に有利な箇所を藤本にぶつける。

「いや、その前にですね、第一番目は、要するに今は、緊急冷却装置というのが、計算機で確かめられただけの実証性しかないわけですね」

藤本は津崎の議論には乗らず、アメリカ物理学会報告には、今のＥＣＣＳは必要以上に複雑で弱点があることや、格納容器の研究が非常に重要だと書いてあると指摘する。

「そういう点、よくお読みになったらお分かりになると思います」

「ここでは、つまりアメリカの物理学会報告の中では、ＥＣＣＳが設計されたとおりに作動しないという理由もないと、そういうふうにいっておるんではないでしょうか？」

津崎は食い下がる。

「(その点は)分からないんじゃないですか」

「先生はそうおっしゃいますけど、そういう記述もあるんじゃないでしょうか？　設計されたとおりに作動しない理由は見当たらないと」

「僕もそう思います。ところが問題は、人様に迷惑のかからない実験であれば、『イエスと出るかも分からない、ノーと出るかも分からない。だから五分五分だ』でいいと思いますけれども、今度の場合はそうじゃなしに、安全問題なんですからね」

傍聴席から拍手が湧き、村上裁判長が顔をしかめる。

「先生のような絶対的な安全性といいますか、そういうことをおっしゃられますとですね、現在我々が使っておる機械装置はすべてそうじゃございませんか？」

「原子炉の事故というものが大したことでなかったら、そういう常識論でいいんです。ところが非常に大きくなって、カタストロフィ(大惨事)になりうるからこそ、そういう常識論で収まらんのじゃないかというのが、わたしの意見です」

再び傍聴席から拍手が湧く。

「じゃ、次に原子炉の安全審査の際の基準について少しお訊きしますけれども……」

津崎は、しばらく食い下がったが、藤本の毅然とした態度に歯が立たないと見て、矛先を変えた。

「前回の先生のご証言では、なにか想定事故の災害評価に関して、日本の安全審査は甘すぎるというようなご証言をされたように見えるんですが……」

「僕がいってるのは、日本の安全審査の想定事故(仮想事故)というのが、曖昧でよく分からんということを申し上げたんです。想定事故のときには、ＥＣＣＳを働かせているのか、働かないとしているのか。あるいは炉心は溶けるのか、溶けないのか。そこの一番クリティカル(決定的)な問題について、なんの明快さもないんじゃないかと思います。ただあるのは言葉のあやで、あるときは溶けるようにも見え、あるときは溶けないようにも見える。僕は弁護士さんから聞いたんですけどね、内田さんは想定事故では原子炉のＥＣＣＳは働くと、それで炉心が溶けるようなことは想定しておりませんと、そう断言されたんですか？」

「そういうふうに伺いましたですね」

「ところがですね、出しておられる証拠はみんな違うじゃないですか。どうするんですか、それは？　どっちが本当なんですか？」

「どういう資料が違うとおっしゃるんでしょうか？」

「ちょっと見せて下さい、内田さんの書いた文章を」

藤本がいい、津崎は分厚い書証のファイルを差し出す。

「この乙第二十五号証を見てもですね、これは文学の問題なんですか？　非常にはっきりとしていると思いますけれども」

藤本が該当箇所を開いて、津崎に示す。

「僕はこれを見せて頂いて、初めて分かりました。ここの七十四ページです。一次冷却破断というのが①で起こるわけです。②で冷却材流出とくるわけです。それからずっとき て……」

藤本が、ページの記述を指でなぞる。

「⑤に燃料被覆破損、燃料体溶融というのがありますね。それから核分裂物質が放出して、格納容器がどうかという話になっている。これは明瞭に溶けてるんじゃないですか？ 明瞭に溶けてますよ」

「これはそうですね。これがそういう現象を想定して書かれたのかどうか知りませんけど。そのへん、わたしはよく分かりませんけども」

津崎の顔に焦りが浮かぶ。安全審査の曖昧さは否定しようがなく、藤本に再度指摘されるような流れをつくったことを悔やんだ。

「これが想定事故なんじゃないんですか？ 燃料体が溶けるけれども、スプレーで容器は安全なんだとおっしゃってるわけです」

スプレーは、何らかの理由で一次冷却水が失われて原子炉が空焚きになったとき、容器が高圧にならないよう水で冷やす仕組みである。

「そうすると、この前おっしゃったのと話が違うじゃないですか。どっちなんですか？

話が違うことで安全審査というのが成り立つんですか。僕はそれが困ると思うんですね」

藤本が強い調子でたたみかけ、傍聴席から拍手や野次が飛ぶ。

「それじゃ、そういうふうにお聞きしておきます」

「それから問題はまだあるんですよ、まだ」

「ちょっとお訊きしますが、アメリカの安全審査ではＥＣＣＳが働くと評価しておるんじゃないですか？」

津崎は質問で藤本の発言を遮る。

「はい、そうです」

「はい、結構です」

自分が望んでいた言葉を引き出した瞬間、津崎はその質問を打ち切った。あとは、準備書面でこの点を強調する腹づもりだ。

「国はそんなええ加減な安全審査で原発つくらせるんか⁉」

「わしら田舎もんは、どうなってもええっちゅうんかい⁉」

傍聴席からの野次が一段と激しくなる。

「誰かね？　発言しないで下さい」

法壇中央の村上悦雄裁判長が、厳しい表情で傍聴席を見回す。

「裁判長、出合いから提案しますけどな、傍聴席だって、やっぱりわたしは大事だと思うんですよ」

傍聴席の前のほうにすわった老人がいった。漁師らしく、日焼けした顔に深い皺が刻まれている。

「静かに聞いて下さい」

村上裁判長が顔をしかめる。

「だから、検事さんも権力の代表じゃなしに、国民の代表として尋問されるんですから、ああいうような意地の悪い質問なんかささんように、裁判所が命令すべきじゃないですか。あなた、あの質問、分かりますか？」

津崎は無表情。傍聴席からは拍手が湧く。

「拍手したり、傍聴席から発言するんじゃない。あなた誰ですか？」

「傍聴人の一人です。誰でもいいですけどね」

老人は怯む様子もない。

「傍聴席から発言しないように、ね。そうしないと進まないし、こちらのほうも……」

「傍聴席をいう前に、ああいうような、みんなにわけも分からんようなな……」

「発言しないようにいってるんです！」

「正当な裁判して下さいよ」

「我々、命がけですからね」

別の傍聴人も同調する。

「それはしますよ。傍聴席から発言するとね、聞き取りにくいし。裁判所のほうでも困るんです」

「わたしらも、なるべくなら静かにしておりたいんだけど、あんまり嘘八百やないですか」

「とにかく、静かにして下さい」

ようやく傍聴席が静まった。

「それでは、また続けてお訊き致しますが……」

津崎が手元のメモに視線を落として、反対尋問を再開した。

津崎守が松山地裁で懸命に戦っていた頃、村木健吾は、熊本地裁天草支部転勤の内示を受けた。

第六章　天草支部

1

熊本県天草地方は、天草上島、天草下島という二つの大きな島と、それ以外の約百三十の島々からなっている。有明海、八代海、東シナ海という三つの海に四方を囲まれ、風光明媚である。

昔から、長崎、佐賀、熊本、鹿児島などに隣接(ないしは近接)する要衝のため、中世には、肥後の豪族だけでなく、肥前、薩摩の豪族も天草諸島の領有を目論んだ。現在の行政区分は熊本県だが、どちらかというと長崎の影響が強く、肥後(熊本)の重厚さや理屈っぽさより、肥前(長崎、佐賀)の軽快さや開放的な気風が強く、島内にはちゃんぽん屋が多い。

キリスト教が安土桃山時代に長崎などを経由して伝わり、キリシタン大名の小西行長や有馬晴信らの保護を受け、住民の間に広まった。その後、徳川幕府によるキリスト教の弾圧、過酷な年貢取り立て、凶作による飢饉《ききん》などが重なり、寛永十四年(一六三七年)十月から翌年二月にかけ、天草四郎を盟主とする天草一揆(島原の乱ともいう)が起きた。

人口は十七万人ほどで、行政上の中心は下島にある本渡《ほんど》市である。それ以外に、牛深市、有明町、苓北《れいほく》町、御所浦町、松島町などがあり、全部で二市十三町。主な産業は、漁業、農業、観光業など。

島々は平地が少なく、棚田があちらこちらに見られ、海のそばでは、塩づくり、ちりめんづくり、タコ干しなどが見られる。天草一揆のあと、住民たちは隠れキリシタンとして信仰を守り、明治以降、﨑津天主堂や大江天主堂などが建てられ、観光資源になっている。

下島の山あいの福連木《ふくれぎ》地区では、かつて子守や奉公人として熊本に働きに出る娘たちが多く、彼女らが伝えた「福連木の子守唄」が「五木の子守唄」の元になったといわれる。

また、下島南端の牛深市のハイヤ祭りが、全国的によく知られている。


(昭和五十一年)四月初め——

熊本地裁天草支部に異動になった村木健吾は、身の回り品を詰めた大きなボストンバッグと訴訟記録の風呂敷包みを両手に提げ、天草下島の中心地である本渡のバス停から、南の方角に延びる国道三二四号沿いを歩いていた。

道沿いに、電器店、和菓子屋、喫茶店、書店、ガソリンスタンド、民家、旅館などが建ち並んでいるが、家並みは低く、島の小さな町という感じである。「銀天街」という繁華街などは、向かっている方角とは反対側にある。

午後六時をすぎ、あたりは暗くなり始めていた。

「あのう、こちらのホテルに行くには、この方角でいいんでしょうか?」

村木は、歩道を歩いていた中年の婦人に、今晩泊るホテルの名前と住所を書いた紙を見せた。

「わたしもそこに行くけん、ついてきなっせ」

中年の婦人は、村木の先に立って歩き始めた。

しばらく歩いて国道から左にそれ、大きな病院を右手に見ながら進み、小さな道を渡ると、目指すホテルがあった。海のそばの四階建てで、正面玄関の右脇に宿泊客の名前を書いた歓迎の掲示板があり、村木の名前もあった。

村木は引継ぎなどの関係で、家族より一足早めに天草に赴任した。週末にいったん熊本市に戻り、家族を連れてくる予定である。

「ようこそいらっしゃいました」

正面玄関を入ると広いロビーで、すぐ左手がフロントになっていた。

案内されたのは、二階の二〇八号室だった。

十畳の和室で、部屋の中央の大きな座卓の上に、急須と湯呑みのセット、その日の新聞が置かれ、座椅子がそなえられていた。

奥の障子の先は二畳ほどの広さのベランダで、小さな木製のテーブルと椅子二脚が置かれていた。

「お夕食は、お風呂のあとにされますか？」

着物姿の仲居が訊いた。

「そうですね。七時くらいからでお願いします」

四階にある大浴場で一風呂浴び、部屋に戻ると、まもなく夕食が運ばれてきた。

珍しいうつぼの懐石料理だった。

うつぼの刺身、たたき、から揚げ、湯引きのほか、アワビや鯛の刺身、茹でた車海老、焼いた小ぶりのサザエ、茶碗蒸し、鯛めしが、座卓の上に並べられた。

まだ乾ききらない頭髪のまま、浴衣を着た村木は、手酌でビールをコップに注ぐ。喉にぐいっと流し込むと、ここちよい苦味と爽快感が胃袋のほうへ広がってゆき、ほっとため息が出た。

（これが、うつぼなのか……）

薄くスライスされた刺身は、緑色の皿に、半透明の白い花模様のように並べられ、あさつきともみじおろしが添えられていた。平目のような感じで、とてもあの獰猛《どうもう》な魚とは思えない。

村木は刺身を一切れ箸でつまみ、南九州独特の甘みのある醬油につけて、口に運ぶ。白い身は、硬めで歯ごたえがあるが、癖のない味で、いくらでも食べられそうだった。

今度は、大根のつま、紫蘇の葉と一緒に盛られたたたきに箸を伸ばす。皮の部分が少しゼリー状でこりっとしているが、身は予想外にやわらかく、鱈《たら》を連想させる味わいである。

(天草で、うつぼ料理か……)

六年前に任官したときは、都市部での勤務にこだわっていたわけではないが、こうして思いもよらない地方の勤務が続くとは夢想だにしていなかった。

同期任官者六十四人の多くは、村木と同じように、この四月で二度目の異動になった。行き先は、東京地裁、大阪地裁、名古屋地裁など、いわゆる本庁勤務が半分ほど、最高裁事務総局が二人、訟務検事が津崎を含めて三人、書記官研修所の教官が一人、残りは、家裁や地方支部などの勤務である。すでに辞めて弁護士になった者も三人いる。

食事をしながら部屋のテレビをつけると、男性アナウンサーが「脱税容疑で起訴された児玉誉《よし》士《お》夫被告は、取調べに対して……」とニュースを読み上げていた。

去る二月に発覚したロッキード事件が、日本の政財界を揺るがしていた。

ことの発端は、二月四日に開かれた米国上院外交委員会多国籍企業小委員会(委員長フランク・チャーチ)の公聴会で、ロッキード社会計検査担当会計士ウィリアム・フィンドレーが、航空機売り込みに関する同社の工作資金支払いについて証言し、六日には、同社のアーチボルド・コーチャン副社長が日本、オランダ、トルコなどに対する具体的な資金の流れを証言したことだった。

日本では、全日空に対する大型旅客機L1011トライスター、防衛庁次期主力戦闘機F15、対潜哨戒機P3Cの売り込みのために、右翼の大物・児玉誉士夫、丸紅、全日空をつうじて三十億円を超える資金が多数の自民党国会議員と政府高官にばらまかれたという。

（これだけ規模の大きい事件だと、東京地裁は組織をあげて取り組むんだろうなあ……）

一審だけでも五年以上はかかり、しかも自民党の政治家が被告になる可能性があるので、東京地裁は精鋭で臨むはずだ。

自分には関係のない話だと分かってはいたが、一抹の寂しさはあった。やはり裁判官となったからには、大きな舞台で大きな事件に取り組んでみたいというのが、偽らざる本音である。

夕食を終えると、時刻は午後八時近くになっていた。

村木は、腰を上げ、ベランダの椅子にすわって、タバコに火を点けた。

陽が落ちて暗くなった窓の下は小さな入江で、小型の漁船や釣り船が係留されていた。付近の外灯の光が、海面に長いオレンジ色の帯をつくり、夜風で落ち着きなく揺れ続けている。窓を開けると、むっと潮の匂いがした。少し離れた道をときおり自動車がとおる音がし、壁の向こうから隣りの部屋のテレビの音が低く聞こえてくる。

ふと、大阪地裁判事補会のエースで、馬場忠晴所長と対立して釧路地裁帯広支部に飛ばされた山口治雄のことが思い出された。山口は、帯広のあと、広島高裁松江支部に異動になった。大阪高裁長官が馬場なので、大阪には戻りようがないが、支部とはいえ高裁判事になったのは、力量が認められたからだ。

(そういえば、あの死刑囚は……)

劣悪な生育環境で育ち、金を奪うために四人を殺害した若い男性被告人の記憶がよみがえる。

大阪地裁で、右陪席の山口とともに死刑判決を下した被告人は、大阪高裁で控訴を棄却され、最高裁に上告中だ。おそらく上告は棄却され、いずれ死刑が執行されるときが来るはずだ。

村木は、さざ波立つ気持ちを忘れようとするかのように、立て続けにタバコを二本吸ったあと、膳を下げに来た仲居がのべてくれた布団で横になった。

しかし、二時間ほどで目を覚まし、天草支部の事件記録や手控え(メモ)に目をとおし始めた。

道路交通法違反、窃盗、建物明渡請求事件、家事審判……。ロッキード事件とは比ぶべくもない小さな事件ばかりだったが、一つ一つに人々の切実な思いがあり、それが自分の判断にかかっているかと思うと、おろそかにできなかった。

五月下旬の日曜日——

最高裁事務総局人事局長の弓削晃太郎は、東京・広尾の高級マンションにある元内閣官房副長官・権藤周介《ごんどうしゅうすけ》の住まいを訪れていた。

「……まあ、ロッキードは、角さんまで行くんだろう」

頭髪をオールバックにし、茶色いセルロイドのフレームの眼鏡をかけた権藤がいった。比較的小柄で、老役人のような風貌だが、ときおり視線が鋭い光を帯びる。年齢は六十一歳である。

「やはり田中前首相まで行きますか?」

薄茶色のカーディガン姿の弓削が訊いた。

二人は、権藤が内閣官房副長官だった四年前からの知り合いで、今では家族ぐるみの付き合いをしている。二人とも、戦時中、陸軍主計大尉(権藤)、海軍法務大尉(弓削)と軍隊を経験し、ともに地方出身で(権藤は徳島、弓削は京都)中央の役所に入り、会計と人事という二大要職を経験して出世の階段を上り、危機管理に強い点も共通している。年齢は権藤が六つ上である。

「三木さん(武夫首相)も、検察も、狙いは角さんだよ。これははっきりしている」

権藤は元警察庁長官で、検察や警察と太いパイプを持っている。

「特捜部は『捜査に失敗したら、国民の信頼回復に、二十年はかかる』と背水の陣を敷いている。だから、大物の首をあげたいんだろう」

「前首相まで行くとしたら、いつごろになりましょう？」

「まあ、夏ごろじゃないのかな」

すでに最高裁事務総局は、刑事局が中心になって、米国側証人の免責などに関し、最高検察庁や東京地検特捜部と協議している。

もし、田中角栄が逮捕されるような事態になれば、最高裁まで行くのは確実なので、裁判所としては、一審の推移を見ながら、控訴審を受ける東京高裁の布陣も考えなくてはならない。むろん東京地裁や同高裁には、事務総局、司法研修所教官、最高裁調査官などを経験した選りすぐりの人材がおり、不安はない。

「角さんの世話になった自分としては残念だが、今度ばかりは、致し方なかろう」

権藤と田中角栄の付き合いは、昭和二十七年に、国家地方警察本部の警邏《けいら》交通課長だった権藤が、交通の予算に関して、三十代半ばの青年代議士だった田中と会って以来だ。昭和四十七年に、権藤は警察庁長官を退任し、第一次田中内閣に官房副長官として迎えられた。

「田中前首相は、先生からみても、やはり凄い人ですか？」

弓削は、将来大物政治家になるであろう権藤を先生と呼ぶ。

「ああ、凄いねえ。説明や陳情をするとき、あの人ぐらい飲み込みの早い人はいない。

理解が早い、そして即決する。分かった、といったら、必ず実行してくれる。それで難しいことになると、あの人は、できないとはいわないんだね。『それは、権藤君、難しいぞ。しかし、やってみるわ』という」

ソファーにすわった権藤のそばの窓の向こうで、大きな木蓮の葉が初夏の風に揺れていた。

「あの人は見通しが確かなものだから、難しいぞ、というときはできないことが多い。できることもある。いずれにせよ、必ず努力してくれる。そして必ず結果の報告が事前にある」

「カミソリ」とあだ名され、普段は冷静沈着な権藤の口調が珍しく熱を帯びていた。

「それから角さんは、人事に非常に詳しい。個々の政治家の人柄、当選回数、経歴、党内の地位、こういったものは全部そらで憶えている。それだけでなしに、各省の課長以上は、みんな知っている。役人の扱いが、とにかく上手い」

弓削がうなずく。

「ところで、こないだの衆議院の定数違憲判決なんだが、あれはどういうことなのかね？」

権藤が話題を変えた。

「三木さんなんかも、『最高裁はいったい何を考えているんだ？』って、驚いていたようだぞ」

去る四月十四日、最高裁大法廷は、昭和四十七年十二月に実施された衆議院議員選挙について、議員一人当たりの人口比率が四・九九対一にもなっており、憲法十四条の法の下の平等に反するという判決を出した。これは、衆議院の定数に関する、史上初の違憲判決だった。理由は、投票価値の不平等が、政策的・技術的要素を考慮してもなお、合理性を有するとは到底考えられない程度に達しているというものだった。そして「過小または過大の定数を配分された選挙区だけでなく、全体として違憲である」と結論づけ、与党・自民党に衝撃を与えた。

もし選挙が無効となった場合、四十日以内に再選挙を行わなければならず、混乱は必至である。最高裁はそれを回避するために、行政事件訴訟法三十一条にある「事情判決」の法理を用いて、「違憲だが、選挙は無効としない」とした。事情判決は、処分は違法であっても、それを取り消すことが公共の福祉に適合しないときは、違法を宣言した上で請求を棄却できるとする法理である。この理論構成を考え出したのは、最高裁きっての英米法通で戦後の行政事件訴訟の理論を築いた、最高裁首席調査官・中村治朗(東大卒・六十二歳、のち最高裁判事)だった。

「裁判所は、自民党とことを構えるつもりなのかね?」

権藤の目の奥で鋭い光が閃《ひらめ》く。

「いや、そんな度胸は、我々にはありません」

弓削は、自嘲とも苦笑ともつかぬ笑みを浮かべる。

「ただ、日本国憲法下で最初の衆議院選挙の不均衡が一・五倍だったわけです。それが昭和三十九年には三・五五倍、前回が四・九九倍ですから、これはもう裁判所としても、よろしくないといわなければ、国民に合わせる顔がありません」

こうした不均衡が生じた理由は主に二つある。昭和三十年頃から始まった高度経済成長で都市部に人口が集中したことと、自民党を支えているのが農山漁村であることだ。

「なるほど。農山漁村の議員定数に手をつけずにきた自民党にも責任がある、か……」

農山漁村の議員定数を大幅に削れば、自民党の存立基盤が揺らぐ。

「まあ、いっぺんに昭和二十二年の状態までもっていくのは難しいでしょうが、多少の定数是正はして頂かないといけないと思います」

弓削の言葉に権藤がうなずいた。

「お待たせしました」

キッチンのほうから、紅茶を載せた盆を手にした長身の女性が現れた。

弓削の姪、直美であった。淡いブルーの半袖のニットを着て、襟元に小粒の真珠のネックレスをしていた。切れ長の目と鷲鼻気味の鼻梁がエキゾチックで、洗練された雰囲気が全身に漂っている。

「直美ちゃん、すまんねえ。家内が出かけているもんだから」

権藤は弓削一族の中でも、才能があり、物いいも率直な直美を気に入っている。弓削もそれを心得て、権藤と会うときはよく直美を伴う。

「まあ、直美もたまには、家庭的なこともせんとな」

「それはないですわ、伯父様。これでも料理、洗濯、掃除なんでもござれでやってます」

直美は弓削をちらりと睨むと、膝下まであるスカートをふわりとさせて屈《かが》み、コーヒーテーブルの上に、紅茶のカップ、スコーンなどを並べ始める。

「先生、このクリームにジャムですが、これをスコーンにはさむと実に紅茶によく合います。直美がイギリスでおぼえてきて、我が家に導入したんです」

弓削が微笑していった。

「ほう、そうかね」

二人の会話を聞きながら、直美はスコーンをナイフで半分に割り、クロテッドクリームとジャムをはさみ込み、頃合いをみて、三つのカップに紅茶を注ぐ。

「直美ちゃん、次のコンサートはいつなの？」

アールグレイの優雅な香りが立ち昇るカップとソーサーを手に、権藤が訊く。

「来週、表参道のサロンで、ピアノとのデュオをやります」

室内から表参道のケヤキ並木が見える百三十人収容の音楽サロンで、演目は、ブラームスのソナタ第二番へ長調などであるという。

「僕も、次の選挙で忙しくなる前に、少し直美ちゃんの音楽を聴きにいっておくかな」

「是非、いらして下さい。チケット、お送りします」

「いや、そんな。ちゃんと買うよ」

「先生、ご遠慮なさらず」

かたわらから、弓削がいった。

「先生に来て頂ければ、直美も嬉しいんですから」

チャイムが鳴った。

「どうやら、家内が帰ってきたようだな」

権藤がいい、直美が出迎えるため、立ち上がった。

「ところで、例の男は、どうしてるのかね？」

直美が玄関のほうに行ったのを確かめて、権藤が小声で訊いた。

「津崎守のことですか？」

権藤がうなずく。以前、津崎守という事務総局の局付が、直美と交際していることや、津崎の育った家庭・親族のことなどを弓削から聞いていた。

「今、法務省に出向させて、訟務検事をやらせています。伊方原発訴訟なんかを担当しています」

「ほう、原発訴訟を。なかなかの重責だね」

「まあ、正直いって、地裁の左陪席と事務総局でしか働いたことがない特例判事補には重荷でしょう」

「大丈夫なのかね?」

「ここで潰れれば、それだけの男だったということです」

弓削の口調が、持ち前の冷徹さを帯びる。

「しかし、直美ちゃんと結婚するかもしれないんだろう?」

「直美も馬鹿じゃありませんから、しっかり見極めることでしょう。まあ、わたしは、奴は大丈夫だと思っています」

弓削は、津崎の家庭環境や生い立ちは度外視して、能力だけで評価していた。

弓削晃太郎は、筋金入りの司法官僚だが、思想の根底にはリベラルな部分があり、現実的に物事を考える。それが弓削をして、摑みどころのない怪物にしていた。

たとえば、裁判官の中には、「行政官など、なにほどのものでもない。彼らは、国家意思を直接、最終責任をもって決めるのではなく、単なる補佐役にすぎない。そこへいくと、裁判官が出す、逮捕令状、捜索令状、ああいうもの一つにしても国家意思そのものである。昨日の任官者であれ、国家意思を直接体現し、しかも独立して決める裁判官は偉いのだ」という者も少なくない。弓削は、常々そうした思い上がりに対し、「行政官が補佐としてやることとの仕事の中には、アメリカとの通商政策を決めたり、他国と国交を断絶するというようなものまである。その決断のための資料をつくり、意見を述べることは、逮捕令状一枚出すのに比べて軽いのか？」と批判し、さらには「普通の人間なら、裁判官なんかにならない。少し偏屈な、会社員とか行政官はつとまらないような人間が裁判官になっているんだ」と公言してはばからない。

「津崎は、理性で抑えていますが、内面に激しいものを持った男です。高校時代から一人で生き抜いてきただけあって、泥臭いタフネスもそなえています」

裁判官は少数精鋭でなくてはならないとし、並々ならぬ「強さ」を求める弓削にとり、津崎は、そのイメージに合致していた。

「なるほど……。確か、生い立ちがちょっと藤林さんに似てるんだったなあ」

現在の最高裁長官・藤林益三は、三歳のときに、繭から糸をとったり、材木を川で京都に運ぶ仕事をしていた父を失い、京都府船井郡園部村の叔父の家に母、姉とともに引き取られた。小学生で醤油店の小僧をし、篤志家の援助で、京都三中、第三高等学校、東京帝大法学部を卒業。三十八年にわたる弁護士生活を経て、六年前に最高裁判事に就任し、先日、村上朝一《ともかず》の後任として第七代の長官に就任した。熱心な無教会主義キリスト教徒で、最高裁判事として初めて死刑判決を確定させたとき、当時、学生だった次男を東京・芝大門の寿司屋のカウンターに呼び出し、「今日は、死刑判決を初めて出した。気持ちのいいもんじゃない」とぽつりと語った。長官就任の記者会見では「わたしは裁判でも、アガペー(神の愛)をもってものを考えるのが基本でなければいけないと思う」と述べた。

「まあ、きみがいうんだから、津崎君というのは、間違いないんだろうが……。ただ、例の父親の前科が、将来なにかで、障害にならなければいいがなあ」

権藤は、遠くを見るような眼差《まなざ》しでいった。


弓削晃太郎が権藤周介の広尾のマンションを訪れた日と前後して、松山地裁では、原子力委員会原子炉安全専門審査会会長で東大教授・内田秀雄の反対尋問が二度にわたって行われた。

松山地裁の大法廷は、被告席の背後が全面ガラス窓で、松山城のある城山公園の木々の緑と四季の変化の美しさが絶えず視界に入って来る。

「いわゆる原発排水、温排水という言葉でいわれているかも分かりませんが、これの災害におよぼす影響、これは生態系を乱すとか、霧が発生するとかいろいろ問題はございますが、その辺に対する審査も当然してるんでしょうね?」

黒々とした頭髪を頭の中央で分け、太い黒縁眼鏡をかけた藤田一良《かずよし》弁護士が訊いた。原告団の弁護団長を務める京大出身の弁護士で、若い頃野球で鍛えたがっちりした身体つきである。

「原子力発電所から排水されますものの持っております放射線の影響については審査しております」

小役人のような風采の内田の目に、警戒の色が浮かんでいた。

「はあ、そうすると、温度がおよぼすもろもろの影響については審査していないというお答えでよろしゅうございますか？」

一〇〇万キロワットの原発(伊方は五六万六〇〇〇キロワット)の場合、一秒間に七〇トンの海水の温度を七度上げる。これは、利根川の流量(一四九トン)のほぼ半分に相当する。原発をつくるということは、そこに忽然《こつぜん》と温かい大河を出現させることだ。

「それは原子炉の安全とは関係ありませんから、審査の対象ではありません」

内田が答えると、傍聴席から「漁業がどうなってもええちゅうんか!?」「国民をかどわかすな！」と非難の声が一斉に上がる。

「静かにして下さい！」

黒い法服を着た村上悦雄裁判長がたしなめる。

「このね、核燃料物質によって汚染されたものというふうに(原子炉等規制法)二十四条一項四号に書いてありますが、これは必然的に熱を含んでおるものでしょう？」

同条は、原子炉の設置許可基準として、核燃料物質によって汚染された物による災害防止に支障がないことを求めている。

「熱と放射性物質の影響をわざわざ分けるわけですか？　一つの水が流れ出るわけですよ。水というのは放射性物質だけがちょろちょろっと出るわけではなくってですね。ですから核燃料物質で汚染されたもの、ものというのはまさに温かい、しかし核燃料物質を含んでおる、そういうものというふうに理解して審査すべきではないんでしょうか？」

「ですから、放射能あるいは放射線によって汚染されているものについては考えているわけです」

「ですから、熱の影響はどうなんですか？」

「熱の影響は考えておりません」

「それは考えなくてもいいということですか？」

「原子炉の安全に関係ないからです」

傍聴席から「関係ありますよ！」という声が上がり、村上裁判長が再び静粛を求める。

「一つ基本的なことでお訊きしておきますが、伊方原発を一年間運転したとしますと、どの程度の死の灰の量がたまるわけでしょうか？」

藤田弁護士が矛先を変えた。

「死の灰の量？　……死の灰ってどういうことですか？」

四角いフレームの眼鏡をかけた内田が、むっとした顔で訊き返す。

「今日出した甲五十一号証、これにも死の灰という言葉が使われてますので、わたしどもとしても、これは科学者共通の言葉じゃないかと思って、そんな質問が出るとは予想もしなかったんですが。死の灰という言葉をあなたは認めないんですか？」

「死の灰」は、ストロンチウムやセシウムを含んだ放射性降下物（放射能を含んだ塵《ちり》）の俗称である。

「核燃料の中に核分裂生成物を含む放射性物質が存在することは分かっとります。それらは、約十の七乗から八乗キュリー……」

再び傍聴席から、内田を非難する声が上がる。

「質問・応答中に、あまり他の方から発言しないように。一生懸命聴いてるのに、分からんようになる」

村上裁判長が、眉間に縦皺を寄せる。

「裁判長、傍聴人ばっかり怒られるけど……」

傍聴席の老人がいった。原告団の原動力は老人パワーである。

「怒ってない。注意してるだけです」

「尋問が出鱈目のときは、そこも注意すべきじゃないですか？　我々だって、朝の五時から来てるんですすよ」

黒い法服を着た村上はやれやれといった表情になり、左右の陪席二人が苦笑する。

「十の何乗とおっしゃいましたか？」

藤田弁護士が尋問を再開する。

「ヨウ素が、メガワット熱出力あたり二・五かける十の四乗キュリーですから、十の八乗から九乗少し下というところです。希《き》ガスが約一六万キュリーぐらいだと思います。詳しい数字は、今憶えとりません」

「内田先生はご専門ですから、わたしどもよりよくご存じだと思いますのでお訊きしますが、広島型の原爆の死の灰の量の何発分ぐらいに当りますか？　今定量的にお答えになりましたが、もっと一般的に分かりやすくいえばどうなりましょうか？」

「広島型の原爆の数値をよく憶えておりませんから、はっきりと比較することはできません」

「およそで結構ですよ」

「知りません」

「わたしども、そのくらいのことはお答え頂けるもんだと思って気楽に訊いたんですがね。そうですか。日本人の原爆体験というのは非常に、あなたがたの原子炉開発というものにとっても障害になってるんだということを、あなたがたのほうのいろんな文書で明白ですので、その辺のところを、そんなふうにお答えにならなくてもいいんじゃないですか？」

「……」

「まして原発と原爆とは違うんだということをおっしゃってますしね」

「……詳しい数字を知らないから、知らないんです」

内田はふてくされてそっぽを向く。

「伊方の場合では、仮想事故として一次冷却管破断だとか蒸気発生管の事故だとかいうものを想定していらっしゃいますが、たとえば伊方の場合で仮想事故、想定された仮想事故、まあ各々の場合で違うんでしょうが、最大限として外に出る放射性物質の量は全体の何パーセントくらいだという形で想定して審査されたわけでしょうか？」

「冷却材を喪失したときの仮想事故を取り上げれば、審査会の報告書にも書いてありますように、ヨウ素が九九四キュリー、それから希ガスが一六万何千キュリーと評価しております」

希《き》ガスとは、ヘリウム、ネオン、アルゴン、クリプトン、キセノン、ラドンの六元素の総称で、大気中の存在量が非常に少ないのでこのように呼ばれる。原子力発電所で事故が起きると、クリプトンやキセノンといった放射性希ガスが大気中に放出される。

「それは全体のどのくらいになるんですか？」

「ヨウ素の場合は、一万分の一くらいかと思います」

「希ガスのほうは？」

「希ガスはほとんど一〇〇パーセントです」

被告席で国側代理人の津崎守が、二人のやり取りを注意深く見守っていた。何か不都合なことがあれば、即座に異議を申し立てなくてはならない。

「この仮想事故というものの定義をもういっぺん、失礼ですけど、おっしゃって下さい」

「仮想事故といいますのは、重大事故を超えるような、技術的見地からは起こるとは考えられない事故であります」

「そうすると今さっき、希ガスは一〇〇パーセントだけれども、ヨウ素は一万分の一ですか。これ、全部出るように想定するのがいいんじゃないんですか？　なんでそういうふうに、一万分の一というのは、どこから出てくるんですか？」

「仮想事故を想定する場合に、安全防護施設の一部が性能を発揮しないというように仮定して、そのときに放出される放射能をもととして、立地の評価をするということです」

「そうすると技術的に考えられないという前提を立てながら、しかし、出る量の限定の根拠になっているものは、やはり安全装置の全部ですね？　主要なところが働かない場合もあり得るんだということは想定していらっしゃらないということでいいんですか？」

「安全装置、働くんです」

内田が断定調でいった。「それはもう設計審査指針によって設計されておりますし、それも確認されるものですから、安全防護施設は働くんです。作動するんです。ただ立地評価のために、その性能を無視して、放射能の、立地評価のための、もととなる量を仮定するために、そこで性能を無視して、ヨウ素が五〇パーセント、希ガスが一〇〇パーセント、格納容器の中に放出されるという前提を立てるわけです」

興奮のために繰り返しが多くなる。

「いろんな安全施設の性能が無視されれば、やはり相当の量が出るということになるんじゃないですか？　無視する量を適当に加減していらっしゃるから、そういう数字が出ることになるんじゃないですか？　全部働かなければ、とことんまでいってしまいますからね」

藤田弁護士の言葉が辛辣《しんらつ》になる。

「全部働かないわけではありません！　書いてあるでしょ、ちゃんと報告書に」

内田の取り乱した様子に、傍聴席から失笑が漏れる。

「だからね、技術的には考えられないという前提を置いて、しかも働くとか何とかいうから、わたしには分からないんです」

藤田は追及の手をゆるめない。

「技術的に考えられないということを前提にされるんならね、やっぱり安全装置も皆働かないという前提に立たれたらいかがですか？」

「ですから、冷却材喪失事故そのものが、もともと技術的に考えられるようなものじゃないわけです。しかもその上にＥＣＣＳの性能も無視するということは、技術的には考えられないんです。ですから、もう仮想事故は技術的には起こるとは考えられません。そもそも立地評価のためにそれを想定するわけです」

「まあとにかく、わたしどもとしては、今のご説明ではとても納得できませんし、いろんな内部的な数字の操作でそういうふうにおっしゃっておられるとしか理解できないんですけど、これは見解の相違ですかね？」

藤田弁護士は、皮肉たっぷりにいった。

「ご質問の意味がよく分かりませんけどね」

内田は藤田を睨み返す。

「技術上考えられないことをあえて想定しながら、しかしなおかつ未練がましく、何か働くとかいうこと、これ、仮想事故という概念と矛盾した想定じゃないでしょうか？」

「立地評価における想定事故を仮想事故といっておりますが……」

内田は、支離滅裂になりながら反論するが、藤田弁護士は聞き流し、「わたしはこれで一応終わります」と尋問を切り上げた。

続いて原告弁護団の若手・平松耕吉弁護士が立ち上がった。

「代理人の平松でございます。先ほどに関連して、ちょっとお訊きしたいんですが……」

平松は、仮想事故について質問を始めた。

冷却系配管がギロチン破断をして、そのときにＥＣＣＳがまったく働かないと仮定した場合について尋ねると、内田は、「これは家に火をつけて水をかけないのと同じでございますから、燃料棒の大部分は溶融せざるを得ないと思います」と答えたが、立地評価においては「想定外」のケースであると述べた。

「代理人の仲田です」

前髪が長めの三十歳すぎの男が、勢いよく名乗って立ち上がった。

弁護団事務局長を務める仲田隆明弁護士である。北海道大学柔道部出身で酒豪、見た目は豪放だが心遣いは細やかな、反権力の闘士である。

「今、家に火をつけるようだと比喩をいわれたんですけど、そうすると水をかけなかったら、家が全部燃えてしまいますね？」

「ええ、ですから、それをいったんです」

内田は、仲田の鋭い視線にたじろぐ。

「そこまでいくわけですね」

仲田弁護士は内田を見すえていった。

「原子力発電所が危険だということで安全審査をしてるんですが、その危険の根源というのは、原子炉内に放射性物質がたくさんあるということですね？」

「はい」

「伊方発電所は電気出力五六万キロワットだと思うんですが、これが一年間運転されれば、広島原爆の六百発分の死の灰が溜まると（原告は）主張してるんですが、だいたいそんなものでよろしいですか？」

「先ほども申し上げましたように、十の八乗キュリーをちょっと下回るヨウ素がですね……」

「だから十の八乗キュリーをちょっと下回る程度というのは、広島原爆の死の灰の六百発分でいいですかと訊いてるんです！」

「その計算、わたしには分かりません。今、憶えておりませんから」

内田が強張った顔で反論する。

「あなたは原子力発電所を設置する場合には、いろいろな所に行って講演をしていますね。そのときは、原爆に比べて安全だということをいってないですか？」

内田は、伊方町でも町長の依頼を受け、昭和四十四年八月に原子力の安全に関する講演をしている。当時すでに原子炉安全専門審査会の会長だった。

「原爆に比べて原子力発電所が安全というのは、まったく物が違うわけですね。原子力発電は、決して原爆のように爆発するとかいう問題ではないことを話しているんです」

「死の灰については、安全だということは、いわれていないわけですか？」

「それは、原子力発電所に溜まっておりますす核分裂生成物の放出を防ぐという安全対策についてお話ししているのです」

「そうすると、それを防がなかったら、こうなるということはいわれないわけですな？」

「防がなかったらというのは、どういう意味ですか？」

「もしも一年間運転して、伊方原発の中に溜まった放射性物質が外へ飛び出れば、どうなるわけですか？」

仲田弁護士が、ぐいと内田を睨む。

「どうなるって、それだけキュリーのものが原っぱの真ん中に溜まるだけでしょう？」

「溜まるだけでおしまいですか？」

「風が吹けば飛ぶでしょう」

内田が気まずそうな顔でいうと、傍聴席で大笑いが起きた。

「風が吹いて飛んだらどうなるんですか？」

「そういうようなことは、原子力の安全には考えないんですよ。原子力の安全というのは……」

「ちょっと待ちなさい。質問者のいうことだけ答えたらいいんです。あなた大学教授でも、ここでは証人ですからね。全部放射性物質が出れば、どうなるんですかと訊いてるんです。人体への影響はどうなるんですか？　たくさんの死者が出るんじゃないんですか？」

「裁判長、そういう仮定の質問が本件の原子炉の安全性とどういう関連にあるのか……」

被告席から訟務検事・津崎守が立ち上がって異議をとなえかける。

「関係あるに決まっとるが！」

「人殺しの三文学者！」

「検事、お前の尋問でない！」

傍聴席から激しい野次が飛ぶ。

「むちゃくちゃいわれてるわ」

仲田弁護士が苦笑する。「おたくら、仮定しなかったら、安全審査なんてできませんよ。仮定して安全審査してるんじゃないんですか？」

傍聴席からの野次が一段と大きくなる。

「傍聴人、静かにして下さい！」

法壇中央の村上裁判長が声を大きくする。

「今の代理人の質問で、全部一年間のやつが出たらどういう結果になるのか、あなたのお考えを伺いたい。質問にまっすぐ答えて下さい」

村上が内田を見すえていうと、傍聴席から拍手が湧いた。

「ですから、それだけのキュリー数のものが出れば、まあ出方にもよると思いますけれど、気象条件によってそれは拡散すると思います」

「拡散した結果、どうなるわけですかと訊いてるんですよ」

「それは人口分布と人との距離によって、人に放射線の影響を与えると思います」

「では、こういうふうに訊きましょう。もしも全部が出れば、いわゆる許容量というのをおたくら考えてますな。それについては何人分になるんですか？」

「放射性物質の放出の許容量というのは決めてありません」

「伊方発電所五六万キロワットを一年間運転したあとに、全部出るとすれば、その放射性物質で何人が死ぬことになるわけですか？　人を殺すとしたら？」

「ですから、それは気象条件と……」

「いやいやいや、わたしの質問はね、気象条件は一切無視して、そこへ人間を連れてくれば、何人死ぬんですかと訊いてるんです」

「そういうことは、わたし、学者として答えられません」

「その質問は、ちょっと無理じゃないですか？」

村上裁判長が仲田弁護士に注意する。

「それでは具体的に訊きましょう。おたくらのほうが安全専門審査会において気象条件を設定されてますね。ですからそれにしたがって、また伊方の現状の人口分布にしたがって前提をつくれば、何人死ぬことになるんですか？」

「ですから、立地評価に関しての……」

「そんなこと訊いてんじゃない！」

「いやいや、今いってんですよ。立地評価に関しての……」

「ちょっと待ちなさいよ！」

「あなたこそ、ちょっと待ちなさいよ！」

内田も気色ばむ。「ですから気象条件というのは、立地評価上における気象条件は考えておりますよ。しかし、あなたがおっしゃっているような、そのような十の八乗キュリーを原っぱに積んだようなときの災害を考えろという気象条件は、我々は検討しておりません」

「安全専門審査会が設定した気象条件と、その当時あった人口分布にしたがえば、何人死ぬかと訊いてんですよ。簡単なことじゃないですか」

「それは知りません。計算したことありません」

「だいたいどのくらいですか？」

「知りません」

「はー、審査会の会長というのは、その程度なんですか？」

「ですから、そういう事故はですね、原子炉の安全を考えるときに、起こりそうもないんですから。原子炉の安全というのは、どの程度起こりにくいか、やすいかということで、事故というものを考えなければいけないんです。絶対的な値だけで考えるものじゃないんです。ですから考えないんですよ」

「なぜ程度で分けるんですか？」

「いやそれは、程度で分けなければ、想定の意味がありません」

「そうすると、想定できない事故というのがあるんですか？」

「あります」

「想定不適当事故と呼ぶんですか？」

「はい。立地評価に対して、想定不適当事故というのはあります」

「伊方の場合に、想定不適当事故というのは、どういうふうなものが考えられるわけですか？」

「想定不適当な事故というのは、想定しないわけです」

内田の答えに、傍聴席で失笑が湧く。

「こんな事故があるけれども、これは無視しようと、具体的に頭に描いてから無視するんじゃないんですか？」

「ですから、それは審査指針にも報告書にも書いてありますように、各種事故というのがいくつか書いてございましょ？」

「たとえば、飛行機の墜落事故とか、戦争の爆撃目標になるとか、そういうことは想定不適当事故ですか？」

「いや、飛行機がどの程度墜落して、たとえば格納容器に衝突するだろうかという、その比較論的、確率論的評価を致します」

「なるほど、分かりました。確率論を持ってくるわけですね」

「要するに比較論であります」

「では、どの程度の比率で比較論を持ってくるのですか？」

「それは、わたしが書証の二十五等に書いてありますように、国際的にだいたい十のマイナス六乗くらいを目標にして、あるいはもう少し厳密にいえば、十のマイナス七乗よりも小さいということがはっきりするようなものは想定しないわけであります」

「そうすると百万分の一以下か。これが想定不適当事故の基準になるわけですか？」

「それは一つの目標でありますから」

四角いフレームの眼鏡の内田がやや胸を張る。

「そうすると百万分の一では、あなたの証言によっても当然起こりうるわけでしょうね。これはそう聞いてよろしいですね？」

「起こりうるっていうんじゃないです」

内田が慌てる。

「確率論っていうのは、そういうふうに使うんじゃないんですか？」

「いや、そうじゃありません。確率論については、前回お話ししましたように、ありそうにもない事故の確率というのは、こういう事故は起こらないというふうに設計してつくってあるんです。ですから、起こらないけれども、実際に起こらないことの信頼性はどの程度かということであります」

「だから？」

「起こらないことの信頼性というものを、逆に事故発生を仮定するときに、発生の確率っていうんです」

「だからね、百万分の一回程度しか起こり得ないということを予測するわけでしょう？百万分の一回は、だから起こるんだと、こう読んでいいんじゃないんですか？」

「そうじゃないんです」

「じゃ、あなたの確率っていうのは、何なんですか？」

「ですから、クジとは違うんですよ。決してそれが、十のマイナス六乗とか十のマイナス七乗とかで、この事故が確実に起こるんじゃないんですよ」

「あのね、確率論っていうのは、本当は百万分の一回であってもね、明日起こっても百万分の一回ではありうるわけですね。これ分かりますね？」

「ええ、それはそうです」

「だから百万分の一回といっても、確率を持ってきてもね、起こりうるということは考えていいんですね？」

「ええ、百万分の一くらいで起こりうるということを仮定してるわけですね」

「ええ、だからわたしのほうは、おたくらの仮定してるのは、百万分の一で起こるんですなと訊いてるんです」

「ええ、だから百万分の一で起こるんじゃないんです。確実に起こるっていってるんじゃないんですよ。クジとは違うんです」

内田は話を振り出しに戻す。

「仮定するというのは、起こるというふうに仮定するということですね？」

「ええ、ですから起こることを仮定すればということですね」

「だから百万分の一で起こりうると考えていいわけですな？」

「ええ、起こるということを仮定しろといえば、そういうことになります」

「それをさっきから訊いてるんですよ」

前髪が長めの仲田弁護士は、うんざりした顔つき。

「起こることを仮定すれば、という意味ですか？」

法壇中央の村上裁判長が内田を見て訊いた。

「そうでございます」

「百万に一つは当るような感じがするんですけどね。わたしの理解が足りないのか……」

村上裁判長がぼやくようにいうと、傍聴席から笑いが起きた。

それからまもなく——

津崎守は、霞が関一丁目にある法務省の会議室で、訟務局長の訓示を聴いていた。

「……政治、行政の立ち遅れを厳しく糾弾《きゅうだん》するといったような訴訟、そういった全国的・組織的な背景を持つ事件がめっきり増えてきたという感が強いのであります。こういった事件におきましては、相手方の訴訟体制は非常に進んでおりまして、組織的・専門的な弁護団というものを擁して全国的規模で活動している。敵ながらあっぱれであるというような事件も、かなりあるように見うけられるのであります」

ロの字形に並べたテーブルの正面中央にすわった訟務局長は五十二歳。白髪まじりの頭髪をオールバックにした小太りで精力的な感じの男性である。大正十二年生まれ・東京帝大卒・修習二期の裁判官で、任官後三年半ほど千葉地裁に勤務したが、それ以外の二十三年弱はずっと法務省勤務で、法務大臣官房調査課付、同司法法制調査部付、同参事官、同民事局参事官、同司法法制調査部長などを経て、四年前に訟務局長になった。

「こうした全国規模の弁護団の中には、左翼系あるいははっきりとした共産党員である弁護士が多数参加している場合がありまして、共産党その他左翼系組織からのバックアップを受けているわけであります。我々としましても、これに劣らない体制を整備する必要があると思うのですが、それにつきましては、訟務の中核である皆様方の努力に待つところがもっとも大きいのであります」

話を聴いている訟務検事は十五人ほど。大手法律事務所でも、これだけの数の法律家(弁護士)を擁するところは少ない。

訟務局が扱うのは国が当事者となっている裁判だが、国道の窪みにはまって自転車が転倒し、後ろから来た車に轢《ひ》かれて死亡した人の遺族からの国家賠償請求訴訟とか、国立病院における医療過誤事件訴訟、課税処分取消請求訴訟といった小さな事件は、各地にある法務局(法務省の出先)の訟務部の所管である。

本省の訟務局で扱うのは、国の重大な利害に関係する事件や、全国各地で同種の訴訟が提起されていて、国の見解を統一して対応すべき事件である。すなわち、原発訴訟、教科書検定不合格処分取消請求訴訟、薬害訴訟、再審無罪となった元死刑囚の国家賠償請求訴訟などである。

また、全国の法務局や行政官庁からの法解釈についての問い合わせへの回答、各法務局が扱っている事件に関する決裁(上訴の要否、仮執行への対応等)、法律雑誌に載せる判例批評や法律問題解説原稿の執筆、国会答弁の作成なども行う。

「確かに論理が明晰《めいせき》であるということは、人を説得するための非常に有力な武器でありますが、それだけでは足りないのでありまして、さらに粘りと申しますか、力と申しますか、相手をねじ伏せるだけの粘りと力というものをもって臨まなければならないというように感じるわけであります」

小太りの訟務局長は、檄を飛ばすようにいって、訟務検事たちを見回す。訟務検事には検察庁の出身者(もともとの検事)もいるが、多くは裁判官からの転官者で、犯罪者を脅したり罵倒したりしながら仕事をしてきた検察庁出身者に比べ、おっとりとしていて、気迫や粘りに欠ける。見た目も、検察庁出身者は声が大きく、眼光も鋭いが、元裁判官たちは物静かで言葉遣いも丁寧である。

「局長、ちょっとよろしいでしょうか?」

会議が終わったあと、津崎守が訟務局長に歩み寄った。

「伊方の原発訴訟の旗色が、どうもよくありません」

銀縁眼鏡の津崎は、悩ましげな顔つきでいった。

「どうもそうらしいな。……京大の学者グループが原告側についているんだって?」

「はい。京大の原子炉実験所の研究者たちが原告側を強力に支援していて、証人尋問で、国側の証人を次々と論破しています」

京都大学の原子炉実験所は、大阪府泉南郡熊取町にあり、そこの「六人組」と呼ばれる研究者たち(海老沢徹、小林圭二、瀬尾健《たけし》、川野真治、小出裕章、今中哲二)が原告団の味方になっている。

「そもそも国の原子力委員会の原子炉安全専門審査会の審査がきわめてずさんで、反対尋問でガンガンやられて、次々とボロが出ているような状態ですから、いくら代理人が頑張っても、限界があります」

安全審査会自体についても、伊方原発を審査した第86部会では議事録さえつくらず、たった一人の委員で審査した部会が三回あり、地震に関する審査の責任を負っていた木村耕三委員(気象庁観測部長)は一度も部会に出席せず、耐震設計の審査を担当した大崎順彦《よりひこ》委員(東大教授)は六回も部会を欠席しているなど、考えられないようなずさんさが裁判で明らかにされていた。

「しかし津崎君、あの裁判は負けるわけにいかんぞ」

訟務部長が眉間に縦皺を寄せ、かたわらに立った津崎を見る。

「分かっております」

史上初の原発訴訟であり、原発の安全性についてあらゆる角度から徹底した論争が行われている伊方の訴訟で負けると、すでに提起されている福島第二原発や東海第二原発訴訟のみならず、国の原発推進政策に決定的なダメージを与える。

「村上さん(裁判長)はどんな感じなんだ? 原告側勝訴に傾いているふしがあるのか?」

村上悦雄裁判長は訟務局長の三期上である。

「それは何ともいえません」

津崎は首を振った。「ただ、思い切った文書提出命令も出していますし、法廷が終わって家に帰るときの顔つきなどを見ても、原発の安全性に対する疑問と国策の間で揺れ動いているのは明らかです」

一般に、裁判所が、国に対して文書提出命令を出すことはあまりない。しかし、村上悦雄裁判長の合議体は、国の安全審査資料のすべてを提出するよう命令を出した。国側はこれに抵抗して高松高裁に即時抗告したが、同高裁が松山地裁の決定を支持し、命令が確定した。

「あの人は、生真面目な人だからなあ」

訟務局長は悩ましげにいった。「要は、原告勝訴の判決が出てもおかしくないという状況なんだな?」

訟務局長の言葉に、津崎が重苦しい表情でうなずく。

「まずいな」

「ええ」

「しかし、残された手となると……」

訟務局長が思案顔で、茶色のフレームの眼鏡の視線を宙にさまよわせる。

「最高裁に働きかけ、会同で意思統一を図るべきではないでしょうか?」

「会同か……なるほど」

会同は裁判官が一同に会して、実務上のさまざまな問題に関して意見交換をする場である。表向き、「裁判官の研究・研鑽《けんさん》のため」とされているが、最高裁事務総局の考え方を下級審(高裁以下)の裁判官たちに周知徹底する場であり、昭和四十年代の四大公害訴訟においても、疫学理論にもとづいて判決するよう裁判官たちを誘導した。

「最高裁も、伊方で国が負けることは望んでいないはずです。万一、長沼ナイキの一審判決みたいなのが出ると、大変なことになると思っているはずです」

「確かにな」

訟務局長が油断のない目つきでうなずいた。

2

七月十二日月曜日――

最高裁事務総局人事局長の弓削晃太郎は、千代田区隼町の人事局長室のソファーで、背広姿の五人の男たちを前に苦り切っていた。

すでに日はとっぷりと暮れ、人々が帰宅の途につく時刻だった。

「まったく……開いた口が塞がらんというのは、まさにこのことですな」

弓削の前でうなだれた五人は、司法研修所長・大塚正夫(戦前の任官で弓削より三歳上の五十九歳)、司法研修所事務局長・川嵜義徳(修習八期)、司法研修所の刑事裁判教官・

山本茂（修習三期）、同・中山善房（同十四期）、同民事裁判教官・大石忠生（同十期）であった。

「衆議院の法務委員会にも、実態調査と事態の正常化の申し入れがいってるそうですから、とにかくそちらへの対応が最優先でしょう」

弓削の言葉に、五人の男たちは悄然としてうなずいた。司法研修所の教官は、最高裁調査官、最高裁事務総局勤務と並ぶエリートコースだが、五人の表情には見る影もなかった。

この日の午後、女性弁護士約十人が東京都文京区湯島の司法研修所（昭和四十六年に千代田区紀尾井町から湯島の旧岩崎邸跡に移転）を訪れ、大塚研修所長に面会を求め、女子修習生に対する川嵜事務局長や山本教官らによる差別発言などの実態調査と事態改善を申し入れた。申し入れ書には、全国の女性弁護士三百四十四人のうち百二人が署名していた。

差別発言は、去る四月から五月にかけてのもので、次のような言葉だった。

〈男が命をかけている司法界に女を入れることは許さない〉、〈女が裁判をするのは適さない〉（川嵜）

〈研修所を出ても裁判官や弁護士になることは考えないで、研修所にいる間はおとなしくしていて、家庭に入ってよい妻になるほうがいい〉（山本）

〈あなたも二年間は最高裁からお金をもらっていいけれど、二年たって修習を終えたら、判検事や弁護士になろうなんて思わないで、修習で得た能力を家庭に入って腐らせて、子どものために使うのがもっとも幸せな生き方なのだよ〉（中山）
〈女性裁判官は生理休暇などで休むから、ほかの裁判官に迷惑をかける。弁護士も迷惑をかける点で同じだ。自分も合議体にいたとき、中に女性がいて迷惑した〉（大石）

女性弁護士たちからの申し入れ書のコピーを手にした弓削は、じろりと川嵜義徳を見た。

四十四歳の川嵜は、岐阜や釧路の地裁、東京高裁などに勤務したあと、三十三歳の若さで最高裁調査官に抜擢され、その後も、事務総局の民事一、二、三課長、東京地裁の部総括などを歴任し、前年四月に司法研修所事務局長になったエリート中のエリートである。

弓削の信任が篤く、沖縄が返還されたときは、那覇地裁の部総括判事として送り込まれた。

「川嵜、お前、ほんとにこんなことといったのか？」

弓削は、京大の後輩に対し遠慮なく訊いた。

「は、はあ……まあ、ちょっとニュアンスといいますか、受け取り方の相違はあるかと思うのですが……」

すらりとした身体つきで、普段は自信満々の川嵜の顔にうっすらと汗が滲む。

「しかもお前と山本は、研修生たちと行った伊豆の旅行の二次会で野球拳をやって、素っ裸になったそうじゃないか。これも本当なのか？」

川嵜と山本は声もなくうなだれるばかりであった。

「お前らなあ、これは下手すると弾劾裁判になるぞ」

弓削の言葉に、五人の男たちは縮み上がった。

「長官や寺田さん(寺田治郎事務総長)とも話したが、とにかく本件は国会対応が最優先だ。今日と明日は寝る時間もないから、よう覚悟しとけ」

弓削は凄みのある目つきで、男たちを見回した。

二日後(七月十四日)——

午前十時二十分、弓削晃太郎は、衆議院法務委員会の答弁席にぬっと現れた。

この一日半、藤林益三最高裁長官や寺田治郎事務総長と打ち合わせを重ね、問題の教官らには国会答弁に間違いが起こらぬよう何度も顚末《てんまつ》書を書き直させ、総務局、秘書課、広報課などと連絡をとりながらメディアや弁護士会対応をし、さらに前夜になって突然提出された三十期修習生のアンケート結果への対処方法も策定した。睡眠不足と疲労で頭も身体も重かったが、それはおくびにも出さず、自分を叱咤《しった》して一八一センチの長身に気迫をみなぎらせていた。

最初に質問に立ったのは、検事、弁護士、栃木県会議員などを経て国会議員になった社会党の稲葉誠一代議士であった。額が広く、眼鏡をかけ、法律家らしい落ち着いた風貌で、年齢は五十八歳。

初めに、川嵜事務局長の差別発言について事実関係を問い質《ただ》した。

「ご指摘の川嵜事務局長の発言でございますが、なにぶんにもわたしどもが連絡を受けましたのは一昨日の夕刻でございまして、本日伺いますまで、昨日一日しか余裕がございませんでした」

答弁席に立った弓削が、神妙な表情で答える。

「できるだけの事実関係は調べて参りました。主として本人の一応弁明ということでございますが、もしお差し支えなければ、川嵜事務局長の弁明が出ておりますので、ちょっとそのところを読ませて頂ければと思いますが、よろしゅうございますでしょうか？」

弓削の問いに、稲葉議員はうなずく。

「これは、顚末書ということで、司法研修所長あてに提出致したものでございます」

そういって弓削は、用意した文書に視線を落とす。

「小職(川嵜)は、去る五月二十八日、(今春入所した)三十期一組の修習生の見学旅行に同行し、修習生とともに稲取保養所(伊豆)に宿泊しました。当夜は、参加者全員の懇親会が催され、この会は、午後八時すぎに終了しました。懇親会終了後、修習生は、二次会組と麻雀組に分かれたようですが、小職は、修習生の幹事役に誘われ、二次会に参加しました。この席には、弁護教官も同席され、歌あり、踊りあり、議論ありで、きわめてにぎやかでありました。(申し入れ書末尾の)質問状にある『男が命をかける司法界に女が進出するのは許せない』という発言は、このとおりの表現であったとは思いませんが、この席での出来事であります。小職は、修習生に対し、司法部に入る以上、命をかける気概が必要であると常々話しておりましたので、同じようなことをこの席でも男性修習生に話したと記憶しています。その際、男の気概というか心意気といったものを強調するあまり、女性を引き合いに出したように記憶していますが、このような話し方は穏当でなかったと反省し、ここに遺憾の意を表する次第です。なお質問状にある『その修習生の氏名を言葉を荒げて問い質し、同人に裁判官職に進む意図があるのか否かを厳しく問い尋ね』と『そういう考えを持つ修習生はいじめてやる』という発言は、まったく記憶にないことを付言します。……川嵜事務局長に関する部分は以上でございます」

高い天井の煌々《こうこう》としたシャンデリアの光と、大きな会議室につめかけた百人近い人々の視線が、かしこまる弓削の身体に注がれていた。

稲葉誠一議員が立ち上がる。

「それからこの申し入れ書にはA、Bとなっておりますが、まあ名前は別としてAならAでいいのですが、Aという刑事裁判教官(山本茂)が(昭和)五十一年四月二十七日、自己の担当するクラスの懇親会の席上で、『女は二年間の修習の中で得た能力を家庭に入って腐らせるのがよい』という旨の発言をしたというのですが、これは事実関係はどうなの？」

柄物の赤錆色の布がかかった答弁席のすぐ目の前の質問者席で、手元の資料をみながら稲葉が訊いた。

「A教官というふうにいわせて頂きたいと思いますが、A教官の報告書は次のようなものでございます」

三本のマイクを前に立った弓削は、持参した報告書を読み上げる。

「当日、四月二十七日火曜日は、恒例の司法研修所ソフトボール大会が神宮外苑の野球場で催され、わたしの担当する四組は二回戦で敗退したため、午後三時すぎごろ、教官、修習生総勢三十数名で青山通りのレストランへ行き、テーブルごとに座して、ビール、つまみ等を注文の上、試合内容を反省したり、いろいろ歓談致しました(費用は教官五名で負担)。その際のわたしの発言内容は次のとおりであります。『(修習を終了したあとに家庭に入り、弁護士登録をしていない女性の例を紹介し)これは一見して国費の無駄のようであるが、しかし、それで立派な家庭を築き、優秀な子を世に送り出すとすれば、いうならば、世直しをするための堆肥《たいひ》としての役割を選んだのであって、国家百年の計からみて、大変価値のある活躍ぶりというべきである。』今思うと、右の発言中の堆肥という表現が、腐らせるというふうに曲解されたのではないかと思われますが、いずれにしても質問状記載のごとき発言をした憶えはありません。……以上でございます」

稲葉議員は、残る二人の教官、中山善房と大石忠生の発言内容についても問い質したが、弓削は、いいわけの文案を練り上げた二人の顚末書を読み上げ、攻撃の矛先をかわそうとした。

次に質問に立ったのは、社会党の吉田法晴議員だった。福岡県出身で、学生運動で九州大学を退学となり、初代北九州市長を経て衆議院議員になった親分肌の人物である。

「わたしは今の司法研修所の問題についてお尋ね致します」

白髪をオールバックにした六十八歳の吉田は、厳しい視線で弓削を見すえた。

「わたしのところには、第三十期クラス連絡委員会によるアンケートの結果報告というものを頂いております。ご存じでしょうか？」

弓削が答えた。

「昨夜、研修所より入手致しました」

「わたしはこれを一読して、大変びっくり致しました。これが最高裁で所管をして、二年間修習して、法曹を育てる機関なのか？　今まで触れませんでしたけれども、こういうことは事実として許されるのかどうか。ちょっと読んでみます」

吉田議員は、手元の資料に眼鏡の視線を落とす。

「婦人の修習生に対する教官の態度の一つとして、『見学旅行中、教官が、婦人の修習生を酌婦扱いし、自分の奥さんと対比してひやかしたり、(酌をしない婦人の修習生を)胴上げさせたりしたとの話を聞いたが、教官たる立場にある人の行為として問題があるのではないか。』こういう記述があります。これは許されることではなかろうと思うのでありますが、詳細に調査をして、ひとつ善処されることを望みます」

「ご指摘の酌婦扱い、胴上げ、野球拳と、この三つでございますが、前二者については、本当だとしたらあまりにも問題でございますので訊きましたが、そういうことは現在までのところあった事実はない。あった事実がないというういい方は変でございますが、調べましたところ、それを確認できないということでございます」

弓削は、引き続きできる限りの調査をすると付け加えた。

「時間がございませんし、関連ですから、全部いってしまいますけれども……」

そういって吉田法晴議員は、アンケートにあった三十期修習生たちの言葉を読み上げる。

それらは、「教官が高圧的で、都合の悪いところは必死で誤魔化そうとする」、「青法協について語り合うつどいのビラを貼ったら、民事裁判教官が、そこに出ている人の名前を見て、自分の席に帰ってチェックをした」、「自主的活動(研修所のプログラム外の活動)を白眼視するような発言が一部の教官からなされている」、「刑事裁判教官が、『刑訴法の教科書には、一人の無辜《むこ》も罰するなと書いてあるが、一人の有罪も逃がさないぞという心構えも必要だ。実務修習中はこの心構えでやってほしい』と発言した」、「民事裁判の教官から、『お前は世の中の見方が甘い。公害、公害というが、公害で一番金をもうけたのは弁護士だ。お前のような公害問題に熱心な悪い奴はいない』といわれた」、「落第問題をちらつかせ、修習生を研修所教育のみに閉じ込めようとする発言が目立つ」といった、殺伐とした空気を伝えるものだった。

次に質問に立った弁護士出身の共産党の衆議院議員・青柳盛雄の追及は一段と厳しかった。弓削が読み上げた裁判教官たちの顚末書の信用性に疑問を投げかけ、「相手(修習生)が将来任官しようなどと考えておれば、絶対に詳しいことはいわないであろう。いえばもう睨まれて、二度と自分たちの希望するような任官とか何かはできなくなるだろうというように、たかをくくって真実でないことを今(教官たちが)最高裁に述べている、物に書いて出しているということであったとするならば、これは大問題。裁判官が嘘をつくということになりますから、まったく適格性を疑わざるを得ないことになるわけでありますが、先ほど読んだのだけでは、どうもきれいごとのようでありまして……」と、一人一人の教官の言動を厳しく批判した。

「さらに驚くべきことには、(司法研修所に)裁判教官の部屋というのがあるそうでありますけれども、ある教官が刑事裁判教官室で麻雀をやっている」

教師を思わせる細面に眼鏡の青柳議員は、六十七歳とは思えない鋭い舌鋒でたたみかける。戦前、治安維持法の被疑者を弁護して検挙され、一時、弁護士資格を剝奪《はくだつ》されたという猛者である。

「これはおそらく教官同士で麻雀をやるのだろうと思いますが、何か麻雀をやるにあたって賭ける。いわゆる賭け麻雀をやっているようなふうで、勝ち負けを全部記録に留めるのだそうです。そしてこれに番号を付けておくのだそうです。教官に一番から何番というふうに番号を付けておいて、その何番と何番を買えば、いくら当るという、いわゆる馬券のような、一口百円で売っている。買わないかということを修習生に勧めるという一幕もあったという。これは果たして事実とすれば大問題だと思うのですね。そういうことが、ただ冗談まじりにいわれたというように止《とど》まるのか、真実そういうことが行われているのか、これは絶対によく調べなければならぬ問題だと思います」

青柳議員の言葉に、弓削晃太郎が神妙な顔つきでうなずく。

「それから、修習生が先ほどいいました旅行に行って、二次会のときに野球拳を始めた。修習生は裸にならないのだけれども、教官だけは裸になってしまうのですね。しまいにはまる裸になったそうでありますが、これはたまたま善意で写真を撮った修習生があって、これを焼き増しされて記念に配付された。たまたまわたしの手にも入りましたが、これに写っているこの裸の男性は、まさに川嵜事務局長であり、山本刑事裁判教官であります。これはそのとおりかどうか、一つご覧になって頂きたい。確認をして頂けませんか。違うのなら、わたしは取り消しますけれども」

青柳が一枚の写真を差し出し、弓削がそれを受け取った。

「今、写真を拝見しまして、浴衣の肩脱ぎになっておる写真が写っておりますが、この中に三人ございますが、三人はいずれも教官がたではなかろうかというふうに思います」

弓削が能面のような表情で答えると、室内につめかけた委員や参考人たちから失笑が漏れた。

同じ頃――

熊本地家裁天草支部の支部長室のソファーで、三十四歳の村木健吾は、自分と同年配の男性調査官の説明を聴いていた。

熊本地家裁天草支部は、下島の中心地・本渡の中央通り商店街から西に二〇〇メートルほど行った住宅街の坂道の途中にある。そばに、熊本地検天草支部、熊本地方法務局天草支局、熊本刑務所天草拘置支所、公証役場などがあり、司法書士や行政書士が事務所を構えている。支部の建物は横長の二階建てで、広い前庭にはソテツが何本か植えられ、門の右横のガラス戸付きの箱型掲示板には、失踪宣告や後見人決定通知などが張り出されている。

天草支部は裁判官が一人だけのいわゆる乙号支部なので、村木は自動的に支部長になり、支部の運営全般に関する司法行政事務も行わなくてはならない。仕事の割合は、裁判が三分の二、司法行政事務が三分の一くらいである。職員の休暇届や令状発付など、一日に二百回くらい印鑑を押さなくてはならないので、右手の親指と人差し指が痛くなる。

「しかし、この女性も、大胆不敵というか、滅茶苦茶というか……」

村木は、コーヒーテーブルの上に広げた調書に視線を落とし、嘆息した。

調書は、家裁支部で取り扱っている、ある離婚調停事件についてのものだった。

会社員の夫の妻が外に働きに出て、そこで男をつくり、夫に離婚を申し出たというケースだった。夫が離婚に応じないため、妻が勝手に離婚届を作成して役所に提出し、戸籍上、離婚したことになった。これを知った夫は、私文書偽造・同行使、公正証書原本不実記載という犯罪であるとして警察に訴えたが、夫婦喧嘩であるとしてとり合ってもらえなかった。そこで、離婚無効の確認訴訟を起こそうとしたが、家庭内紛争に関する「調停前置主義」(訴訟を提起する前に、家庭裁判所の調停手続きを経る必要がある)によって、家裁支部でまず調停を行うことになった。

「この女性は、子ども三人を連れて、もう新しい男と暮らしているわけですね?」

「そうです」

ソファーにすわった背広姿の調査官がうなずいた。一本筋がとおった実直そうな風貌で、大学で心理学を専攻し、それを生かすために調査官になった男性である。

調査官は、心理学、社会学、教育学等、人間関係諸科学に関する専門的知識を有し、心理テストに関する技法や関係職務領域における判事補相当の法律知識を身に付けていることが求められ、裁判所職員採用試験に合格して調査官補として採用され、一定期間の研修を受けたのちに任命される。主な仕事は、離婚事件に関する夫婦の現状の把握や少年保護事件における少年や家庭環境の調査などである。

「夫のほうは、本当によりを戻したいと思っているわけではないんですね？」

大きめのフレームの眼鏡をかけた村木が訊いた。

「はい。妻の性格が非常に強いので、帰ってくるはずがないというのも分かっていますし、子どもを連れてほかの男の元に走った妻とまた幸せな家庭をつくれるとも思っていませんね」

「なるほど……。要は、意地になっているということですか」

村木の言葉に調査官はうなずいた。

「この妻のほうは、ずいぶん働き者のようですねえ」

村木が調書のページを繰りながらいった。

「夫の収入が少ないので、日中は製塩所、夜はパチンコ屋で働き、休みの日には海岸で魚釣りをして、おかずの足しにしていると」

天草では、港、堤防、海岸、小島など、いたるところで釣りをしている人々の姿が見られる。遊びというより、食べるために釣っている人も多く、中高年女性たちは麦わら帽子に長靴姿で釣り糸を垂れている。釣れる魚は、アジコ(小さな鯵)、チヌ(黒鯛)、ヤア(石斑魚〈ハタ〉に似た魚)、ボラ、カワハギ、フグなど、種類が豊富である。

「炊事、洗濯、子育て、子どもの教育、家の大工仕事まで妻がやって、収入も妻のほうが多いんですねえ」

村木は調書を読みながら、感心した表情。

「完全な女性上位の家庭で、夫のほうは、捨てられた腹いせをしたいんだと思います」

調査官が苦笑した。

「いずれにせよ、妻のほうの離婚の意思は揺るがないので、夫のほうを説得する方向でいくべきというのが、調停委員さんたちの意見です」

「分かりました。それでよろしいと思います」

うなずいて村木は、手にしていた調書をコーヒーテーブルの上に戻す。

「それにしても、熊本地裁でもここでも、女が浮気をして離婚を切り出すケースが多いような気がするんですが、わたしの気のせいですかねえ？　大阪にいた頃は、そういう話はあまり聞かなかったんですが……」

村木は首を傾げた。

「いや、それはまあ、九州全般でいえることだと思います」

調査官の男性が苦笑いした。

「わたしは鹿児島の家裁でも働いたことがありますが、やっぱり似たような状況でした」

「ほう、そうなんですか」

「九州の女は強くて働き者です。旦那が頼りないと、金を稼ぐために働きに出る。外で働くと、男との出会いがいろいろある。それで女が浮気をして、離婚を切り出す。あるいは、夫のほうが、もう耐えられないから離婚してくれと申し出る。そのどちらかですねえ」

調査官は笑って立ち上がった。

入れ違いに、支部の庶務課長の男性が入ってきた。やや猫背で、眼鏡をかけたオオサンショウウオを思わせる、太り気味の五十男である。

「支部長、坪内君の件なんですが……」

庶務課長はソファーにすわると、あたりを憚《はばか》るような小声で切り出した。

坪内というのは、三十代半ばの書記官で、一年ほど前に最高裁事務総局から転勤してきた男である。先日、その坪内の妻が突然支部にやって来て、村木に面会を求め、「夫が浮気をしている。相手は、支部の女性に違いない。あなたは支部長だから職場の風紀の乱れはあなたの責任だ。すぐに浮気の相手を特定して、処罰するなり何なりして、風紀を正すべきだ」と、半狂乱になって申し入れてきた。村木は庶務課長と二人で応対したが、いきなりの話で面食らうだけだった。

「相手は栗田君です」

栗田和美は、二十代前半の女性事務官である。地元天草の出身で、中背で明るい人柄である。

「栗田さんなんですか⁉　本当に⁉」

「間違いありません」

オオサンショウウオのような庶務課長は、確信をもってうなずいた。

「しかし、どうやって分かったんです？」

「狭い職場です。男女が親しくなれば、皆それとなく察しますよ。職員二人に訊いたら、すぐに分かりました。……証拠はこれです」

庶務課長は、背広の内ポケットから、写真を一葉取り出した。

「これは……？」

手にとって見ると、一軒の旅館が写っていた。

「二人が逢引に使っている熊本市内の旅館です」

「熊本市内の？」

村木は一瞬、庶務課長が熊本市まで二人のあとをつけたのかと思う。

「栗田君は自宅通勤ですし、こういう狭い島ですから、下手に逢引なんかすると、すぐにバレます」

「そうでしょうねえ」

「実は、栗田君の友人の女性から、わたしのところにタレこみがあったんです」

「本当ですか⁉」

庶務課長はうなずいた。

「『坪内さんという人は、妻子がありながら、栗田さんをもてあそんでいる。二人は週末に熊本市内のこの旅館で逢引している。裁判所として何とか止《や》めさせてほしい』というわけです」

「うーん……」

「念のため、旅館に行って、こういう二人がよく来ないかと、写真を見せて訊きましたところ、番頭が認めました。それで今しがた、坪内君を呼んで、『きみは栗田君とこの旅館に行っているそうだね』と訊いてみました」

「それで、彼は何と？」

村木はごくりと唾を呑む。

「顔色がさっと変わりましてね、『いやあ、それは恐ろしい話ですねえ』といっていました。……あれは、真っ黒黒の黒ですな」

庶務課長は、眉間に縦皺を寄せていった。

「坪内君を抜擢して、事務総局に送り込んだのが、よくなかったんですかねえ」

坪内は熊本県の出身で、本庁である熊本地裁や他県の地裁支部で働いたあと、有能な働きぶりを評価されて東京の最高裁事務総局に三年ほど勤務した。

「あのまま伸びれば、将来は、地裁の事務局長あたりにと皆、期待をかけておったんですが。東京から帰った途端、鼻高々になって、支部の仕事なんか馬鹿らしくてやってられるかとなってしまって……」

庶務課長は、残念そうな表情でいった。

高裁の事務局長は裁判官がなるが、地裁の事務局長は、トップクラスの書記官や調査官がなるポジションで、かなりの権限がある。

「支部長、これは次の異動で、坪内君を動かすしかありませんな。彼もそれで目が覚めることでしょう」

村木に職員を異動させる権限はないが、本庁である熊本地裁の所長に状況と自分の考えを報告し、あとは所長に任せることになる。

「そうですか……分かりました。まあ、いっぺん、坪内さんからも話を聞いてみます」

村木は、相手のいい分を聞かずに、方針を決めるのは公平ではないと考えていた。

「分かりました。何かありましたら、またお知らせ下さい」

ドアがノックされ、今度は二人の若い男女の職員が入ってきた。労働組合の天草分会の代表者たちだった。

裁判所には、全司法労働組合という裁判官を除く職員の労働組合がある。組合の力は強く、時間外勤務削減、福利厚生の充実、人員増、待遇改善などさまざまな要求を申し入れてくる。昼休みに所長と組合代表が話し合った内容が、その日のうちにビラになって配られることもある。

「支部長、先日来お尋ねしている昇給の件は、どんな感じでしょうか？」

庶務課長と入れ替わりでソファーにすわった二人が訊いた。

去る四月の異動・昇給で、昇給しなかった職員について、差別人事ではないかと組合が問題視し、事実関係や理由を村木に問い質していた。

「その件ですが、本庁(熊本地裁)の所長にも問い合わせて、所長から事務総局にも訊いてもらったんですが、やはり個別の人事の理由については答えられないとのことです」

「しかし、それじゃまるで、弓削人事局長の国会答弁と同じじゃないですか」

若い男の職員は不満そうな表情。

「ただ、組合のほうから、そういう疑問があるということは、本庁をつうじて事務総局にもきちんと伝えてあります。僕としては、本件に関してできることは、もうそれくらいしか思いつかなくて、申し訳ないんだけれど」

村木が本当に申し訳なさそうにいうと、二人の職員は、仕方がないといったふうに顔を見合わせた。

「それから今日は、組合のほうからいくつかお願いしたいことがありまして……」

若い女性のほうが、ホッチキスで留めた書類を村木に差し出した。

受け取って視線を落とすと、更衣室のロッカーなど職場施設の改善、忙しい部署の人員増強、宿日直などの待遇改善といった要望事項が並んでいた。


日曜日――

村木健吾は、妻の明恵、小学校一年になった長男とともに、三トンの小型漁船に揺られていた。

朝六時に本渡港を出航した船は、海上でカモメが群れる青い島原湾の波を蹴立て、潮のしぶきと風を受けながら進んでいた。右手に天草上島の濃緑色の影が見え、昇り始めた朝日を背後から受けた山の稜線が西洋絵画のように神々しく輝き始めていた。

甲板の真ん中の操舵室にいる船頭は六十歳くらい。潮と陽に焼けた赤銅《しやくどう》色の肌で、紺色のジャンパーに青いジャージー姿。天草訛りで話すので、会話は半分くらいしか分からない。

「おお、カモメも頑張ってるなあ!」

甲板にいる男たちから歓声が上がった。

一人が指差したほうの空を見ると、一羽のカモメが風にさからって懸命に羽ばたき、約一五ノット(時速約二八キロメートル)で進む船に寄り添うように飛び続けていた。船の行くところに魚がいるのを知っているのだ。

村木一家と同じ船に乗った数人の男たちは、九州の裁判所に勤務する全国裁判官懇話会のメンバーたちであった。彼らの多くが青法協の会員でもある。

熊本地裁にいた宮本康昭判事補の再任拒否をきっかけに、その年(昭和四十六年)十月に発足した全国裁判官懇話会は、一年半に一回程度会合を開いている。当初は、再任拒否問題など、裁判官の独立や身分保障に関する活動が中心だったが、徐々に裁判実務に関する研究や意見交換の場としての側面をそなえつつある。次回の会合は、明年(昭和五十二年)一月に大阪で開かれる予定で、その準備のために、九州地区のメンバーが、週末、天草にやって来た。

準備会合は、レクリエーションも兼ねており、家族を連れてきている者も少なくない。前日(土曜日)は午後三時頃から夕食前まで、これまでの裁判官懇話会の活動の反省や今後のあり方についての意見交換、司法権と行政権の関係についての勉強会を行い、夜は宿泊しているホテルで家族もまじえて夕食会をした。

この日は、午前中、タコ釣り組と島内観光組に分かれて楽しみ、その後、昼食をとって解散する。

村木が息子と一緒に操舵室を覗いていると、船頭が振り返った。

「あのへんに浮かんでいるのは、皆、タコ釣りの船だね」

付近の海上に浮かんでいる七、八隻の小型漁船を指差して船頭がいった。それぞれ船を安定させるための小さな三角形の帆を船尾にかけている。

港を出て三十分くらいすると漁場に到着した。

朝日はかなり高く昇り、周囲は明るい。前方に島原半島の雲仙岳（普賢《ふげん》岳〈標高一三五九メートル〉を含む火山群の総称）が雄大な姿を現し、前後左右どちらを見ても大小さまざまな島影がある。雲仙岳がある雲仙地域と天草諸島は雲仙天草国立公園に指定されており、風光明媚である。

「タコ釣りは初めてかね？　思ったより波はないね」

そういって船頭が、鉤状になった四本針に錘《おもり》が付いた仕掛けを差し出した。錘には体長七、八センチの蟹がくくり付けられ、長い釣り糸に結びつけられている。

裁判官懇話会のメンバーやその家族たちは、めいめい船べりに陣取って、釣り糸を振り子のように振って勢いをつけ、ぼちゃん、ぼちゃんと海中に投げ入れる。

「おっ、来た！」

声がしたほうを見ると、海面から延びた釣り糸がぴんと張りつめ、海中から引っ張られているのが分かった。

半袖スポーツシャツ姿の裁判官が、一〇メートルあまりの長さの糸を徐々に巻き取ってゆく。

「おおっ、タコだ！」

「釣れたー！」

青緑色の波間に体長一〇センチくらいのタコが姿を現し、周囲で歓声が上がった。

「よし、こっちも頑張ろう」

村木は息子に発破をかけた。長い釣り糸を上手く操るのは七歳の子どもには難しく、下手をすると周囲の人を針で引っ掛けてしまうので、村木が海中に投げ入れ、釣り糸を息子に握らせる。

「あっ、引いた！」

甲板に立って糸を手にした息子が、興奮した声でいった。

「よし、頑張れ！」

村木と明恵が声援を送り、息子は懸命に糸を引く。

タコはかなり力が強いようで、ときおりぐいっ、ぐいっと、糸が海中に潜りかける。

「頑張れ、頑張れ。もうちょっとだ」

息子が懸命に糸を手繰り寄せていると、海面に茶色いタコが姿を現した。

「よし、釣れた、釣れた！」

息子は無事タコを引き上げ、甲板の上に降ろす。

針から外されたタコは、何とか逃げようと必死でぐねぐねと甲板の上を這い回る。怒って、全身に毒々しい焦茶色と黄土色の斑《まだら》模様を出しているので、息子は怖がって手を出せない。

「こら、逃げるな」

村木がタコを摑んで、甲板に穿《うが》たれた縦横一メートル、深さ八〇センチくらいの生簀《いけす》の中に投げ入れた。

しばらくしてから見ると、タコは興奮が収まったのか、身体の斑模様が消え、白っぽくなっていた。

七月二十七日火曜日――

すでに大久保利春丸紅前専務と沢雄次全日空専務が逮捕されていたロッキード事件が、田中角栄前首相の逮捕に発展した。この日の朝、東京地検特捜部は、田中に対し、霞が関の検察合同庁舎に任意同行を求め、取調べのあと午前八時四十五分に逮捕状を執行。その後、身柄を東京拘置所に移すとともに、文京区目白台一丁目の私邸、砂防会館(千代田区平河町)の事務所、議員会館内の部屋など五ヶ所を捜索した。田中の容疑は、丸紅をつうじてロッキード社から四回にわたって総額五億円を受領した外国為替及び外国貿易管理法違反だった。

八月五日木曜日――

北海道札幌市は、今にも雨が降り出しそうなどんよりとした曇り空の下にあった。

札幌高裁と地裁が入った十四階建ての合同庁舎のそばの大通公園では、アカシアの緑の葉が風にそよぎ、千人を超える原告団や支援グループの人々の頭上で、赤や白の旗や幟《のぼり》がはためいていた。

一審で歴史的な自衛隊の違憲判決が下された長沼ナイキ訴訟が、控訴審の判決日を迎えた。

二年前の七月に札幌高裁民事二部で審理が始まった控訴審では、去る三月の結審(すべての審理の終了)まで九回の口頭弁論が行われた。三月十二日に、小河八十次裁判長が突然、結審を宣言。原告(住民)側がこれに反発して、三裁判官の忌避《きひ》(交代)を申し立てた。しかし、五月に札幌高裁が申立てを却下。六月には、原告側弁護団が口頭弁論再開を申し立てたが、高裁側は方針を変えず、この日の判決を迎えた。

合同庁舎内の五号法廷は、天井が高い大きな法廷である。六十ある傍聴席は報道関係者や原告、支援グループでぎっしり埋まり、向かって右手の被控訴人席には、原告と弁護団四十六人が着席。対峙する控訴人席には、伊方原発訴訟で国側の代理人を務め、去る三月に札幌法務局訟務部に異動した上野至訟務検事ら四人が着席した。

午前十時三分――

法壇の奥の扉が開いて、黒い法服をまとった三人の裁判官が姿を現した。裁判長・小河八十次(東大卒・修習一期・五十七歳)、右陪席・落合威(東北大卒・十二期・四十一歳)、左陪席・山田博(名古屋大卒・十五期・四十四歳)である。

原告と弁護団は暗い予感を胸に、三人が着席するのを見つめた。小河の訴訟指揮ぶりからいって、有利な判決は期待できなかった。

「裁判長!」

小河が開廷を宣言すると同時に、原告弁護団代表の新井章弁護士が立ち上がった。

「弁論再開の申入れは、どうなったのでしょうか?」

小河は原告席の新井を一瞥した。

縁の太い眼鏡をかけた顔は、長年裁判実務に携わってきた年輪と手堅さを感じさせる。

「当法廷は、弁論再開はしません」

小河は、新井の問いかけを一蹴《いっしゅう》した。

「それでは、判決をいい渡します」

「裁判長!」

原告団長の宇野邦晴が、判決の朗読を遮ろうとするかのように叫んだ。

「主文。原判決を取り消す」

マイクをとおして低い声が響き渡った瞬間、重苦しい沈黙が法廷内を覆った。

「被控訴人(住民側)の訴えはいずれもこれを却下する。訴訟費用は第一、二審をつうじて、被控訴人らの負担とする」

小河は、一気に主文を読み上げる。

「司法審査権に限界があると判断しました。……以上」

三人の裁判官は、原告団から目をそらすように立ち上がった。

「そんな判決、恥ずかしくないのか!」

「(保安林の)代替施設があるったって、水害が起きたじゃないか!」

原告団から一斉に怒号が巻き起こった。

小河裁判長は、非難の叫びを振り切ろうとするかのように、口をへの字に結び、法廷に背を向けた。

「いいか裁判長、いつか歴史があんたを裁くぞ!」

逃げるように法壇奥の扉へと消えてゆく三人の裁判官の背中に、怒声が浴びせられた。

判決は、保安林の伐採による洪水のおそれ等は、用・導水路、砂防堰堤《えんてい》等の代替施設の完成で補塡《ほてん》されているので、保安林伐採にともなう不利益は解消され、「訴えの利益」も消滅したとして、住民側の訴えを退けた。

さらに、判決を下すには右で十分であるにもかかわらず、わざわざ自衛隊の憲法判断について、「当裁判所はこれ(原審)と異なる結論を有するので」と前置きし、次のように言及した。

①憲法九条が一義的、明確に保有を禁じているのは、侵略戦争のための軍備ないし戦力だけで、自衛のための戦力の保持については、積極、消極の両説あり、憲法がいずれの見解に立脚して設けられたものであるかは必ずしも明瞭ではない。自衛隊の組織、編成、装備も、一見極めて明白に侵略的なものであるとはいい得ない。

②自衛隊の存在等が憲法九条に違反するか否かは、統治行為に関する判断であり、国会及び内閣の政治行為として究極的には国民全体の政治的判断に委ねられるべきで、司法審査の対象ではない。

札幌高裁の判決は、自衛隊の憲法判断に統治行為論(高度の政治性を持った国家の行為である統治行為は、裁判所の審査権の範囲外にあるとする考え)を採用した史上初の高裁判決であった。

自民党政府は「現在望みうる最高の合憲判決」として歓迎し、原告弁護団は「(小河裁判長は)この裁判のためにだけ派遣された『特命』裁判官で、計画された結審の仕方を見ても意図的。訴えの利益がないだけで判決には足りるのに、わざわざ自衛隊に触れたのは、原告側の手足を縛ってから、脛《すね》を蹴り上げたようなもの」と反発した。一審の裁判長で東京地裁民事七部(手形部)に勤務する福島重雄は、渋谷区神宮前一丁目の官舎のテレビで判決を知り、「このような結果になって、非常に残念に思う」と感想を述べた。
全国の裁判官たちは、判決に接して寒々とした気分を覚え、行政と対峙することに一層臆病になった。

［下巻につづく］

【原子炉概念図】

●加圧水型炉(PWR)

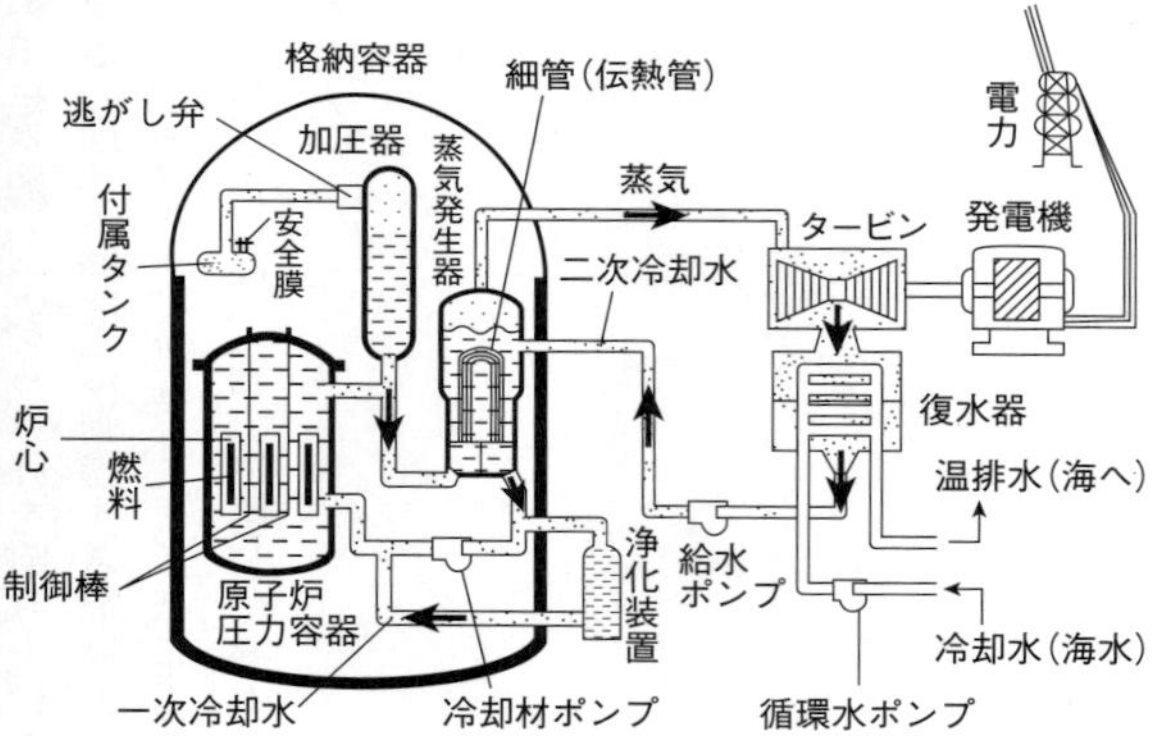

●沸騰水型炉(BWR)

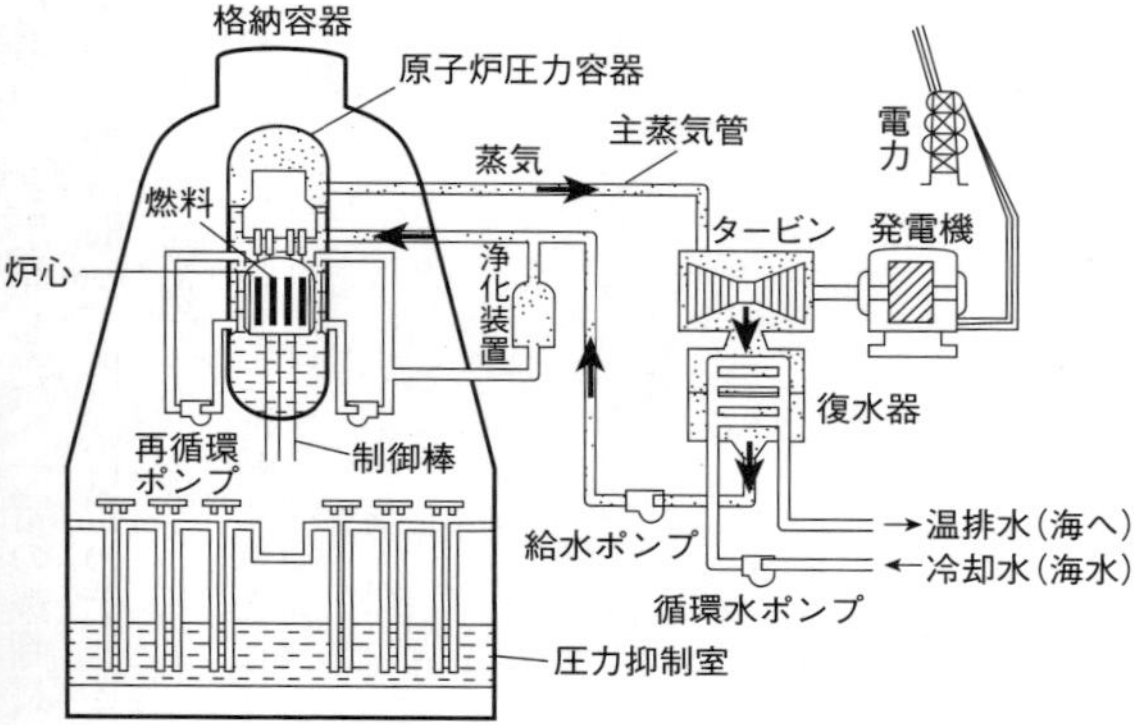

出所：石橋克彦編『原発を終わらせる』岩波新書，海渡雄一著『原発訴訟』岩波新書

本書は二〇一三年七月、産経新聞出版より刊行された『法服の王国　小説裁判官』(上・下)に加筆・修正を加えたものである。